Nalini Singh adore écrire. Même si elle a voyagé d'un bout à l'autre de la planète – des déserts de Chine aux temples du Japon –, c'est le voyage de l'esprit qui la fascine le plus. Elle est ravie aujourd'hui d'avoir réalisé son rêve de devenir écrivaine.

Du même auteur, chez Milady :

Psi-changeling :

1. *Esclave des sens*
2. *Visions torrides*
3. *Caresses de glace*
4. *Mienne pour toujours*
5. *Otage du plaisir*

www.milady.fr

Nalini Singh

Otage du plaisir

Psi-changeling – 5

Traduit de l'anglais (Nouvelle-Zélande) par Benoît Robert

Milady

Milady est un label des éditions Bragelonne

Titre original : *Hostage to Pleasure*

Suivi d'un extrait de : *Branded by Fire*

ISBN : 978-2-8112-0869-1

Bragelonne – Milady
60-62, rue d'Hauteville – 75010 Paris

E-mail : info@milady.fr
Site Internet : www.milady.fr

J'ai grandi heureuse, au sein d'une grande famille
où l'écrit était omniprésent.
Ce roman est pour vous tous qui m'avez offert un livre
lorsque j'étais enfant, qui m'avez amenée
dans une bibliothèque ou qui avez partagé avec moi
une histoire que vous chérissiez.
Merci pour ces inestimables cadeaux.

Choix

Dans une tentative désespérée de préserver leur peuple des fléaux jumeaux du meurtre et de la folie, les Psis avaient décidé d'embrasser le protocole Silence et d'éliminer les émotions de leurs vies ; cette décision n'avait rien eu de facile. Du sang avait été versé. Tant des innocents que des coupables avaient trouvé la mort. Des cœurs avaient été brisés et la souffrance qui en avait résulté avait scindé le PsiNet en deux.

Mais l'aspect le plus cruel de Silence avait peut-être été de forcer les gens à *choisir*. Accepter ou se rebeller, parent ou amant, sœur ou enfant. Il n'y avait pas de juste milieu. Ceux qui resteraient à l'intérieur du Net ne tendraient plus jamais la main vers ceux qui partiraient. Et les exilés vivraient à jamais le cœur brisé de savoir qu'on enseignait à ceux qu'ils aimaient à dévaluer l'amour lui-même.

C'était douloureux.

Comme une cicatrice qui ne guérirait pas, battant au rythme de la souffrance du souvenir et de la perte.

À présent, en l'an 2080, la douleur s'est atténuée, les choix ont été faits et les individus présents sur le PsiNet mènent une vie de Silence glacial. L'amour est devenu un concept qu'ils ne peuvent comprendre, et encore moins désirer. Car aimer signifie être déficient.

Et les Psis ne laissent pas vivre ceux qui sont déficients.

Chapitre premier

« Pour survivre, il faut devenir plus Silencieux que le Conseil, avoir le cœur glacé et l'esprit pareil à un prisme parfait. Mais ne jamais oublier qu'un prisme dévie la lumière, détourne ce qui est connu, génère des fêlures de beauté. Au final, un prisme crée sa propre vérité. »

Extrait d'une lettre manuscrite signée « Iliana », vers juin 2069.

Le retrait s'était révélé on ne peut plus simple. On avait fourni au sniper les coordonnées précises du trajet de la voiture le long de cette route de campagne endormie, et il connaissait le nombre exact de personnes présentes dans le véhicule, ainsi que la place occupée par l'enfant. Selon ses informations, ce dernier avait un bandeau sur les yeux, mais le sniper n'appréciait pas pour autant d'opérer avec un innocent à bord.

Cependant, laissé aux mains de ses ravisseurs, cet enfant deviendrait l'instrument involontaire du mal absolu. Puis il mourrait. Le sniper ne tuait pas à la légère, mais pour sauver un enfant, il ferait bien pire.

— On y va, ordonna-t-il dans son oreillette à ceux qui se trouvaient en contrebas.

Un camion, qui venait à faible allure en sens inverse, s'écarta brusquement de sa trajectoire. Il alla heurter adroitement le côté de la voiture cible pour lui faire quitter la route en s'efforçant de préserver les personnes à l'intérieur ; ils ne pouvaient se permettre de blesser l'enfant. En fait, il était hors de question qu'ils blessent l'enfant. Mais ce ne fut pas lui que le sniper eut dans sa ligne de mire une fois le véhicule à l'arrêt.

Un seul tir précis et le pare-brise vola en éclats.

Le conducteur et le passager à l'avant moururent dans les deux secondes qui suivirent, un impact de balle net au milieu du front. Les projectiles étaient conçus pour ne pas ressortir, minimisant ainsi le danger pour les passagers à l'arrière.

Un instant plus tard, les portières latérales coulissèrent et deux hommes bondirent à l'extérieur ; l'un d'eux leva directement le regard sur l'endroit où était embusqué le sniper, dans les branches allongées d'un vieux pin. Le tireur sentit une force brute lui effleurer l'esprit mais le garde avait attendu trop longtemps pour porter son attaque télépathique. Une balle se logea dans sa gorge avec une précision mortelle au moment où il concentrait son énergie. Ayant échoué à localiser le complice du sniper, le quatrième homme s'effondra également, la poitrine traversée d'un projectile silencieux.

Le fusil à la main, le sniper se déplaçait déjà lorsque le dernier corps heurta le sol. Il n'abandonna derrière lui aucune trace pouvant révéler son identité et, quand il parvint à la voiture, il ne toucha à rien.

— Est-ce qu'ils ont lancé une alerte psychique ? demanda-t-il au guetteur invisible.

— Sans doute. La voie est encore libre, mais nous devons partir rapidement : si le Conseil a sous la main des Tk-Psis capables de se téléporter, les renforts seront là d'ici quelques minutes.

Le sniper regarda par les portières ouvertes et aperçut le dernier passager. Un petit garçon, âgé d'à peine quatre ans et demi. Il n'avait pas seulement les yeux bandés. On lui avait aussi bouché les oreilles et attaché les mains dans le dos. Une privation quasi totale de sensations.

Le sniper grogna et redevint un homme nommé Dorian, relâchant son contrôle glacial pour exposer la nature profondément protectrice de sa bête. Il était peut-être né sans la capacité changeling de prendre une forme animale, mais il portait le léopard en lui. Et ce léopard était furieux de constater le traitement impitoyable que l'on avait infligé à cet enfant sans défense. Il s'avança pour se saisir de ce corps rigide de peur, avec des gestes étonnamment doux.

— Je l'ai.

Un autre véhicule apparut, sorti de nulle part. Profilé, gris métallisé, il n'avait rien de comparable avec le camion désormais abandonné, mais le conducteur était le même.

— Allons-y, dit Clay.

Dorian s'installa à l'arrière, puis arracha le masque de son visage et rangea son fusil avant de trancher les liens du garçon à l'aide du couteau de poche qu'il portait sur lui en permanence. Ses doigts se retrouvèrent soudain poisseux de sang et il eut un mouvement de recul si brusque qu'il s'entailla légèrement la main. À mieux y regarder, il s'aperçut que ce n'était pas lui qui avait blessé accidentellement l'enfant : celui-ci avait lutté contre ses liens, pendant des heures peut-être. Il avait les poignets à vif.

Dorian se mordit les lèvres pour retenir un juron, puis rangea le couteau dans son jean et retira les bouchons d'oreilles de l'enfant avant de lui enlever son bandeau. Des yeux d'un bleu-gris inattendu croisèrent son regard, une couleur surprenante au milieu de ce visage d'un brun sombre presque brillant, semblable à l'or vieilli.

— Keenan.

Le garçon ne dit rien. Un calme surnaturel émanait de son visage. À son âge si précoce, il s'était déjà engagé sur la voie de Silence, il avait déjà commencé à supprimer ses émotions et à devenir un bon Psi robotisé. Mais en dehors de son visage serein, il était trop jeune pour dissimuler la terreur qui lui glaçait le cœur devant ce changeling qui le dévisageait, et la morsure aiguë de cette peur constituait une insulte aux sens de Dorian. Les enfants n'étaient pas destinés à être attachés et utilisés comme des pions. C'était un combat déloyal.

La voiture s'arrêta. La portière passager opposée à Dorian s'ouvrit et Judd se glissa à l'intérieur, le fusil en bandoulière dans le dos.

— Nous devons agir sans tarder, sinon ils parviendront à le retrouver via le PsiNet, déclara le Psi rebelle.

Il enleva son masque. Son regard était brun et froid, mais c'est avec prévenance qu'il toucha le visage du garçon.

— Keenan, nous devons t'affranchir du Net.

Le garçon se raidit et se blottit contre Dorian.

— Non, gémit-il.

Dorian plaça un bras autour de ce corps fragile et vulnérable.

— Sois courageux. Ta maman veut que tu sois en sécurité.

Keenan leva ses yeux étonnants sur le changeling.

— Est-ce que vous allez me tuer ?

Dorian regarda Judd.

— Ça va faire mal ?

Un léger hochement de tête.

Dorian prit la main de Keenan. Le sang du garçon se mêla au sien à l'endroit où il s'était ouvert la paume.

— Ça fera un mal de chien, mais ensuite tout ira bien.

Keenan écarquilla les yeux devant une telle brutalité, comme Dorian l'avait prévu. Profitant de ce moment d'inattention, Judd ferma les yeux. Dorian savait que le Psi œuvrait furieusement pour déverrouiller les boucliers de l'enfant afin de s'introduire dans son esprit ; il pourrait alors briser le lien entre Keenan et le PsiNet, le réseau psychique auquel tous les Psis de la planète étaient connectés, à l'exception des renégats. Après à peine quelques secondes, le garçon hurla, et ce cri révélait une souffrance si intense que Dorian aurait pu tuer Judd. Le hurlement cessa aussi soudainement qu'il avait commencé. Keenan s'effondra dans les bras de Dorian, inconscient.

— Seigneur, dit Clay depuis le siège conducteur, tout en insérant le véhicule dans le trafic dense d'une autoroute. Le gamin va bien ? Tally va me tuer si on l'égratigne.

Dorian repoussa vers l'arrière les cheveux du garçon. Ils étaient raides, contrastant avec ceux de sa mère, qu'il avait devinés bouclés, même s'ils avaient été tressés la seule fois où il l'avait aperçue… à travers la lunette de son fusil.

— Il respire, annonça Dorian.

— Eh bien… (Judd marqua une pause, la bouche crispée) voilà qui était inattendu.

— Quoi ?

Dorian retira son blouson et le mit sur Keenan afin de le réchauffer.

— J'étais censé l'entraîner sur notre réseau familial. (Le Psi se frotta distraitement la tempe, le regard rivé sur Keenan.) Mais il est parti… ailleurs. Comme il n'est pas mort, j'imagine qu'il s'est connecté au réseau secret de DarkRiver, celui dont je ne suis pas supposé connaître l'existence.

Dorian secoua la tête.

— Impossible.

Tout le monde savait que les cerveaux des Psis étaient différents de ceux des changelings ou des humains : les Psis avaient besoin de l'énergie fournie par un réseau psychique. En cas de disparition de ce lien, la mort s'ensuivait quasi immédiatement, ce qui expliquait la rareté des désertions du PsiNet. Les membres de la famille de Judd ne s'en étaient sortis qu'en se connectant entre eux pour former le minuscule LaurenNet. Leurs dons psychiques leur permettaient de le manipuler et d'accepter de nouveaux membres. Mais le réseau de DarkRiver, la Toile céleste, était différent.

— Il n'avait aucun moyen de se connecter à notre toile, reprit Dorian, la mine renfrognée. C'est une construction changeling.

Fondée sur la loyauté, et non sur le besoin, elle n'accueillait que de rares élus : les sentinelles léopards qui avaient prêté serment à Lucas, le chef de meute de DarkRiver, et leurs compagnes et compagnons.

Judd haussa les épaules et s'affala contre le siège.

— Peut-être que le gamin a du sang changeling.

— Pour ça, il faudrait qu'il en ait pas mal, et il pourrait changer de forme, souligna Clay. D'ailleurs, ma bête ne sent pas d'animal en lui. Il est Psi.

— Je sais seulement qu'à l'instant où il est sorti du PsiNet, sa conscience m'a quitté pour filer vers Dorian. Je ne peux pas distinguer votre réseau mais, à mon avis, il est relié à toi (Judd hocha la tête vers Dorian) et à travers toi, à votre toile. Je pourrais tenter de couper ce lien, poursuivit-il, manifestement réticent, et le forcer à rejoindre notre réseau familial, mais je ne ferais que le traumatiser une nouvelle fois.

Dorian baissa les yeux sur le garçon et sentit le léopard piégé en lui adopter une attitude protectrice.

— Alors je suppose qu'il reste avec nous. Bienvenue à DarkRiver, Keenan Aleine.

À des kilomètres de là, dans un labo situé dans les entrailles de la terre, Ashaya Aleine vacilla sous l'effet d'un coup mental dévastateur. Une rupture soudaine, et il avait disparu… son fils, le lien qu'elle avait eu sans le savoir.

Soit Keenan était mort, soit…

Elle se remémora le premier des deux messages qu'elle avait fait sortir par le vide-ordures du labo la semaine précédente : un message que les personnes plus fidèles à

Ashaya qu'au tyrannique Conseil avaient dû transmettre à une humaine du nom de Talin McKade.

« J'utilise ma reconnaissance de dette. »

Dans le meilleur des cas, Talin McKade et ses amis avaient réussi. Les pensées d'Ashaya revinrent à cette nuit, deux mois auparavant, où elle avait risqué sa vie pour soustraire un adolescent et une petite fille au danger mortel présent dans le labo, avant qu'ils deviennent les nouvelles victimes d'une série d'expérimentations génocidaires menées par un autre scientifique.

C'était alors qu'elle retournait vers le labo qu'il l'avait repérée, ce sniper anonyme à la voix aussi froide qu'un assassin Psi.

« J'ai un fusil dirigé sur votre tempe. Je ne rate jamais mon coup.

— J'ai sauvé deux vies innocentes. Vous ne me tuerez pas.

Elle avait perçu le soupçon d'un rire, mais elle ne pouvait en être sûre.

— Qu'est-ce que vous voulez en échange ?

— Vous êtes un homme. Vous n'êtes donc pas Talin McKade.

— Je suis son ami. Elle en a d'autres. Et nous honorons nos dettes.

— Si vous voulez rembourser votre dette, alors kidnappez mon fils. »

Par son message, elle avait déclenché cette opération. Elle avait ensuite réclamé toutes les faveurs qu'on lui devait et placé des garde-fous psychiques afin d'empêcher que Keenan soit repris à travers le PsiNet. Mais son fils avait à présent disparu, elle en était persuadée. Et aucun Psi ne pouvait survivre en dehors du Net.

Pourtant, elle se souvenait aussi que la meute léopard de DarkRiver comptait deux membres Psis qui avaient survécu sans problème. Se pouvait-il que les amis de Talin McKade soient des félins ? Cette réflexion n'était que pure conjecture de sa part, car elle ne disposait d'aucun élément avec lequel étayer sa théorie ou vérifier ses conclusions. Elle se trouvait soumise à un black-out psychique et électronique : elle n'avait pas accès à Internet et des télépathes aux ordres du Conseiller Ming LeBon surveillaient son utilisation des immenses ressources du PsiNet. Dès lors, elle qui ne faisait confiance à personne devait se fier à ce sniper et espérer que Keenan était hors de danger.

La tête encore bourdonnante après que ce lien inexplicable lui eut été arraché, elle resta assise, totalement immobile, pendant dix longues minutes, afin de reprendre le contrôle de son corps. Personne ne devait apprendre qu'elle avait ressenti le contrecoup, qu'elle savait que son fils n'était plus sur le PsiNet. *Je n'aurais pas dû le ressentir.* Chaque Psi était une entité autonome. Même dans les ténèbres fluides du Net, où chaque esprit existait sous la forme d'une brillante étoile psychique débarrassée de limitations physiques, les Psis se cloisonnaient derrière de multiples boucliers et vivaient séparés les uns des autres.

Aucune frontière floue, aucun fil reliant une conscience à une autre. Cela n'avait pas toujours été ainsi : selon les enregistrements cachés qu'elle avait dénichés durant ses études, le PsiNet avait autrefois reflété les enchevêtrements émotionnels des individus. Silence avait sevré ces liens d'affection familiale, jusqu'à ce que les Psis ne soient plus qu'isolement. Du moins selon l'opinion admise. Ashaya avait toujours su que c'était un mensonge.

À cause d'Amara.

Et, désormais, à cause de Keenan.

Keenan et Amara. Ses déficiences jumelles, l'épée à double tranchant suspendue au-dessus d'elle chaque seconde de chaque jour. Une erreur, une seule, suffirait pour que cette épée s'abatte sur elle.

Une porte s'ouvrit dans son dos.

— Oui ? dit-elle avec aplomb, même si son esprit débordait de souvenirs habituellement contenus derrière des murs impénétrables.

— Le Conseiller LeBon est en ligne.

Ashaya lança un regard à la blonde élancée qui avait parlé.

— Merci.

Ekaterina hocha la tête et partit. Entre ces murs, chacun savait éviter les paroles compromettantes. Trop d'yeux. Trop d'oreilles. Basculant l'écran vide de son ordinateur sur le mode communication, elle accepta l'appel. Elle ne pouvait plus contacter l'extérieur. On avait ordonné la mise en quarantaine du labo après l'évasion des enfants même si, officiellement, Jonquil Duchslaya et Noor Hassan étaient morts : tués par Ashaya.

Elle savait toutefois que Ming avait des soupçons. Au lieu de la torturer, il l'avait enfermée dans ce tombeau de plastibéton, sous des tonnes de terre, parfaitement conscient de sa faiblesse psychologique, de sa phobie d'être enterrée.

— Conseiller, que puis-je pour vous ? s'enquit-elle en voyant apparaître sur l'écran le visage de Ming et ses yeux de firmament de cardinal.

— Vous êtes supposée recevoir la visite de votre fils cette semaine.

Elle se concentra pour réguler son pouls, qui s'était emballé après la déconnexion brutale avec Keenan. Pour mener son plan à terme, elle devait rester de glace, plus Silencieuse que le Conseil lui-même.

— Cela fait partie de l'accord.

— Cette visite sera reportée.

— Pourquoi ?

Elle possédait un pouvoir très limité, mais elle n'était pas entièrement sous la coupe de Ming ; ils savaient tous deux qu'elle était la seule M-Psi capable d'achever le travail sur le protocole I.

— Le père biologique de l'enfant a demandé à lui offrir un entraînement spécial. Cette requête a été acceptée.

Ashaya était absolument certaine que Zie Zen n'aurait jamais effectué une telle démarche sans la consulter. Mais cette certitude ne lui disait pas pour autant si Keenan était encore en vie.

— Ce retard est gênant pour la formation que je lui donne.

— La décision a été prise. (Les yeux de Ming virèrent à l'obsidienne, les quelques étoiles blanches se noyant dans le noir.) Vous devriez vous concentrer sur vos recherches. Vous n'avez accompli aucun progrès significatif au cours des deux derniers mois.

Deux mois ! Huit semaines. Cinquante-six jours. La période écoulée depuis l'évasion des enfants… et son enterrement dans le labo Implant.

— J'ai résolu de façon concluante le problème de Statique, lui rappela-t-elle.

Elle avait conscience du danger que représentait la contraction grandissante de sa cage thoracique ; une réaction de stress, un autre signe révélateur des fissures provoquées dans son armure psychologique par la disparition soudaine de Keenan.

— Aucun implant ne pourrait fonctionner si nous étions constamment bombardés par les pensées des autres, ajouta-t-elle.

Tels étaient les projets du Conseil pour le PsiNet : qu'il devienne une énorme ruche d'esprits interconnectés et homogènes. Aucun renégat, rien d'autre que la conformité.

Cependant, une conformité absolue constituait un objectif intenable. En termes simples, une ruche ne pouvait survivre sans reine. Raison pour laquelle on avait demandé à Ashaya de concevoir plusieurs catégories d'implants. Les personnes équipées de l'implant le plus perfectionné seraient en mesure d'exercer un contrôle total sur tous les individus de la ruche, au point de pouvoir pénétrer leurs esprits à volonté, de les diriger avec l'aisance d'un marionnettiste. Aucune pensée ne serait privée, aucune contestation possible.

Ming hocha légèrement la tête.

— Votre percée sur Statique était impressionnante, mais elle ne compense pas votre manque de progrès depuis lors.

— Avec tout mon respect, répondit Ashaya, je ne suis pas d'accord. Personne n'avait jamais été sur le point d'éliminer Statique. Tous les théoriciens estimaient qu'il s'agissait d'une tâche impossible.

Elle réfléchit à toute allure, en équilibre instable sur une corde raide. Elle s'avança d'un pas. Si elle allait trop loin, Ming n'hésiterait pas à la tuer. Si elle en faisait trop peu, elle apparaîtrait faible, bonne à être exploitée.

— Si vous voulez que j'accélère la cadence, je le ferai. Mais si les implants sont défectueux, n'essayez pas de m'en rendre responsable. Je veux que cela soit mis par écrit.

— Êtes-vous certaine de vouloir que je devienne votre ennemi, Ashaya ?

Une question calme, sans la moindre emphase, et pourtant elle sentit une menace peser sur son esprit telle une ombre sinistre. Ming qui bandait ses muscles télépathiques ? Probablement, car il était un télépathe cardinal doué pour le combat mental. Il pouvait transformer un cerveau en bouillie d'une seule pensée.

Ashaya se dit que si elle avait été humaine ou changeling, elle aurait ressenti de la peur. Mais elle était Psi, conditionnée depuis la naissance à ne rien ressentir. Solide et inflexible, ce conditionnement ne lui permettait pas seulement de s'adonner à des jeux politiques avec Ming, il lui servait aussi de bouclier, dissimulant les secrets qu'elle ne pourrait jamais révéler.

— Il ne s'agit pas d'être ennemis, monsieur, dit-elle.

Elle décida subitement d'affaisser légèrement les épaules. Lorsqu'elle reprit la parole, ce fut une rafale de mitraillette :

— Je fais mon possible, mais on dirait que j'ai rencontré un obstacle majeur et je suis la seule apte à le résoudre alors je travaille sans m'arrêter, je suis enterrée ici depuis deux mois sans aucun accès au PsiNet et…

— Vous devez vous soumettre à un contrôle médical. (Ming avait changé de posture, il était passé en état d'alerte maximale.) Quand avez-vous dormi pour la dernière fois ?

Ashaya se pressa les paupières du bout des doigts.

— Je ne me souviens pas. Sous terre, il m'est difficile de ne pas perdre le fil.

Un mal débilitant comme la claustrophobie aurait envoyé la plupart des Psis en « rééducation » afin d'effacer leurs souvenirs et de détruire leur personnalité. On avait laissé Ashaya tranquille uniquement car son cerveau possédait plus de valeur intact. Jusqu'à présent.

— Je pense avoir eu une nuit entière de sommeil il y a environ une semaine.

Ses registres le confirmeraient. Elle avait délibérément entravé son propre rythme de sommeil pour élaborer son histoire en vue de ce jour précis… sur la foi de l'honneur d'un humain.

« … nous honorons nos dettes. »

Mais même si le sniper avait tenu parole, il était clair que tout ne s'était pas déroulé comme prévu. En dépit de tous les contre-arguments qu'elle pourrait avancer, Keenan était probablement mort. Elle laissa retomber la main et fixa son regard sur le visage de Ming, relâchant le sien dans un simulacre de fatigue. Si Keenan était mort, alors elle n'avait plus rien à perdre à exécuter son plan.

— J'envoie une équipe vous chercher, dit Ming. On vous amènera dans une unité spécialisée.

— Ce n'est pas nécessaire. (Ashaya referma la main sur son agenda électronique, le petit ordinateur qui contenait tous ses résultats d'expériences et ses informations personnelles.) Un membre de mon équipe peut m'ausculter : nous avons tous une formation médicale.

— Je veux que les cliniciens du Centre vous placent en observation complète.

Elle se demanda s'il la menaçait encore. Le Centre était l'endroit où l'on envoyait les Psis défectueux en rééducation.

— Ming, si vous croyez que je suis compromise, ayez l'obligeance de me le dire en face. Je ne suis pas une enfant qui va s'enfuir en criant.

Sauf que, bien entendu, les enfants Psis ne criaient pas souvent au-delà de leur première année de vie. Elle se demanda si Keenan avait crié à la fin. Elle resserra la main, et la froide dureté de l'agenda l'ancra dans la réalité. *Silence,* se rappela-t-elle, *tu es un être de Silence parfait.* Un automate glacial sans émotion et sans cœur. Elle ne pouvait rien être d'autre.

Ming demeura impassible.

— Je vous recontacte après l'évaluation.

L'écran s'éteignit.

Elle savait qu'elle n'avait que quelques minutes devant elle, et encore. Ming avait à sa disposition des jets supersoniques et des Tk-Psis capables de se téléporter. S'il voulait l'extraire de cet endroit sur-le-champ, il le ferait. Elle fit glisser le couvercle à l'arrière de son agenda et retira la puce d'un centimètre carré qui contenait toutes les données de l'appareil. Sans hésiter, elle l'avala, d'un mouvement étudié pour apparaître anodin à l'œil des caméras de surveillance.

Ensuite, elle plongea la main dans sa poche pour y prendre une puce de substitution contenant suffisamment de données dupliquées pour ne pas éveiller les soupçons, du moins pendant quelques jours ; elle l'inséra dans l'appareil. Juste à temps. Du coin de l'œil, elle aperçut une ombre.

Elle pivota. Un homme se tenait devant elle. Il était tout de noir vêtu, à l'exception de l'insigne doré sur son épaule gauche, deux serpents entrelacés en lutte. Le symbole personnel de Ming.

— Madame, je m'appelle Vasic. Je dois vous escorter vers le Centre.

Elle hocha la tête et se leva. Il ne cilla pas lorsqu'elle glissa son agenda électronique dans la poche de sa blouse de laboratoire, mais elle savait pertinemment qu'il avait noté son emplacement. Ming aurait tout le loisir de le consulter pendant qu'on l'examinait.

— Je ne m'attendais pas à ce qu'on vienne me chercher par Tk.

Ce n'était pas une question, l'autre Psi ne répondit donc pas.

— Avez-vous besoin d'un contact ? demanda-t-elle en se plaçant à ses côtés.

Les Psis avaient pour habitude de ne pas se toucher, mais un contact permettait de renforcer certains pouvoirs.

— Non, répondit-il, confirmant ce qu'elle soupçonnait déjà, à savoir que Ming avait envoyé l'un de ses meilleurs hommes.

Peu importait qu'il avait les yeux gris, plutôt que de firmament comme les cardinaux. À quelques rares exceptions comme Ming, les cardinaux étaient souvent trop cérébraux pour être doués pour les choses pratiques. Comme tuer.

L'homme croisa son regard.

— Pouvez-vous abaisser vos boucliers de base, s'il vous plaît ?

Elle obtempéra et, l'instant d'après, ses os semblèrent se dissoudre. Une part d'elle, la scientifique, se demanda si les télékinésistes ressentaient la même perte d'eux-mêmes, la même sensation que leur corps disparaissait en se liquéfiant.

Puis cette sensation disparut, et elle se retrouva devant une porte étrangère à son labo.

— Merci, dit-elle en réactivant ses boucliers.

Il désigna la porte de la tête.

— Je vous en prie, allez-y.

Elle savait qu'il monterait la garde, afin de s'assurer qu'elle ne tente pas de s'échapper. Elle se demanda dès lors pourquoi il l'avait téléportée à l'extérieur, et non à l'intérieur de la pièce. Elle lui posa la question puisque, quoi qu'il advienne, elle vivait son dernier jour en tant que M-Psi à la tête de l'équipe Implant.

La réponse qu'il donna était inattendue.

— Je n'ai pas l'esprit d'équipe.

Elle comprit mais ne le montra pas. Est-ce que Ming testait son allégeance, en étudiant sa réaction à une phrase de reconnaissance que les rebelles utilisaient entre eux ?

— Je crains de ne pas comprendre. Vous pourrez peut-être me l'expliquer ultérieurement.

Sans attendre de réponse, elle poussa la porte, sentant déjà des picotements au bout des doigts et des orteils.

La puce qu'elle avait avalée contenait près d'un téraoctet de données, le résultat d'années de recherche. Mais elle contenait aussi autre chose, une couche de poison pur, non dilué. Elle avait passé des heures, au lieu de travailler sur l'implant, à peaufiner les propriétés exceptionnelles de ce poison en vue de cette tentative unique.

Le calcul était vite fait.

Ashaya avait l'intention de s'évader du labo Implant.

Étant donné le renforcement de la Sécurité, mourir représentait la seule issue.

Donc Ashaya allait mourir.

Chapitre 2

Amara frémit intérieurement. Agacée par cette interruption, elle fouilla son esprit à la recherche de l'origine de ce dérangement. Cela lui prit quelques secondes pour l'identifier car son cerveau était en grande partie réquisitionné par une tâche complexe.

—*Le porteur est mort.*

Elle s'arrêta un moment. Comme c'était fâcheux. Elle devrait s'assurer de mettre la main sur des tissus provenant de Keenan. Elle disposait bien entendu de tous les résultats d'analyses, mais qui savait comment la protéine pouvait avoir muté au cours des années écoulées depuis son dernier prélèvement d'échantillon ? Il était vraiment dommage que l'expérience s'achève ainsi de façon si précipitée ; elle avait permis à Amara de réaliser certains de ses meilleurs travaux.

Mais, songea-t-elle, suspendant l'examen des cultures alignées face à elle, ce n'était pas une catastrophe. Elle pouvait obtenir des échantillons de tissus ; elle devrait juste s'assurer que personne ne soit contaminé lors de l'opération. Elle ne voulait pas qu'une souche inférieure circule, pas alors qu'elle pouvait encore réussir à élaborer le code d'une souche parfaite.

Elle vérifia un autre fil dans son esprit et constata qu'il était solide. Ashaya était encore en vie. Excellent. Seule Ashaya avait un esprit suffisamment brillant pour apprécier le travail d'Amara à sa juste valeur. Les autres n'y connaissaient pas grand-chose et comprenaient encore moins.

Satisfaite qu'il n'y ait pas de gros problèmes, elle reporta son attention sur son travail.

Chapitre 3

« Je suis certaine qu'il a failli me tirer dessus, le sniper venu sauver Jonquil Duchslaya et Noor Hassan. Il est du côté du bien, du côté de la protection des enfants, mais je suis certaine à quatre-vingt-dix-neuf pour cent que ce soir, dans les ténèbres, il a failli appuyer sur la détente pour mettre un terme à ma vie.
C'est peut-être pour ça que je n'arrête pas de penser à lui. »

Extrait des fichiers personnels cryptés d'Ashaya Aleine.

Ashaya était allongée sur la table d'examen inclinée, les yeux rivés sur le plafond. Elle avait encore la vue perçante, mais le bout de ses doigts était engourdi. C'étaient à présent ses avant-bras qui picotaient tandis que son cœur peinait pour conserver un pouls régulier.

C'était facile pour les humains et les changelings, songea-t-elle alors que les membres du personnel médical installaient leurs instruments et commençaient à lui expliquer la procédure. Ils pouvaient simuler leur mort de multiples façons : projeter une voiture d'une falaise, laisser derrière eux une mare de sang, ou même simplement écrire un message suicidaire avant de disparaître dans la foule.

Mais un Psi était attaché au PsiNet, par le cordon ombilical d'un lien nécessaire à la vie, un lien qui faisait aussi office de chaînes. Si elle projetait sa voiture d'une falaise, personne ne croirait qu'elle était morte tant qu'on pouvait apercevoir le faisceau vivant de son étoile psychique sur le Net. Même les Psis dans le coma conservaient ce lien, leur corps luttant pour maintenir cette connexion vitale.

Ashaya sentit les battements de son cœur devenir irréguliers et sa vision se troubler. Le poison se répandait à travers elle tel un cancer. Mais c'était un cancer qui pouvait lui sauver la vie. Car, si cela fonctionnait, elle s'enfoncerait dans un état au-delà du coma.

Certains auraient pu parler d'hibernation mais, techniquement, ce n'était pas correct : en hibernation, l'oxygène circule, si faiblement que l'individu paraît mort. Toutefois, il ne suffisait pas qu'Ashaya paraisse morte. Elle devait réellement mourir pendant un moment. Et on ne connaissait qu'un moyen de parvenir à cette fin : la suspension cryogénique.

Une fois en suspens, le corps cessait littéralement de fonctionner. Chacune de ses composantes, y compris le cerveau. Et un lien psychique ne pouvait être maintenu sans cerveau en état de marche. Un plan simple, pragmatique, sauf que s'il était relativement aisé de plonger quelqu'un dans un état cryogénique, on n'avait jamais réussi à en faire revenir le moindre individu, de n'importe quelle espèce ; à moins de considérer un état végétatif permanent comme une réussite.

Ashaya n'avait pas réalisé la percée du siècle en découvrant un moyen infaillible d'annuler l'état suspendu. Au lieu de cela, elle avait appliqué les principes de la cryogénisation de manière abstraite. Plutôt que de recourir à des températures largement négatives pour ralentir le rythme cardiaque et l'activité cérébrale, elle avait isolé la neurotoxine d'une dangereuse tique australienne qui paralysait ses victimes. Elle avait ensuite manipulé cette neurotoxine d'innombrables fois, se servant de ses dons pour la modifier un peu à chaque étape… jusqu'à obtenir le poison parfait. Le poison qui arrêterait absolument tout dans son corps, y compris son cerveau, mettant ainsi un terme à sa connexion au Net. Si tout fonctionnait comme prévu, elle s'éveillerait de son état de mort apparente après exactement dix heures. Si elle ne s'éveillait pas… C'était le risque qu'elle courait.

Le vrai test aurait lieu après le réveil. Dès que son cerveau tenterait de revenir à la vie, il chercherait instinctivement, et établirait, une nouvelle connexion au PsiNet. Ashaya serait incapable de l'en empêcher. Elle serait inconsciente à ce moment-là ; pour un Psi, le lien au Net importait plus que la respiration. Ce serait dans ces premiers instants après la reconnexion qu'Ashaya serait la plus vulnérable. Ce serait alors que ses alliés la protégeraient ou qu'ils la laisseraient se faire reprendre.

Elle sentit une piqûre au coude. Elle baissa les yeux, mais ne vit rien. Le personnel médical commença à lui poser des questions à un volume trop élevé, tentant d'établir un contact télépathique qu'elle déviait avec une confusion étudiée. Son esprit fonctionnait bien, tandis que sa respiration se raréfiait et que ses yeux se fermaient. Mais même ainsi, elle était consciente que tout cela ne servirait peut-être à rien : pour que son plan fonctionne, ils devaient la déplacer.

Le PsiNet était une construction psychique, mais il possédait une composante physique : un Psi en Europe n'occupait pas la même section du Net qu'un Psi aux Philippines. Si elle se réveillait à un endroit suffisamment éloigné de sa dernière position connue, le lien serait établi dans une zone hors du black-out mis en place par les troupes de Ming. Cependant, dès qu'elle reviendrait à la pleine conscience, son esprit tenterait de la repositionner « chez elle ». Mais pas si tout se déroulait selon le plan… sauf ce qui…

Son esprit devint confus, incapable de traiter des concepts psychiques complexes. Elle prit conscience qu'elle ne sentait plus son corps, qu'elle ne sentait plus l'air entrer dans ses poumons. À cet instant, elle aurait peut-être pu chercher à s'affranchir de Silence et se mettre à paniquer, mais il était trop tard.

Ashaya mourut.

Dans les profondeurs des Rocheuses canadiennes, Amara laissa échapper une fiole en verre. Celle-ci vola en un millier de dangereux éclats, mais la jeune femme n'entendit rien : elle avait la tête pleine de l'écho du vide absolu et total, consécutif à la fin soudaine de l'existence d'Ashaya. *Non!*

Le verre lui entailla les paumes et le flanc. Elle se rendit compte qu'elle s'était écroulée sur le sol. Son sang, songea-t-elle, était très rouge.

Dorian déposa Keenan sur un lit dans la maison de Tamsyn, la guérisseuse de DarkRiver. À l'origine, le plan prévoyait que le garçon soit emmené à la tanière des SnowDancer, au cœur de la chaîne montagneuse de la Sierra Nevada. Mais puisque Keenan était désormais connecté à la Toile céleste, Judd avait suggéré de le garder à proximité de DarkRiver.

D'où la présence de Dorian chez Tammy. Située à environ une heure de San Francisco, la maison était isolée au bout d'une longue allée et adossée à une zone fortement boisée, mais elle était pourtant loin d'être aussi sûre que la tanière des SnowDancer.

— Il court plus de risques de se faire repérer, ici, fit remarquer Dorian.

Son félin n'aimait pas que le garçon soit aussi exposé.

Tammy enveloppa soigneusement leur fardeau dans une couverture douce.

— Talin voulait le prendre en charge puisque la maison qu'elle partage avec Clay est plus difficile à trouver, mais Sascha a refusé.

— Sascha a refusé ?

La Psi rebelle devenue la compagne de Lucas, le mâle dominant de DarkRiver, adorait les enfants.

— Nous ne savons pas de quoi le gamin est capable, lui rappela Tammy, et Jon et Noor vivent chez Talin. Il n'y aurait sans doute pas de problème pour Jon, mais nous ignorons à quel point Noor peut se protéger elle-même. Keenan pourrait l'influencer par télépathie, même sans le vouloir.

Dorian approuva, son léopard battit en retraite. Même s'il devait désormais aussi veiller sur Keenan, la petite Noor demeurait sous sa protection.

— D'accord.

Les changelings disposaient de boucliers aussi solides que la pierre ; mais Noor n'était pas changeling, et bien qu'elle eût un peu d'ADN Psi, elle était surtout une humaine vulnérable.

— Et tes garçons ?

— Je les envoie chez leurs grands-parents pour un moment. (Elle balaya les cheveux de Keenan de son front.) Le pauvre enfant est si petit ; comment aurait-on pu lui faire du mal ?

Son ton était sauvage et dangereux.

Dorian s'avança pour la prendre dans ses bras.

— Chut, il est avec nous maintenant, dit-il.

— J'étriperai le prochain qui tentera de s'en prendre à ce gamin. (Elle plaça sa tête sous le menton de Dorian, pour qu'il l'apaise.) Je ne sais pas qui est Ashaya Aleine, mais elle a bien agi en demandant qu'on le sorte de là.

Le cœur de Dorian cogna.

« J'ai sauvé deux vies innocentes. Vous ne me tuerez pas. »

— Est-ce que Sascha est en route ? demanda-t-il, rejetant ce souvenir furtif.

Il était en revanche beaucoup plus difficile d'effacer l'image gravée dans sa mémoire, celle de la silhouette d'une étrangère glaciale contre le ciel nocturne.

— Elle devrait arr… (Ils l'entendirent en même temps. Le son d'une voiture dans l'allée.) La voilà sans doute.

— Espérons qu'elle puisse aider le gosse à affronter la situation.

Ce n'était pas un vœu pieux. Si Tammy était une guérisseuse habituée aux changelings léopards, Sascha était une E-Psi, une empathe, née avec le don de sentir et de guérir les blessures émotionnelles.

Tammy s'écarta, le remerciant d'un baiser sur la joue.

— Sascha dit qu'il est connecté à toi ? Comment ?

Dorian y avait réfléchi. Il leva la main et montra à Tammy l'entaille sur sa paume, qui était presque cicatrisée.

— Les serments de sang sont puissants et je lui ai promis que tout irait bien. Peut-être qu'alors, lorsque nos sangs se sont mêlés, il a eu le choix d'aller où il voulait.

Et il avait choisi de faire confiance à Dorian. L'homme et le léopard comptaient tous les deux se montrer dignes de cette confiance.

Sascha entra à cet instant, grande, ses yeux de cardinale inquiets, pareils à des étoiles blanches sur du velours noir.

— C'est un raisonnement qui se tient, dit-elle en s'approchant pour caresser doucement le front de Keenan. Il est connecté à la Toile, mais seulement à travers toi. Tu es vital pour lui.

L'instinct protecteur de Dorian vis-à-vis du gamin s'intensifia. S'il avait une faiblesse, c'était pour ceux qui étaient vulnérables, pour ceux qui ne pouvaient combattre les monstres seuls.

— Il sera effrayé quand il se réveillera, dit-il.

Il sentait encore le tremblement de ses os fragiles tandis que l'enfant essayait de dissimuler sa peur atroce.

— Il va encore dormir un moment, répondit Sascha.

Elle adressa un regard inquiet à Dorian, alors que Tammy s'absentait pour préparer les bagages de ses petits en vue de leur séjour chez leurs grands-parents.

— Tu n'as pas envie d'aller courir ? La journée a été éprouvante.

Ses yeux posaient une question que Dorian n'eut aucune peine à deviner.

— Inutile de t'inquiéter, Sascha chérie. (Il sourit devant son air réprobateur, sachant parfaitement qu'elle avait un faible pour lui.) La fusillade d'aujourd'hui ne m'empêchera pas de dormir ; ils tenaient un enfant en otage.

Son léopard grogna intérieurement au souvenir du sang sur les poignets de Keenan.

Sascha sembla convaincue et reporta son attention sur ce dernier.

— Il sera en sécurité désormais. (Sa voix se brisa et Dorian se demanda quelles émotions elle avait ressenties chez le garçon.) Protégé.

— Grâce à sa mère.

Les pensées de Dorian se tournèrent vers Ashaya Aleine, une femme qu'il avait aperçue sous la forme d'une ombre dans les ténèbres deux mois auparavant… et qu'il n'avait pu oublier depuis.

— Tu crois qu'elle pourra s'enfuir ? demanda-t-il.

— J'en doute. (Sascha referma sa main sur celle de Keenan.) D'après ce qu'a dit Judd, le Conseil a besoin d'elle. Et le Conseil sait obtenir ce qu'il veut.

— Je pense que tu la sous-estimes.

Dorian se remémora la froideur dans la voix d'Ashaya, il se remémora aussi à quel point cette voix l'avait frappé. *Deux putains de poings dans les tripes.* Si…

Le léopard coincé en lui claqua les crocs lorsque Dorian rejeta cette pensée, mais la moitié humaine n'était pas d'humeur à écouter.

— Jusqu'ici, elle est parvenue à extraire trois enfants de situations potentiellement mortelles : Jon, Noor et maintenant Keenan, justifia-t-il.

Cette femme était peut-être suffisamment glaciale pour le brûler de froid, mais elle était aussi diablement intelligente.

Sascha hocha la tête.

— L'ennui, c'est que nous n'avons pas la moindre idée de ses motivations. J'ai envie de croire qu'elle l'a fait par amour pour son fils… mais nous savons tous les deux que les mères ne protègent pas toujours leur enfant sur le Net.

Dorian ne pouvait pas la contredire. Ashaya était Psi. Les Psis ne ressentaient aucune émotion. Alors pourquoi le Conseil avait-il pu utiliser Keenan pour exercer une pression sur sa mère ? Cette femme était un mystère. Dorian avait toujours aimé les mystères. Mais il n'aimait pas les Psis du Net, les Psis qui vénéraient le dieu froid et insensible qu'était Silence.

Les Psis comme Ashaya Aleine.

Une vague de colère noire résonna dans ses veines. Un sentiment familier : un des Silencieux, un Tk-Psi cardinal du nom de Santano Enrique, avait massacré la sœur de Dorian, s'était servi d'elle comme d'un canevas pour donner forme à ses fantasmes de malade. Dorian avait déchiqueté le tueur de ses mains nues, sans que cela apaise la rage dans son cœur animal, ni le tourment dans son âme humaine.

Le corps de Kylie était encore chaud quand il l'avait retrouvée.

— Dorian. (La voix de Sascha déchira les miasmes de souffrance et de colère.) Non.

« Non, ne te punis pas pour le crime d'un monstre ; ne le laisse pas te tuer, toi aussi. »

C'est ce qu'elle lui avait dit dans les mois qui avaient suivi l'exécution d'Enrique, et Dorian s'était efforcé d'écouter. Pendant un moment, il avait cru avoir dominé la colère, mais celle-ci était restée tapie. Elle reprenait à présent vigueur, mue par le souvenir du sang sur les poignets de Keenan… mue aussi par le souvenir de la voix glaciale d'Ashaya Aleine.

Il se leva.

— Je vais quand même aller courir. Veille sur Keenan.

Même Sascha, avec tous ses dons, ne pouvait effacer le sentiment de culpabilité de Dorian. Car cette colère n'était pas entièrement dirigée contre les Psis ; il avait manqué à ses engagements envers Kylie, délaissé sa petite sœur. S'il avait pu s'ouvrir les veines, s'arracher le cœur, vendre son âme sachant que cela la ramènerait, il l'aurait fait sans hésiter.

Mais c'était impossible, alors il avait appris à vivre avec son chagrin, avec la culpabilité ; il avait même berné les membres de la meute en leur faisant croire qu'il allait mieux. Il s'était peut-être berné lui-même. Jusqu'à ce qu'elle fasse irruption dans sa vie.

Il avait failli tirer sur Ashaya Aleine dès qu'il l'avait aperçue.

Non parce qu'elle représentait le mal. Ou parce qu'il l'avait considérée comme un dangereux élément imprévisible. Non, l'unique raison pour laquelle il avait failli lui loger une balle dans la peau, c'était parce qu'à l'instant où il avait capté son odeur, sa queue s'était durcie comme un putain de rocher. Cette réaction inattendue et indésirable avait accru la fureur brute et dévorante de sa culpabilité jusqu'à former un nœud de plus en plus serré autour de sa gorge, une brûlure dans son cœur. Il n'avait dès lors eu qu'une envie : détruire la cause de sa cruelle trahison à la mémoire de Kylie.

Attiré par une Silencieuse ?

Sa bouche esquissa une ligne sinistre. Plutôt se trancher les couilles.

Chapitre 4

« Il me hante. Le sniper. Dans mes rêves, il apparaît comme une ombre noire, l'œil rivé à la lunette d'un fusil. Parfois, il dépose son arme et s'avance vers moi. Parfois, il me touche même. Mais, la plupart du temps, il appuie sur la détente. Et me tue. »

Extrait des fichiers personnels cryptés d'Ashaya Aleine.

Ashaya s'éveilla, consciente que quelque chose avait très mal tourné. Son esprit fonctionnait, mais pas son corps. Elle était paralysée. Une humaine ou une changeling, créatures émotionnelles, auraient paniqué. Ashaya analysa la situation, allongée dans le silence.

À moins qu'elle soit devenue aveugle, elle avait les yeux clos, sans doute par du sparadrap, même si elle était incapable de le confirmer par ses sens. Elle se trouvait donc dans une unité médicale, salle d'hôpital ou morgue.

Mais elle ne pouvait le deviner précisément car son corps n'éprouvait aucune sensation de froid ou de chaleur.

L'ouïe ne fonctionnait pas.

L'odorat ne fonctionnait pas.

Le goût ne fonctionnait pas.

Un sentiment de claustrophobie menaça de s'emparer d'elle. Elle était enterrée de façon ultime : à l'intérieur de son propre corps. Tous ses membres étaient complètement inutiles, ce qui empêchait toute évasion. *Non*, songea-t-elle, en reprenant le contrôle de ses pensées avant qu'elles n'entament le froid Silence qui lui avait permis de rester en vie si longtemps. Puisqu'elle n'était ni humaine ni changeling, elle avait accès à un autre monde. À l'intérieur de son esprit, elle tâtonna à la recherche du lien vers le PsiNet. Il était là, solide et inébranlable. Ce qui avait mal tourné n'avait pas affecté ses aptitudes psychiques.

Suivant le lien, elle abaissa prudemment ses boucliers et balaya de son œil psychique la zone où elle se trouvait. Rapidement, des esprits familiers firent leur apparition. Elle se retira immédiatement. C'était le problème avec le PsiNet. Sa position de départ était alignée sur sa localisation physique, mais puisque le PsiNet était une construction psychique, il bougeait pour s'accorder à elle dès qu'elle abaissait ses boucliers. Comme si chaque individu disposait d'une version du Net qui lui était propre.

Puisque le PsiNet ne respectait aucune loi physique ou mathématique, cela n'avait aucune logique. Personne n'avait encore trouvé les règles qu'il suivait réellement mais une chose était certaine : Ashaya ne pouvait retourner s'aventurer sur le Net sans prendre de précautions pour éviter de révéler sa « connaissance » des autres. Elle savait que c'était réalisable, elle connaissait même certains des mécanismes à utiliser ; Amara les lui avait enseignés.

Elle se mit à déplacer ses barrières mentales, échafaudant une protection après l'autre. Lorsqu'elle rouvrit son œil psychique, tout lui apparut au travers d'une faible brume. Ses boucliers étaient si imposants qu'ils l'empêchaient de surfer activement sur le Net, mais cela ne la gênait pas. À cet instant précis, elle était un point invisible parmi des millions d'autres points. Si elle ne « connaissait » personne, personne ne la connaissait.

Elle se risqua à pratiquer une mince ouverture dans ses boucliers pour écouter le bruissement du Net. Des milliers de bribes d'informations filtrèrent, mais en l'absence de la moindre chose intéressante, elle s'obligea à regagner la carapace de son esprit, la prison oppressante de son corps, tout en s'inquiétant de la douleur qu'elle ressentirait lorsqu'elle arracherait le sparadrap de ses yeux. La souffrance était un concept relatif. La perte de Keenan le lui avait appris encore plus clairement que la cruauté d'Amara.

Le sparadrap.

Elle le sentait à présent, collant et abrasif sur ses paupières. Elle se concentra pour passer en revue les parties de son corps. Au premier passage, ses pieds lui semblèrent morts mais ses mollets s'éveillèrent, tandis que sa poitrine restait engourdie. Au deuxième passage, des crampes atroces lui tenaillèrent les jambes et son estomac sembla vouloir ramper hors de sa gorge.

Au troisième passage… tout son corps était traversé d'une souffrance fulgurante. L'agonie lui arrachait la paroi des intestins, lui écorchait la peau. Et, malgré tout, elle se contraignit à ne pas bouger. Elle n'avait pas l'entraînement d'un soldat, on ne l'avait pas torturée pour lui apprendre à résister à la douleur. Elle gisait immobile pour une seule raison : elle voulait revoir son fils.

Car si elle était en vie, alors il y avait une chance que Keenan aussi s'en soit sorti vivant.

Un effleurement psychique.

Amara.

Ashaya se retrancha dans les profondeurs de Silence, protégeant son esprit derrière un nouveau mur de glace, tandis que son corps continuait à la punir d'avoir senti l'aiguillon de la mort. Elle n'était pas surprise qu'Amara l'ait retrouvée aussi vite, mais la connexion entre elles n'avait jamais été aussi faible. Ashaya avait bien l'intention que cela reste ainsi.

Elle aurait été incapable de dire combien de temps dura la douleur.

Une fois celle-ci dissipée, Ashaya demeura figée, laissant le monde alentour filtrer à travers ses sens. Elle se trouvait sur une table d'acier froide. Donc pas dans une salle d'examen ou de repos. Mais dans une sorte de morgue. Elle sentit un souffle d'air sur le corps.

Nue. Elle était nue.

Elle était tellement plongée dans Silence qu'elle n'en fut pas perturbée. Elle saisit l'odeur d'antiseptique dans l'atmosphère, le calme absolu. Mais elle ne bougea pas, même si c'était tentant. Il devait y avoir des caméras. On n'aurait jamais laissé son corps sans surveillance. Ils avaient dû lui faire passer un scanner. Comme elle n'avait pas été charcutée, soit la couche protectrice de la puce avait joué son rôle, soit la procédure d'autopsie avait été retardée.

Son esprit se remémora soudain une information qu'elle avait absorbée durant son intrusion sur le PsiNet.

« Une grippe virulente s'est propagée de façon inopinée dans plusieurs régions, faisant craindre une pandémie. »

À moins qu'elle n'ait intercepté cette fuite par le plus grand des hasards, on aurait dit que Zie Zen avait reçu le message qu'elle lui avait fait parvenir en douce et qu'il s'était préparé à ce qu'elle agisse. Restaient les caméras : elle allait devoir tenter sa chance en espérant que la morgue elle-même n'était pas surveillée. Pourquoi le serait-elle ? Mais alors qu'elle s'apprêtait à bouger, elle entendit des pas. Une porte s'ouvrit, doucement, sans un bruit à l'exception d'un courant d'air. Des bottes claquèrent sur le sol de plasti-béton, les pas d'une seule personne. Ils s'arrêtèrent à côté d'elle. Elle ne broncha pas… avant de se rendre compte qu'elle respirait.

— Mademoiselle Aleine, êtes-vous consciente ? Je sais que vous êtes vivante.

Tout cela n'a servi à rien. Refusant de laisser transparaître la moindre réaction, elle leva les mains et retira le sparadrap de ses paupières ; la puissante lumière blanche lui fit cligner les yeux. La femme aux cheveux brun roux qui l'avait réveillée extrayait déjà des affaires d'un petit sac pour les déposer à ses côtés. Des vêtements, des chaussures, des chaussettes.

Ashaya se redressa en position assise. Elle déglutit.

— À boire…

Elle avait la voix pleine de gravier et de poussière, comme tapissée de verre pilé.

La femme lui plaça une bouteille dans la main, ses yeux bruns ne révélaient qu'une efficacité froide.

— Zie Zen vous passe le bonjour.

Elle ouvrit la main pour montrer à Ashaya une petite pièce d'or poinçonnée du caractère chinois signifiant « unité ».

« Il n'en existe que dix. Chacune entre les mains d'une personne digne de confiance. »

Ashaya n'avait pas besoin d'autre preuve.

— Il a reçu mon message.

Un léger hochement de tête.

— Vous disposez de peu de temps, dit la femme. La panique que nous avons créée avec un agent biologique viral commence à s'estomper. Le Conseiller LeBon arrivera bientôt pour récupérer votre corps.

Ashaya termina de boire le jus, puis se leva en posant les mains à plat sur la table pour garder l'équilibre. Elle avait la tête qui tournait et elle savait qu'elle était sur le point de vomir. Elle tituba jusqu'à l'évier et eut à peine le temps de mettre le bouchon avant que son estomac se soulève. Ce fut surtout du jus qui en sortit, mais elle eut l'impression que des muscles se déchiraient sous l'effet des spasmes.

— Est-ce que tout va bien ?

L'étrangère donna une boîte de mouchoirs à Ashaya, ainsi qu'une autre bouteille, d'eau cette fois.

—Oui, répondit-elle d'une voix rauque. Laissez-moi une minute.

Une fois que l'autre femme se fut éloignée, Ashaya examina le contenu de l'évier et fut soulagée d'y apercevoir la puce qu'elle avait ingérée : son système digestif avait cessé de fonctionner en même temps que le reste de son corps, de sorte que la puce était restée dans l'estomac. Elle la rinça en même temps que l'évier et enveloppa l'inestimable objet dans un morceau de tissu, puis revint vers la table.

L'étrangère lui avait préparé une tenue qu'Ashaya s'empressa d'enfiler : des sous-vêtements, un jean, un tee-shirt blanc à manches longues, et un autre, bleu marine à manches courtes, par-dessus. À l'approche de l'été, le printemps devenait plus chaud mais les nuits pouvaient encore être fraîches par endroits. Elle mit la puce dans une poche et arrangea ses cheveux en nattes avant de les enfouir sous le béret noir que sa bienfaitrice lui tendit.

Puis ce fut au tour des lentilles de contact marron. Le bleu-gris pâle de ses yeux était inhabituel avec son teint mat. Elle mit ensuite les chaussettes et les baskets qui se trouvaient sur la table d'autopsie. Elle avait encore le corps tiraillé par les vestiges du poison et son estomac était une vraie pagaille, mais ce n'était rien comparé au moment de son réveil.

—Il y a un petit stunner dans la poche avant ; c'est une arme dont vous savez vous servir, non ?

Sans attendre de réponse, la femme aida Ashaya à enfiler le sac. Il s'ajustait parfaitement à son dos, avec des lanières autour de la poitrine et des hanches.

—Vous trouverez aussi des produits de beauté et des bijoux bon marché dans la poche de côté. Utilisez-les pour compléter votre déguisement. Il est essentiel de brouiller les pistes. Vous n'êtes plus Ashaya Aleine, M-Psi, vous êtes

Chantelle James, étudiante en arts. Je vous envoie le profil par télépathie.

— Bien reçu.

Mais Ashaya n'avait pas l'intention d'utiliser ce profil, de s'évader d'une cage juste pour entrer dans une autre. Contraindre son enfant – et il fallait qu'il soit en vie ! – à passer sa vie à regarder par-dessus son épaule, à vivre dans les secrets et les mensonges… non, elle ne l'imposerait pas à Keenan. Il avait suffisamment souffert.

— Collez au profil et gardez vos boucliers contre le PsiNet en position maximale. Nous avons pu dissimuler votre retour sur le Net, mais nous ne disposons pas du personnel nécessaire pour vous garantir une protection vingt-quatre heures sur vingt-quatre.

— Je comprends. (Elle se tourna pour dévisager sa bienfaitrice.) Merci.

— Soyez prudente. (Le regard de la femme était grave, mais étrangement lucide.) Quand ça se brisera et que la guerre éclatera pour de bon, nous aurons besoin de vos talents pour combattre les agents biologiques qu'ils utiliseront contre nous.

« *Ça.* » Silence. Le protocole qui les gardait sains d'esprit en supprimant leurs émotions. Le protocole qui installait des sociopathes au sommet de leur hiérarchie. Mais quand ce Silence disparaîtrait, les esprits allaient craquer. Les émotions n'allaient pas se contenter de refluer en force… elles allaient aussi causer des fractures permanentes, irréversibles, dans la psyché. Ashaya ne le savait que trop bien.

— Je ferai de mon mieux. (Mais elle ne s'écarterait pas de la ligne de conduite qu'elle s'était fixée.) Comment est-ce que je sors d'ici ?

— Un téléporteur vous emmènera. (Elle s'immobilisa.) Nous n'avons plus le temps.

L'homme qui avait téléporté Ashaya vers le Centre, Vasic, fut soudain à ses côtés. Un instant plus tard, elle sentit ses os se dissoudre et elle se mit à tomber, tomber. Elle trébucha et faillit se retrouver à genoux quand ils atteignirent leur destination.

— Où…, commença-t-elle, mais Vasic avait déjà disparu en un clin d'œil.

Elle se massa le front ; la situation avait dû soudain devenir critique. Vasic était probablement retourné chercher l'autre femme. Cet homme devait être une perle rare : un Voyageur. La plupart des puissants télékinésistes pouvaient téléporter, mais même un Tk-Psi cardinal ne pouvait opérer aussi vite et avec autant d'aisance. Seul un vrai téléporteur en était capable. Un Voyageur. Classification Tk. Sous-classification V.

Mais où ce Voyageur l'avait-il amenée ?

Elle se retourna dans l'espoir d'avoir une idée de sa position. Mais il n'y avait aucune route à l'horizon. Aucun bâtiment. Rien que des arbres, par milliers apparemment, dans toutes les directions. Un mur de verdure compact. Elle se replongea dans sa réflexion : Vasic avait sans doute dû écourter sa téléportation afin d'avoir le temps d'aller récupérer l'autre femme. Elle se retrouvait donc seule en pleine nature, après avoir passé la majeure partie de sa vie entre les murs d'un laboratoire.

Elle entendit alors un grondement, un son si mortel qu'il lui donna la chair de poule. Un état d'alerte primitif que même les Psis n'avaient pas été en mesure d'éliminer. Un nouveau grondement retentit, suivi d'un feulement qui la paralysa.

Dorian reçut l'appel alors qu'il retournait vers la maison de Tammy après avoir couru.

— Ouais ?

— Tu te trouves à quelle distance du Bosquet ? demanda Vaughn.

— Peut-être à une heure à vive allure. Pourquoi ?

— Merde. (Vaughn s'adressa à quelqu'un d'autre en chuchotant, puis revint en ligne.) C'est toi qui es le plus proche. Récupération immédiate.

Qui ou qu'est-ce qui se trouve là-bas ? Le Bosquet était une grande étendue située au plus profond de leur territoire, le domaine de créatures sauvages avides de sang et de chairs déchiquetées.

— Je m'en occupe.

Il changeait déjà de direction.

— Tu es armé ?

— Question stupide.

Il portait toujours une arme sur lui, une habitude visant à compenser son incapacité à se muer en félin.

— J'espère que tu ne devras pas t'en servir. Vas-y, fonce.

Vaughn raccrocha.

Dorian fourra le téléphone dans sa poche et adopta un rythme violent. Puisque Vaughn ne lui avait fourni aucune indication supplémentaire, la cible devait être facile à repérer : très visible, bruyante, ou dégageant une odeur identifiable. Il espérait fichtrement que c'était une des deux dernières possibilités. L'obscurité était tombée depuis une heure environ, et puisque les nuages masquaient la lune, la visibilité était mauvaise. Il avait le regard aiguisé d'un félin, mais même un changeling léopard ne pouvait trouver comme par enchantement une aiguille dans une énorme botte de foin. Une piste olfactive faciliterait les choses.

Bien entendu, cela pourrait être sans importance.

Parce que si quelqu'un se trouvait là-bas, alors il ou elle avait de sérieuses emmerdes. La zone était habitée par des lynx agressifs. Des animaux, pas des changelings. En cas de provocation, ils pouvaient devenir de vraies petites teignes, vicieuses. Si l'individu avait commis cette erreur, alors Dorian ne retrouverait qu'un tas d'os débarrassés de leur chair avec une efficacité sanguinaire.

Ashaya était entourée d'yeux brillants qui l'épiaient. Elle restait immobile, passant en revue ses options pour la centième fois et aboutissant à la même conclusion : elle n'en avait aucune. Elle était une Psi de rang 9,9 mais son pouvoir était médical. Elle ne possédait aucune aptitude pour le combat, pas même une dose de télékinésie ou de télépathie paralysante. Son rang Tp culminait à 1,1 ; juste assez pour maintenir son lien avec le PsiNet.

Elle pouvait se risquer à utiliser cette misérable bribe de télépathie pour attaquer, mais même si elle gagnait quelques secondes, que pourrait-elle faire ensuite ? Elle envisagea d'essayer de se saisir du stunner dans le sac. Mais dès qu'elle fit mine de bouger la main, des crocs claquèrent en signe d'avertissement. Elle se demandait pourquoi ils n'avaient pas encore donné l'assaut.

Elle trouva la réponse en observant encore une fois les environs : plusieurs grands troncs portaient des marques récentes de griffes. Quelque chose de gros était passé par là peu de temps auparavant, laissant suffisamment de traces de son passage pour que ces prédateurs, qui étaient petits à en juger la hauteur de leurs yeux, hésitent. Mais ça ne durerait pas. Elle représentait une proie chaude et vivante. Ils la désiraient.

Réfléchis, Ashaya, se dit-elle en recourant à la sérénité que favorisait Silence. *Que ferait Amara ?* C'était une question idiote, qu'elle rejeta immédiatement. Amara possédait d'autres aptitudes, une autre façon de penser. De quoi disposait-elle, elle, Ashaya ?

Médecine. Télépathie de base. Psychométrie de base. Quelques autres dons Psis passifs. Aucun d'utile dans cette situation.

Les animaux – des félins ? – se rapprochaient petit à petit, comme l'indiquait le chuchotement furtif de leurs griffes sur la végétation sèche qui tapissait le sol de la forêt.

En dehors de ses dons psychiques, qu'avait-elle ?

Un esprit vif, une bonne condition physique… et le don génétique de la vitesse.

Seul problème : les prédateurs étaient plus rapides qu'elle.

Chapitre 5

« Des trucs à faire… des gens à tuer. »

Inscriptions sur l'avant et l'arrière
du tee-shirt préféré de Dorian Christensen
(cadeau de Talin McKade).

Peu de temps après être entré dans le Bosquet, Dorian perçut les effluves de sang portés par le vent, puis des bruits de lutte émanant de lynx enragés. Il déplaça les mains avec une grâce mortelle, pour amener dans ses paumes des couteaux de lancer en prévision de ce qu'il allait rencontrer, quoi que ce fût. Son odeur suffisait normalement à effrayer les plus petits félins, mais s'ils étaient d'humeur assassine, ils pourraient se trouver dans une rage animale.

L'odeur l'attirait, forte et métallique. Mais sous le nuage de sang, flottait un parfum exotique féminin, intrigant, séduisant… et froid, si froid.

— Bordel !

Il parcourut la distance restante à une vitesse fulgurante, le dos en sueur.

Elle n'avait pas le droit de mourir, pensa-t-il, animé par une colère semblable à une flamme. Pas avant qu'il ait évacué de son système cette faim virulente qu'il ressentait pour elle. Mais lorsqu'il parvint à la petite clairière d'où provenait l'odeur, il ne découvrit rien d'autre que des lynx en furie et le parfum métallique mordant du sang frais : aucune odeur d'entrailles déchirées ou de déchets humains expulsés à l'approche de la mort. Pas même des relents de sueur affolée. Les Psis aimaient se prétendre froids jusque dans la mort mais il savait parfaitement qu'ils hurlaient comme tout le monde. Santano Enrique avait hurlé… jusqu'à ce que Dorian lui tranche la langue.

Tenant les couteaux avec sa dextérité habituelle, il s'avança dans la clairière. Les lynx firent volte-face, leurs grondements féroces promettaient d'atroces souffrances. Il attendit qu'ils le reconnaissent. Ils hésitèrent, assez longtemps pour s'arrêter de lacérer ce qu'ils avaient sous leurs griffes. Il savait ce que leur instinct leur dictait : il était seul, ils étaient une dizaine.

Il grogna, autorisant le léopard piégé en lui à s'exprimer par ses cordes vocales. C'était un grognement de colère, de rage, de domination. Les lynx eurent un mouvement de recul mais ne partirent pas. *Mince.* Il ne voulait pas les tuer. Cette terre leur appartenait autant qu'à lui. C'était elle l'intruse, ici et dans sa vie, dans ses putains de rêves. Cependant, il se chargerait lui-même de sa merde. Il n'allait pas choisir la voie de la facilité en restant planté à la regarder se faire mettre en pièces.

Il grogna de nouveau, menaçant.

Dégagez ou vous allez mourir.

Ils le connaissaient, ils savaient que l'avertissement n'était pas à prendre à la légère. Peu importait qu'il fût latent, incapable de prendre la forme du léopard qui constituait son autre moitié. Non, aux yeux de ces créatures, il était juste un autre félin. Il sentait comme eux. Il courait comme eux. Il chassait comme eux.

Et il tuait comme eux.

L'un après l'autre, les félins aux oreilles broussailleuses poussèrent des grondements mécontents et s'éloignèrent. Il attendit, les couteaux en main, jusqu'à être certain qu'ils aient renoncé. Il s'approcha ensuite de l'arbre au pied duquel ils avaient sauvagement assailli leur proie. Il s'arrêta.

La concentration de l'odeur était anormale. Immobile, il analysa ce que lui apprenaient ses sens. Il faillit sourire. Et se glissa dans les ombres les plus profondes. Si rapidement qu'un éventuel observateur n'y aurait vu que du feu.

Enveloppé par les ténèbres, il parla en se déplaçant, parfaitement conscient qu'un Psi était capable de tuer d'un seul coup mental bien ajusté.

— Je propose que vous descendiez, sauf si vous voulez que je vous abandonne ici. Le sang ne manquera pas d'attirer les lynx.

Aucune réaction. Est-ce qu'elle croyait qu'il ne savait pas où elle était ?

— J'aimerais savoir où une Psi a appris à grimper ?

Il s'arrêta à l'angle de la branche sur laquelle elle était perchée ; il distinguait une basket.

— Sur un mur d'escalade dans une salle de gym, lui répondit une voix froide. Je crains d'éprouver des difficultés pour le trajet retour.

Il ne bougea pas, résistant à l'instinct protecteur de sa bête.

— Des entailles ?

— Une morsure. Au mollet.

Il l'entendait bouger à présent, elle essayait de redescendre. Le félin en lui était macho. Il aimait aider les femmes. Et cette femme, il voulait la mordre, la goûter, la savourer. Mais ce félin, en dépit de son attrait inexplicable et intensément sexuel pour la glaciale Ashaya Aleine, était aussi un prédateur, froid et calculateur, qui savait qu'un Silencieux avait tué la chair de sa chair, le sang de son sang. Pardonner était impossible.

— Nous sommes quittes, dit-il toujours immobile. Nous avons remboursé notre dette.

Une pause.

— Est-ce que mon fils est sain et sauf ? demanda-t-elle.

Aucune trace d'émotion dans cette question. Alors pourquoi l'avoir posée ?

— Nous tenons nos promesses.

— J'ignore qui vous êtes. Je sais juste que vous êtes un ami de Talin McKade.

Une bouffée de sang, puis le frottement du tissu glissant contre le bois.

Il était aux aguets, prêt à l'attraper si elle tombait.

— Comment avez-vous empêché les félins de grimper ? Il y a du sang sur le tronc, jusque sur la branche. Une morsure de félin.

Elle ne réagit pas immédiatement à sa salve verbale et il entendit qu'elle respirait avec difficulté.

— Je les ai attaqués avec de brefs coups de Tp, suffisamment pour les décourager.

Il se hérissa.

— Pourquoi ne pas leur avoir explosé l'esprit, réduit le cerveau en bouillie ?

Les Psis avaient déjà utilisé de telles méthodes par le passé. En conséquence, avec cette espèce dénuée d'émotions, les changelings avaient opté pour une politique consistant à tuer d'abord, interroger ensuite.

Une autre pause, une respiration encore plus laborieuse. Il supposa qu'elle avait atteint le tronc et qu'elle rassemblait ses forces pour descendre. Le parfum métallique était devenu plus riche. Elle saignait pas mal. Instinct et colère se heurtaient de plein fouet, s'affrontaient, en ressortaient égratignés et déchirés.

— Tous les Psis ne naissent pas égaux, dit-elle, la voix tendue et crispée. Je possède juste assez de Tp pour les maintenir à distance un à la fois. La frappe que j'ai projetée m'a à peine donné le temps de grimper ; et ils s'en sont vite remis.

— Pas besoin d'être un puissant télépathe pour tuer.

Il se mit à escalader l'arbre avant même d'avoir consciemment décidé de l'aider.

— Non, mais on a besoin de la capacité de concentrer ses autres dons d'une façon mortelle. C'est un talent en soi. Un talent que je n'ai pas. (Sa voix se calma.) Pourquoi est-ce que je livre autant d'informations ?

Il atteignit le sommet et la trouva les yeux fermés, à califourchon sur une branche.

— Parce que, dit-il en regardant ses yeux s'ouvrir brusquement, vous êtes fatiguée et affaiblie par la perte de sang. (Il l'attira vers lui.) Passez la jambe par-dessus.

Elle obéit et se retrouva assise avec les deux jambes du même côté de la branche.

— Je n'ai peut-être pas assez de force pour descendre, dit-elle.

Il mit un bras sous ses cuisses, l'autre dans son dos. Et sauta. Il atterrit sur les pieds, absorbant le choc de l'impact avec la grâce féline contenue dans ses gènes. Depuis l'enfance, il déconcertait les médecins. Tout en lui était félin, sauf qu'il ne pouvait pas prendre la forme de ce qu'il était vraiment. Il n'avait jamais couru sur ses quatre pattes, jamais senti le bruissement du vent dans sa fourrure, jamais brisé de ses crocs la nuque d'une proie, seulement mû par l'adrénaline d'un instinct sauvage et dévorant.

— Impressionnant, commenta-t-elle.

Il jeta un coup d'œil à la femme dans ses bras, mais se tut et la déposa sur le sol. Elle s'assit et porta les mains au mollet droit. À voir la quantité de sang, il savait qu'elle aurait au minimum besoin de points de suture. Il attrapa le sac que les lynx avaient maltraité et entreprit de l'ouvrir.

— Est-ce que vous avez un kit de secours là-dedans ?

Grâce à son tissu résistant, le sac était relativement intact. Même en l'absence d'un kit, il pourrait peut-être trouver de quoi bander la jambe ensanglantée.

— Je l'ignore, répondit Ashaya.

La première chose qu'il aperçut fut un petit stunner. Ça ne le dérangeait pas : il était trop rapide pour constituer une cible facile. Et puisqu'elle ne semblait pas avoir de griffes, se balader avec une arme était intelligent. Mais…

— Pas grand-chose d'utile dans ce sac.

— Malheureusement, on dirait que j'ai oublié de me prémunir contre une attaque d'animaux sauvages.

Une morsure de glace. Qui lui parcourut les nerfs à la vitesse d'un violent éclair. Il croisa son regard et se rendit compte qu'il était foncé. Il ne l'avait vue qu'une seule fois et de nuit, mais il aurait juré que ce n'était pas la vraie couleur de ses yeux.

— Votre déguisement est bon, commenta-t-il en défaisant l'attache de la poche principale du sac. Il serait encore meilleur si vous vous débarrassiez de ces tresses. Parce qu'une Psi ne laisserait jamais ses cheveux détachés s'ils étaient ne fût-ce qu'un peu incontrôlables.

— Les miens sont plus qu'un peu incontrôlables.

Il sentit son regard posé sur lui tandis qu'il fouillait ses affaires. La chance était avec elle : il trouva en un rien de temps le petit kit marqué de la croix rouge universellement reconnaissable. Et à l'intérieur, sur le dessus, le tube d'antiseptique sec.

— Couchez-vous sur le ventre. C'est plus facile pour faire pénétrer ce truc.

Il gardait la maîtrise de sa voix et de ses paroles, même si son léopard essayait de se faufiler à travers sa peau, perturbé par l'odeur du sang.

— Vite, ajouta-t-il.

Elle se retourna et s'allongea sans protester sur le tapis d'aiguilles de pin sèches. À l'aide d'un de ses couteaux, il découpa les lambeaux de tissu qui recouvraient la blessure et saupoudra l'antiseptique sur celle-ci. Le produit à action rapide fondit, cautérisant la plaie en quelques secondes.

— Ça nous donnera le temps de vous amener chez un toubib.

L'antiseptique était une solution de fortune. Il ne soignait rien, il empêchait juste les bactéries de s'infiltrer dans la blessure et le sang de s'en écouler. Puisqu'il était efficace, cela signifiait que les lynx n'avaient causé aucun dommage important.

Le kit contenait aussi un tas de pansements « peau fine ». Malgré leur nom, ils étaient aussi résistants que des feuilles d'acier.

— C'est douloureux ? s'enquit-il en lui enveloppant le mollet.

Les dégâts occasionnés à sa peau lisse exaspéraient Dorian de façon inexplicable.

— Rien d'insupportable.

Il se remit accroupi et l'observa se rasseoir. Elle posa les yeux sur son travail.

— Vous savez vous y prendre.

Il refréna l'envie de répliquer à son ton froid par un grondement féroce. La glace qu'elle diffusait était comme un poing resserré autour de sa queue, qui l'excitait contre toute raison, contre toute attente.

— Formation aux premiers soins. (Il haussa les épaules et remit tout en place dans le sac avant de marquer une pause.) Il vous faut quelque chose là-dedans ?

— Tout.

— Tant pis pour vous. (Il rajusta les lanières.) Je dois vous porter car c'est…

— Je peux…

— Ouais, vous pouvez ramper, rétorqua-t-il, mais ça ne me permettra pas de rentrer à temps chez moi pour piquer un somme.

Et certainement pas assez vite pour contenir les tentatives enragées du léopard qui voulait bondir hors de sa peau.

Il ne pouvait pas se transformer, il n'en avait jamais été capable. Mais le félin n'avait pas conscience d'être piégé. En cet instant, il ne savait pas trop s'il voulait dépecer Ashaya ou la baiser.

— Puisque je ne peux pas vous larguer ici, je ferais aussi bien de partir maintenant pour me débarrasser de vous au plus vite.

Une provocation délibérée, mais le visage d'Ashaya, ce visage qui hantait ses rêves depuis deux mois, resta impassible. *Deux foutus mois*, songea-t-il de nouveau. De nuits interminables à s'éveiller en sueur, frustré et dur. Et en colère, tellement en colère ! Seule une furieuse méfiance envers un attrait sexuel qui avait commencé à se muer en obsession l'avait empêché de se lancer à ses trousses.

Elle était là à présent, assise, à le dévisager avec ses yeux de la mauvaise couleur ; et ce mensonge éhonté ne faisait qu'accroître sa fureur.

— Vous ressentez beaucoup d'antipathie pour moi.

Non, ce qu'il ressentait, c'était un méchant désir. Mais il n'était pas un animal en rut. Et, en dehors d'une seule erreur stupide après une beuverie à l'université, il ne couchait pas avec des femmes qui risquaient de lui geler les couilles pendant la nuit.

— Je vais planquer votre sac dans les branches. Les lynx ne s'en approcheront pas maintenant qu'il porte mon odeur. Quelqu'un viendra vous le récupérer demain.

Ashaya ne protesta pas, même en sachant qu'elle n'avait rien à offrir en échange.

— Une autre dette ?

Elle avait immédiatement reconnu le sniper à sa voix. Après tout, elle l'avait entendue dans ses rêves pendant huit longues semaines.

— Ne vous inquiétez pas. Nous exigerons le remboursement.

Sur ces mots, il enfila le sac et se mit à escalader l'arbre.

Sa façon de se déplacer était incroyable. Si fluide, sans efforts apparents. Il allait dix fois plus vite qu'elle, avec cent fois plus de grâce. Si elle avait eu le moindre doute sur sa nature, cette démonstration l'aurait balayé.

— Changeling, dit-elle lorsqu'il regagna le sol d'un bond. Félin.

Il leva un sourcil ; ses yeux étaient d'un bleu impitoyable, si pur que même dans ces ténèbres elle les trouvait incroyables.

— Miaou.

Une chose tapie dans son esprit s'éveilla à la vie et elle se surprit à songer que ce sniper était magnifique. Dans son esprit, elle l'avait toujours enveloppé de ténèbres, mais c'était un dieu en or.

— Comment avez-vous su que j'étais ici ?

Elle s'efforça de se remettre debout, le souffle court, une main appuyée sur le tronc. Sa paume rencontra une substance poisseuse. Son propre sang, comprit-elle.

— Je suis un C-Psi. (Une réponse moqueuse.) Vous allez devoir voyager sur mon dos. Essayez de ne pas me poignarder au passage.

Il s'approcha d'elle et se retourna.

Dès qu'elle posa les mains sur ses épaules, elle se figea. Elle n'avait pas le souvenir d'un contact aussi rapproché avec qui que ce soit. Même avec Keenan, elle gardait ses distances, consciente que seule la froideur de Silence le préserverait de tout danger. Mais il n'y avait aucun point commun entre sa faiblesse concernant Keenan et ce changeling qui semblait la mépriser.

Et qui pourtant la fascinait à un point tel qu'elle risquait de devenir folle rien que d'y penser.

D'aussi près, elle distinguait la pureté du blond de ses cheveux, proche de l'or blanc, mais c'était la seule touche de douceur en lui. Sous ses mains, elle percevait un corps dur, tout en arêtes musculaires. Elle prit soudain conscience de façon viscérale qu'il pourrait la briser en deux sans y penser. Son estomac se contracta, une réaction physique dangereuse, une réaction qu'elle aurait dû être en mesure de réprimer.

— Vous attendez une invitation officielle ?

Une question presque nonchalante, mais elle devinait qu'il la sondait au moyen de son intelligence.

— Non. (Mettant ses pensées erratiques sur le compte de la perte de sang, elle déplaça son poids d'une jambe à l'autre... et s'effondra presque.) Je ne parviens pas à me hisser.

Il glissa les mains derrière ses cuisses.

— Allez-y.

Elle voulut l'aider en poussant sur sa jambe indemne, mais sa contribution se révéla inutile : il était tellement fort qu'elle se retrouva les jambes autour de lui du premier coup.

— Accrochez-vous.

Sans autre avertissement, il se mit à courir.

Elle serra instinctivement les bras. Elle se rendait parfaitement compte qu'il se déplaçait à la vitesse d'un bolide. Ils se rompraient le cou en cas de collision avec l'un des énormes troncs qui surgissaient devant eux. Elle aurait logiquement dû fermer les yeux, mais elle en était incapable. Elle avait besoin de voir vers où ils allaient, même s'il y avait...

Un coup perçant dans son esprit... quelque chose, ou plutôt quelqu'un, essayant de se frayer un chemin à coups de griffes.

Amara.

Elle réagit presque instantanément, mettant à profit des années d'expérience pour dresser des barrages façonnés par le froid impénétrable de Silence. Elle était incapable de dissimuler sa « résurrection » à Amara, mais elle ne pouvait pas pour autant l'autoriser à s'infiltrer dans son esprit, et encore moins lui laisser découvrir que Keenan était toujours en vie.

— Vous dormez ?

Le sniper tourna brusquement la tête vers elle, évitant de peu un arbre.

Elle contracta tous les muscles de son corps et se rendit compte que ses formateurs avaient menti. Il était impossible de supprimer toute réaction physique par la seule volonté. Ashaya avait rendu son sang glacial au fil des ans et, malgré cela, son corps réagissait à la perspective de la douleur.

— Vous ne pensez pas que vous devriez regarder devant vous ?

Un rire qu'elle sentit plus qu'elle ne l'entendit. Un rire qui vibra à travers l'intimité troublante de leurs corps parallèles, menaçant son conditionnement à un point qui pouvait s'avérer mortel. Et pourtant elle ne demanda pas qu'il la dépose : cela la trahirait trop, mettrait tout son plan en péril. Elle céda plutôt à une autre pulsion, issue d'une zone de son esprit qui s'était éveillée à l'âge de quatorze ans sans plus jamais se rendormir par la suite.

— Vous vous appelez comment ?

Sa réponse fut emportée par le vent. Elle résolut de garder ses questions pour plus tard, mais puisqu'elle avait la bouche à proximité de son oreille et qu'il pouvait l'entendre, elle l'informa :

— Je pense que ma jambe saigne de nouveau.

Il ralentit suffisamment pour lui adresser un coup d'œil.

— Je le sens. À quel point ?

Elle décela quelque chose dans ce ton… une note subtile qui résonna avec la chose inconnue en elle.

— Ça va pour l'instant, mais dans quelques minutes, nous commencerons à laisser une trace.

— Alors accrochez-vous bien.

Puis il se déplaça réellement. Si elle avait cru qu'il allait vite auparavant, ce n'était rien en comparaison de la vitesse qu'il avait désormais atteinte. Elle dut cette fois fermer les yeux pour les protéger de la violence du vent qui lui arrachait des larmes.

Au milieu des ténèbres qui suivirent, elle put seulement fixer son attention sur le déplacement fluide des muscles dans le corps qui la portait. Puissance pure. Force incroyable.

Et elle était totalement à sa merci.

Chapitre 6

Ming LeBon regardait la table d'autopsie vide où aurait dû se trouver le corps d'Ashaya Aleine.

— Des enregistrements ?

— Vierges pendant une quinzaine de minutes. C'est passé inaperçu car…

Ming abattit la main.

— Pas d'excuses.

— Oui, monsieur.

— Fais venir Vasic.

Une minute plus tard, Vasic succéda au responsable de la Sécurité.

— Monsieur.

— Tu as mis la main sur l'agenda électronique d'Aleine ?

Vasic hocha la tête.

— Sitôt qu'elle a perdu conscience. Selon les ordres reçus, je l'ai téléporté sur votre bureau. Souhaitez-vous que je le récupère ?

— Non.

Ming dévisagea l'autre homme, un de ses meilleurs soldats d'élite. Vasic étant une Flèche, sa loyauté aurait dû être au-dessus de tout soupçon. Cela ne devait rien au hasard : les Flèches étaient toutes astreintes à un régime de drogues destiné à les transformer en machines à tuer absolument inébranlables.

— Aucune alarme ne s'est déclenchée, aucun écran en dehors de ceux de cette zone n'a été trafiqué. Qu'est-ce que cela signifie ? demanda Ming.

— Un Tk-Psi capable de téléportation, répondit Vasic, totalement imperturbable. Officiellement, aucun d'eux n'était présent à ce moment dans les environs immédiats.

— Et officieusement ?

Vasic jeta un coup d'œil aux appareils d'enregistrement de la salle et « frappa » à la porte télépathique. Ming autorisa une communication Tp et le soldat déclara :

— *L'insurrection prend de l'ampleur. Certains rebelles pourraient être dotés de capacités dont nous ne soupçonnons pas l'existence.*

— *Nous aurions déjà repéré un Tk aussi puissant.*

— *Alors,* répliqua Vasic, toujours d'un calme absolu comme toutes les Flèches, *il s'agissait d'un traître.*

— *Ouvre ton esprit pour un scan.*

— *Négatif, monsieur. Cela me laisserait sans défense.*

Et les Flèches n'abaissaient jamais leurs défenses. Cela faisait partie de leur formation. Ming lui-même leur avait enseigné cette leçon.

— *Où étais-tu à l'heure indiquée ?*

— *En Europe.* (Des données s'écoulèrent de l'esprit de Vasic à celui de Ming.) *Après avoir téléporté l'agenda de la M-Psi Aleine sur votre bureau, j'ai rejoint mon équipe qui enquête sur le récent regain d'activité au sein de l'Alliance humaine.*

Ming acquiesça, ayant déjà vérifié cette information. Vasic n'était pas seulement le téléporteur le plus puissant qu'il ait jamais connu, il était aussi intègre ; il n'avait plus rien à corrompre. Cependant, Ming ne faisait confiance à personne.

— *À partir de maintenant, tu es attaché à moi. Je veux que tu te tiennes prêt à intervenir.*

— *Bien, monsieur.*

Rompant le contact mental, Ming congédia Vasic et baissa les yeux sur le bloc froid de la table de la morgue. La disparition d'Ashaya pouvait s'expliquer de deux façons. Elle était peut-être morte, et son corps avait alors été emporté car il contenait de précieuses informations. C'était une alternative plausible. Elle s'était comportée d'une façon étrange au cours de ces dernières semaines ; elle pouvait même avoir joué le rôle de cobaye en s'implantant elle-même.

La seconde alternative était encore plus dangereuse : Ashaya Aleine était en vie et hors du contrôle du Conseil.

C'était intolérable.

Alors que Ming se focalisait sur la recherche d'Ashaya, plusieurs hommes débarquèrent d'un jet à l'aéroport international de San Francisco. Ils avaient pour mission de se fondre dans le décor et d'observer : les léopards, les loups, mais plus particulièrement les Psis.

Personne ne les remarqua. Ni alors, ni plus tard.

Chapitre 7

« Ça vire à l'obsession… ma fascination pour ce sniper. Aujourd'hui, au labo, j'ai senti son souffle sur ma nuque, qui me balayait la peau comme une flamme. Je suis une scientifique, un être logique et rationnel, mais une part de moi est convaincue qu'il était bien là, que j'aurais pu lever la main pour lui caresser les lèvres du bout des doigts. »

Extrait des fichiers personnels cryptés d'Ashaya Aleine.

Lorsqu'ils furent enfin arrivés à destination, Ashaya ne fut pas certaine que le changeling qui la portait s'était réellement arrêté. Elle avait toujours l'impression que son corps était en mouvement. Elle s'efforça d'ouvrir les yeux, qui paraissaient scellés, et vit qu'elle se trouvait à proximité d'une petite cabane éclairée de l'intérieur. La maison était entourée d'une clairière tapissée d'aiguilles de pin, et des fleurs sauvages semblaient grimper le long d'un mur, pour autant que le laissait deviner l'obscurité.

— Vous pouvez tenir debout ? demanda son sauveur en l'aidant à descendre de son dos.

— Non.

Elle faillit s'écrouler quand elle lâcha les épaules du changeling ; la jambe blessée était hors service, l'autre s'était engourdie après s'être accrochée à lui.

Avant qu'elle s'en rende compte, il avait déjà un bras autour de sa taille.

— Je vous tiens.

— Merci.

Le calme. Mais c'était un calme différent de tout ce qu'elle avait ressenti sur le Net, un calme rempli d'émotions qui malmenaient son conditionnement avec une violence implacable.

La porte de la cabane s'ouvrit subitement tandis qu'Ashaya luttait pour maintenir son emprise désespérée sur Silence.

— Dorian ? Qui est avec toi ?

Une femme, aux cheveux d'un roux éclatant qui plongeaient jusqu'à la taille.

— Vaughn ne t'a pas prévenue ?

Le sniper – *Dorian, il s'appelle Dorian* – la porta carrément à l'intérieur de la cabane et la déposa sur une chaise face à l'âtre. S'il avait eu des mots durs, il était plein d'attention pour elle, presque... doux.

La femme referma la porte, l'air renfrogné.

— Non, je reviens tout juste de... C'est une Psi !

— La mère de Keenan.

Il reporta le regard sur Ashaya, un regard incendiaire au bleu absolu, une arme contre laquelle elle était sans défense.

— Elle est blessée. Elle a besoin de points de suture, lâcha-t-il d'un ton mordant.

— Apporte-moi le kit. Tu sais où il se trouve. (La femme s'approcha d'Ashaya.) Je m'appelle Mercy.

Ashaya résista à l'envie de se retourner pour garder Dorian à l'œil. Il représentait un danger fondamental pour elle et, même s'il venait de la sauver, elle n'aurait pas juré qu'il allait la laisser en vie.

— Vous êtes toubib ? demanda-t-elle à Mercy, l'oreille tendue pour guetter le retour de Dorian.

— Non, mais j'ai suivi une formation complémentaire. (Elle se pencha vers l'avant pour jeter un bref coup d'œil.) Inutile d'enlever le bandage tant que je n'ai pas mes instruments. Ça vous gêne d'avoir une cicatrice ? On pourra toujours la faire disparaître plus tard.

Dorian revint avec le kit.

— Vous êtes en vie, déclara-t-il avec un haussement d'épaules aussi félin que sa démarche. (Une grâce annonciatrice d'une promesse mortelle. Cet homme ferait un ennemi impitoyable.) À votre place, je ne me plaindrais pas.

— Tout à fait. (Ashaya se demanda s'il aurait eu l'air aussi insouciant s'il avait retrouvé son corps mutilé ce soir. Sans doute.) Du moment que la jambe redevienne opérationnelle.

— Ça ira. Dorian, peux-tu… ?

Mercy indiqua le divan de la tête.

Sans un mot, Dorian alla transformer le petit meuble en lit. Mercy le recouvrit d'un drap épais avant de s'approcher d'Ashaya pour l'aider. Mais Dorian l'avait devancée, son bras puissant et brûlant entourait déjà la taille de la Psi ; la chaleur qui émanait de lui était une preuve intense de son énergie changeling sauvage.

— Vous n'êtes pas aussi décharnée que la plupart des Psis sur le Net, fit-il remarquer.

Elle avait étudié les émotions, elle les comprenait mieux que d'autres de son espèce, mais elle ne savait pas comment lui répondre, ni comment appréhender les nuances dans sa voix, l'étrange douceur de sa prise. Elle s'en tint alors à la vérité.

— Métabolisme et génétique.

Il avait fait une distinction entre les Psis sur le Net et ceux en dehors, et elle se rendit compte de ce que cela impliquait.

— Sur le ventre, indiqua Mercy quand ils parvinrent au lit.

Une fois qu'elle fut couchée, Mercy lui donna un oreiller pour la tête, puis plaça plusieurs serviettes sous son tibia droit.

— Ça sera rudimentaire mais ça vous remettra sur pied. Vous pourrez ensuite demander à un membre de votre peuple d'y jeter un coup d'œil.

Ashaya entendit un déchirement et comprit que la rousse avait arraché ce qui restait de sa jambe de pantalon sous le genou.

— Je n'ai pas de peuple.

— Hum. (D'un geste bref, Mercy fit disparaître le bandage.) Des lynx. Normalement, ils n'attaquent pas les êtres humains. Qu'est-ce que vous avez fait pour les mettre en rogne ?

— Ils ont dû me prendre pour de la nourriture.

Dorian émit un son désapprobateur.

— Je crois avoir aperçu des traces de chatons à proximité.

— Je comprends, dit Ashaya. (Et c'était le cas.) Ils protégeaient leurs petits.

Elle enfonça le visage dans l'oreiller tandis que Mercy examinait la blessure au moyen d'un instrument invisible.

— Désolée… vous voulez un anesthésiant ? demanda la sentinelle changeling.

— Non, répliqua immédiatement Ashaya. Les corps des Psis ne gèrent pas très bien les anesthésiants.

— Il me semblait bien que Sascha l'avait mentionné.

Les soupçons d'Ashaya se muèrent en certitude.

— Vous faites partie de DarkRiver.

La meute léopard qui comprenait deux membres Psis, dont Sascha Duncan, la fille de la Conseillère Nikita Duncan.

— Ce n'est pas un secret, répondit Mercy.

Mais Ashaya sentit la tension monter d'un cran dans la pièce. Après tant d'années passées à naviguer sur les eaux traîtresses des collaborateurs du Conseil, ses instincts de survie étaient aiguisés au plus haut point.

La voix de Dorian fendit la nervosité ambiante comme une lame d'acier mortellement efficace.

— Placez-vous sous anesthésie.

C'était un ordre.

Un ordre auquel Ashaya choisit de ne pas se plier. Elle était déjà suffisamment vulnérable. Si elle se plongeait dans l'état de transe correspondant à la version Psi de l'anesthésie, elle placerait entièrement sa vie entre leurs mains. Préférant rester consciente, elle serra les dents et enfouit le visage dans l'oreiller. Ce choix, se persuada-t-elle, n'avait rien à voir avec le fait que l'ordre venait de Dorian.

Celui-ci plissa les yeux devant la méfiance d'Ashaya.

— Elle est encore consciente.

Il était sûr qu'elle ne l'entendait pas. Les cris qu'elle retenait devaient combler tout l'espace entre ses oreilles.

Mercy continua ce qu'elle faisait.

— C'est elle qui décide. Du moment qu'elle garde la jambe immobile…

— Et on dit que je suis un dur.

Sa désinvolture dissimulait son instinct protecteur, mais il serrait les poings, les griffes lui raclaient l'intérieur de la peau. Le léopard restait agité, il essayait encore de percer la carapace humaine dont il n'était jamais parvenu à se débarrasser. Dorian avait appris à vivre avec ce terrible besoin de se transformer – il n'avait pas le choix puisqu'il était né latent – mais il n'avait jamais ressenti une faim aussi dévorante depuis l'enfance. Un reproche supplémentaire à l'encontre d'Ashaya Aleine.

— Souhaiteriez-vous une scie à métaux, docteur Frankenstein ? lança-t-il.

Mercy lui jeta un regard mauvais.

— Laisse-moi me concentrer. La fac de médecine est loin, tu sais. Et je n'y suis restée qu'un an ou deux.

Il grogna mais ne l'interrompit plus. Alors qu'elle travaillait, il remarqua qu'il était incapable de quitter sa position à côté du lit, le léopard insistant pour que Dorian surveille Ashaya. Mais même ce félin têtu comprenait qu'elle était absolument différente des deux femmes Psis que Dorian connaissait et respectait. Sascha et Faith avaient du cœur, de l'honneur. Ashaya, au contraire, était une des chouchoutes du Conseil, un bourreau M-Psi chargé de fabriquer un implant qui transformerait l'ensemble des individus sur le PsiNet en une vraie ruche.

Elle était aussi, comme une part de lui s'échinait à le lui rappeler, la femme qui avait sauvé la vie de deux enfants au péril de la sienne, la mère d'un petit garçon que Dorian avait promis de protéger… et la femme qui, par sa seule odeur, avait éveillé chez le léopard un furieux désir sexuel.

Il avait rêvé d'elle.

Toujours le même rêve. Nuit après nuit.

Il se retrouvait dans les branches de cet arbre, le visage d'Ashaya dans sa ligne de mire. Une légère pression sur la détente et elle cesserait d'exister, de lui compliquer la vie. Mais alors elle riait, les yeux pétillants, et il comprenait que ce n'était qu'un jeu.

Il se tenait ensuite debout face à elle, libérant ses nattes afin de pouvoir plonger les mains dans ses cheveux et caresser ses boucles vibrantes. Elle riait toujours lorsqu'il prenait ses lèvres, ses lèvres pulpeuses et douces.

Ses lèvres froides, si froides.

Le léopard enrageait, la repoussait. Elle restait là, immobile. Puis elle levait les mains et commençait à se déshabiller. Elle était splendide dans le clair de lune, sa peau luisait sous la caresse érotique de la nuit. Fasciné, il s'avançait vers elle. Elle mettait les bras autour de son cou, appuyait les lèvres contre les pulsations de son cœur.

Au moment où il s'emparait de ses seins, la chaleur la désertait. Ses yeux se couvraient de givre... et il se rendait compte qu'elle se transformait en glace dans ses bras.

Quel rêve idiot, songea-t-il, le regard rivé sur l'arrière du crâne d'Ashaya. Le pire était qu'il se réveillait toujours de ce rêve effrayant avec une érection vibrante, le corps perlé de sueur, le cœur battant la chamade. Affamé... il était tellement affamé après deux mois de rêves similaires... sans le moindre soulagement à l'horizon.

Sans compter qu'il ne pouvait approcher aucune autre femme sans que son esprit lui envoie des rappels indirects de celle qui le hantait toutes les nuits. S'il n'avait pas été absolument certain qu'aucun Psi ne pouvait manipuler un changeling aussi longtemps et de façon aussi subtile, il aurait soupçonné une forme de suggestion télépathique.

L'envie pressante de la toucher – de la prendre ! – battait désormais sans interruption au rythme de son cœur. Il chancelait sous la violence de ces coups de boutoir incessants. Il ne connaissait pas cette femme, il ne l'aimait pas du tout, il ne s'aimait pas particulièrement lorsqu'il était en sa présence. Mais l'attirance du léopard pour elle menaçait de le transformer en traître, non seulement vis-à-vis de son peuple, mais aussi de son propre sens de l'honneur... un moins que rien mené par le bout de la queue.

Et puis quoi encore.

Il était devenu sentinelle en dépit de son état latent ; une volonté butée, inflexible, constituait sa marque de fabrique. Si Ashaya Aleine tentait de se servir de l'attrait sexuel entre eux afin de le mettre à genoux, elle devrait affronter le sniper au sang froid qui l'habitait.

Chapitre 8

Par la fenêtre de son bureau de Moscou, le Conseiller Kaleb Krychek aperçut la trace d'un jet supersonique qui s'approchait.

— Lenik, appela-t-il en se servant de l'intercom plutôt que de la télépathie.

Son secrétaire était plus attentif quand il n'essayait pas de se protéger de la prétendue déviance du talent secondaire de Kaleb : la capacité à provoquer la folie.

— Est-ce que j'ai un rendez-vous ce matin ?

— Non, Conseiller. Vous n'avez rien avant la réunion de 16 heures avec la meute de BlackEdge.

Il éteignit l'intercom et se demanda qui lui rendait visite. Pas Nikita, la Conseillère avec qui il avait presque conclu une alliance. Elle se trouvait au Japon, à Nara, pour rencontrer l'homme qui gagnait sa vie en dérobant des informations dans les bases de données sécurisées du PsiNet.

Des informations telles que le cursus de Kaleb.

Il n'avait pas éliminé la fuite à la source. Il souhaitait que Nikita apprenne certaines choses. Une petite lumière s'alluma sous la surface lisse et noire de son bureau alors que le jet atterrissait sur le toit. Il passa la main sur une autre zone pour faire apparaître les images des caméras de surveillance disposées autour de l'aire d'atterrissage.

Son visiteur était pour le moins inattendu.

Toutefois, lorsque Henry Scott entra dans son bureau, Kaleb était prêt à parer à tout ce que l'autre Conseiller pourrait lui sortir.

— Conseiller Scott, dit-il en détournant le regard de la fenêtre pour le saluer de la tête.

— Krychek.

Henry attendit que Lenik ait refermé la porte derrière lui avant de s'avancer dans la pièce. Sa peau d'ébène, délicatement tendue sur son crâne ovale, semblait absorber la lumière au lieu de la réfléchir, mais c'étaient ses traits aristocratiques qui accrochaient le regard.

Aux dires des médias humains, Henry Scott était à la fois beau et distingué. Raison pour laquelle il était le visage du Conseil, aux côtés de sa « femme » Shoshanna. Le public ignorait que ce mariage était une coquille vide, un acte froid et calculé destiné à « humaniser » le Conseil aux yeux des espèces pourvues d'émotions. Pour donner foi à cette fiction, on apercevait rarement les Scott l'un sans l'autre, mais au sein du Conseil, Henry était considéré comme le maillon faible du couple.

— Veux-tu t'asseoir ? proposa Kaleb, en restant près de la fenêtre.

Henry secoua la tête et s'approcha jusqu'à ce qu'ils ne fussent plus séparés que par une étroite bande de tapis.

— J'irai droit au but, dit-il.

— Je t'en prie.

Kaleb n'avait aucune idée de l'objet de la visite d'Henry. Les Scott mettaient un point d'honneur à contrer toute proposition qui ne venait pas d'eux. Kaleb était certain que Shoshanna souhaitait sa mort. Mais cela n'avait rien d'étonnant : tous les Conseillers, sauf un, se montraient impitoyables pour parvenir à leurs fins. Anthony Kyriakus était l'exception qui confirmait la règle.

— Une visite personnelle est plutôt inaccoutumée, fit remarquer Kaleb.

— Je ne voulais pas risquer d'être suivi sur le PsiNet.

Scott plaça les mains derrière le dos, dans la posture d'un général de l'ancien temps. Un mouvement étudié, destiné à mettre la populace à l'aise, en renforçant subtilement son image de dirigeant bienveillant.

— Après le décès de Marshall, je suis conscient que j'apparais désormais comme le président du Conseil, débuta Henry.

— Nous n'avons pas de président.

— Nous savons parfaitement que Marshall exerçait un certain contrôle.

Kaleb inclina la tête en signe d'acquiescement.

— Et tu ne souhaites pas reprendre la couronne ?

— Je ne souhaite pas être un fantoche.

Depuis quand Henry est-il aussi perspicace ? Cette pensée lui avait à peine traversé l'esprit que Kaleb comprit qu'il avait commis une erreur inconcevable. Il avait jugé Henry sur ses apparences, sans aller au-delà. Cet homme était Conseiller ! Nul ne devenait membre du Conseil sans avoir une quantité considérable de sang sur les mains. Kaleb le savait mieux que personne.

— Tu es le membre le plus en vue, répondit-il d'un ton mielleux.

Il se demanda ce qu'Henry savait exactement. S'il en savait trop, il faudrait le retirer de l'équation ; Kaleb avait déjà enfreint suffisamment de règles au cours des vingt dernières années pour ne pas regimber devant un obstacle supplémentaire.

— Shoshanna et toi avez choisi ce rôle, ajouta Kaleb.

— Nous savons tous les deux que c'est Shoshanna qui l'a choisi.

Le regard d'Henry était en quelque sorte… étrange, mais Kaleb ne pouvait en saisir la raison. Peut-être simplement car l'homme se montrait sous son vrai jour.

— Je t'avertis que c'est sur le point de changer, lâcha Henry.

Kaleb comprit que les propos de l'autre Conseiller allaient bien au-delà des apparitions médiatiques.

— Pourquoi te donnes-tu la peine de me prévenir ?

Alors qu'il attendait une réponse, il vit que les yeux d'Henry viraient au noir absolu. L'autre Conseiller recevait un message télépathique. Kaleb aussi. Mais son contrôle psychique étant meilleur que celui d'Henry, il savait que ses yeux avaient conservé l'apparence de firmament typique d'un cardinal.

— *Le corps d'Ashaya Aleine a disparu. Elle a peut-être mis en scène sa propre mort.*

— *Ming,* intervint la voix mentale reconnaissable de Nikita, *c'est ennuyeux, mais pas assez urgent pour nous interrompre tous à l'improviste. Il s'agit d'une scientifique, dépourvue des aptitudes nécessaires pour survivre longtemps en cavale, même si, comme tu le crois, elle est encore en vie. J'aurais plutôt tendance à penser qu'on a enlevé son corps.*

Ming répliqua immédiatement.

— *Son agenda électronique était programmé pour effacer toutes les données si quelqu'un tentait de s'y introduire par effraction…*

— *Comment est-ce possible ?* l'interrompit Tatiana. *Pour autant que je sache, Aleine ne disposait pas de l'expertise informatique requise.*

— *Son agenda est au moins vieux de sept ans. J'imagine qu'une autre personne a installé le cryptage. Mais ça n'a pas d'importance : la puce de l'agenda est un leurre.* (Ming ne se donna pas la peine d'attendre que les remous provoqués par cette bombe s'estompent.) *Nous avons fouillé ses appartements et son labo, ainsi que la chambre de Keenan Aleine, sans succès. Si elle est en vie, elle porte cette puce sur elle. Si elle est morte, la puce est probablement dissimulée à l'intérieur de son corps. Nous devons la retrouver avant que ces informations deviennent publiques ; cela pourrait anéantir tout le protocole Implant.*

— *Et Aleine ?* demanda Nikita.

— *Notre priorité est de récupérer la puce.*

— *Est-ce que c'est un ordre d'exécution, Ming ?* ajouta Shoshanna de sa voix glacée.

— *L'idéal serait de la capturer vivante. Cependant, si elle résiste, éliminez-la. Mais seulement une fois qu'elle aura révélé l'emplacement de la puce. Si vous avez besoin d'aide pour l'interroger, appelez-moi.*

Personne ne demanda pourquoi il pensait que son aide pourrait s'avérer utile. Ils savaient tous que Ming était une ancienne Flèche avec un don inné pour le combat mental de haut niveau. Il avait sublimé la torture en art.

Chapitre 9

« Ce journal, que j'aurais dû effacer depuis des années, mais qui est tout ce qui m'empêche de devenir folle, est le seul endroit où je peux avouer que chacun de mes actes, chacun de mes gestes, chacun de mes projets, est pour lui. Pour mon fils. Pour Keenan. »

Extrait des fichiers personnels cryptés d'Ashaya Aleine.

Il était un peu plus de 23 heures lorsque Mercy en eut fini avec la jambe d'Ashaya et déclara :

— Elle s'en remettra.

Dorian regarda la silhouette inconsciente d'Ashaya, la tension grinçante déferlait dans son corps comme une vague de pure protection.

— C'est normal ?

Elle paraissait si vulnérable.

— Toi, tu ne te serais pas évanoui. Moi non plus, répondit Mercy en nettoyant. Mais ce n'est pas un soldat. Et je crois que son corps a récemment subi un autre choc. Certaines des informations que son sang m'a fournies (elle agita un gadget qu'elle avait pris dans le kit médical d'urgence) sont bizarres.

L'instinct protecteur de Dorian fit un bond.

— C'est dangereux ? Infectieux ?

Il huma son odeur, mais n'y décela rien d'autre que le froid familier de Silence. Son léopard ouvrit la gueule pour pousser un grondement inaudible : Dorian haïssait Silence avec une férocité que même Sascha n'avait pas été en mesure de tempérer.

— Non, pas du tout. (Mercy se lava les mains et le rejoignit.) On dirait une sorte de poison. Je suppose que son corps l'évacue progressivement de son organisme. Sascha ou Tammy pourraient probablement en dire plus.

Dorian se força à regarder Mercy au lieu de céder à la tentation de toucher Ashaya. *Pour m'assurer qu'elle va bien.*

— Pourquoi tu as fait ça... lâcher le nom de Sascha ?

Les joues de Mercy s'empourprèrent.

— Elle n'est pas idiote, et nous n'adoptons pas spécialement un profil bas, souffla-t-elle sur un ton rude. Bon sang, tu es une vraie pub pour DarkRiver, avec ton numéro « Allez quoi, je suis inoffensif. »

Dorian était habitué à ce qu'on l'asticote sur son apparence. Avec ses cheveux blonds et ses yeux bleus, il ressemblait plus à un surfeur attendant la bonne vague qu'à une impitoyable sentinelle de DarkRiver.

— Tu peux parler, Miss Bikini 2067.

Même en taquinant son amie, il restait conscient du rythme régulier de la respiration d'Ashaya.

Mercy entra dans une colère noire.

— Ne parle plus jamais de ça... Plus jamais, tu comprends ?

Il grimaça.

— J'avais surtout apprécié ta tenue à pois... aïe, ça fait mal.

Il se massa les côtes là où elle avait balancé son coude, heureux de la distraction procurée par la douleur.

— Ce n'est qu'un avant-goût. Je compte bien te tuer dans ton sommeil, ajouta Mercy sur un ton badin. Et tu peux te mettre ce foutu biki... (Elle s'arrêta, les yeux sur la porte.) C'est toi qui... ?

— Ça doit être Vaughn. (Il lui fit signe d'aller voir.) Je protège la Psi.

Mercy lui lança un drôle de regard.

— Elle a un nom. Tu devrais le connaître, étant donné ta petite obsession.

— Ce n'est pas une obsession, c'est une mesure de précaution.

Dorian s'était fixé pour tâche d'apprendre le nom et l'adresse de chaque puissant Psi des environs. Il avait arraché le cœur de Santano Enrique à mains nues, mais cela n'avait pas suffi, car le mal qui avait engendré le tueur en série Psi existait toujours et s'amplifiait même. Il avait l'intention de trancher la tête de la bête, et si elle repoussait, de la trancher encore. Et encore. Et encore. Autant de fois qu'il le faudrait.

Peut-être alors le fantôme de sa sœur cesserait-il de le hanter.

Le sang de Kylie était encore chaud quand il était arrivé près d'elle. Les entailles faites par Santano… elles avaient anéanti sa beauté, transformé sa petite sœur espiègle, à peine adulte, en un morceau de chair déchiquetée et de sang. Peu importait le nombre de Psis qu'il tuerait, il ne pourrait jamais rien y changer, il ne pourrait jamais ramener Kylie d'entre les morts. Mais il pouvait foutrement s'assurer que plus aucun frère ne subisse la même perte que lui, que plus aucune mère ne pleure comme la sienne l'avait fait, que plus aucun père ne hurle à la mort.

Ses parents avaient fait face en s'appuyant sur la meute… et en partant rôder. Chaque fois que les souvenirs devenaient trop douloureux, ils prenaient la forme du léopard et partaient. Dorian ne pouvait pas leur enlever cette échappatoire, mais il ne pouvait pas les suivre non plus. Non seulement l'aptitude de se transformer lui faisait défaut, mais il était une sentinelle de DarkRiver et ils étaient en guerre, même s'il s'agissait d'une guerre furtive et sans éclats, dont la plupart des gens ignoraient l'existence. Lucas avait laissé les parents de Dorian faire leur deuil. Il avait prêté son épaule à son ami mais, au bout du compte, il s'attendait à ce que ce dernier gère la situation.

Dorian n'en exigeait pas moins de lui-même ; il aurait considéré tout traitement de faveur comme une insulte. Plus encore, il avait besoin de cette responsabilité envers la meute. Parfois, c'était tout ce qui l'empêchait de se saisir d'un fusil et de devenir renégat.

Il était pleinement conscient de cette réalité en observant Mercy ouvrir la porte avec la prudence d'une sentinelle. Vaughn sourcilla en apercevant leurs expressions sur le qui-vive.

— Quoi, je sens le loup maintenant ? (Il renifla son bras.) Non. Je porte l'odeur de mon magnifique petit écureuil.

Il esquissa un lent sourire à la mention de sa compagne et entra dans la pièce.

Dorian resta près du lit ; il ne tolérerait aucune ingérence dans ses relations avec Ashaya, quels que soient ses sentiments pour elle. Si Vaughn était venu pour prendre le contrôle, le sang allait couler.

— Si tu avais senti le loup, dit Dorian en s'efforçant de masquer cette foutue possessivité qui l'étouffait, j'aurais dû te tuer.

Mercy referma la porte en souriant.

— Et moi aussi… je te tenais à ma merci, dit-elle.

— Tu en es réduite aux mauvais jeux de mots, Mélisande ? demanda Vaughn.

Mercy plissa les yeux.

— On dirait que tout le monde a envie de mourir aujourd'hui.

Vaughn esquiva le coup de poing que Mercy lui balançait, puis s'appuya nonchalamment contre le mur à côté de la porte.

— Qu'est-ce qui est arrivé à sa jambe ?

Dorian laissa Mercy mettre Vaughn au parfum, conscient jusque dans ses tripes de l'extrême vulnérabilité d'Ashaya. Ce qui n'excluait pas qu'elle soit une espionne du Conseil.

Il serra les poings.

— Alors, lança-t-il à Vaughn quand Mercy eut terminé, pourquoi faisons-nous le taxi pour les Psis en détresse ? D'ailleurs, putain, qu'est-ce qu'elle foutait dans le Bosquet ?

— Aleine a déserté, répondit Vaughn.

Le léopard eut envie de ronronner. L'homme ne fut pas si facilement convaincu.

— Comment pouvons-nous en être sûrs ?

Quel meilleur moyen d'infiltrer la citadelle d'un ennemi que sous le couvert d'un enfant innocent ? Tout le monde savait combien les changelings prédateurs accordaient de l'importance à la protection des petits, même lorsqu'ils avaient une peau humaine ou Psi.

— Elle était étroitement liée au Conseil, insista Dorian.

— Anthony a confirmé qu'elle avait des sympathies pour les rebelles.

Vaughn n'avait pas besoin d'en dire plus. Anthony Kyriakus était non seulement le père de Faith, la compagne de Vaughn, mais il menait aussi une révolution discrète contre l'atroce camisole de force qu'était Silence.

— C'est lui qui a mis sur pied l'extraction ; toutefois Aleine n'est pas au courant de son implication, donc n'en dis rien. Même si Anthony est certain que ce n'est pas une espionne, il vaut mieux limiter le nombre de personnes au courant de ses activités.

Dorian respectait Vaughn, mais il n'avait de toute façon pas l'intention d'accorder sa confiance à Ashaya tant qu'elle ne s'en serait pas montrée digne. À ses yeux. Parce qu'il s'agissait d'une guerre personnelle.

— Elle est toujours connectée au Net ?

— Ouais. (Vaughn se raidit.) Donc considère-la comme une source potentielle de fuites. Je pense qu'Anthony est sûr de lui, mais tant que nous ne le sommes pas entièrement, on ne va courir aucun risque.

Mercy approuva.

— Même si elle a effectivement déserté, tant qu'elle est reliée au Net, ils pourraient être capables de lui soutirer des informations.

Dorian avait toujours vu le PsiNet comme un esprit de ruche, mais il se demandait à présent ce qu'il ressentirait si ce dont il avait précisément besoin pour vivre pouvait aussi le conduire droit à la mort.

— Où allons-nous l'emmener ? s'enquit Dorian sans réfléchir.

— Pourquoi devons-nous l'emmener quelque part ? rétorqua Mercy, avec son sens pratique impitoyable de sentinelle. Elle pourrait nous apporter plus d'ennuis qu'elle n'en vaut la peine si le Conseil est à ses trousses. Elle a sauvé Noor et Jon ; nous avons remboursé notre dette en sauvant son fils et en soignant ses blessures. Anthony doit disposer d'hommes qui peuvent à présent la prendre en charge.

Dorian sentit l'attention mortelle de sa bête se concentrer sur Mercy. Cette réaction provenait du même endroit que sa possessivité irrationnelle, car sa part sensée savait que Mercy ne faisait que son travail en veillant sur les intérêts de la meute. Exactement comme il aurait dû le faire… au lieu de monter la garde auprès d'une femme qui pouvait encore planter le couteau de la trahison dans le dos de DarkRiver.

Et pourtant il ne pouvait se résoudre à bouger. *Bordel.*

La voix de Vaughn interrompit ses pensées sur le fil du rasoir.

— Anthony nous a informés qu'elle avait obtenu une nouvelle identité, ainsi que des comptes bancaires et une conduite à suivre. Donc, si ça se trouve, elle va se réveiller et partir. Sinon, on pourrait aussi bien tirer profit de ce qu'elle connaît, en échange de notre aide.

— C'est juste. (Mercy se renfrogna.) Et puis nous avons son fils. Elle ne partira pas sans lui, pas après tous les risques qu'elle a courus pour le libérer.

— Et il ne peut pas se déconnecter de la Toile, leur rappela Vaughn. Nous savons tous qu'elle ne nous empêche pas de voyager, mais j'ai discuté avec Sascha, et elle se demande ce qui arriverait à un membre Psi qui essaierait de trop s'en éloigner. Je ne voudrais pas l'expérimenter avec un gosse.

Dorian regarda Ashaya et se demanda si Mercy avait raison. Est-ce qu'Ashaya s'était battue pour son fils ? Ou l'avait-elle simplement retiré de l'équation afin de pouvoir se focaliser sur ses propres objectifs pervers ? Le félin et l'homme ruminèrent la réponse, car une chose était certaine : si c'était une espionne, il faudrait la briser.

Assis à une table de sa maison, au cœur d'une autre zone du territoire de DarkRiver, Clay Bennett cessa ses activités pour consulter un message qui avait brièvement allumé l'écran de son téléphone.

— Teijan, dit-il à Tally en lui tendant un bout de Scotch.

Elle le prit et lui souffla un baiser avant de continuer à emballer le cadeau d'anniversaire de Noor. La petite fille était si remuante durant la journée qu'il était difficile de garder un secret.

— Qu'est-ce qu'il veut ?

— J'ai demandé des infos.

Il composa le code d'appel de Teijan et attendit.

Le chef de meute des Rats répondit, apparemment surpris.

— Qu'est-ce que tu fais encore debout à minuit ?

— C'est pas tes oignons.

Il sourit devant le froncement réprobateur de Tally. Elle insistait pour qu'il devienne gentil avec les autres.

— Tu as quelque chose pour moi ?

— Oui. (Teijan marqua une pause.) Attends, Aneca dort.

Clay attendit que Teijan se soit éloigné de la fillette. La petite de six ans était la première changeling rat née en ville au cours de la dernière décennie. Le fait que Teijan ait partagé cette information était une marque de la confiance qui régnait entre les Rats et DarkRiver.

— Qu'est-ce que tu fais avec elle ? demanda Clay.

— Du baby-sitting. C'est soir de sortie.

Clay sourit en imaginant ce petit rat féroce et belliqueux jouer au baby-sitter.

— Sortie tardive.

— Ils ont parlé d'une chambre d'hôtel. Mais je parie qu'ils seront de retour d'ici une ou deux heures. (Un rire dans la voix.) Impossible de rester loin d'elle.

— Attends d'avoir un gosse, l'avertit Clay. Ils te plantent leurs minuscules griffes quand tu as l'esprit ailleurs, et c'est trop tard.

Il esquissa un sourire au souvenir de Noor qui l'avait embobiné pour qu'il lise quatre histoires ce soir, tout en tendant la main pour tenir en place un coin de l'emballage pendant que Tally posait un collant dessus. Elle lui caressa les doigts pour le remercier et il sentit ses entrailles se contracter.

— Alors, tu as entendu quelque chose ?

— À propos de la scientifique qui s'est échappée ? Des bricoles. Qu'est-ce que tu veux savoir ?

Clay ignorait complètement d'où les Rats tiraient la plupart de leurs renseignements. Il se contentait d'être sacrément satisfait qu'ils se soient alliés avec DarkRiver plutôt qu'avec les Psis.

— On la recherche ? demanda-t-il.

— Encore rien entendu d'aussi précis, juste des rumeurs au sujet d'une évasion de haut niveau. Mais j'ai entendu autre chose d'intéressant.

— Ouais ?

— Des rumeurs en provenance de Vegas et du côté de Los Angeles selon lesquelles des camés au Jax disparaissent des rues.

Les accros au Jax étaient en général des Psis. La drogue transformait les corps changelings, le moyen le plus efficace pour ne pas leur donner envie d'y toucher. Et puisqu'elle n'avait apparemment pas un grand effet sur les humains, c'était un fléau strictement Psi.

— Le Conseil fait le ménage ?

— Difficile à dire. C'est bizarre : si c'était le Conseil, il y en aurait dix un jour, aucun le lendemain. Ici, c'est plutôt comme si on en enlevait un ou deux, avant de revenir plus tard pour en prendre deux autres.

Clay n'avait pas beaucoup de sympathie pour les camés, quelle que soit leur espèce, mais si c'était encore une affaire de Psi fou en liberté, ils devaient être au courant pour protéger ceux dont ils avaient la responsabilité.

— Rappelle-moi si tu as du concret, ou s'il semble que des humains ou des changelings sont ciblés.

Si cela se limitait aux Psis, le Conseil s'en chargerait. On pouvait dire tout ce qu'on voulait sur le Conseil, mais il savait se montrer efficace pour nettoyer son bordel… sauf, bien entendu, lorsque c'était un de leurs tueurs autorisés qui errait dans la nature.

Après avoir raccroché, Clay partagea les infos de Teijan avec Tally.

— On dirait qu'Aleine est en sécurité pour l'instant, conclut-il.

— J'ai envie de la voir. (Tally arborait une moue familière en répétant cette demande qu'elle avait déjà formulée trois fois rien que dans la dernière heure.) Sans elle, on n'aurait peut-être pas pu sauver Jon et Noor. J'ai besoin de la remercier, de lui offrir mon aide.

Dieu qu'elle était obstinée, mais il était un félin protecteur et possessif.

—Elle constitue une menace pour l'instant. (Il grogna quand elle se mit à protester.) Quand nous serons sûrs et certains qu'elle est réglo, alors tu pourras prendre le thé avec elle, je m'en fous. Et puis tu l'aides déjà… à travers la meute.

—Et Keenan ?

—À l'heure qu'il est, il doit dormir à poings fermés.

—C'est pas drôle. Je veux dire pour la suite.

—Si Sascha autorise une visite, pas de problème. Alors heureuse ?

—Non. (Elle se leva, contourna la table et vint s'asseoir sur lui.) Tu es une vraie brute.

Il sentit un rictus se dessiner sur ses lèvres.

—Et tu fais encore ta peste.

Ashaya reprit brusquement conscience. Ses sens télépathiques s'enflammèrent immédiatement, une réaction spontanée affûtée par des années de double vie. Son faible rang Tp suffisait à l'informer qu'elle n'était pas seule.

—Tu es réveillée. (Une voix masculine familière.) Je perçois les variations de ton rythme cardiaque.

Elle tourna la tête vers lui.

—Vous mentez.

L'homme mortellement beau, qui était assis sur une chaise devant l'âtre éteint, jonglait avec un couteau de poche. Il haussa un sourcil.

—Tu en es certaine ?

Non, elle ne l'était pas. Il avait le regard franc et perçant. Elle pouvait concevoir qu'il avait les sens assez aiguisés pour avoir détecté le sursaut dans son rythme cardiaque lorsqu'elle s'était réveillée ; une réaction purement physiologique qu'elle ne pouvait pas contrôler. Elle s'appliquait à présent à ramener ses pulsations à une cadence normale.

— Ma jambe va beaucoup mieux. (Elle la testa, en étirant le muscle, tout en restant sur le ventre.) Mercy est une bonne toubib.

Dorian fit tourner le couteau sur le bout d'un doigt, une prouesse d'équilibre et d'adresse qui capta toute l'attention d'Ashaya. Au moindre écart, la lame traverserait la chair et l'os.

— En parlant de Mercy, reprit-elle, subjuguée par la grâce incroyable avec laquelle il manipulait la lame, où est-elle ?

Un regard dur lancé par ses yeux d'un bleu pur. Le couteau se volatilisa si rapidement qu'elle n'eut pas la moindre idée de l'endroit où il avait disparu.

— Tu es restée inconsciente pendant une ou deux heures. Mercy avait des trucs à faire.

— Mais il est… (elle jeta un coup d'œil à l'horloge murale près de l'âtre) 1 heure du matin.

— C'est l'heure à laquelle les Psis aiment nous attaquer.

Puisque ses muscles se réchauffaient, elle se tourna pour s'asseoir.

— Je vois, dit-elle.

— Tes yeux n'ont pas la bonne couleur.

— Vous ne m'avez vue qu'une seule fois, dans le noir.

— J'ai la vision d'un félin.

Au lieu de répondre, elle balança les jambes hors du lit et, après un temps de récupération, elle tenta de se mettre debout. Ses muscles protestèrent mais tinrent bon. Mercy était effectivement douée. Elle n'allait pas courir ou remporter un concours d'endurance, mais elle ne dépendait plus des autres. En particulier d'un léopard qui la surveillait, mais avec une telle tension dans le regard qu'on voyait qu'il était à peine tenu en laisse.

— Mon fils, dit-elle, consciente qu'elle risquait de se trahir mais incapable de réprimer son besoin de savoir. C'est vrai qu'il est en vie ?

Il lui lança un petit téléphone portable.

— Va voir la vidéo.

Elle s'exécuta. Et put visionner une minute d'enregistrement de Keenan recroquevillé dans son sommeil, la respiration régulière, la main coincée entre l'oreiller et la joue. *Mon petit garçon est sain et sauf.* Elle se sentit libérée d'un poids terrible. Pourtant, elle eut besoin de toute sa volonté pour s'arrêter de regarder le petit film, même après une troisième fois, et relancer le téléphone à Dorian.

— Merci.

Il l'attrapa d'un réflexe fulgurant.

— Tu veux le voir ?

Ashaya ressentit un calme étrange dans cette zone nouvellement éveillée de son cerveau, là où son lien avec Keenan avait vécu secrètement depuis si longtemps.

— Non.

Dorian pinça les lèvres.

— C'est bien ce que je pensais.

La porte à l'intérieur de l'esprit d'Ashaya, celle qui s'était un jour brusquement ouverte et ne s'était plus jamais vraiment refermée, s'entrebâilla. De quelques centimètres seulement, mais suffisamment pour laisser échapper une chose volatile, qui ricocha violemment dans ses veines.

— Il n'est pas en sécurité avec moi, lâcha-t-elle, comprenant son erreur à peine ces mots prononcés.

Elle sentait déjà l'esprit d'Amara qui tentait de se frayer un chemin à travers la glace supposée impénétrable de Silence, attiré par la vibration de ses émotions interdites pour Keenan… attiré aussi par une chose nouvelle. Une chose ténébreuse, brutale et vicieuse : sa réaction face à Dorian.

Chapitre 10

« Pourquoi cherches-tu à me fuir ? Tu sais que je te retrouverai toujours. Je vis désormais à l'intérieur de ton esprit. »

Message manuscrit laissé dans le casier d'hôpital d'Ashaya, vers 2068.

Ashaya mobilisa toutes ses ressources pour se calmer avant que son agitation cause suffisamment de dégâts pour permettre à Amara de lui mettre le grappin dessus. Quand elle leva les yeux, Dorian la dévisageait avec une intensité perturbante.

— Tu dis que tu t'inquiètes pour la sécurité de ton fils ?

Une question moqueuse, mais il avait les yeux d'un chasseur. Si elle ne faisait pas attention, ce prédateur extrêmement intelligent découvrirait ses secrets les plus mortels.

Il valait mieux ne pas se frotter à lui. Quelle que soit la curiosité qu'elle ressentait à son égard.

Elle détourna les yeux de Dorian et du danger qu'il représentait, et aperçut son sac. Elle s'avança prudemment vers l'endroit où il reposait contre le mur près de la porte. Il était sale et déchiré par endroits, mais globalement en bon état.

— Merci d'être allé le récupérer.

— Ne me remercie pas, Vaughn s'en est chargé. Je suis resté pour m'assurer que tu ne nous joues pas de tours de Psis.

Elle coucha le sac sur le sol et l'ouvrit, sans chercher à être discrète ; Dorian avait disposé d'assez de temps pour le fouiller s'il en avait eu envie.

— Alors remerciez Vaughn de ma part, s'il vous plaît.

Elle se demanda si tous les changelings mâles se montraient aussi hostiles que Dorian, avant de repousser cette pensée qui menaçait d'accroître encore son obsession pour lui.

Sans le moindre bruit, il fut soudain accroupi à côté d'elle, assez proche pour que son odeur – sauvage, fraîche, mordante – l'enveloppe.

Elle s'écarta immédiatement.

— Qu'est-ce que vous faites ? lui demanda-t-elle.

— Tu es plutôt nerveuse pour une Psi, répondit-il froidement.

Décidant de ne pas faire attention à lui, ce qui n'était pas facile, elle commença à explorer le fouillis qu'il avait provoqué en cherchant le kit de secours. Sa main faillit tressaillir en heurtant le bord d'un cadre holographique qu'elle avait demandé à Zie Zen de récupérer dans sa cachette et de conserver pour elle en lieu sûr. Dorian ne remarqua pas son geste révélateur, car son attention était entièrement focalisée sur un objet qu'elle s'était attendue à devoir acheter ; celui qui avait préparé ce sac avait manifestement saisi combien la prise de notes était essentielle pour son travail.

— Un agenda électronique dernier cri. (Dorian se saisit de l'appareil, encore protégé par un coussin d'air.) Réservé aux managers des grandes entreprises Psis. (Sifflant à travers les dents, il perça la bulle d'air avec son couteau.) Pas mal.

Elle résista à l'envie de lui reprendre l'objet. De petites fêlures, de petites fractures. La porte s'ouvrit encore un peu.

— C'est votre habitude de toucher aux affaires des autres ?

Il esquissa un rictus et elle se rendit compte que Dorian pouvait presque se montrer charmeur.

— Voilà, maintenant, tu sonnes Psi. Toute pisseuse et glaciale. (Il se débarrassa de l'emballage et alluma l'agenda.) Protégé par un mot de passe.

Elle se pencha et fixa l'écran quelques instants.

— Donnez-le-moi, lui intima-t-elle.

Il fit pivoter l'appareil tout en le gardant sur la paume de sa main et se tourna vers elle. Trop intriguée par le défi qui se présentait à elle, elle ne contesta pas la façon dont il avait interprété son ordre.

— On ne m'a pas communiqué le code, murmura-t-elle, donc ça doit être évident, une chose que je serais la seule à connaître.

— Keenan ?

Pour une fois, il n'avait pas l'air de la tourmenter. Ce félin aimait apparemment les gadgets. Une découverte surprenante.

— Non. (Elle leva les yeux et fut étonnée de le voir si proche.) Ce serait le premier mot que vérifierait Ming LeBon.

Plissant les yeux, Dorian mit l'agenda hors de portée.

— Voilà une question qui exige une réponse : pourquoi le Conseil a-t-il pu te tenir en laisse en séquestrant Keenan ?

Elle aurait pu mentir, mais elle se dit que la vérité serait tout aussi bénéfique. Cela renforcerait son image de monstre froid dépourvu du moindre sentiment maternel. Elle avait besoin qu'il continue à la traiter avec dégoût, parce que le subtil dégel dans l'attitude du changeling menaçait déjà d'éroder le Silence qui constituait sa seule protection contre Amara.

— Je travaillais pour le Conseil dans une autre unité, commença-t-elle, lorsque les Conseillers m'ont demandé de collaborer au protocole I. J'ai refusé car je désapprouvais les objectifs du protocole. À cette période, Keenan était encore bébé et vivait avec moi.

Dorian sentit ses poils se hérisser. Ce qui allait suivre allait être mauvais, très mauvais.

— Un soir, poursuivit Ashaya d'une voix neutre, je suis allée me coucher dans mon lit pour me réveiller dans une salle du Centre. On m'a dit qu'on m'avait ligaturé les trompes de Fallope.

Elle conserva une expression impassible mais il vit ses mains s'agripper au cadre holographique qu'elle avait essayé de soustraire discrètement à son regard avant qu'il la mette dans l'embarras.

Ce geste mit tous les sens de Dorian en alerte. C'était la première indication réelle que peut-être, peut-être seulement, elle n'était pas la Psi parfaite que tout le monde pensait ; une Psi empêtrée dans Silence n'agirait jamais sans raison. Soit elle avait voulu détourner son attention, soit la M-Psi Ashaya Aleine avait plus de secrets qu'on ne croyait. Le félin de Dorian n'aimait rien tant que le mystère.

Il revint à ce qu'elle avait dit.

— Je ne pige pas. C'est une opération réversible, non ?

— Avec la technique qu'ils ont utilisée, oui.

— Alors ?

— Le but n'était pas de me rendre stérile, précisa Ashaya avec un calme effarant. Ils voulaient m'informer qu'ils contrôlaient chaque aspect de ma vie, y compris mon corps. On m'a dit que si j'osais inverser la procédure et tomber enceinte, on s'assurerait que l'enfant n'arrive pas à terme.

Il bouillonnait de colère. Il la dévisagea, devinant que le pire était à venir.

— Et si tu continuais à les défier, ils auraient été plus loin ?

Vivre sous la menace constante d'un viol représentait une telle torture. Cela en disait long sur la force intérieure de cette femme.

— Ils m'ont juré de me retirer l'utérus et de causer suffisamment de dégâts aux tissus pour qu'un organe cloné ne me serve à rien.

— D'accord, conclut-il, réprimant le besoin de la toucher, de la réconforter à la manière affectueuse des changelings. Keenan est donc ton seul enfant. Mais puisque tu n'as pas de lien émotionnel avec lui, en quoi le menacer te contraint ?

— Les Psis sont assez intransigeants au sujet de leur lignée. Vous le saviez ?

Il secoua la tête, intrigué par les variations de son odeur tandis qu'elle parlait. Comme si elle menait une lutte silencieuse pour préserver son conditionnement ; pourtant, son visage demeurait imperturbable. C'était une formidable actrice, il ferait bien de s'en souvenir.

— Éclaire-moi, demanda-t-il.

Elle sembla le prendre au pied de la lettre.

— Nous sommes une espèce qui ne produit aucun art, aucune musique, aucune littérature. Notre immortalité réside dans l'héritage génétique que nous transmettons à notre descendance. Sans cela, nous ne sommes plus rien une fois que nous cessons d'exister. Nos psychologues croient que nous nous reproduisons par besoin primaire de continuité, ainsi que bien entendu de perpétuation de l'espèce, même si les enfants absorbent du temps et de l'énergie qui pourraient être mieux utilisés ailleurs.

Des paroles intelligentes, des paroles froides, mais son ton était un rien étrange.

— C'était donc ça leur moyen de pression : si tu avais refusé de coopérer, ils auraient fait disparaître ton héritage génétique ?

Peut-être que le Conseil l'avait crue, mais Dorian avait pu le constater : alors qu'elle était blessée et en sang, elle s'était seulement préoccupée de savoir si Keenan était sain et sauf.

— Non, c'est mon immortalité qu'ils auraient fait disparaître. (Elle refusait de rompre la connexion de leurs regards, ce que le léopard approuvait.) Vous ne pouvez pas comprendre, ajouta-t-elle. Vous êtes changeling.

Il se renfrogna.

— Nous aimons les enfants.

— Les enfants sont des marchandises, le corrigea-t-elle. Keenan, par le simple fait d'être le seul enfant à qui je donnerai jamais naissance, a vu sa valeur de marché augmenter. Il valait suffisamment à mes yeux pour que j'accède aux demandes du Conseil. (Elle aurait pu être en train de parler d'obligations ou d'actions.) Maintenant que je suis hors de leur atteinte, je suis libre de porter d'autres enfants. Keenan n'a plus d'importance.

— C'est inhumain, dit-il.

Mais il observait cette main qui la trahissait. Les doigts de cette intelligente scientifique étaient si fermement repliés autour du cadre holographique qu'elle en avait les jointures blanches.

— Sauf que… pourquoi t'es-tu donné tout ce mal pour faire sortir Keenan si cela t'indiffère qu'il vive ou meure ?

Une pause infime.

— Parce que je savais que les changelings seraient plus disposés à m'aider si je témoignais d'une certaine forme d'attachement à un enfant. (Elle baissa les yeux et se mit à déplacer des affaires dans le sac, relâchant enfin le cadre holographique.) Je pensais avoir besoin d'une assistance changeling dans certains domaines, et le comportement de votre espèce vis-à-vis des enfants est bien connu.

Quel ramassis de conneries. Dorian esquissa un sourire mordant à l'insu d'Ashaya. Il avait capté les premiers effluves de l'odeur réelle de sa proie. Il s'agissait à présent de la traquer jusqu'à ce qu'il puisse éteindre le feu dans son sang, épancher le sinistre désir sexuel dans ses entrailles. Parce que si le sexe était le seul moyen d'en venir à bout, il s'assiérait sur ses maudits principes et la prendrait. Une fois qu'il aurait satisfait le besoin, celui-ci se calmerait certainement.

Elle cligna de ses grands yeux bruns. *Fausse couleur*, grogna le félin.

— Puis-je essayer un mot de passe à présent ? demanda-t-elle.

— Je t'en prie.

Il fit écho à son ton condescendant, mais son esprit passa en revue tout ce qu'elle avait dit et fait depuis cette nuit deux mois auparavant. Un jeu complexe de subterfuges ? Ou encore plus intrigant ?

— Voici, dit-il.

Ashaya fut surprise de sa coopération immédiate, mais puisqu'elle voulait vérifier son intuition, elle introduisit un mot sur l'écran tactile : « ILIANA ». L'écran s'illumina.

— Pas si compliqué que ça finalement, déclara-t-elle.

— Qui est Iliana ?

— Une entomologiste qui s'est spécialisée dans les propriétés médicales des insectes ; sa pensée a beaucoup influencé mes travaux, expliqua-t-elle.

Et ça, c'était la vérité.

— Pas exactement ce qu'il y avait de plus difficile à trouver pour quelqu'un connaissant un peu ton travail, murmura-t-il. Et c'est un mot unique… si facile à pirater que mon arrière-grand-mère en serait capable. (Il retourna l'appareil vers lui, s'assit les jambes croisées et consulta le menu.) Hum. Beaucoup d'applications mais aucun fichier. Pas étonnant qu'ils aient choisi un mot de passe aussi nul.

— J'ai entendu dire que cette nouvelle gamme d'agendas électroniques exigeait un mot de passe avant chaque usage.

Dorian hocha la tête.

— Tu as raison ; ils doivent en avoir introduit un afin de pouvoir ajouter tous ces programmes médicaux spécialisés.

Alors qu'il déplaçait les doigts sur l'écran, elle se rendit compte d'une chose.

— Vous connaissez son fonctionnement beaucoup mieux que moi.

— Je parie que tu sais juste utiliser un ou deux programmes.

Son sourire, lumineux et aguicheur, était si inattendu qu'il parvint à se faufiler à travers ses défenses.

La voix d'Amara à travers une pluie de bruit blanc. Incompréhensible. Mais plus proche.

Repoussant la tentation du sourire radieux de Dorian, elle fit appel à l'image familière d'une feuille de glace rampant à travers son esprit, réduisant tout au Silence dans son sillage.

— Je sais me servir de cet appareil pour mon travail.

Elle se mit à vider le sac, établissant un inventaire au fur et à mesure. Cela ne prit que quelques minutes. Elle s'apprêtait à rempaqueter lorsque Dorian fit remarquer :

— Tu as oublié le cadre holographique.

Il avait une lueur très féline dans l'œil.

Comprenant qu'elle n'avait aucune bonne raison de continuer à le cacher, elle sortit le cadre et l'alluma. Un instant plus tard, un nombre infini de particules lumineuses se rassemblèrent pour former une image tridimensionnelle de Keenan bébé. La personne qui le tenait dans les bras, une femme aux yeux bleu-gris pâle, aux cheveux bouclés brun foncé, presque noirs, et à la peau moka, regardait droit vers l'objectif. Son regard était glacial.

— Merde, qui est-ce ? demanda Dorian.

La question était surprenante.

— C'est moi bien sûr.

— Ne me mens pas.

Dorian était beaucoup trop proche au goût d'Ashaya, son corps était comme un mur de chaleur, mais elle ne pouvait s'en écarter.

— C'est quand même mon portrait craché, non ?

Il grogna.

— Et je suis la putain de petite souris.

Elle fixa l'image, incapable d'éluder la vérité ; ses secrets commençaient à s'échapper. Et ce secret précis la retrouverait tôt ou tard… alors, l'une mourrait tandis que l'autre resterait en vie.

— C'est Amara, admit-elle. Ma sœur… ma jumelle.

CHAPITRE 11

Amara ignorait comment Ashaya avait fait, mais sa sœur était littéralement morte pendant un certain laps de temps. Amara était mécontente que sa jumelle ne l'ait pas informée de son plan ; le trauma psychique qui avait suivi cette déconnexion l'avait laissée inconsciente pendant des heures. De sorte que Ming LeBon était parvenu à la retrouver et à la capturer sans qu'elle offre de résistance.

Il la regardait à présent de l'autre côté d'une paroi de verre.

— Ta sœur a disparu, elle est morte.

Amara sourit, sachant qu'elle irritait Ming en imitant servilement des émotions humaines et changelings. Il ne comprenait rien. Amara était connectée à Ashaya à un niveau au-delà du PsiNet. Personne n'avait jamais découvert ce lien, et Amara estimait qu'il ne pouvait être définitivement détruit que par la mort. La vraie mort.

— Bien, répondit-elle. J'ai toujours détesté cette concurrence.

— La haine et l'amour sont des émotions.

Elle haussa les épaules.

— Des mots.

Ce qu'elle ressentait pour sa sœur était indéfinissable, cela ne pouvait pas se ranger dans une des jolies petites boîtes qu'affectionnaient les Psis.

— Je suis ce que je suis, ajouta-t-elle.

— Un échec.

— Aïe.

Elle plaça une main sur le cœur, simulant un état de choc.

— Tu sais, Ming, dit-elle en aparté, tu ne devrais pas me jeter la pierre ; tu es un meurtrier au sang froid.

— Tu t'es affranchie de Silence. Tes émotions te contrôlent.

Amara sourit encore, lentement et de façon sinistre, parfaitement consciente que ses yeux ne reflétaient que du vide.

— Tu en es certain ?

Ming menait une guerre psychologique contre elle, il la traitait comme si elle était vraiment folle. C'était peut-être le cas, mais elle était aussi terriblement intelligente et tout à fait capable de percer à jour ses tentatives de déstabilisation.

— Qu'est-ce que tu veux, Conseiller LeBon ? Qu'est-ce qui a assez d'importance pour t'avoir poussé à traquer la louve enragée que tu appelais autrefois ta chouchoute ?

Les yeux de Ming virèrent au noir absolu… des ténèbres sinistres qu'Amara était habituée à apercevoir dans le miroir.

— Tu es la seule capable d'achever le travail de ta sœur. Tu dois terminer ce qu'elle a commencé. Finaliser le protocole Implant.

— Rien que ça ? (Elle sourit de nouveau, découvrant les dents.) C'est comme si c'était fait.

Chapitre 12

« Ce matin en me réveillant, j'ai entendu la voix du sniper. Il me murmurait des promesses sensuelles si sauvages, j'avais du mal à croire que ces pensées émanaient d'un recoin de ma propre psyché. Et pourtant ça devait être le cas. Parce qu'il a fini par m'appeler sa proie.

Et par m'enjoindre de fuir. »

Extrait des fichiers personnels cryptés d'Ashaya Aleine.

Une demi-heure après s'être levée, Ashaya enfila une paire de fins gants de latex présents dans son kit de secours, puis se dirigea vers la cuisine de Mercy et commença à ouvrir les tiroirs.

— C'est impoli.

L'avertissement lancé d'une voix traînante la fit se retourner.

Au cours des trente dernières minutes, Dorian avait bidouillé les codes de sécurité de l'agenda électronique, ce qui avait permis à Ashaya de faire du rangement et de réfléchir à la suite des événements. Elle avait cru qu'il chercherait à obtenir plus d'informations sur Amara mais, jusque-là, il s'était tu. Elle n'était pas dupe ; les léopards étaient maîtres dans l'art de traquer leurs proies.

— Je cherche un nettoyant ménager.

Il leva un sourcil.

— Regarde sous l'évier.

Elle y dénicha la plupart des choses dont elle avait besoin. Consciente du regard intéressé de Dorian qui était venu se poster à l'entrée de la cuisine, elle prit un bol et se mit à mélanger les produits chimiques.

— Vous pourriez me passer le tube bleu pâle qui se trouve dans mon kit de secours ?

Elle s'attendait à un refus, mais il s'exécuta avec la rapidité d'un félin.

— Merci.

Elle vida l'alcool pur dans le mélange.

Dorian s'approcha jusqu'à se pencher contre le bord du comptoir tandis qu'elle s'activait sur le plan de travail. Elle ne put s'empêcher de remarquer que, malgré ses cheveux blond platine, il avait la peau dorée, comme s'il bronzait facilement.

Il scruta la mixture et renifla.

— L'odeur est âcre, amère.

Il paraissait plus félin que jamais. Elle se souvint du chat domestique du voisin, qui s'était une fois introduit dans la maison qui lui faisait office de domicile avant que le Conseil la transfère dans un labo : cette créature l'avait épiée avec la même expression fascinée.

Elle ne savait pas vraiment comment interpréter son absence persistante d'agressivité : elle opta donc pour le pragmatisme Psi.

— Vous seriez surpris de savoir à quel point les produits ménagers peuvent être caustiques, surtout quand on les associe d'une certaine façon. (Elle secoua doucement le bol et s'aperçut qu'il commençait à se tacher sur le côté.) Je dédommagerai Mercy.

— Ne t'inquiète pas, murmura Dorian, ça ne coûte pas grand-chose. L'odeur de ta mixture est forte. Waouh !

Elle baissa les yeux.

Le mélange bouillonnait.

— Excellent, dit-elle.

Elle emporta précautionneusement le bol jusqu'à la salle de bains et le déposa dans le lavabo avant d'extraire de sa poche la puce enveloppée d'un mouchoir.

— Puis-je emprunter votre montre ?

Il l'ôta de son poignet et la lui tendit. L'instant d'après, il lâcha un cri horrifié en la voyant ouvrir le mouchoir et laisser tomber la puce dans le mélange caustique.

— Seigneur ! (Il agrippa le dessus de son bras, qui était nu puisqu'elle avait enfilé un tee-shirt à manches courtes après sa douche.) Qu'est-ce que tu… ?

Elle se contraignit à parler avec l'aplomb d'une Psi, même si son pouls s'accéléra sensiblement.

— Vingt-quatre heures avant ma désertion, j'ai enveloppé la puce d'une pellicule protectrice afin qu'elle résiste à mes sucs gastriques.

Elle l'avait ensuite recouverte du poison avant de protéger le tout avec une substance légère qui devait se dissoudre au contact de la bouche.

— Cela a rendu la puce inopérante. Je dois à présent enlever cette pellicule pour accéder aux données.

Dorian s'approcha ; il avait toujours une main sur le bras d'Ashaya et il la caressait distraitement du pouce. Elle faillit ne pas entendre ce qu'il dit ensuite, tant elle songeait à l'intimité extrême de ce contact peau contre peau. Une interaction banale pour un humain ou un changeling. Sauf qu'elle n'était ni l'un ni l'autre. Elle était Psi. On ne l'avait jamais touchée ainsi.

— Comment sauras-tu que c'est terminé ?

Elle s'empara de la pince qu'elle avait trouvée dans le petit nécessaire de toilette de son sac.

— Lâchez-moi.

Dès qu'il le fit, elle retira la puce et la déposa sur une serviette.

— J'ai chronométré, expliqua-t-elle en lui rendant sa montre. Les restes de la solution s'évaporeront dans la minute, sans risques d'infiltrations.

Dorian partit sans un bruit.

Elle mit sa brusquerie sur le compte de la susceptibilité féline et se concentra sur la puce. Celle-ci contenait des informations pour lesquelles le Conseil serait prêt à tuer. Et elles n'étaient pas toutes relatives au protocole Implant. Ashaya devait à présent rester en vie suffisamment longtemps pour… Elle releva brusquement la tête car l'énergie sauvage de Dorian la submergea, la traversa. Elle baissa les yeux sur les mains du changeling.

— Se mêler des affaires des autres est impoli dans toutes les cultures, fit-elle remarquer.

Elle était extrêmement sensible à sa présence, mais s'efforça de ne pas considérer les implications de cette réaction.

— Oups. (Il sourit d'un air quelque peu différent, quelque peu… joueur.) Tiens.

Il lui tendit l'agenda qu'il s'était quasiment approprié.

— Inutile de jouer la carte du charme.

Un mensonge. Le charme, la colère ou la franche hostilité, quelque chose chez Dorian la touchait en un endroit qui n'avait plus vu le soleil depuis le jour de son dix-septième anniversaire.

Le sourire de Dorian s'élargit.

— Allez, mademoiselle Aleine. Je veux vérifier si cette puce fonctionne encore. J'ajouterai même : s'il te plaît.

— Votre curiosité est un vilain défaut très félin.

Elle n'était pas habituée à côtoyer les changelings, n'était pas préparée à un comportement aussi peu humain.

— Est-ce que vous laissez aussi transparaître des traits humains sous votre forme de léopard ?

Le charme s'évanouit pour laisser place à un visage inexpressif.

— Je n'en sais rien. Je suis incapable de me transformer.

Elle suspendit son geste alors qu'elle s'apprêtait à retirer le couvercle au dos de l'agenda.

— Ce n'est pas normal.

Il cligna des yeux avant d'éclater de rire. Une nouvelle fois, ce n'était pas la réaction à laquelle elle se serait attendue ; elle s'était rendu compte un peu tard qu'il prendrait certainement sa franchise pour une insulte.

— Ouais, c'est moi, ça, dit Dorian, les joues plissées par un sourire qui le rendait carrément irrésistible. Un monstre anormal.

Il la troublait. Elle savait qu'il serait facile d'y remédier. Elle n'avait qu'à ouvrir le centre émotionnel de son cerveau, abandonner Silence et accepter les émotions. Certes, le conditionnement incorporait des contrôleurs par la douleur, mais elle possédait un don passif et ses instincts de scientifique lui soufflaient que l'intensité de la douleur allait de pair avec le caractère actif du don. Ce devaient être les Tk, les Tp agressifs et certaines catégories X exceptionnellement rares qui souffraient le plus.

Évidemment, pour elle, tout cela avait encore moins d'importance car les contrôles étaient déjà en piteux état : la douleur serait donc sans doute négligeable, voire imperceptible. Il lui suffirait d'une décision instantanée pour s'affranchir des chaînes qui restaient. Elle pourrait alors devenir une mère à part entière. Elle pourrait alors parvenir à comprendre le léopard en face d'elle.

Si facile.

Et impossible.

Pendant des années, elle avait résolument maintenu le Silence complet pour une seule et unique raison. Elle y était si bien parvenue qu'elle avait leurré Ming LeBon lui-même. Et elle s'était leurrée elle-même, jusqu'à ce que…

Une main s'agita devant son visage. Elle cligna des yeux.

— Je m'excuse, dit-elle, s'efforçant de rebâtir le mur de mensonges qui l'avait gardée en vie tout ce temps. Il m'arrive de me perdre dans mes pensées.

Dorian l'observait avec une intensité déconcertante. Elle se demanda ce qu'il percevait. Il se contenta de dire :

— Change la puce.

Elle s'exécuta, puis replaça le couvercle. Dorian lui tint l'agenda pendant qu'elle ôtait ses gants. Quand elle le reprit, elle resta à fixer l'écran vierge pendant plusieurs secondes. Si elle avait commis une erreur, la partie serait finie avant de commencer. Elle avait absolument besoin de preuves. Sinon, le Conseil l'écraserait comme une mouche.

— Donne-le-moi, ordonna Dorian.

Il se saisit impatiemment de l'appareil et introduisit le mot de passe.

Les fichiers se mirent à défiler sur l'écran à une vitesse trop élevée pour lire. Ashaya faillit vaciller sur ses jambes.

— Putain. (Dorian siffla.) Je suppose que tu sais ce que tu fais finalement. Cervelle et courbes réunies dans un même corps.

Ce sifflement admiratif la fit se redresser.

— J'avais la nette impression que tu avais plus envie de me tuer que d'apprécier ma silhouette.

Il lui décocha un sourire étincelant tandis qu'une nuance clairement sauvage dansait dans son regard.

— Ce n'est pas incompatible.

Une logique sans failles. Une logique incompréhensible. Elle décida de reporter son attention sur une chose qu'elle pouvait espérer comprendre.

— Je dois révéler une partie de ces informations dans les médias.

Elle manquerait alors à la promesse faite à Zie Zen, mais sa loyauté envers Keenan passait avant tout. Pour le garder en sécurité, elle mentirait, tricherait, tuerait s'il le fallait.

Dorian éteignit l'agenda et lui adressa un regard nonchalant qui n'atténua en rien le ton acéré de sa voix.

— Ah bon… selon les renseignements que j'ai eus pendant ton sommeil, tu es censée passer à la clandestinité.

Elle soutint son regard en puisant dans ce réservoir de calme glacial qui l'avait aidée à tromper les Conseillers.

— J'essaie de ne pas toujours faire ce qu'on attend de moi.

— Donc tu préfères t'accrocher une cible dans le dos ?

Il lui donna l'agenda, et son ton nonchalant céda la place au prédateur tapi en lui.

— Tu n'en as vraiment rien à foutre de ton fils, hein ?

Une pointe de douleur aiguë, profonde, si profonde, dans cet endroit secret où avait vécu Keenan et où il y avait à présent une blessure béante. Cette douleur brutale et intense la prit au dépourvu, réduisant en miettes son calme durement acquis.

— Je ne connais pas d'autre moyen de le protéger.

Il était son enfant, son précieux petit homme.

Dorian se faufila immédiatement dans la faille de son armure. Elle avait enfin commis une erreur.

— Tu m'as dit qu'il ne comptait pas. Qu'il était une marchandise.

Un lent battement de cils… il la voyait presque lutter pour reprendre contenance.

— Non, reprit-il en lui saisissant les avant-bras pour la contraindre à le regarder. Tu n'es pas obligée.

Et encore moins avec lui. S'il fallait que ce besoin compulsif importun tienne Dorian en otage, alors elle allait foutrement l'accompagner.

— Tu n'es pas obligée de te replier derrière Silence.

— Et comment comptes-tu me faire obéir à cet ordre ? rétorqua-t-elle inflexible. J'ai été menacée par des Conseillers. Que penses-tu pouvoir me faire d'autre ? De pire que ce qu'ils m'ont déjà fait ?

Cette tirade le déstabilisa.

— Ne me compare pas à ces salauds de meurtriers !

— Tes yeux sont violents quand tu me regardes, répondit-elle calmement mais sans pitié. Même quand tu passes en mode charme, la violence est toujours là, frémissant sous la surface. Quelque chose en moi te contrarie.

Il serra les dents.

— Je t'avais dans ma ligne de mire il y a deux mois. J'aurais pu t'abattre. Je ne l'ai pas fait.

Et ç'avait été un choix délibéré. La part de lui qui la voulait vivante l'avait emporté sur le sniper froid et calculateur qui la considérait comme une menace.

— À moins que tu ne trahisses DarkRiver, je ne poserai jamais la main sur toi dans un élan de colère.

Elle baissa les yeux sur ses mains, qu'il avait posées sur elle.

— Je te fais mal ? demanda-t-il face à son mutisme. C'est toi qui as abordé le sujet, alors réponds-moi, bordel.

Sachant qu'il franchissait une limite, mais incapable de faire marche arrière, il s'approcha si près que ses seins lui effleuraient le torse à chaque inspiration.

— Je… te… fais… mal ?

— Non. (Une réponse atone.) Mais il ne te faudrait pas grand-chose pour te plonger dans une rage meurtrière.

Il capitula, si furieux que son léopard voulut grogner à travers ses cordes vocales humaines. Sa voix était à moitié animale lorsqu'il dit :

— Un membre de ton espèce, un de tes… Conseillers, a tué ma petite sœur. Santano Enrique était le Psi modèle, on ne peut plus Silencieux. (Un rire moqueur.) Alors ouais, ta présence, ton Silence… comment est-ce que tu dis… me contrarie.

Elle demeura d'un calme surnaturel, proie directement dans l'œil du prédateur.

Cela ne fit qu'enrager davantage le léopard. Tremblant sous la brutalité de ses émotions, il quitta en trombe la salle de bains pour aller dans le séjour. Il devait s'éloigner d'elle avant de commettre l'irréparable. Parce que cette femme-là, celle qui, pour une raison incompréhensible, l'attirait irrésistiblement, n'avait pas la moindre idée de la façon dont elle devait gérer le léopard piégé en lui. Le contact, qu'il soit bon ou mauvais, physique ou émotionnel, était vital pour les changelings.

Dorian savait qu'il avait besoin de contact plus que tout autre. Il avait surmonté l'horreur du meurtre de sa sœur, mais la mort de Kylie et son épilogue sanglant l'avaient changé à jamais. Les ténèbres l'habitaient désormais, une colère maléfique qu'il domptait par la seule force de sa volonté.

Ces ténèbres s'étaient à présent entortillées à son appétit sauvage pour Ashaya. Et ce désir n'était pas le bienvenu, cette faim tenace le dévorait de colère, car il se retrouvait attiré par une ennemie, une femme qui avait justement travaillé avec ce Conseil qu'il avait juré de détruire.

Il n'avait jamais de sa vie sexuellement agressé une femme mais, là, dans cette salle de bains, il en avait été dangereusement proche. Il détestait ne pas pouvoir maîtriser ses réactions quand il était près d'elle, il détestait l'homme qu'il devenait en sa compagnie, il détestait que la seule présence de cette femme suffise à le dépouiller du vernis de civilisation qui était tout ce que la plupart des gens discernaient chez lui.

— Dorian.

La voix d'Ashaya était comme du papier de verre sur sa peau. Il resta le dos tourné, mais s'éloigna des ténèbres voilées de sang et tenta de retrouver un peu de l'homme qu'il était avant de rencontrer Ashaya Aleine.

— Je vais organiser une réunion avec nos responsables de la communication. Ils planifieront une émission… Merde, après tout, nous sommes là pour agacer le Conseil Psi.

— Merci.

Le froid habituel de sa voix dissimulait un soupçon de peur, d'effroi. Cela faillit le renvoyer dans les ténèbres, mais il lutta pour rester humain, pour rester civilisé.

— Tu as peur, dit-il en se retournant enfin. Tu es terrorisée. Par moi ?

Il attendit qu'elle lui mente, qu'elle prétende être une parfaite captive de Silence.

— Non. J'ai… peur de perdre ma prise sur le conditionnement, avoua-t-elle en soutenant son regard. Que ce monde extérieur me fasse déraper, me fasse ressentir.

Cette réponse inattendue refroidit sa colère.

— Tu es une M-Psi. Ce n'est pas comme si tes dons devaient être contenus. À moins que tu ne dissimules un don actif?

— Non.

— Alors tu as le choix… tu ne veux pas t'affranchir de Silence ?

— Cette question n'a aucun sens.

Les lèvres d'Ashaya articulaient des mots rationnels, mais le léopard sentait autre chose dans l'air, le plus infime des murmures émotionnels.

— Admettre que je dois changer revient à admettre que je ressens suffisamment pour connaître la différence entre ce que je suis et ce que je pourrais être, expliqua-t-elle.

Il fronça les sourcils, apaisé par le fait qu'elle soit venue vers lui, qu'elle interagisse à présent avec lui, ne fût-ce qu'au niveau intellectuel.

— Tu essaies de m'abreuver de paroles ? Ça ne marchera pas. Je suis une putain de tête de mule et tu as déjà reconnu avoir peur. Tu ressens.

Mais à quel point ? Et est-ce que ce serait suffisant pour apaiser les désirs de plus en plus violents de son léopard ?

Elle resta de l'autre côté de la pièce, comme si elle saisissait qu'il s'avançait sur un fil.

— Tu es très intelligent.

— La flatterie te mènera loin, mais ne t'évitera pas cette conversation.

Il n'aimait pas la distance entre eux, alors il s'avança pour la réduire, jusqu'à pouvoir la toucher s'il le désirait.

— Tu connais la différence entre Silence et les sensations, n'est-ce pas, Ashaya ? Et qui plus est, tu veux sortir de la cage.

Si elle quittait Silence, peut-être se sentirait-il moins coupable. Peut-être serait-il de nouveau capable de se regarder dans le miroir.

— Vas-y, chuchota-t-il. Affranchis-toi de Silence. Aime ton fils.

C'était un coup bas, il le vit dans ses yeux.

— Tu as raison, dit-elle d'une voix rauque. Je connais la différence entre ce qui est et ce qui pourrait être. Je sais aussi que mon conditionnement est imparfait. (Une confession dénuée de mensonges ou de demi-vérités.) Mais rien de tout cela ne compte. Parce que même maintenant, alors que j'ai le choix, je décide d'embrasser Silence… de ma propre volonté.

Chapitre 13

Le Conseiller Henry Scott alluma un écran d'ordinateur et se mit à introduire des données.

Des noms.

Des familles entières.

C'était une liste de Psis déficients, une liste qu'il établissait depuis des années. Plusieurs de ces personnes avaient déjà été rééduquées, mais beaucoup trop d'erreurs continuaient à passer entre les mailles du filet. Comme ce garçon.

Le Conseiller relut encore le rapport : à huit ans, l'enfant montrait des signes croissants de rébellion. Pour toute réponse, son formateur l'avait placé sous un régime plus strict. Henry estimait que le gamin aurait dû être éliminé au premier signe de trouble. Il n'y avait aucune raison valable pour perpétuer la culture des gènes défectueux.

Mais il n'avait pas carte blanche pour de telles décisions ; les autres Conseillers avaient opposé leur veto à ses propositions. Si les rééducations d'enfants devenaient trop nombreuses, avaient-ils argumenté, la populace commencerait à s'agiter.

— Encore une déficience, fit-il remarquer en introduisant d'autres données.

Silence aurait dû les rendre imperméables à ce genre de considérations. Mais trop de ses semblables – non, pas ses semblables... c'étaient juste d'ennuyeux primates pour son esprit de Silence absolu – demeuraient guidés par leur instinct primaire de protéger les jeunes, même quand ces jeunes se révélaient défectueux.

Après avoir ajouté deux autres noms, il ferma le fichier crypté et le renvoya dans sa cachette au cœur de ses archives informatiques. Il ne conservait plus autant d'informations qu'autrefois sur le PsiNet. Sa femme, Shoshanna, avait depuis longtemps outrepassé les limites, espionnant des choses qui ne la regardaient pas.

Mais elle ne savait pas tout.

Il porta le regard vers le coin gauche de son bureau, vers la lourde enveloppe blanche bordée de dorures. Voyante, tape-à-l'œil, avec un cachet « Privé et confidentiel ». C'était, il devait l'admettre, la couverture parfaite. Même son assistant, habituellement perspicace, avait déposé l'enveloppe dans le bac à courrier réservé aux invitations des médias humains et aux envois similaires.

Il s'en saisit, ouvrit le rebord et retira la carte. Un épais carton blanc, avec des caractères or sombre.

> « Ce serait pour nous un honneur de vous compter parmi nos membres. Le mot de passe a été envoyé par e-mail à l'adresse privée du Conseiller.
>
> PURS PSIS. »

Suivait une URL composée de chiffres.

Il ne s'agissait pas d'un groupe insignifiant ; seules quelques personnes, très influentes, connaissaient son adresse e-mail privée. À l'instar de la plupart des Psis, il recourait rarement à cette forme de communication, mais elle s'avérait utile de temps à autre. Comme aujourd'hui. Le mot de passe était arrivé dans un message intitulé « Pureté ».

Il se tourna vers son ordinateur et se connecta à Internet. Les sentiers de ce réseau étaient extrêmement lents, comparés à la fluidité instantanée du PsiNet, mais cela impliquait que la majorité des individus de son espèce le déconsidérait. L'URL numérique aiderait aussi à préserver la confidentialité.

Toutefois, le plus gros avantage d'Internet était qu'il se trouvait complètement hors de portée du Gardien du Net, l'entité consciente qui jouait à la fois le rôle de bibliothécaire et de protecteur du Net. Henry considérait que le Gardien était impartial, mais en tant que Tk cardinal, Kaleb Krychek le contrôlait largement, de sorte que son collègue Conseiller était sans doute au courant d'informations que d'autres préféreraient garder secrètes. Comme l'existence de ce groupe.

Avec un bip discret, le navigateur l'amena sur le site. La page était entièrement noire, à l'exception d'une ligne de texte en blanc et d'une case vide.

« INTRODUISEZ LE MOT DE PASSE »

Henry n'avait pas besoin de vérifier son e-mail. Le mot de passe était facile à retenir.

« F_GALTON1822 »

CHAPITRE 14

« Le futur approche inéluctablement et à grands pas, mais il reste encore du temps. Assez de temps pour te convaincre de ce que tu dois faire s'ils découvrent un jour la vérité. Cours te cacher. C'est le seul moyen de survivre. Mais même si j'essaie de t'en convaincre, je sais que je n'y parviendrai pas. Elle paraît peut-être plus solide, mais tu as toujours été la plus brave, incroyablement courageuse. Cependant le courage n'arrêtera pas un assassin du Conseil. Fuis ! »

Extrait d'une lettre manuscrite signée « Iliana », vers juillet 2069.

Les événements se précipitèrent, plus rapidement que Dorian l'avait anticipé ; le lendemain matin à 9 heures, il se retrouva à jouer les gardes du corps dans le premier sous-sol du quartier général de DarkRiver à San Francisco. Si la meute détenait des actions dans CTX, une importante société de communication, ce sous-sol servait d'installation pour les émissions coup-de-poing. Le message d'Ashaya serait diffusé simultanément sur Internet et par toutes les stations de CTX.

Une maquilleuse osa s'approcher d'Ashaya, un pinceau brandi comme une offre de paix. Dorian lui lança un regard furieux. La jeune femme de dix-neuf ans, membre de la meute comme toutes les personnes présentes dans la pièce à l'exception d'une seule, tourna les talons et rebroussa chemin.

— Très efficace.

Il regarda celle qui venait de s'exprimer. Il était toujours en pétard contre elle.

« Je décide d'embrasser Silence de ma propre volonté. »

Il n'était pas stupide au point de croire qu'on pouvait se débarrasser facilement de Silence ; cela avait pris plus d'un an à Judd Lauren, et rencontrer sa compagne lui avait servi de catalyseur. Mais Ashaya avait un enfant. Un enfant qu'elle avait encore refusé de voir ce matin. Incrédule, Dorian l'avait laissée quelques heures avec Mercy pendant qu'il allait discuter avec Keenan.

Le gamin était resté calme ; il avait même autorisé Dorian à lui faire un câlin.

« *Il te fait confiance*, avait dit Sascha qui avait passé la nuit chez Tammy.

— *Je lui ai promis d'être là pour lui.* »

Et il tenait ses promesses. Tout comme Ashaya aurait dû tenir les promesses qu'elle avait faites, simplement en lui donnant le jour. Il savait que Keenan comptait pour elle – elle s'était trahie de trop nombreuses fois –, alors comment pouvait-elle justifier qu'elle prive son fils de l'amour et de l'affection auxquels il avait droit ? C'était un abandon que ni l'homme ni le léopard ne pouvaient accepter.

— Quoi ? gronda-t-il.

Elle se raidit.

— La façon dont vous vous êtes débarrassé de la maquilleuse. Efficace.

Au lieu de s'accroître comme elle l'avait fait jusqu'à présent, la colère de Dorian s'atténua devant le ton glacial de la Psi, et ses instincts le poussèrent dans une autre direction. *Défi*. Voyons combien de temps Ashaya Aleine pourrait résister à un félin résolu à la séduire et à l'extraire de ce monde froid auquel elle s'accrochait. Il n'était pas un novice. La situation pouvait empirer, il garderait toujours le contrôle de sa queue. Mais ce ne serait pas nécessaire s'il pouvait dégeler suffisamment cette femme pour fracasser son Silence, l'amener dans son lit… et évacuer de son organisme ce besoin sexuel dévorant.

Il ressentit du remords d'envisager de la poursuivre et de la prendre avec une telle brutalité, mais il pensait qu'Ashaya était capable de veiller sur elle-même. Cette femme ne se laissait pas faire. Elle ne lui faciliterait pas la tâche, songea-t-il, son agressivité se muant en une forme mortelle de concentration.

— Je me suis débarrassé d'elle parce que tu n'as pas besoin de maquillage, répondit-il après un long silence.

Avec le visage dégagé, les cheveux regroupés en un chignon serré qui agaçait Dorian, et ses yeux bleu-de-loup naturels, elle avait l'air d'un diamant parfaitement taillé.

— Vous avez raison, répliqua-t-elle avec sa diction impeccable, dénuée de toute trace personnelle. Même si les Psis estiment que le maquillage et une apparence soignée sont des accessoires utiles, il faut que j'apparaisse professionnelle jusqu'au bout des ongles. Une approche plus ascétique constitue le meilleur choix.

Dorian se demanda si elle était vraiment aussi calme qu'elle le paraissait. Il ne flairait pas le parfum de la mascarade, mais il commençait à comprendre qu'Ashaya excellait à feindre Silence. Elle s'y entendait aussi pour fournir des réponses évasives ; il avait été incapable de l'amener à dire pourquoi elle tenait à cette émission. Mais il trouverait.

— Ce n'est pas ce que je voulais dire, précisa-t-il.

Il garda les mains derrière le dos, même si ses doigts le démangeaient de parcourir cette peau chaude et soyeuse. Elle avait peut-être une voix de glace, mais sa peau… sa peau l'invitait avec les accents murmurés de la séduction. Tout compte fait, il ne contrôlait peut-être pas sa queue autant qu'il le pensait.

— Non ?

— Non, confirma-t-il. Ta peau est parfaite.

C'était une tentative délibérée de la mettre mal à l'aise, de la pousser à trahir l'humanité qu'il avait entraperçue à peine quelques heures auparavant.

— Si tu étais allongée nue sous le soleil, est-ce que tu luirais partout de façon aussi pulpeuse ?

Son visage demeura impassible, mais elle replia les doigts.

— C'est une question inappropriée.

Il esquissa un sourire destiné à s'infiltrer sous sa peau.

— Pourquoi ? Tu es une femme de science ; c'est une simple curiosité sur le plan biologique.

Il se moquait d'elle pour voir comment elle réagirait. Il la testait. Le léopard en lui voulait évaluer la force de sa proie, découvrir de quoi elle était faite. L'homme la testait pour d'autres raisons : la connaître au-delà des instincts sauvages et sexuels de la bête.

Elle tira sur les poignets de son chemisier blanc, les alignant parfaitement, et rompit le contact visuel par la même occasion.

— On dirait que vous aimez jouer à des jeux psychologiques avec moi.

Il ne répondit pas, se contentant d'attendre. C'était une scientifique. Il était un prédateur habitué à chasser avec une patience furtive. Il ne pouvait pas se transformer en léopard, mais ce côté sauvage faisait partie intégrante de lui, Dorian était rempli des mêmes appétits et des mêmes besoins que n'importe quel félin de DarkRiver. Enfant, il avait parfois cru que le désir le rendrait fou, le désir de courir, de chasser, de sentir ses crocs et ses griffes s'enfoncer dans la chair vivante d'une proie.

Puis, lors d'une nuit d'hiver glaciale, il s'était levé et était parti courir sous sa forme humaine, désobéissant à toutes les règles de ses parents. Il était resté dehors toute la nuit. Il avait fini avec la plante des pieds en lambeaux, mais son âme avait été en paix pour la première fois de sa vie. Il avait alors décidé de ne plus jamais se considérer comme un infirme. Il n'aurait qu'à devenir assez résistant pour que personne n'ose remettre en cause son identité changeling.

Il avait six ans.

C'était peut-être la raison pour laquelle il s'était connecté si facilement à Keenan Aleine. Quelque chose chez ce garçon parlait à l'enfant que Dorian avait été autrefois. Bien que clairement d'une grande intelligence et assez jeune pour que Silence n'ait pas encore planté ses griffes en lui, Keenan portait un fardeau dans les yeux, une conscience qui n'aurait pas dû s'y trouver.

La même conscience s'affichait dans les yeux d'Ashaya, mais amplifiée un millier de fois.

Ashaya avait joué à la plus fine avec les Conseillers, mais elle ne s'était jamais senti autant menacée qu'en cet instant. Parce que, si elle voyait un visage qui arborait tous les traits de l'humanité, elle savait que l'homme auquel elle parlait était différent, ses instincts de léopard se manifestaient dans chacune de ses facettes. Même à présent, il restait tellement calme, comme un félin attendant que sa proie commette une erreur.

— Je vous en prie, jouez, poursuivit-elle.

Elle refusait de baisser pavillon même s'il détenait l'avantage sans le savoir : il avait vu son bébé aujourd'hui, il veillait sur Keenan comme le protecteur qu'il était et, pour cette raison, elle lui accordait une part indéfectible de sa loyauté.

— Mais sachez que j'ai grandi dans le nid de vipères du PsiNet.

Dorian esquissa un léger rictus. C'était étrange ; aucune logique ne semblait gouverner ses réactions. Hier soir, quand elle avait renoncé au combat, il était entré dans une colère cinglante. Aujourd'hui, alors qu'elle enveloppait chacun de ses mots dans le bleu glacial de Silence, il souriait.

— Tu me considères de nouveau comme un poids plume, Ashaya ? dit-il.

Sa voix était un mélange d'amusement et d'arrogance féline indiquant qu'il se savait la créature la plus dangereuse de la pièce.

Elle se leva de sa chaise et s'assura que les plis de son pantalon noir strict étaient bien mis avant de se saisir de sa veste de tailleur et de l'enfiler.

— Dans ce domaine, oui. Vous êtes un être physique, habitué à vous battre avec votre corps. Je suis habituée à n'avoir que mon esprit pour me défendre.

— Alors j'imagine que tu n'auras rien contre le fait de jouer.

Ayant terminé de boutonner sa veste, elle leva les yeux.

— Au contraire, je préférerais vivre dans un monde où chaque mot n'a pas un double sens. (Un monde où elle ne se tiendrait pas constamment sur ses gardes pour éviter qu'on ne lui plante un couteau dans le dos.) Cela me simplifierait considérablement la vie.

Elle l'avait étonné, elle le vit immédiatement. Il plissa les yeux et leva ostensiblement la main pour se saisir du revers de sa veste ; elle « vit » le côté primitif de ce geste grâce à une zone rouillée de son cerveau, une zone que seul ce léopard semblait en mesure d'éveiller.

— Tu t'ennuierais, trésor, reprit-il. Une vie toute tracée et sans obstacles n'est pas faite pour toi.

Il avait utilisé un terme affectif, mais son regard était celui d'un vrai félin aux aguets. Décidément, elle ne le comprenait pas.

— Nous allons devoir rester chacun sur notre position. Il est l'heure.

Il lâcha le revers de sa veste et elle fut décontenancée de constater qu'elle avait tellement contracté les muscles de son estomac qu'ils en étaient douloureux. Une nouvelle erreur. Elle essaya de se détendre ; les producteurs de l'émission approchaient. Si le Conseil Psi ne parvenait pas à interrompre la retransmission, elle serait bientôt présente dans tous les foyers et sur tous les panneaux d'affichage d'ici jusqu'à Paris, et au-delà.

Même si CTX, une entreprise de communication copropriété des léopards et des loups, était loin de constituer le média Psi de prédilection, son émission serait reprise par suffisamment de réseaux Psis rebelles pour que le message soit diffusé. Elle savait pertinemment qu'elle se retrouverait ensuite en haut de la liste noire du Conseil. Mais il serait bien temps de s'en inquiéter plus tard.

Pour l'instant, elle devait poser les fondations d'un chaos qui perturberait l'intégralité du Net, en dissimulant la vérité au milieu des mensonges… des mensonges qui assureraient la sécurité de Keenan. C'était tout ce qui comptait.

Elle négligea l'activité explosive dans cette zone primitive de son cerveau devenue familière. Dorian l'intriguait au plus profond de son être : elle n'avait jamais rencontré quelqu'un d'aussi complexe. Il était l'ombre et la lumière, la sauvagerie et le charme, la colère du prédateur et le calme du sniper. Elle se demanda ce qui l'amènerait à baisser la garde pour autoriser une femme à voir sous la surface. Peut-être, dans une autre vie, aurait-elle pu accepter son invitation à ses jeux félins à double tranchant, et découvrir ainsi la réponse. Mais dans cette vie-ci, un tel choix était inenvisageable.

— Prête, mademoiselle Aleine ?

Le producteur avait des écouteurs sur les oreilles, mais semblait n'avoir d'attention que pour elle.

C'était aussi un changeling, un léopard ; bel homme, songea Ashaya. Mais au contraire de Dorian, il n'éveillait pas chez elle cet ensemble primitif de neurones, il ne menaçait pas de faire dérailler un plan qu'elle devait absolument mettre à exécution.

—Allons-y, répondit-elle.

Elle partit aux côtés du producteur, très consciente de la présence vigilante de Dorian dans son dos. Celui-ci ne l'aimait pas particulièrement, c'était évident, mais il ne la laisserait pas se faire assassiner. Non, si ce félin voulait se débarrasser d'elle, il s'en chargerait lui-même.

Étrangement rassurée par cette pensée, elle alla se placer devant la caméra, la fixa du regard et attendit le signal pour commencer.

— Trois, deux, un… on est en direct.

Dorian observait le calme absolu d'Ashaya, son sang-froid infaillible, sachant que c'était un leurre.

« Je ne connais pas d'autre moyen de le protéger. »

Depuis leur arrivée au studio souterrain, il avait réfléchi à cette déclaration spontanée qui plaçait son émission, à première vue intrépide, sous un tout autre éclairage. Quelque part, d'une façon ou d'une autre, ceci avait pour but de permettre à Keenan de mener une vie à l'abri de toute peur.

Ashaya Aleine, songea-t-il, constituait le plus complexe des puzzles. Toutes ces couches de dissimulation et de vérité ne faisaient qu'ajouter au défi qu'elle représentait. Il était tentant de la pousser dans ses retranchements mais, dans une chasse, il fallait parfois rester correct. Cette pensée à l'esprit, il se déplaça pour l'avoir dans sa ligne de mire. Une promesse tacite de sécurité, de protection.

Elle comprit et le manifesta par un infime battement de cils. Puis elle se mit à parler.

—Je m'appelle Ashaya Aleine. Je suis une M-Psi de rang 9,9 et j'étais auparavant la scientifique en charge du protocole I, également connu sous le nom de protocole Implant.

Son ton froid aurait pu geler une pluie d'été. Pour la première fois, il vit exactement comment elle avait pu échapper à toute détection sur le PsiNet. Une fierté inattendue explosa dans ses entrailles ; cette femme était bâtie en acier trempé. Elle pouvait plier, mais Ashaya Aleine ne romprait pas… jamais.

— Les informations que je m'apprête à divulguer relèvent de la plus haute confidentialité, poursuivit-elle. En agissant ainsi, je viole mon contrat avec le Conseil, mais je respecte celui que j'ai passé en tant que scientifique : rechercher la vérité.

Sur le PsiNet, une alerte rouge s'alluma dans l'esprit de chaque Conseiller.

— Alors que les travaux théoriques qui sous-tendent le protocole Implant sont connus, reprit Ashaya, on sait moins que le Conseil persiste à mener le protocole, en violation directe de son obligation de consulter la populace pour des affaires de cette importance.

» Silence lui-même a été précédé de dix années de débats avant d'être introduit, alors que cet implant, qui permettrait l'imposition de Silence sur le plan biologique, en transformant la multitude en un seul individu – créant de fait un esprit de ruche –, cet implant fait l'objet d'un passage en force sans même une consultation sommaire.

À travers le pays, à travers les continents, une cascade ininterrompue de coupures d'électricité se déclencha. Des villes entières, puis des métropoles, furent isolées du monde à mesure que le Conseil fermait ses fournisseurs d'électricité.

— Il y a peu de temps, un attentat sur mon laboratoire a eu pour conséquence de ramener le développement de l'implant à la case départ. Mais il est possible de repartir de zéro. Je ne suis pas la seule scientifique capable d'effectuer ce travail.

On envoya des télékinésistes Psis provoquer des pannes « accidentelles » dans les médias d'information hors du contrôle direct du Conseil, y compris sur les autoroutes habituellement dédaignées d'Internet. Le black-out se répandit à travers le monde comme un tsunami. Puis les satellites se mirent à défaillir.

— Ces informations, bien que confidentielles, ont déjà fait l'objet de nombreuses rumeurs. (Ashaya marqua une pause.) Par contre, ce que je m'apprête à vous révéler maintenant n'est connu que d'un très petit nombre de personnes. Les recherches sur le protocole I financées par le Conseil parlent d'une égalité absolue entre les individus. C'est un pur mensonge. Les implants n'ont jamais été conçus pour nous rendre tous égaux. Leur but est simple : créer une société de numéros, d'esclaves pour qui obéir au Conseil et à ses associés privilégiés constitue un impératif biologique.

Des hackers – Psis, humains et changelings – s'efforcèrent furieusement de relancer les systèmes. Ils échouèrent. Les humains jurèrent, les changelings balancèrent des objets, les Psis érigèrent un « arbre » télépathique en rafale pour se relier à quiconque disposait d'un signal et pouvait leur retransmettre l'émission.

— Toutefois, et même si les implants restaient prioritaires, le Conseil a décidé d'élargir mon mandat. Après le succès de l'attentat sur le labo d'origine, il était devenu manifeste que les rebelles parviendraient à mettre un terme au protocole Implant.

Des serveurs Internet de réserve dissimulés sur toute la planète se connectèrent en vrombissant, des radios de fortune furent ressorties des greniers et des sous-sols, et l'« arbre » télépathique s'étendit jusqu'à dénicher des relais encore en état de marche dans la campagne russe, dans la station sous-marine Alaris et dans quelques petites villes de Nouvelle-Zélande.

— Le projet Omega existait avant le protocole I, avant la naissance de la plupart d'entre nous. Il a toujours représenté une arme potentielle dans l'arsenal du Conseil. Il y a trois mois, on m'a ordonné de commencer à me familiariser avec toutes les données relatives à Omega, car le projet dormant allait être réactivé une fois le protocole I achevé. Le but du projet Omega…

Loin au-dessus de la Terre, trois satellites qu'on croyait éteints depuis longtemps se réveillèrent, sous le contrôle de changelings et d'humains en poste dans une installation souterraine de la chaîne montagneuse de la Sierra Nevada. Tout le monde fut pris de court par cette résurrection soudaine.

— … est d'éliminer toute pensée spontanée chez les Psis.

Chapitre 15

Une chape de silence s'abattit sur le monde.

— La transmission devrait se produire par un virus. Ce virus aurait un antidote. Un antidote contrôlé par le Conseil. Le résultat est facile à deviner : tous ceux qui oseraient se rebeller verraient leur lignée familiale interrompue.

Les lumières vacillèrent autour d'Ashaya, mais Dorian lui fit signe de poursuivre. Ce qui suffit à la conforter. Pourquoi un félin qui la méprisait si ouvertement avait cet effet sur elle ? Elle n'avait pas le loisir d'y réfléchir pour l'instant.

— Pour ce qui est des preuves… concernant l'iniquité du protocole I, je dispose de kilo-octets de données, y compris des copies d'ordres portant le sceau du Conseil. Une partie de ces informations est transmise en même temps que cette émission, des informations qui prouvent clairement que les implants devaient être modulés selon différentes spécifications. Vous, les masses, étiez destinées à n'être que des insectes dans la ruche.

Ceux qui en avaient toujours la possibilité essayèrent de s'emparer des paquets de données.

— Concernant les objectifs du projet Omega, vous devez vous contenter de ma parole, la parole d'une scientifique au passé irréprochable. Si on parvenait à le fabriquer, ce virus serait une arme, une arme destinée à être utilisée contre nous par notre propre Conseil. Imaginez alors son potentiel destructeur aux mains de ceux qui haïssent les Psis.

Elle marqua une pause, le temps que cette déclaration produise son effet.

— Même si Omega n'a jamais été sur le point d'être finalisé, les scientifiques qui ont travaillé à ce projet ont accumulé des archives considérables au cours des ans, des données qui auraient pu contenir la genèse d'une recette virale. Ces données ont à présent disparu. Je les ai détruites jusqu'au dernier octet dans les semaines qui ont précédé ma désertion. Le projet Omega est mort.

Ashaya rassembla toute la froide assurance dont elle disposait avant de lâcher le plus redoutable de ses mensonges.

— Je ne vous demande pas de croire à la moindre de mes paroles. Je ne vous demande même pas de me voir autrement que comme une traîtresse vis-à-vis de notre espèce. Je vous demande juste de penser de façon autonome… et d'interroger votre Conseil.

Elle s'éloigna du micro pour rejoindre les douces ténèbres entourant les caméras ainsi que, même si elle ne pouvait l'admettre qu'à l'abri des murs de son esprit, la dangereuse sécurité offerte par l'homme qui se tenait là. Ses os lui semblèrent soudain étrangement creux, fragiles. Elle craignait presque de se briser comme du verre.

Tout à coup, un bras lui entoura les épaules, puis elle fut entraînée vers une porte, presque transportée en haut d'une volée de marches jusqu'à l'air libre, sur un balcon à peine suffisamment large pour deux personnes. L'éclat perçant du jour s'enfonça dans ses iris avec la violence d'un millier de couteaux aiguisés.

— Tu parles d'une surprise, lâcha Dorian.

Il lui pressa le visage contre son torse, lui frottant le dos d'une main ferme.

Elle aurait dû s'écarter, mais elle ne le fit pas. Elle se connaissait, elle connaissait ses faiblesses, elle savait qu'en cet instant elle était incapable de se tenir debout sans aide. Elle savait aussi qu'elle appréciait terriblement la chaleur de Dorian autour d'elle.

— Il le fallait, murmura-t-elle.

Pour son peuple, pour son fils… et, malgré tout, pour Amara.

De sa main libre, Dorian s'empara de son téléphone portable.

— Aucun signal. Ils doivent avoir touché aux antennes relais.

— Je m'excuse ; je savais que la contre-attaque serait sévère mais je ne pensais pas qu'ils seraient capables de réagir aussi vite.

Elle rompit le contact et s'appuya en arrière, les mains refermées sur le métal froid de la balustrade. Par-dessus l'épaule de Dorian, elle n'apercevait qu'un épais mur de verdure. À sa gauche, une porte fermée descendait vers un sous-sol dans lequel elle n'avait pas encore la force de retourner ; il lui avait déjà fallu toute sa volonté pour s'y rendre la première fois.

— Ils ont coupé le courant ? demanda-t-elle.

Il hocha la tête.

— Les hôpitaux…, articula-t-elle.

— Des générateurs. De toute façon, j'imagine que la plupart des lignes d'électricité et de communication seront rétablies d'ici quelques minutes ; autrement, les milieux d'affaires Psis perdront trop d'argent, et le Conseil a un besoin vital de leur soutien.

Elle approuva.

— Tu penses que mon émission a été largement diffusée ?

Il acquiesça sans hésiter.

— Nous avions des satellites de remplacement prêts à prendre le relais.

— Oh ?

— Nous aimons pouvoir parer à toute éventualité.

Il leva la main pour souligner la courbe de sa pommette.

Elle demeura imperturbable. Même si elle s'était entraînée à apparaître exactement comme ses semblables, elle n'était pas réticente au toucher. Et là où elle était à présent, personne ne la punirait pour avoir puisé de la force dans ce contact humain des plus banals. Mais elle restait de glace car elle ne connaissait pas les règles du toucher dans le monde changeling. Jusqu'à présent, pour le peu qu'elle les connaissait, elle les avait vus se toucher facilement… mais uniquement entre eux.

Sauf que le contact de Dorian sur sa peau était brûlant, comme si chaque caresse laissait une empreinte permanente.

— Sascha et Faith affirment que les Psis aiment procéder à des mélanges génétiques, fit-il remarquer, tout en faisant glisser les doigts.

Elle garda le silence, dans l'attente, dans l'expectative.

— Je comprends pourquoi. (Il s'adossa à la balustrade en face d'elle, les bras croisés.) Alors, quelle est la prochaine étape pour la célèbre Ashaya Aleine ?

Elle voulait bouger mais elle était coincée. Au moindre pas, ils se toucheraient. Elle sentait encore la chaleur de sa peau contre la sienne ; cela paraissait impossible, mais c'était pourtant le cas.

— J'ai exécuté la première partie de mon plan.

Quelle blague. Elle n'avait aucun plan, sauf les arracher, Keenan et elle, à la surveillance permanente du Conseil.

Il aurait suffi d'une seule bourde pour qu'elle ne revoie plus jamais son fils. Ironiquement, en le retenant en otage, le Conseil l'avait protégé d'un autre danger. Mais cette protection avait eu un prix. Ils avaient enfermé son bébé comme un rat en cage, jusqu'à ce qu'elle voie son âme commencer à se flétrir.

À présent, il était libre… et vulnérable à la menace qui l'avait impitoyablement poursuivi toute sa vie.

— Avec un peu de chance, dit-elle en s'efforçant de ne pas s'écrouler sous l'effet du besoin dévastateur de tenir son fils, je suis maintenant trop connue pour qu'on me fasse disparaître en douce.

Et surtout trop connue pour que Keenan devienne une cible sans entraîner de graves répercussions politiques.

— Deuxième phase ?

Elle pensa inventer quelque chose, mais elle savait que ce serait une perte de temps. Il ne serait pas dupe.

— Je l'ignore.

La logique, le bon sens, la raison, tout lui intimait de s'enfuir, d'écarter le danger de Keenan, mais la rationalité entrait en conflit avec son besoin fondamental de mère et en ressortait perdante. Ashaya ne pouvait pas abandonner son fils.

— Et Keenan ? s'enquit Dorian, comme s'il avait lu dans son esprit. Tu as l'intention de le voir bientôt ?

Ses paumes picotèrent au souvenir de la douce peau de son fils, de ses os fragiles. Il était si petit, on pouvait si facilement le blesser. Mais ce félin, il avait tant de force en lui, tant de détermination ; il se tiendrait aux côtés de Keenan si elle flanchait. Elle croisa ce regard bleu glacial.

— Il est en sécurité aussi longtemps que le Conseil croit qu'il ne m'intéresse pas.

Pas un mensonge, mais pas toute la vérité non plus. Elle savait que c'était le bon choix, le seul choix tant qu'elle s'efforçait de trouver une solution qui ne lui laisserait pas le sang de sa jumelle sur les mains. Mais son cœur se contractait toujours à cette idée ; Keenan penserait qu'elle avait menti, qu'elle l'avait abandonné.

Trop d'émotions, songea-t-elle. Ses boucliers Silencieux, des protections cruciales contre Amara, commençaient à se fissurer. Et elle était incapable de reconstruire ses remparts. Pas à proximité de Dorian, dont les émotions furieuses et sauvages transparaissaient clairement à chaque respiration.

— C'est ta justification pour le négliger ? (Son regard s'était éteint, sans plus aucune trace de l'homme qui l'avait enveloppée de sa douceur protectrice.) Mais après tout, je suppose qu'un enfant n'est rien d'autre à tes yeux qu'une collection de gènes, pas un être de chair et de sang, avec un esprit et une âme. Qu'est-ce que tu sais de lui ? Est-ce que tu t'inquiètes de savoir qu'il attend probablement que sa maman vienne le serrer dans ses bras et lui dire que tout ira bien ?

Elle laissa la violence de ses paroles lui fouetter le sang, mais elle tint bon.

— Si je vais le voir, je le mets en danger.

Pour Keenan, c'était Amara le vrai cauchemar. Mais elle ne pouvait pas l'avouer à Dorian. Il voudrait savoir pourquoi, et pour partager ce secret mortel avec lui, elle devrait lui faire plus confiance qu'à n'importe qui jusque-là dans sa vie.

— *Je t'ai retrouvée !*

Ashaya tenta de fermer la porte mentale mais elle était coincée. Trop tard. Il était trop tard.

Dorian grogna, ce qui brisa la concentration d'Ashaya et fit vaciller son contrôle.

— Tu t'es débarrassée de l'excédent de bagages. (Il se raidit.) Eh bien, pas de chance, mademoiselle Aleine. Tu vas être une mère pour ton fils. Ce gosse mérite que tu t'en occupes, bordel.

— Non, débuta-t-elle.

Elle repoussait la présence insidieuse d'Amara, alors que l'énergie primitive du changeling en face d'elle menaçait de submerger ses défenses.

— Je ne peux pas…, gémit-elle.

— Je m'en fous de ce que tu peux ou pas.

Dorian la coinça contre la balustrade, les mains posées de part et d'autre d'elle. Chaleur. Pur muscle.

Il la piégeait.

Il la mettait en cage.

La sensation de claustrophobie s'empara d'elle. Et la porte s'ouvrit d'un coup brusque.

— *Oh, Ashaya, tu as été très, très méchante.*

Chapitre 16

Kaleb visionnait une rediffusion de l'émission d'Aleine, conscient que le protocole I était mort. Le Conseil n'avait aucun moyen de se relever de cette attaque. Même si elle avait affirmé que d'autres pouvaient poursuivre son travail, Ashaya avait été la cheville ouvrière de toute l'opération, son expertise était unique, son dévouement sans pareil.

C'était la fin du protocole I. Mais Omega… cette discussion ne pouvait pas attendre.

Sans prendre le temps d'abaisser ses manches de chemise, il sortit de son bureau pour se rendre sur le balcon à l'arrière de sa maison des environs de Moscou. La nuit était épaisse dans cette région du globe, mais il n'alluma aucune lampe. Il s'adossa plutôt au mur extérieur et ouvrit son esprit aux ciels obscurs du PsiNet.

Rien ne se comparait à cela : un champ infini de noir, jonché d'étoiles d'un blanc pur représentant les esprits de tous les Psis, à l'exception des récents rebelles. Et des Oubliés, bien entendu. Mais ces quelques âmes perdues n'enlevaient rien au PsiNet. C'était la plus grande construction mentale au monde, qui recélait les archives d'informations les plus volumineuses. Ses sentiers voyaient s'écouler plus de données par seconde que la plus efficace des autoroutes informatiques.

Cependant, ce jour-là, Kaleb n'était pas intéressé à explorer le PsiNet pour ses données… à l'exception de ce bout d'information crucial qu'il cherchait constamment, jour et nuit, éveillé ou endormi. Cette tâche ronronnait comme toujours à l'arrière de sa tête, mais son esprit conscient était orienté vers sa destination, le cœur ténébreux du Net, résidence de la crypte psychique de la Chambre du Conseil.

Il y parvint le premier, suivi de Shoshanna Scott, puis de Nikita Duncan. Ming LeBon et Anthony Kyriakus arrivèrent en même temps, mais en provenance de directions différentes. Henry Scott fit son apparition un instant plus tard. Tatiana Rika-Smythe entra la dernière. La porte de la crypte se referma violemment et sept esprits en illuminèrent l'intérieur.

Nikita engagea la discussion.

— *J'ai déclenché les procédures d'urgence puisque j'étais la plus proche du foyer. Mais nous avons toujours su qu'un black-out mondial aurait peu de chances de réussir. Sans surprise, le message d'Aleine a pu passer au travers des mailles du filet.*

Tatiana enchaîna immédiatement.

— *Donc elle a torpillé le protocole Implant.*

— *N'est-ce pas une vision fataliste ?* demanda Shoshanna. *Nous disposons toujours des données nécessaires ; elles ont été sauvegardées sur des réseaux auxquels elle n'avait pas accès.*

— *Tatiana ne parle pas des aspects techniques.*

La voix mentale d'Anthony, empreinte de maîtrise. Il était le membre le plus récent du Conseil, mais il dirigeait l'influent clan NightStar depuis des décennies ; il était assez puissant pour avoir défié impunément le Conseil avant d'y accéder. Dès lors, quand il s'exprima, tout le monde écouta. Même Shoshanna.

Instructif.

— *Le problème est politique*, poursuivit Anthony. *En associant le protocole I à Omega, et en semant le trouble sur notre communication envers nos alliés, Aleine a jeté les bases d'un schisme politique entre le Conseil et les plus puissants de nos soutiens.*

— *Je ne suis pas d'accord*, répliqua Shoshanna. *Nous ne l'avons peut-être pas annoncé officiellement, mais nos sympathisants doivent deviner qu'ils auraient bénéficié d'un traitement privilégié dans le cadre du protocole.*

— *Oui*, reconnut Anthony. *Mais quel est l'intérêt d'exercer le pouvoir sur les masses si on n'en a aucun sur sa propre biologie ? Aleine a donné l'impression que nous nous moquions de nos alliés, en leur promettant la suprématie tout en planifiant de les neutraliser.*

Kaleb intervint.

— *Pour ce qui est de se moquer du monde, Anthony a raison ; j'aimerais savoir pourquoi les fichiers que j'ai reçus lors de mon ascension ne contenaient aucune information sur Omega.*

Il se demandait si Anthony avait eu vent de ce projet. Probablement. Le clan NightStar était réputé pour le nombre de C-Psis dans son réservoir génétique. Et les clairvoyants apprenaient beaucoup de choses en observant le futur. Ils pouvaient avoir vu des lendemains sans descendance.

— *Un oubli*, répondit Ming, d'un ton dédaigneux. *Ce projet est resté stagnant pendant de si nombreuses décennies, il est au placard. Aleine n'a jamais reçu l'ordre de le superviser.*

— *Tout comme elle n'a reçu aucune instruction pour relancer le processus*, ajouta Nikita. *En fait, elle a uniquement abordé Omega en effectuant un peu de recherche générale il y a quelques années, lorsqu'elle a commencé à travailler pour nous.*

— *Ce n'est pas ce qu'elle a prétendu*, fit remarquer Anthony.

Ming reprit la parole.

— *Elle a menti. Ashaya sait parfaitement que le protocole I bénéficie d'un certain soutien sur le Net. Si elle avait basé son émission uniquement là-dessus, elle risquait de passer inaperçue. Elle a donc fait monter les enchères en utilisant sa connaissance basique d'Omega pour transformer son émission en une bombe virtuelle de fabrication artisanale.*

— *Omega a toujours été plus un concept qu'une réalité*, intervint Nikita, appuyant de nouveau Ming. *Si nous avions pensé qu'Aleine était proche d'une percée significative, nous lui aurions demandé de concentrer ses efforts sur le virus, et pas sur le protocole I.*

Kaleb approuvait cette logique. Les implants du protocole I auraient exigé une période de mise en route beaucoup plus longue qu'un virus facilement transmissible.

Nikita poursuivit :

— *Nous ne pouvons pas laisser les propos d'Aleine sur Omega nous détourner de la vraie question. Même si la fuite de données constitue un problème, surtout en raison de l'instabilité actuelle du Net, notre priorité est d'aplanir les remous causés par sa désertion.*

— *Comment pouvons-nous la discréditer ?* s'enquit Shoshanna. *Non seulement il est évident qu'elle est en pleine possession de ses moyens, mais tout le monde sait qu'elle travaillait pour le Conseil.*

— *Le plus simple serait qu'elle se rétracte*, dit Nikita. *Est-ce qu'elle n'a pas une vraie jumelle ? Serions-nous en mesure de l'utiliser pour brouiller la situation ?*

— *C'est… problématique*, réagit Ming. *Amara Aleine a un esprit brillant qui peut se révéler utile – elle pourrait en fait être capable d'achever le travail de sa sœur –, mais je doute qu'elle puisse suffisamment se contrôler pour donner le change lors d'une émission. Même la coercition télépathique ne serait peut-être d'aucune utilité. Dans ce cas…*

— *… cela ferait plus de tort que de bien*, conclut Nikita. *Et l'enfant d'Ashaya Aleine ?*

— *Mort, mais nous n'avons pas encore retrouvé le corps.*

— *Tant mieux, même si ça n'a pas beaucoup d'importance*, dit Tatiana. *Le garçon a perdu toute valeur comme otage dès l'instant où Ashaya a échappé à notre contrôle. Pour revenir à*

Amara Aleine, avons-nous encore besoin d'elle? Le lancement du protocole I est désormais fort peu probable.

— *À mon avis, les choses peuvent changer*, rétorqua Shoshanna. *Nous devrons donc nous tenir prêts, en disposant d'un implant opérationnel.*

Kaleb savait qu'elle avait raison. Les marées fluctuaient vite dans les courants tumultueux du PsiNet. Un homme qui avait l'intention de tenir le Net dans la paume de sa main devait soigneusement choisir les rapides sur lesquels il dérivait.

— *La manière la plus efficace de mettre un terme au mécontentement serait de supprimer Ashaya*, intervint Henry pour la première fois.

Kaleb regarda l'autre Conseiller. Évidemment, les boucliers de ce dernier l'empêchaient de déchiffrer ses processus mentaux, mais le fait qu'Henry ait avancé une idée aussi radicale sans l'apport de Shoshanna constituait une nouvelle pièce de l'énigme qu'il était soudain devenu.

— *Elle est très en vue*, opposa Nikita. *Cela pourrait se retourner contre nous.*

— *Mais Henry a raison : les morts ne parlent pas.* (L'esprit pratique de Tatiana.) *Il nous faudra peut-être des années pour nous relever de l'effet des révélations d'Aleine, mais le processus serait beaucoup plus rapide si elle n'était pas présente pour alimenter la rébellion de la populace.*

— *Je recommanderais la prudence.* (La voix impérieuse d'Anthony.) *Ashaya est influente dans les cercles intellectuels. Si nous tentons de l'assassiner, nous risquons de nous mettre à dos les scientifiques dont nous aurons justement besoin si elle met à exécution sa menace implicite de se servir d'un agent biologique comme arme.*

— *Tu exagères*, dit Tatiana. *C'est une question politique. Ashaya n'ira pas jusqu'à déclarer la guerre.*

— *C'est nous qui sommes devenus trop politiques, trop préoccupés de l'opinion*, contra Shoshanna d'un ton absolument glacial. *À une autre époque, nous n'aurions pas hésité un seul instant à exécuter Ashaya, ainsi que tous ceux qui auraient osé rejoindre ses rangs.*

Kaleb patienta, dans l'attente d'une intervention de Nikita. Qui ne manqua pas d'arriver.

— *Les temps ont changé*, dit-elle. *À cause de nos propres erreurs, nous ne sommes plus les seuls maîtres du monde. Si nous nous montrons trop manipulateurs, les déserteurs pourraient se tourner vers les changelings pour assurer leur protection.*

— *Ceux-ci ne représentent pas une si grande menace*, rétorqua Shoshanna. *Peut-être en Californie, mais ailleurs ? Ils sont trop accaparés par leurs insignifiantes préoccupations d'animaux.*

— *Mais tu es prête à risquer une guerre sur le territoire américain à cause d'une seule scientifique ?* demanda Kaleb, apportant son soutien à Nikita. *Si nous répliquons violemment, et que ne fût-ce qu'un faible pourcentage de la population décide de se tourner vers les changelings, nous aurons les prémices d'une rupture intenable sur le Net.*

Il ne tolérerait pas qu'une guerre vienne détruire ce qui un jour lui appartiendrait.

— *Puis-je suggérer une approche en deux temps ?* avança Anthony dans le silence. *Nous tentons tout d'abord de récupérer Aleine en vue de la forcer à se rétracter. Nous sommes tous capables de surmonter ses défenses psychiques ; c'est une M-Psi dénuée de dons offensifs.*

— *Une excellente proposition*, admit Shoshanna. *Et ensuite ?*

— *Nous l'éliminons.*

— *C'est un plan judicieux*, dit Tatiana. *Ça ne la réduira pas seulement au silence, cela aura aussi pour effet de décourager les rebelles ; ils comprendront que cela ne sert à rien d'essayer de se faire entendre.*

— *Nous sommes donc d'accord.*

La décision fut unanime.

Kaleb était sur le point de retourner vers son bureau quand il surprit des échos d'un nouveau bulletin d'information qui enflammait le Net. Il établit immédiatement un contact télépathique.

— *Ming, je suppose que tu es derrière ceci ?*

— *C'est un message. Ashaya Aleine n'est pas stupide. Elle comprendra.*

Chapitre 17

« Je viens de voir une émission qui pourrait tout changer. Nous devons nous voir. À 8 heures précises. Préviens les autres. »

Message manuscrit glissé sous la porte d'un appartement de la ville inondée de Venise.

Dorian l'avait coincée contre la balustrade du balcon et Amara s'efforçait de planter ses griffes dans sa psyché. Ashaya craqua et, l'esprit hurlant face à cette sensation d'enfermement, elle repoussa Dorian.

— Va-t'en.

Elle retira vivement les mains car la chaleur et l'énergie qui émanaient du changeling lui transperçaient les paumes.

Il sourit, d'une manière peu amène.

— Effrayée ?

— Je suis Psi.

Le fait de s'en souvenir l'aida à bloquer Amara. Elle était sauvée. Pour cette fois.

— Je ne ressens rien, ajouta-t-elle.

Elle s'était répété ce mensonge durant toute sa vie d'adulte, ne laissant la vérité remonter à la surface que dans la nuit la plus profonde, lorsqu'elle était certaine qu'Amara dormait. Afin de tenir sa sœur en laisse et de survivre sur le Net, elle était devenue celle que tout le monde attendait. Cette incessante comédie avait laissé des traces, mais Ashaya refusait de s'effondrer. Pas encore. Pas tant que Keenan serait en danger.

— Mon conditionnement a peut-être mal fonctionné à une ou deux reprises, admit-elle puisqu'il avait remarqué ses écarts, mais il est maintenant rétabli. Je suis entièrement empêtrée dans Silence.

— Menteuse. Tu te caches derrière le conditionnement comme une enfant apeurée.

Elle résista.

— Libre à toi de le croire. Ça ne change rien à la vérité.

Il grogna.

— Tu sais quoi, Ashaya, la première fois que je t'ai vue, j'ai cru que tu avais un putain de cœur de glace… (il s'approcha si près que son souffle chuchota à travers les boucles de cheveux qui s'étaient échappées du nœud à l'arrière de sa tête) mais je ne t'ai jamais prise pour une lâche.

Pendant un moment, la sensation de claustrophobie se retira sous le déferlement d'une vague nette, lumineuse, qui lui propulsa de l'énergie à travers tout le corps. Cela ébranla ses tentatives pour garder Amara à distance, mais l'espace de cet instant, elle ne s'en soucia guère.

— De quel droit me juges-tu ? Toi, avec tes a priori et ton autoapitoiement !

La peau dorée de ses pommettes se tendit.

— Attention, trésor. Je ne suis pas spécialement gentil quand on m'embête.

— Comment est-ce que je pourrais voir la différence ? Tu as été désagréable avec moi chaque fois que tu en as eu l'occasion. Si c'est ça le résultat d'une vie remplie d'émotions, ajouta-t-elle en enveloppant délibérément chaque mot d'une couche de givre, alors je préfère Silence.

La porte du balcon s'ouvrit d'un coup, heurtant l'épaule de Dorian. Il ne se retourna pas, mais Ashaya jeta un coup d'œil… et croisa l'intense regard vert d'un homme marqué au visage par de violentes traces de griffes. Celui-ci fronça les sourcils.

— La plupart des gens ont besoin d'au moins quelques jours pour pousser Dorian au meurtre. Vous êtes douée, mademoiselle Aleine.

Dorian grogna pour avertir Lucas de laisser tomber. C'était entre Ashaya et lui.

— Qu'est-ce que tu fous ici ? demanda-t-il.

Il retira les mains qu'il avait posées sur la balustrade de part et d'autre d'Ashaya, et s'écarta pour laisser la porte s'ouvrir entièrement.

Son chef de meute s'appuya contre le mur en face de la porte, ayant l'air d'un putain de directeur général dans son costume gris sombre et sa chemise blanche impeccable. Avec la cravate en prime. *Mon Dieu…*

— Je viens de recevoir des infos, répondit Lucas, je me suis dit que cela pourrait intéresser mademoiselle Aleine.

Dorian se positionna entre Ashaya et Lucas. Ce geste n'échappa pas à ce dernier. Dorian sut que son chef comprenait la situation puisqu'il garda ses distances, tout en s'adressant directement à Ashaya.

— Nous devons vous mettre en lieu sûr. Cette émission n'a pas enlevé les griffes de la bête.

La colère de Dorian se mua partiellement en concentration d'acier.

— Tu sembles sûr de toi.

Lucas hocha la tête en direction du sous-sol.

— Suivez-moi.

Dorian s'écarta pour laisser passer Ashaya. Puisqu'elle hésitait à s'engager dans l'escalier, il se pencha pour lui murmurer à l'oreille :

— Tu préfères rester ici avec moi ?

— Plutôt manger de la poussière.

Le félin apprécia cette réponse acerbe. De même que l'homme. Il retint un sourire et lui emboîta le pas vers le studio à présent désert. Seul un des écrans de contrôle était encore allumé et affichait une image arrêtée.

—Cette retransmission nous est parvenue par bribes à travers différents réseaux, dit Lucas. Le simple fait qu'elle ait réussi à passer, malgré l'état actuel des communications, en dit long.

Sans un mot de plus, il toucha l'écran et la lecture de l'enregistrement débuta. Des images de fumée et de débris, un journaliste qui hurlait à travers un masque protecteur.

« *… importante explosion souterraine dans… ebraska. Peut-être installation… secrète. Des victimes…* (Des grésillements, mais les derniers mots étaient audibles.) *On nous informe que personne n'a pu être averti à temps de la défaillance. Il n'y a aucun survivant.* »

Dorian vit Ashaya s'avancer pour visionner de nouveau le reportage depuis le début. Puis de nouveau. Il lui agrippa le poignet lorsqu'elle s'apprêtait à le relancer une troisième fois ; il avait compris que c'était son labo qui avait été enseveli, ayant reconnu l'endroit où ils avaient récupéré Jon et Noor.

Elle n'opposa aucune résistance, ses os étaient fragiles sous son emprise ; elle n'avait plus rien en commun avec la femme qui l'avait bousculé à peine quelques minutes auparavant.

—Ekaterina y était. (Elle avait la voix aussi froide que d'habitude mais il sentit des tremblements imperceptibles sous sa peau.) Tu l'as rencontrée, tu l'as interrogée.

Dorian se rappela immédiatement la femme blonde.

—Merde. Elle était de ton côté.

—La plupart d'entre eux étaient de mon côté. Et c'est pourquoi ils sont morts. (Elle regarda l'écran, les yeux étrangement éteints.) C'est ma faute. Si j'avais fui…

—… ils t'auraient poursuivie comme un chien enragé.

Dorian n'en doutait pas une seconde. Le Conseil gardait le pouvoir en éliminant de sang-froid la moindre opposition. Sauf que la plupart du temps, cela se produisait dans les ténèbres et dans l'ombre, en recourant à des assassins et à du poison.

— Tu n'as fait qu'exposer au grand jour leur stratégie tyrannique.

Le regard rivé sur l'écran, Ashaya ne lui répondit pas.

Dorian ferma la portière de la voiture sur la silhouette immobile d'Ashaya et se tourna vers Lucas.

— Si elle n'était pas Psi, je dirais qu'elle est en état de choc.

La vitre était baissée, mais Ashaya ne parut pas l'avoir entendu.

Lucas plissa les yeux.

— Ça pourrait lui faire du bien de voir son fils, dit-il.

— Du nouveau depuis ce matin ?

Les instincts protecteurs de Dorian prirent le dessus.

— J'ai parlé à Sascha avant qu'on reçoive cette retransmission. Elle m'a dit qu'il semblait aller bien, mais il se tait. Même Tally n'est pas parvenue à le faire parler et elle est capable de dérider n'importe qui.

— Ne l'appelle pas Tally devant Clay, commenta Dorian en pensant à la petite humaine si désespérément amoureuse de Clay. Il est un peu possessif.

Lucas posa le regard sur Ashaya.

— Toi aussi.

Dorian eut envie de retrousser les babines, pour signaler à Lucas d'éviter toute ingérence.

— Ouais, tu l'as dit.

— Je sais parfaitement que je ne dois pas m'interposer, dit Lucas tandis qu'ils s'éloignaient hors d'écoute d'Ashaya. Mais tu ferais mieux de prendre un peu de distance pour réfléchir… ton niveau d'agressivité crève le plafond.

— Je suis capable de m'en occuper.

— Mais est-ce qu'elle souhaite qu'on s'occupe d'elle ?

Une question directe qui coupa court à la chamaillerie.

— Elle n'a pas l'air prête à te sauter dessus…, reprit-il, et de ce que j'ai aperçu sur le balcon, c'est ce que veut ton félin. Tu deviens belliqueux car tu es frustré. (Des paroles brusques, d'homme à homme, un avertissement de chef de meute à sentinelle.) Je m'en fiche que ce soit une ennemie ; tu ne la touches que si elle est d'accord.

Dorian sentit son léopard lui lacérer la peau.

— C'est une putain d'insulte.

— Alors baisse le ton. (Les marques de Lucas ressortaient nettement.) Ou je te retire de sa protection rapprochée.

— Vas-y, essaie.

Dorian avait pris sa voix neutre de sniper.

— Merde, Dorian, cesse d'être aussi foutrement obstiné. On sait tous les deux que tu perds la tête au contact des Psis.

— Ah ouais ? J'ai plutôt l'air de bien m'entendre avec Sascha.

— Elle appartient à la meute, et Faith aussi. Judd est proche de DarkRiver. (Lucas secoua la tête.) N'importe quel Psi en dehors du cercle fermé de ce qui à tes yeux constitue la famille est automatiquement un ennemi. Ce qui fait de toi la pire personne au monde pour protéger Ashaya.

Dorian serra les poings.

— Laisse-moi tranquille, Luc. Je ne sais pas ce qui se passe entre Ashaya et moi, bordel, mais je vais régler ça. Putain de merde, tu me connais suffisamment pour ne pas croire que je pourrais violenter une femme, quelle qu'elle soit.

Lucas le dévisagea pendant un long moment, avant d'acquiescer lentement.

— Elle pourrait ne jamais vouloir ; lorsque tu l'as rencontrée, tu nous as dit qu'elle était tellement froide que tu en avais eu des gelures.

— Je m'étais trompé.

Il avait aperçu dans ses yeux les lueurs d'amour désespérées quand elle parlait de Keenan, il avait senti sa main trembler en comprenant que ses collègues étaient morts.

— Elle n'est pas comme je le croyais, ajouta-t-il.

Il devait juste cajoler la vraie Ashaya Aleine pour l'attirer hors de sa cachette.

— Peu importe. (Lucas lança un regard vers la voiture.) Elle ne semble pas t'apprécier pour autant.

— Je n'ai pas spécialement été charmant. (Il serra les dents.) Je vais faire un effort. Elle se dégèlera.

Il le fallait, car il ne comptait pas se balader les couilles gelées le reste de sa vie. Par cette pensée sexuelle, il cherchait volontairement à se détourner d'une émotion plus inquiétante : il était troublé de constater combien il commençait à se sentir protecteur vis-à-vis d'elle.

Les yeux de Lucas prirent une lueur féline amusée.

— Tu es capable de jouer de ton charme tout en la protégeant ?

— Continue de m'insulter et je vais oublier que tu es mon chef de meute. (C'était dit sans animosité, leurs deux bêtes s'étaient éloignées des bords féroces de la violence.) Quel est le plan ?

— Tu la suis comme son ombre, répondit Lucas.

L'humour avait laissé place à cette vive intelligence qui faisait de lui un mâle dominant imposant le respect et l'obéissance.

— Anthony ne veut pas qu'elle meure et ce n'est pas un allié que nous pouvons nous permettre de perdre, ajouta Lucas.

— Et ses propres ressources ?

— Elles sont à notre disposition, mais sa situation est un peu délicate pour l'instant ; il préfère ne pas dévoiler son jeu si nous sommes prêts à assurer la protection d'Ashaya.

Dorian hocha la tête.

— Il faut au moins un membre sain d'esprit dans le Conseil.

— Ouais. (Un regard sinistre.) Notre boulot, c'est de garder Ashaya en vie. Rien d'autre. Anthony fait peut-être partie de la famille via Faith, mais je ne lâcherai pas ma meute au milieu d'une guerre civile entre Psis.

Dorian sourcilla.

— C'est n'importe quoi. Nous sommes impliqués depuis le début.

Lucas regarda la femme assise dans la voiture.

— Tu as raison. Mais cette tempête-ci ne concerne qu'eux. Nous facilitons juste les transmissions…

— Et ça, ce n'est pas être impliqués ?

— Il s'agit du scoop du siècle. (Il haussa les épaules.) On fait du business.

Dorian comprenait ce point de vue.

— Si nous pouvons les agacer, c'est un chouette bonus, mais nous n'irons pas jusqu'à nous mettre sur leur liste noire, commenta-t-il.

Les Psis avaient le sens des affaires.

— Cette fois, ils n'ont qu'à s'occuper des leurs, approuva Lucas.

— Elle ne fait plus partie des leurs.

Une affirmation spontanée, son cœur de félin s'était exprimé.

Lucas le dévisagea.

— Tu en es certain ? Du peu que j'ai vu, elle a les couilles pour jouer double jeu.

Chapitre 18

Dans les profondeurs de la ville inondée de Venise, six hommes et cinq femmes se tenaient assis en silence autour d'une longue table ovale. Leur attention était captivée par une diffusion holographique au milieu de la table. Assemblé à partir de plusieurs sources, l'enregistrement était irrégulier et discontinu mais suffisant pour leur fournir les informations nécessaires.

Après une éruption finale de bruit blanc, l'homme au bout de la table l'éteignit ; ses boutons de manchette lançaient des éclats d'or rosé sous la lumière artificielle.

— Je ne crois pas devoir préciser en quoi Mlle Aleine nous intéresse.

— Elle a pourtant déclaré qu'elle avait détruit les données.

— C'est une scientifique. Ils ne détruisent jamais leur travail.

Le silence régna tandis qu'ils considéraient les options envisageables.

— Nous n'avons pas besoin d'elle, seulement des données, dit l'une des femmes. Les Psis peuvent penser qu'ils sont les plus doués pour la recherche et le développement, mais nous disposons de personnes tout à fait capables d'utiliser ces informations.

— C'est exactement ce que je pense, approuva l'homme au bout de la table. Alors j'imagine que personne ne s'oppose à ma proposition d'envoyer une équipe interroger Mlle Aleine ?

— Elle est protégée. (Une autre voix féminine, des voyelles douces et liquides, des syllabes allongées.) Personne ne sait par qui, mais ils l'ont mise à l'abri.

— Son programme a été diffusé par un émetteur de CTX à San Francisco.

L'homme aux boutons de manchette se rejeta en arrière, le regard sur l'eau qui clapotait aux bords des habitations, pour la plupart sous-marines. Puis il poursuivit :

— Il se pourrait que DarkRiver et les SnowDancer lui aient fourni une tribune parce qu'ils aiment chercher des noises au Conseil, ou peut-être que ce sont eux qui la protègent. Mais si elle se trouve encore en ville, nous le découvrirons d'ici quelques heures.

— Et ses dons ? Elle dispose peut-être de pouvoirs offensifs, dit la deuxième femme.

— On s'en occupe, répondit l'homme à ses côtés. Il est temps que les Psis apprennent qu'ils ne sont pas tout-puissants, contrairement à ce qu'ils croient.

Chapitre 19

« Quand le psychologue a suggéré que je tienne un journal de mes cauchemars afin de mieux contrer leurs effets, il m'a, sans le vouloir, offert un précieux cadeau. Officiellement, je l'ai clôturé le jour où on m'a déclarée stable. En vérité, bien entendu, je ne me suis jamais remise de ce trauma et je n'ai jamais arrêté mon journal. »

Extrait des fichiers personnels cryptés d'Ashaya Aleine.

Ashaya était allongée dans l'obscurité, épuisée mais incapable de dormir.

Ekaterina est morte.

Et les autres aussi. Parce qu'ils avaient été loyaux envers Ashaya. Elle voulait croire que certains en avaient réchappé, mais elle connaissait Ming LeBon. Il avait dû frapper impitoyablement, sans prévenir. Le labo avait toujours été entièrement piégé pour pouvoir exploser de l'intérieur ; une prétendue précaution contre la propagation d'un agent biologique mortel.

Ming avait donc fait usage de cette « mesure de précaution » et à moins qu'il ait eu besoin d'Ekaterina et l'ait fait sortir, elle était morte. Et même s'il l'avait épargnée, la femme qu'Ashaya avait connue pouvait être considérée comme morte ; car Ming se serait servi de ses dons pour la transformer en un automate sans cervelle. Ashaya ne voulait pas imaginer Ekaterina violée ainsi. Il valait mieux qu'elle soit morte sur le coup.

Comme les autres. Tant d'autres.

Ashaya voulait se détourner de la réalité brutale de toutes ces morts, mais elle n'en avait pas le droit. Parce que, quoi qu'en dise Dorian, c'était sa faute. Si elle n'avait pas provoqué le Conseil avec cette émission, Ekaterina serait encore en vie. Mais elle ne comprenait pas pourquoi Ming avait agi de la sorte, en tuant sans discernement. À ses yeux, Ashaya était la plus parfaite des Psis, sans la moindre faille émotionnelle qui l'amènerait à pleurer ses collègues disparus. Ne l'avait-il fait que pour lui adresser un message ? Était-il aussi froidement pragmatique ?

Oui, songea-t-elle, se souvenant de ce qu'il lui avait un jour déclaré.

« *Vous êtes indispensable. Je n'irais jamais jusqu'à vous tuer.* »

Non, il la torturerait, il la briserait d'abord. Même si cela impliquait de devoir tuer tous ceux qui pourraient l'avoir soutenue.

« *Aucun survivant.* »

Faux, pensa-t-elle farouchement. Il y avait des survivants : des scientifiques à l'extérieur qui avaient pris son parti sur la question de l'implant. Grâce à eux, Talin McKade avait reçu son message concernant l'évasion de Keenan ; car Ashaya craignait que Zie Zen essaie de l'en dissuader. Selon elle, seuls Zie Zen et elle-même connaissaient l'identité de ces hommes et femmes courageux. On ne soupçonnerait jamais Zie Zen d'activités rebelles. Restait donc Ashaya. Elle ne pouvait pas se laisser reprendre par Ming. Parce que s'il forçait son esprit, davantage de gens mourraient.

Et elle aurait encore plus de sang sur les mains.

« *Oh, Ashaya, tu as été très, très méchante.* »

« *Tu vas être une mère pour ton fils.* »

Ashaya se recroquevilla en position fœtale, se persuadant que c'était pour réfléchir à ce qu'elle allait faire à présent. Mais le mensonge était trop gros à avaler. Le passé la rattrapait, fissurant le mur fragile de faux Silence autour de son esprit.

« La première fois que je t'ai vue, j'ai cru que tu avais un putain de cœur de glace, mais je ne t'ai jamais prise pour une lâche. »

Dorian avait tort. Elle était lâche. Garder ses distances avec son fils alors qu'une seule balle suffirait à le protéger du pire des monstres. Une fois Amara disparue, Keenan n'aurait pas à apprendre la vérité glaçante. Il suffisait qu'elle pose le regard sur des yeux identiques aux siens, sur un visage qu'elle avait promis de protéger, sur un esprit lié au sien dès avant la naissance. Puis qu'elle appuie sur la détente.

Elle en eut l'estomac retourné.

Elle résista à l'envie soudaine de vomir et se mit à dessiner dans son esprit les schémas ADN et leur froide certitude, tout en s'intimant mentalement l'ordre de dormir. Le sommeil ne vint pas. Du moins pas tout de suite. Elle resta couchée, éveillée, peut-être pendant des minutes, peut-être pendant des heures, et quand elle sombra enfin d'épuisement, ce fut pour revenir au moment qu'elle voulait le plus oublier… mais qu'elle revivait chaque nuit avec la régularité d'une horloge.

Elle était dans un trou, encerclée de tous côtés par la terre compacte.

Une tombe, murmura son esprit.

Comme avant.

Non, se dit-elle, cherchant le calme de Silence. Elle avait dix-sept ans, elle avait pratiquement achevé son parcours à travers le protocole et elle avait décroché son diplôme avec mention dans sa spécialité. Le Conseil comptait lui proposer un poste de formatrice dans un de ses labos de pointe. Elle allait accepter. Elle ne pouvait donc pas se trouver dans une tombe. Il y avait du bois au-dessus d'elle… des planches, c'étaient des planches.

Voilà, pas une tombe. Mais l'air devenait lourd, sale, irrespirable.

— Amara, supplia-t-elle, demandant de l'aide, une explication.

Seul le grondement de la terre et de la roche lui répondit. La poussière s'insinua en murmurant à travers les planches. Un des morceaux de bois s'effondra, lui écrasant la jambe. Elle n'y prêta pas attention, sachant juste que sa dernière demeure avait été recouverte de terre, que personne ne l'entendrait. Elle aurait pu aller sur le PsiNet pour appeler à l'aide.

Mais elle en fut incapable. Car quand elle comprit, quand elle sut avec certitude qu'elle avait de nouveau été ensevelie, quelque chose en elle se brisa net. Elle perdit tout sens d'humanité, de logique, et ne fut plus que chaos primitif. Elle hurla et frappa jusqu'à ce que sa gorge soit écorchée, jusqu'à ce que ses mains soient en sang et ses joues baignées de larmes.

Elle hurla jusqu'à ce qu'Amara décide de la déterrer de nouveau.

Ashaya se réveilla soudain, les sens en alerte, mais sans un bruit. Elle n'avait pas le choix. Si elle s'était réveillée en criant dans le labo, on se serait rendu compte de l'altération de son état mental. Et Ashaya n'avait aucune envie de finir au Centre, pour qu'on efface sa personnalité, pour qu'on la transforme en imbécile finie.

Certaine que le sommeil allait à présent la fuir, elle se leva et sortit de la chambre, estimant que son pantalon de pyjama rouge foncé et son tee-shirt noir étaient suffisamment présentables au cas où Dorian serait debout. Elle resta la main sur la poignée de porte en se demandant si elle voulait ou non s'aventurer à l'extérieur et courir le risque de tomber sur lui.

Il qualifierait cela de lâcheté.

Elle préférait parler d'instinct de conservation.

Parce que Dorian était occupé à percer des fissures géantes dans son armure, remettant tout en question, même sa décision de garder ses distances avec Keenan. Elle serra la poignée de porte. Il ne comprenait pas. Tout ce qu'elle avait fait, chacun de ses actes depuis la conception de Keenan, avait visé à garantir sa sécurité.

Des crasses dans la gorge qui m'étouffent, des gravillons entre les dents.

Elle secoua la tête pour repousser ce souvenir et ouvrit la porte. Le séjour de l'appartement – le lieu sûr – était désert, mais une applique murale était restée allumée. Cela suffit pour éclairer sa progression vers la kitchenette, où elle alluma la lumière manuellement plutôt que par l'activation vocale. Puisqu'il était 5 heures du matin, elle commença à préparer le petit déjeuner.

Les Psis s'alimentaient de barres énergétiques et elle s'en contentait sans problème ; elles fournissaient tout ce dont un corps avait besoin pour survivre. Néanmoins, Ashaya pouvait aussi parfaitement se débrouiller. Elle trouva du lait et une boîte fermée contenant une sorte de céréales de blé, ainsi qu'une banane.

Une fois le repas prêt, elle s'installa au comptoir et mangea par petites bouchées. Il était impossible d'éradiquer le goût, mais les gens de son espèce étaient conditionnés à le considérer comme dangereux. Préférer un goût à un autre représentait l'amorce d'une pente glissante, qui pouvait facilement déboucher sur la sensualité dans d'autres domaines de la vie. Puisqu'elle se trouvait en équilibre précaire sur cette pente, Ashaya s'alimenta en dédaignant intentionnellement les saveurs.

Amara dormait pour l'instant ; Ashaya le sentait. Cela lui donna l'occasion de réparer les fissures dans ses boucliers, qui avaient permis à sa jumelle de la retrouver en s'y faufilant. Elle remplit son esprit avec les schémas qu'elle connaissait le mieux : les fils entremêlés de l'ADN, les protéines luisant comme des pierres précieuses sur un fil de bronze torsadé. Du bruit blanc. Un bouclier.

Se cacher d'Amara.

Protéger Amara.

Après avoir achevé son repas en cinq minutes, elle se rendit compte qu'elle n'avait ressenti aucun élancement dans sa jambe blessée. Parfait. Débarrasser ne lui prit que trois minutes de plus. Plutôt que de retourner dans la chambre, elle se dirigea vers les grandes portes-fenêtres qui donnaient sur un petit balcon surplombant la baie ; la vitre était transparente, la balustrade métallique du balcon découpait la vue en rectangles. Elle s'assit jambes croisées sur le tapis moelleux, le dos droit, le regard posé sur la houle sombre au loin.

Il faisait froid là où elle était assise, comme si l'air frais de l'extérieur contaminait la chaleur dans l'appartement. Elle résista à l'envie de toucher la vitre et dirigea ses sens vers l'intérieur, vers son esprit. Là où elle se sentait la plus libre. Elle ne savait pas vraiment qui – ou ce qu'elle – était dans son corps ; celui-ci n'avait jamais réellement semblé lui appartenir. Cette séparation psychologique n'était pas saine, elle le savait. Mais c'était une solution de fortune. Après l'horreur de son dix-septième anniversaire, elle avait dû trouver une façon de préserver l'unité de sa psyché.

Dorian mettait cette séparation en péril. Elle refusait d'envisager ce que serait le résultat si elle tentait de réassembler les morceaux. De telles pensées étaient dangereuses. De nouveau, elle les repoussa, se concentrant sur le bruit blanc de l'ADN… et, derrière ce mur psychique, sur le froid mortel de secrets qu'elle portait depuis si longtemps qu'ils étaient gravés dans ses cellules.

Elle avait proféré un certain nombre de mensonges durant l'émission.

Mais ces mensonges dissimulaient une vérité beaucoup plus dangereuse, une vérité qu'Ashaya avait l'intention de protéger jusqu'à la mort. Sauf que Ming avait fait grimper les enchères et que son plan initial qui mêlait publicité, désorientation et diversion gisait en miettes à ses pieds.

Tout son plan était d'une simplicité affligeante : se rendre si visible que ni elle ni son fils ne pouvaient disparaître ou mourir incognito. Zie Zen était un homme bon et il avait raison de conseiller la fuite, mais elle savait exactement ce qui arrivait à ceux qui essayaient de doubler le Conseil ; elle avait un certificat de décès vieux de onze ans pour le prouver. Ming traquait et exécutait des rebelles depuis des dizaines d'années.

Puisqu'elle n'avait aucune chance de tuer Ming, elle avait soupesé les arguments et décidé de prendre position. L'anéantissement du protocole I constituait un bonus ; elle refusait que des enfants soient soumis à l'horreur de l'implantation. Tout s'était déroulé comme prévu… jusqu'au meurtre d'Ekaterina.

Les images de la destruction du labo Implant lui envahirent l'esprit mais, cette fois, elle garda son calme. Ekaterina était morte, mais Keenan, son petit homme, était en vie.

Elle ne laisserait *personne* mettre fin à cette vie-là.

Dorian observait Ashaya depuis l'embrasure de la porte de sa chambre. Il avait dormi du sommeil léger d'un léopard aux aguets mais, même ainsi, il avait rêvé. Pas de glace ni de mort, mais des hurlements de plaisir d'une femme magnifique. Dans son sommeil, il avait fait courir sa langue sur cette peau parfaitement soyeuse, si riche, si tentante qu'il avait résisté avec peine à l'envie pressante de mordre, de littéralement marquer.

Puis elle avait murmuré : « *Vas-y. Prends-moi.* »

Il s'était réveillé dur comme la pierre et pleinement conscient qu'Ashaya aussi était éveillée. Il l'avait écoutée se déplacer, il avait deviné qu'elle mangeait quelque chose. Il avait songé à la rejoindre. Mais le temps qu'il parvienne à contrôler son érection, elle avait terminé ses céréales et s'était assise près de la fenêtre.

Elle l'intriguait énormément. Il l'avait observée contrôler sa respiration et son rythme cardiaque comme il n'avait jamais vu aucun être vivant le faire. On aurait presque dit qu'elle s'était volontairement retirée de l'existence.

Il s'approcha à pas feutrés. Ce ne fut qu'en s'accroupissant à ses côtés qu'il se rendit compte de son immense fragilité. Il avait toujours su qu'elle avait des os plus légers que les siens, une physiologie beaucoup plus frêle. Mais quand elle était éveillée, il avait tendance à l'oublier. Il ne voyait alors que l'acier froid de sa colonne, la détermination glaciale de son regard. La force. Il voyait une femme d'une force incroyable.

Mais à présent qu'il examinait la peau de sa nuque, encadrée par deux tresses serrées, il discernait sa vulnérabilité. Son corps était la quintessence féminine, tout en courbes, mais il était aussi délicat. Dorian pourrait sans doute lui broyer l'épaule d'une simple pression de la main.

Sa bête rugit à cette idée.

Approuvant ce sentiment, il poursuivit son observation en silence. Comme il l'avait déjà plusieurs fois constaté, elle pouvait prendre l'apparence d'une Psi parfaite quand il le fallait, mais il savait au plus profond de lui que ce n'était rien d'autre qu'une apparence. Aucune femme n'aurait pu simuler la réaction dont il avait humé le parfum sur le balcon. La fureur. Une réelle fureur de femme qui en a ras le bol.

Mais sa prestation n'était pas seulement fichtrement bonne ; le fait qu'elle ait survécu si longtemps dans les rangs du Conseil signifiait qu'elle était aussi douée pour leurs jeux de manipulation quotidiens. Pourtant, elle n'avait jamais accepté de tels jeux avec lui, préférant une franchise radicale.

« De quel droit me juges-tu ? Toi, avec tes a priori et ton autoapitoiement ! »

Ça lui donnait envie de retrousser les babines, mais pas de colère contre elle : il s'était comporté comme un enfoiré et elle le lui avait fait remarquer. Mais il était incapable de comprendre qu'elle ne veuille pas aller voir son fils. Il lui avait encore proposé d'y aller cet après-midi. Elle avait refusé.

Toutefois, ce comportement inexplicable ne suffisait pas à calmer son appétit pour elle. Lucas avait raison : il lui grognait dessus car il la désirait comme il n'avait jamais désiré aucune femme. Son léopard luttait constamment avec lui pour prendre le contrôle, tentant de rejeter son humanité. Il était fort. De plus en plus fort. Si fort que Dorian avait commencé à se demander si un latent pouvait devenir renégat dans le vrai sens du terme, en perdant son humanité et en s'abandonnant totalement à la sauvagerie du félin… en devenant un léopard sur deux jambes, un homme qui ne se souciait pas le moins du monde de la fragilité d'une femme, mais seulement de sa soumission.

Elle ouvrit les yeux.

Rivés aux siens.

— Pourquoi est-ce que tu m'observes ? lui demanda-t-elle.

Il vit que ses yeux n'étaient pas bleus, pas entièrement. Leur teinte gris pâle était brillante et des éclats bleus, venus du cercle extérieur, allaient frapper le noir absolu de ses pupilles. Des yeux étranges. Des yeux de loup.

— Tu fascines mon léopard.

Avec sa peau sensuelle, parfaite, ses cheveux sauvages, ses courbes magnifiques. Il se pencha et souffla légèrement, ce qui fit voleter une boucle rebelle.

— J'ai rêvé que je faisais courir ma langue sur ta peau. (Il parlait pour libérer un peu de la pression, pour mater la bête avant qu'elle brise ses liens.) Que je t'explorais par de longs et lents mouvements de langue.

Elle ne rompit pas l'intimité profonde de la connexion visuelle.

— Tu franchis de nouveau les limites.

Bon sang, ouais. C'était ça ou devenir fou.

— Et toi, ton pouls devient irrégulier.

Le félin sourit, satisfait. Ashaya Aleine n'était pas aussi insensible à lui qu'elle aimait le prétendre.

— Qu'est-ce qui arriverait si je te goûtais ? Si je te mordais ? insista-t-il.

Un autre soubresaut dans ses pulsations, une musique aux oreilles du léopard. Mais quand elle parla, ce fut pour dire :

— Rien.

Il lui lança un regard morne qui, il le savait pertinemment, la défiait.

— Alors approche.

— Tu me déranges.

— Parfait.

Il esquissa un sourire espiègle et malicieux, conscient de son avantage ; Mlle Aleine n'avait pas l'habitude de jouer avec un félin.

— Je n'aime pas qu'on m'ignore, ajouta-t-il.

— Il faudra t'y habituer, répondit-elle, le surprenant, le ravissant. Je travaille.

— Ah bon ? (Son intérêt n'était pas feint.) Je croyais que les M-Psis voyaient à l'intérieur du corps et diagnostiquaient les maladies.

Sa famille en avait consulté plusieurs quand son incapacité à se transformer était devenue évidente. Ils s'étaient tous révélés brillants, mais aucun d'entre eux n'avait réellement compris ce que cela signifiait pour un changeling de se voir privé d'une moitié de soi.

Ashaya effleura Dorian du regard.

— Ta position n'est pas inconfortable ?

Il avait l'oreille tendue vers le corps de la Psi, il savait qu'elle était terriblement consciente de lui, qu'elle ne l'admettrait jamais. Cela apaisait le félin, tout en augmentant encore son désir.

— Ça va, trésor, dit-il en luttant contre l'envie de plonger les dents dans sa nuque à la courbe délicate.

Il avait tendance à préférer faire l'amour lentement et de façon intense, mais en cet instant, avec cette femme, son corps voulait quelque chose de dur, de débridé, d'un peu brusque. Contenir les instincts territoriaux du léopard faisait couler des perles de sueur le long de sa colonne.

— Et donc, les M-Psis ? reprit-il.

Elle devint très calme, comme si elle avait senti son contrôle ténu. Mais elle ne battit pas en retraite. Si elle l'avait fait…

— Comme toutes les classifications Psis, expliqua-t-elle, la classification médicale, ou M, est un terme générique qui recouvre une grande variété de spécialisations. Elle comprend les quelques rares personnes qui ont effectivement le don de soigner.

— N'importe quoi ?

Il n'avait jamais entendu parler d'un Psi possédant ce pouvoir.

Elle secoua la tête.

— Non, leur domaine d'action est limité. Certains ressoudent les os, tandis que d'autres cicatrisent les blessures… le genre de choses qui peut se révéler utile sur le terrain.

Les dons de guérison ont manifestement fait leur apparition chez les enfants nés pendant les guerres territoriales, même si on n'en a pas la preuve. À ma connaissance, aucun M-Psi ne peut guérir de maladies à l'aide de son psychisme, ou inverser des dispositions héréditaires. Puis-je continuer ?

Une question distante de scientifique.

Il voulait la mordre.

— Vas-y.

— Les scans dont tu as parlé sont la manifestation la plus connue et la plus courante de la classification M. Mon don appartient à ce sous-ensemble : je ne discerne pas les os fracturés ou les organes malades, mais c'est parce que mon esprit voit encore plus loin.

— Jusqu'où ?

— Jusqu'au niveau de l'ADN.

Le félin eut momentanément l'attention détournée de sa peau séduisante.

— Personne n'en est capable. Ça ferait de toi un scanner d'ADN ambulant.

— Oui, admit-elle sans paraître se rendre compte qu'elle soutenait son regard. Seul un très faible pourcentage de la classification M possède ce don. Et plus rares encore sont ceux qui le maîtrisent au point de devenir plus précis qu'une machine.

Elle promena le regard sur ses lèvres et il sentit son corps entier se raidir sous cette caresse. Elle appellerait peut-être ça autrement, mais pas de doute : elle le caressait. Ronronnant intérieurement, il demeura immobile afin de ne pas rompre le charme.

— Avec l'appareillage dont on dispose, poursuivit-elle, c'est un don assez superflu. Il faut aussi étudier ; j'ai retenu l'attention du Conseil grâce à ma maîtrise pour travailler sur les nanotechnologies et les implants. À ce niveau de miniaturisation, mon don me procure un avantage sur la technologie.

Il se demanda comment elle réagirait s'il cédait à la tentation et donnait un bref coup de langue sur sa lèvre inférieure.

— Comment fonctionne ton don ? demanda-t-il en serrant le poing. Tu me vois et tu connais mon empreinte génétique ?

Elle secoua la tête.

— Non. En fonction de ce que je cherche, cela peut prendre des heures, des jours, des semaines, parfois des mois, pour démêler l'ADN.

— Pourquoi tu me racontes tout ça ?

Il était une sentinelle léopard. Même Dorian rendu à demi fou par cet indésirable désir maladif, les cellules de son cerveau fonctionnaient parfaitement. Et il devinait que sa franchise inhabituelle cachait quelque chose.

— Qu'est-ce que tu veux ?

Elle se mordit la lèvre inférieure.

Son sexe se raidit. Le rugissement dans ses oreilles était si assourdissant qu'il faillit manquer ce qu'elle dit ensuite.

— Je veux ton ADN.

Chapitre 20

« Un baiser est une fusion de bouches. Depuis ce dernier rêve troublant, j'ai envisagé cette marque d'affection sous tous les angles, mais je n'en vois toujours pas l'intérêt. »

Extrait des fichiers personnels cryptés d'Ashaya Aleine.

Dorian fut ébahi.

— Tu n'étais certainement pas aussi directe avec le Conseil.

— Je participe aux jeux politiques quand c'est nécessaire. (Voix froide, pouls agité.) Mais ce n'est pas ma nature profonde.

Il la crut.

— Tu projettes de muter mon ADN ? la taquina-t-il.

— Certainement pas.

Elle étendit les jambes, jusqu'à toucher de ses orteils la vitre claire des portes-fenêtres.

Il regarda ses ongles parfaitement coupés, sans vernis, et ressentit une nouvelle envie pressante de mordre. Puis elle poursuivit :

— Si je projetais de me débarrasser de toi, je le ferais sans bruit et avec une telle efficacité que tout le monde croirait que tu es décédé de mort naturelle.

Si une autre femme l'avait menacé de la sorte, il lui aurait sans doute promis de ne jamais la rendre furieuse, avec un grand sourire. Mais il ne s'agissait pas de n'importe quelle femme. Ashaya était une scientifique qui avait passé des années aux mains du Conseil Psi. Elle était aussi la seule femme à avoir mis sa capacité à se contrôler en péril.

— Essaie toujours, la menaça-t-il d'une voix douce et mortelle.

Ashaya ne s'attendait pas à cette réponse, mais elle n'aurait pas su dire pourquoi. Cela sonnait simplement terriblement faux.

— Tu me tuerais ?

— Non. Il existe d'autres moyens de briser une femme.

Une réponse qui ne lui apprit rien, mais qui entailla à vif ce noyau primitif que seul Dorian semblait capable d'éveiller. Elle vacilla sous le coup de cette blessure mentale, luttant pour rassembler ses défenses.

Et à cet instant, Amara la retrouva de nouveau.

— *Vilaine, vilaine Ashaya. Essayer de te cacher.*

D'un réflexe expérimenté et frénétique, Ashaya rompit immédiatement la connexion, tout en sachant qu'elle ne faisait que combler les fissures, retarder l'inéluctable... mais elle ne voulait pas tuer sa jumelle. Car peu importaient ses agissements par ailleurs, Amara avait maintenu les liens de parenté entre sœurs ; elle n'avait jamais révélé les secrets d'Ashaya.

Se sentant psychiquement meurtrie, celle-ci leva la tête pour apercevoir l'air maussade de Dorian.

— Tes yeux viennent de virer au noir absolu, dit-il en la dévisageant avec l'intensité calme du prédateur qu'il était.

— Je ne m'attendais pas à ce que tu me menaces, dit-elle.

Mais elle ne put réprimer l'envie de demander :

— Est-ce que Keenan est toujours en sécurité ? On ne t'a pas signalé de problèmes ?

Elle s'en foutait de se trahir, elle devait savoir que son bébé allait bien.

— Il va bien… j'ai vérifié. Les téléphones portables fonctionnent de nouveau.

— Merci.

Elle aurait voulu poser plus de questions, mais elle ravala son envie. En savoir trop aurait les mêmes conséquences que lui rendre visite : elle conduirait directement Amara à lui.

Dorian gardait les yeux rivés sur elle.

— Tu te moquais de moi ? lui demanda-t-il.

— Quand ça ?

— En parlant de mort naturelle.

Elle ne savait pas trop quoi lui répondre. Alors elle dit la vérité.

— Tu n'étais pas sérieux. Moi non plus.

Il souffla.

— Je suis désolé d'avoir grondé.

Trop surprise pour parler, elle se contenta de le dévisager, et il se renfrogna.

— Quelle quantité d'ADN te faut-il ?

Elle cligna des yeux, le regard rivé sur le bleu extraordinaire et quasi irréel des siens.

— Tu n'es pas curieux de savoir pourquoi j'en ai besoin ?

— Pour analyser ma structure génétique anormale.

Elle se tint immédiatement sur ses gardes ; il se montrait beaucoup trop coopératif.

— Oui, dit-elle avec circonspection. Je veux savoir pourquoi tu es comme tu es.

— Pourquoi ne pas voler mon ADN ? Ce serait facile.

— Parce que, dit-elle méfiante vis-à-vis de l'étrange lueur dans ses yeux, à l'instar des télépathes, je ne franchis pas certaines limites éthiques. Et il ne m'en faut qu'un tout petit peu. Donne-moi un instant.

Elle se précipita vers sa chambre pour aller chercher le petit kit scientifique qu'elle avait trouvé dans une poche latérale de son sac ; Zie Zen la connaissait bien.

— Une lame de microscope, expliqua-t-elle au félin qui l'avait étonnamment attendue sans broncher. C'est la seule du kit, donc je n'aurai droit qu'à un essai. L'idéal serait sans doute une goutte de sang : mon œil mental « voit » mieux les globules blancs.

— Je n'ai pas envie de me couper. (L'étrange lueur se fit plus intense.) Mais je le ferai… en échange d'une récompense.

Elle se figea, avant de remettre la lame dans le kit.

— Je ne suis pas curieuse à ce point.

— Si, tu l'es.

Oui, elle l'était. C'était une scientifique.

— Je n'ai rien à proposer en échange.

— Je t'ai dit, Shaya, (il grignotait ses lèvres des yeux, elle en avait presque mal à l'estomac) mon léopard veut connaître ta saveur. (Un lent sourire félin.) Et puisque tu es Psi, ça ne te coûtera rien d'accorder un baiser. Après tout, ce n'est qu'un geste animal primitif. Marché conclu ?

— Je me doutais que tu n'allais pas coopérer si facilement.

Et cette ligne de défense était trop déroutante pour seulement y songer.

Un sourire dévastateur rida les joues de Dorian.

— Je suis un félin, trésor. À quoi tu t'attendais ?

Elle se dit qu'elle allait devoir étudier les léopards, en apprendre plus sur leur comportement. Mais elle savait déjà une chose : ils étaient intelligents.

— Je veux d'abord le sang.

Elle refusa de songer à sa part du marché.

— Tu ne me fais pas confiance ?

— Non.

À peine le temps d'esquisser un nouveau sourire acéré, et à la grande surprise d'Ashaya il tenait déjà un couteau à la main. Il se piqua un doigt et le tendit au-dessus de la lame qu'elle s'était empressée de préparer. Une seule goutte et elle recouvrit la lame de sa lamelle. Pour prendre la photo mentale, elle devrait longuement se concentrer sur la goutte afin que son cerveau voie à travers les parois des cellules jusqu'aux noyaux, jusqu'aux fils torsadés d'ADN à l'intérieur.

Dorian la laissa ranger la lame dans le kit d'instruments et refermer le couvercle, puis il déclara :

— À ton tour, maintenant.

Son cœur se mit à battre la chamade, ses boucliers commencèrent à s'effondrer… et la présence d'Amara exerça une forte pression sur les remparts psychiques de son esprit. Mais elle ne demanda pas à Dorian d'arrêter.

Il appuya ses lèvres sur les siennes.

Et les fondations décrépites d'Ashaya s'écroulèrent à ses pieds. L'espace d'une seconde, elle crut qu'Amara était de nouveau dans son esprit, mais non, ce chaos agissait comme une autre sorte d'ancre, une autre sorte de rempart ; sa jumelle était tenue à distance, repoussée. Une pensée fulgurante, instantanée, puis elle ne fut même plus capable de penser.

Elle avait son goût dans la bouche, un goût ténébreux et intensément masculin, en contradiction avec sa beauté pure. Protégée par l'étrange bouclier chaotique qui bloquait Amara, elle enfreignit toutes les règles et savoura l'expérience. Quand il balaya sa langue de la sienne, elle sentit sa gorge se nouer. Il recommença. Tremblante, elle osa l'explorer à son tour. Il poussa un grognement, qui se déversa dans la bouche d'Ashaya en faisant grésiller ses terminaisons nerveuses.

Il rompit le baiser. Elle cligna des yeux et tenta de stabiliser sa respiration. Mais son parfum s'attardait sur ses lèvres et elle n'avait qu'une envie : en obtenir davantage.

— Je sens quelque chose, dit-il. (Son visage se fit calme, attentif.) Un intrus.

— Ashaya, qu'est-ce que tu fais ? Pourquoi est-ce que je ne vois pas ce que c'est ?

À ces mots, elle reprit soudain pleinement conscience. Dès que Dorian avait cessé de la toucher, ce qui l'avait protégée d'Amara, quoi que ce fût, avait disparu. Les boucliers contre le PsiNet tenaient bon – comment ou pourquoi, elle ne le savait pas –, mais elle n'avait pas le temps de réfléchir à ce miracle, car Amara avait de nouveau forcé le passage. Sa jumelle luttait pour garder le contrôle, mais malgré ses multiples faux pas récents, conséquences de ses émotions, Ashaya pouvait compter sur une longue expérience. Et elle devait désormais protéger Keenan.

Personne, absolument personne, ne ferait de mal à son fils.

Cette promesse solennelle la remplit d'énergie, et elle expulsa sa sœur, non sans séquelles mentales.

Dorian grogna, ce qui fit dresser les poils sur les bras d'Ashaya.

— Ça a disparu. Bordel, qu'est-ce qui se trouvait avec nous dans cette pièce, Ashaya ?

C'était un secret qu'elle ne pouvait pas partager.

— Rien.

Les narines de Dorian se dilatèrent.

— Ce rien est venu à travers toi. Tu es une espionne, mademoiselle Aleine ? (Ses yeux avaient un reflet aiguisé.) Ton odeur a changé.

L'acuité de ses sens de changeling la stupéfia.

— Comment ça ?

— De nombreux Psis (il renifla la courbe de l'épaule d'Ashaya d'une façon qui n'était vraiment pas humaine) ont cette puanteur métallique que les changelings ne peuvent pas supporter. Mais pas toi. En tout cas, cette chose était proche.

Elle aurait peut-être dû réfléchir aux implications de la présence de cette odeur, qui révélait la puissance grandissante d'Amara, mais ce fut la première partie de la remarque de Dorian qui capta son attention.

— C'est bien, non ? Que je ne pue pas. (Elle posa le regard sur l'eau à l'extérieur, le jour se levait.) Autrement, tu serais incapable de me protéger.

Dorian n'aimait pas la souillure métallique qu'il sentait encore sur la langue. Il s'avança et posa sa bouche ouverte en travers de celle d'Ashaya, sachant qu'il la prenait par surprise. Chaleur et glace, miel et épices, sa saveur lui inonda la bouche.

— C'est mieux, dit-il en se retirant avant que le désir de déplacer sa bouche plus bas, vers des endroits plus chauds, devienne irrésistible.

Ashaya le dévisagea, les lèvres gonflées de baisers.

— Cela ne faisait pas partie de l'accord.

— J'ai décidé de réclamer des intérêts.

Le léopard piégé en lui tendit des griffes qui ne deviendraient jamais réelles. Au contraire, leur écho lui racla l'intérieur de la peau, rencontrant des sillons laissés par une vie d'étirements inutiles. Les mouvements de sa bête étaient douloureux, comme si elle lui arrachait la peau. Cela avait toujours été douloureux. Et Dorian ne l'avait jamais avoué à quiconque.

Car s'il y avait une chose qu'il ne tolérerait jamais, c'était la pitié.

Son cœur changeling lui faisait à présent déplacer la main pour effleurer la courbe lisse de l'épaule d'Ashaya. Chocolat chaud et crème, brûlante et vibrante, la sensation de cette femme lui transperça les doigts et se diffusa dans son sang. Il ne voyait ni peur ni panique en elle, mais il décelait le plus infime des tressaillements sous sa peau.

— Quelle est l'ampleur des fractures dans ton conditionnement, Shaya ?

Elle se tut pendant une éternité. Il referma la main sur son bras et la glissa vers le bas, prenant plaisir à la toucher tout en la poussant à réagir. Le tressaillement enfoui profondément ne faiblit pas, puis il la vit déglutir.

— Elles sont importantes, souffla-t-elle. Les fondations ont été balayées il y a déjà longtemps.

Il ne s'était pas attendu à ce qu'elle l'admette.

— Et tu considères que c'est un défaut.

— Non, dit-elle en le surprenant de nouveau. Les Psis ont toujours été censés avoir des émotions. C'est Silence l'intrus. Il nous estropie même s'il nous sauve.

Il cessa de lui caresser le bras.

— Alors pourquoi ne pas t'en affranchir complètement ? Pourquoi s'y accrocher ?

— Parce que (elle planta ses yeux dans les siens, sinistres dans leur pureté de cristal) Silence tient les monstres à l'écart.

— Es-tu un de ces monstres ?

Il s'aperçut qu'il s'était approché, l'odeur exotique d'Ashaya – miel ambré et rose sauvage – s'infiltrait sous sa peau, lui enveloppant les sens.

— Oui. (Un murmure.) Un des pires.

La noirceur lugubre de ses paroles aurait dû briser l'étrange intimité naissant entre eux, mais ce ne fut pas le cas. Dorian leva la main pour la poser sur sa joue et la fit se tourner vers lui.

— Quel genre de monstre sauve la vie, non pas d'un enfant, mais de trois ?

Il lui fallait une réponse à cette question. Il espérait y trouver une absolution.

Il entendait déjà les hurlements de sa propre sœur dans ses rêves. Il ne voulait pas en plus entendre ses accusations de traîtrise. Son cœur se contracta tandis que le léopard se recroquevillait en une boule compacte de souffrance et de peine, mais il garda le contact avec Ashaya.

— Qu'est-ce que tu as fait ? insista-t-il.

Elle leva les cils.

— J'ai protégé un sociopathe pendant la majeure partie de ma vie, quelqu'un du même acabit que Santano Enrique.

La rage monta en une vague aveuglante et il resserra la main sur elle. *Une seconde d'égarement, et je pourrais lui briser la mâchoire.* Il la relâcha en jurant, se leva et fit volte-face pour appuyer les mains à plat sur les portes-fenêtres. Mais la fraîcheur du verre n'aida pas à calmer son accès de colère bouillonnante.

Du coin de l'œil, il vit Ashaya se lever et s'éloigner.

— Non ! cria-t-il.

Elle se figea, comme paralysée par sa voix inhumaine. C'était peut-être parce que la bête avait été piégée en lui pendant plus de trois décennies. Ou peut-être parce qu'il avait fait tout ce qui était en son pouvoir pour devenir léopard même s'il ne pouvait pas se transformer. Peut-être encore simplement à cause d'Ashaya. Mais à cet instant, il était à deux doigts de perdre la moitié humaine de son âme et de s'abandonner totalement à la rage aveugle de la bête.

— Je…, commença-t-elle.

— Tais-toi.

Dorian exerçait un contrôle si mortel sur ses paroles qu'Ashaya devina qu'il était aux prises avec la plus violente des rages. Elle avait très mal calculé son coup. Non, songea-t-elle, en vérité, elle n'avait rien calculé du tout. Quand elle se trouvait avec ce changeling, toutes ses aptitudes au subterfuge et à l'instinct de survie se volatilisaient. Avec lui, elle était authentique. Mais, comme elle l'avait appris au cours des vingt-six années de sa vie, la vérité était un instrument. Elle ne devait jamais simplement être dite. Non, il fallait la plier, la tordre, la colorer, jusqu'à ce qu'elle devienne une arme.

Elle regardait à présent la surface rigide du dos nu de Dorian, muscles tendus et peau dorée, sachant que l'instinct de survie la sommait d'obéir au changeling. Elle aurait dû garder le silence, lui donner le temps de contrôler ses émotions. Mais Ashaya ne s'était pas échappée d'une cage pour qu'on la jette dans une autre. Et elle n'aimait pas l'idée d'un Dorian froid, qui se maîtrisait. Il s'agissait là d'un aveu dangereux, mais il lui donna le courage d'affronter le léopard.

— Tu m'as demandé de dire la vérité, dit-elle, luttant contre la tentation certainement mortelle de le toucher, de le caresser. Et quand je le fais, tu m'ordonnes de me taire. Je constate que le Conseil n'a pas l'apanage de l'hypocrisie.

Il tourna vivement la tête vers elle, les yeux presque incandescents de colère.

— Continue.

Elle avait peut-être passé sa vie dans un labo, mais elle n'était pas stupide. Elle comprenait que ce n'était pas une autorisation : il lui lançait un défi. À l'encontre de toutes les règles qui l'avaient si longtemps protégée, elle le releva.

— Je t'attire.

L'appétit dévorant de son baiser avait été un tison vivant, qui l'avait marquée à vie.

Les muscles bandés de ses avant-bras devinrent du granit.

— Une Psi experte en émotions ?

Une moquerie, enveloppée dans la dentelle d'une volonté de fer, qui la heurta de plein fouet.

— Tu as cherché le contact physique avec moi, dit-elle. Je n'ai pas besoin d'être experte pour deviner la raison de ce comportement.

— Tu crois que ça te protège ?

— Non. (Elle s'avança d'un pas. S'arrêta. Elle n'avait pas eu l'intention de bouger.) Je crois que ça me met encore plus en danger. Tu refuses que je t'attire et je compr…

— Ne viens pas me dire que tu comprends.

Il repoussa la fenêtre pour se retourner et la dévisager. Elle ne vit pas l'homme, mais le léopard à l'intérieur. Et elle saisit la vérité bien trop tard : il n'était pas humain, il n'était pas Psi, il était *changeling*. Le léopard habitait chacune de ses facettes, de sa force à sa colère, jusqu'à sa rage.

Elle essaya de reculer. Pas assez vite. Il lui saisit le menton, la maintenant en place.

— Tu sais ce que je comprends ? chuchota-t-il en la bousculant.

Même en l'absence d'un mur dans le dos, elle était incapable de bouger, de rompre l'intimité sinistre de sa prise.

— Je comprends que tu appartiens à l'espèce psychotique qui m'a enlevé ma sœur. Je comprends que tu es un des monstres qui protègent ces meurtriers.

» Je comprends que, pour une raison ou une autre, tu me fais bander.

Des paroles brutales, livrées d'une voix si douce, si minutieusement équilibrée, qu'elle était tranchante.

— Je comprends aussi qu'on ne me mène pas par les couilles et que je te tuerais plutôt que de te laisser introduire cette maladie dans ma meute.

Elle le crut mais répliqua :

— D'accord. Mais n'emprunte pas cette direction uniquement parce que je t'attire et que ça te met mal à l'aise.

Elle se sentait poussée à le provoquer, à sortir les griffes à son tour. Une pensée étrange, puisqu'elle n'avait pas de griffes.

Il serra légèrement les doigts et lâcha un juron.

— Oh, ne t'en fais pas, mademoiselle Aleine. Maintenant que tu t'es montrée sous ton vrai jour, chaque fois que je serai tenté de te faire des avances, je n'aurai qu'à me souvenir que tu mouilles pour les sociopathes. Toute l'attirance que je ressens va disparaître en un rien de temps. (Il se détourna pour se diriger à grands pas vers sa chambre.) Habille-toi. On a une réunion matinale qui nous attend.

Elle resta un long moment immobile après qu'il fut parti, le regard perdu à travers la fenêtre. Sa bouche battait au rythme de l'empreinte évanescente des lèvres de Dorian, dures mais douces, une étrange dichotomie. Il avait laissé libre cours aux flammes de sa colère, suffisante pour provoquer un incendie. Mais, elle leva les doigts vers ses lèvres, il ne l'avait pas brutalisée. Même pas à la fin.

Elle savait que ce n'était pas par prévenance. Non, cela faisait simplement partie de son code d'honneur. Dorian lui ôterait la vie sans ciller si elle se révélait être une traîtresse ou une menace mais, autrement, il ne la blesserait pas. On prétendait que les changelings prédateurs mâles étaient de nature protectrice, et elle ne pensait pas que Dorian était différent.

Pourquoi, alors, sa réaction importait-elle ? Pourquoi devait-elle résister à l'envie de le rejoindre dans sa chambre pour lui demander d'arrêter de lui crier dessus et d'écouter ? Pourquoi la mettait-il dans une fureur à ce point aveugle qu'elle surpassait le Silence brisé qu'Ashaya tentait sans cesse de réparer, qu'elle surpassait son besoin de protéger Keenan, qu'elle surpassait tout ?

Pourquoi alors… Dorian me fait-il ressentir des choses ?

Chapitre 21

« Le temps presse. Lorsque tu liras cette lettre à ton réveil, je serai devenue une fugitive. Je pars en sachant que tu respecteras ta promesse, que tu la protégeras. »

Extrait d'une lettre manuscrite signée « Iliana », vers septembre 2069.

Dorian enfilait un tee-shirt blanc quand son téléphone sonna.

— Ouais, grogna-t-il.

— Assure-toi qu'Ashaya sorte discrètement. (La voix de Clay.) Teijan dit qu'il y a des individus qui rôdent.

— Waouh, tu parles d'une nouvelle. Nous savons que le Conseil la traque.

— Pas des Psis. Des humains.

Dorian réfléchit.

— Merde. Le virus Omega. Un taré veut l'utiliser comme arme biologique.

Clay approuva en grognant.

— Une façon de se débarrasser des Psis.

Dorian imagina un monde sans Psis. Cette idée malsaine lui contracta les entrailles.

— Un génocide est toujours affreux, quelle que soit la cible.

— Je ne vais pas te contredire. Tally est Psi à trois pour cent… Flûte, elle me frappe.

Le trait d'humour de Clay provoqua un déclic dans le cerveau de Dorian.

— Est-ce que ces abrutis ne comprennent pas que le virus franchirait la barrière des espèces tellement vite qu'il nous reviendrait en pleine gueule ? Avant Silence, les Psis procréaient avec tous les autres ; bordel, la moitié des habitants de la planète ont du sang Psi. Comme tu disais, Tally est…

— Est-ce que je t'ai permis de l'appeler Tally, p'tit génie ?

— Et est-ce que je ne t'ai pas dit de ne plus utiliser ce surnom ou sinon je balancerai *Talin* dans l'étendue d'eau glacée la plus proche ? répliqua Dorian, ce qui lui permit d'évacuer un peu de sa tension.

Il poursuivit d'un ton renfrogné :

— La part Psi de Talin est négligeable, mais si Sascha et Lucas ont un enfant, ou Faith et Vaughn…

— Le Conseil devait en être conscient, dit Clay. Omega garantirait que leur peuple se tienne tranquille. Et en bonus, il permettrait d'effacer les humains et les sales petits changelings. (Une pause.) Tally dit qu'ils conserveraient sans doute quelques humains pour nettoyer, balayer et faire des courbettes à Leurs Majestés dans les rues.

Dorian sourit. C'est l'effet que Tally avait sur lui. Il aurait cru qu'il craquerait pour une femme comme elle. Un tempérament de feu, possessive à en crever, et loyale en diable. Au lieu de ça, il se retrouvait attiré par une femme qu'il… Il souffla, essayant de contrôler son humeur qui s'enflammait de nouveau.

— Le Conseil le sait sans doute, mais je te parie que ceux qui tentent de mettre la main sur les données n'y ont pas réfléchi. Quelle que soit sa conception, il est impossible de limiter la propagation d'un virus à une seule espèce.

— Ouais, ben, le monde est rempli d'imbéciles. Fais juste gaffe à Aleine. (Une autre pause.) Tally te demande d'être sympa avec la Psi ; c'est grâce à elle que Jon et Noor sont en vie. Si tu lui fais du mal, j'ai ordre de botter ton joli cul.

— Remercie Tally pour le compliment.

Il entendit Clay grogner en raccrochant. Dès qu'il cessait de se concentrer sur autre chose, l'odeur d'Ashaya revenait s'engouffrer en lui comme une vague enivrante. Le miel sauvage et la morsure luxuriante et brûlante de cette femme. Il sentit son corps s'alourdir. Devenir affamé.

« *J'ai protégé un sociopathe pendant la majeure partie de ma vie...* »

Et malgré cela, il la désirait encore.

Il ne savait pas qui le dégoûtait le plus : elle ou lui-même.

Ils quittaient la ville en voiture quand Ashaya demanda enfin à Dorian où ils se rendaient.

— Quelqu'un veut te rencontrer.

Elle réfléchit. La liste des gens sachant qu'il fallait contacter DarkRiver pour l'atteindre était réduite à la portion congrue.

— Où cette réunion va-t-elle avoir lieu ?

— Dans un endroit qui ne compromettra pas la meute.

Elle n'était pas plus avancée. Mais elle était patiente. Son don exigeait des heures et des heures de réflexion pure. Elle décida d'ailleurs de se rabattre là-dessus ; elle sortit la lame de microscope qu'elle avait rangée dans le petit sac à dos à ses pieds et concentra son œil psychique. Avec cette partie de son esprit, ce n'était pas une tache de sang qu'elle voyait, mais les formes distinctes des cellules, des chromosomes, des gènes.

Parmi les trois espèces, le code génétique des changelings s'était révélé le plus difficile à identifier entièrement. Leur aptitude à se transformer avait jusqu'à présent refusé de livrer ses secrets. Ashaya savait que la probabilité qu'elle trouve une anomalie, là où d'autres avaient échoué, était très faible. Mais c'était précisément pour cette raison que cette tâche était intellectuellement stimulante ; une énigme qui, elle en était sûre, libérerait son esprit de la présence du changeling assis à une trentaine de centimètres d'elle seulement.

Elle se trompait.

On aurait dit que Dorian diffusait un flux de chaleur psychique. Quand elle marqua une pause pour relever les manches de son chemisier blanc, elle constata qu'elle avait la chair de poule.

— Pourrais-tu réduire ton énergie ? lui demanda-t-elle.

— Je ne suis pas Psi.

Elle rabaissa les manches pour dissimuler cette réaction physique incontrôlable à son voisin.

— On ne peut pas dire que tu sois paisible à côtoyer.

— Et si ça te surprend, c'est que tu ne connais foutrement rien aux mâles changelings.

Il renifla, se demandant à quelle sorte d'hommes elle était habituée. Puis il se souvint.

— Larsen. (Le scientifique enlevait des enfants pour ses expériences, puis il les éliminait.) Tu as l'habitude des reptiles.

— Larsen, contesta-t-elle avec calme, était vraiment anormal et je l'ai su dès que je l'ai rencontré. C'est pourquoi j'ai refusé de travailler avec lui.

Il s'était attendu à une réponse de langue de bois ; à la place, elle lui avait donné un nouvel aperçu de la femme complexe et fascinante qui se trouvait sous cette carapace de Psi. Malgré le mélange caustique de colère et d'appétit sexuel qui continuait à frémir dans ses veines, il voulait enlever toutes ces couches pour découvrir qui était réellement Ashaya Aleine. La protectrice des monstres ou la bienfaitrice des innocents ?

— Je pensais qu'il dirigeait un projet indépendant dans ton labo.

— Par la suite, mais pas au début. (Sa voix se refroidit de quelques degrés.) Une expérience que je n'avais pas autorisée.

Toutefois, le Conseil me l'avait initialement présenté comme assistant.

— Personne n'a jamais soupçonné que tu avais aidé Noor et Jon à échapper aux expériences de Larsen ?

— Je leur ai dit que les enfants étaient morts. C'est pourquoi j'ai demandé que le garçon et Noor se fassent discrets après leur évasion du labo. J'imagine que ça n'a plus d'importance maintenant.

Ça en avait encore, se dit Dorian en son for intérieur. Les deux enfants avaient bénéficié d'une nouvelle vie, d'un nouveau départ. Ils n'auraient jamais eu cette opportunité si cette femme mystérieuse n'avait pas risqué sa vie.

— Pourquoi est-ce que tu as aidé les enfants ?

— Je te l'ai dit la première fois que tu me l'as demandé : pour des raisons politiques.

Il était alors allongé sur une grosse branche d'un arbre très feuillu, l'œil rivé à la lunette de son fusil. Les couches inextricables d'Ashaya et le bleu glacial de sa voix l'avaient atteint si profondément et si durement qu'il avait failli la prendre sans plus attendre.

— Ça ne changeait rien qu'il s'agissait d'enfants innocents ?

Un long silence.

— Si.

Tellement faible, même pas un murmure.

Le félin déroula sa nature possessive, protectrice, dans un mouvement nonchalant. Il poussait Dorian à tendre la main, à montrer à Ashaya qu'elle n'était pas seule. Mais c'étaient les usages de la meute. Et Ashaya était loin d'en faire partie.

— Une autre fracture dans Silence ?

Elle rangea la lame et appuya la tête contre la vitre.

— Tuer ces jeunes est la marque du mal absolu. (Quelque chose se dissimulait dans le ton de sa voix, un secret qui mit les sens de Dorian en éveil.) Je préfère ne pas imaginer que mon espèce est intrinsèquement mauvaise.

— Le mal, un concept intéressant pour une Psi.

— Ah bon ? (Elle le dévisagea.) C'est un concept intellectuel autant qu'émotionnel, la frontière entre l'humanité et la monstruosité.

Il s'apprêtait à répondre quand elle se redressa d'un coup et lui agrippa le bras.

— Non ! Prends la sortie suivante.

— C'est celle-ci qu'on doit prendre.

— Non !

Puisqu'elle était Psi, il se demanda si elle avait capté quelque chose.

— On nous file ? demanda-t-il.

Il entendit le murmure d'une étrange terreur dans son esprit.

— S'il te plaît, continue.

Son instinct lui conseilla d'obéir.

— Où va-t-on ?

Elle ne répondit pas, mais elle adopta un comportement très peu Psi en se penchant en avant, les mains appuyées sur le tableau de bord. Il ne distinguait pas ses yeux, mais il avait le pressentiment qu'ils avaient pris la couleur noire pure d'un Psi utilisant beaucoup d'énergie. Mais Ashaya était une M-Psi et, comme elle le lui avait expliqué, aucun de ses pouvoirs n'était utile à l'extérieur du labo. Donc soit elle lui avait menti, soit il y avait autre chose.

Elle se tut pendant un très long moment. Il aurait pu s'inquiéter qu'elle soit rentrée dans une sorte de transe, sauf qu'il sentait sa vigilance, sa concentration totale.

— Ashaya, si nous continuons dans cette direction, nous allons manquer notre rendez-vous.

Ses propres sens en alerte devinaient l'urgence et la gravité de la situation, ce qui l'incitait à poursuivre sur cette route.

— Ne fais pas demi-tour, lui ordonna-t-elle.

Les léopards, en règle générale, n'écoutaient personne en dehors de leur hiérarchie. Dans le cas de Dorian, la liste des hommes et femmes auxquels il obéissait était extrêmement courte. Ashaya n'en faisait pas partie.

— Donne-moi une bonne raison.

— Sors ici. (Elle se penchait tellement que sa tête touchait presque le pare-brise incliné de la voiture oblongue.) Ici.

La tension monta d'un cran car il resta sur sa bande de circulation.

Intrigué malgré lui, il réagit avec l'agilité d'un félin et emprunta la sortie.

— Et mainte…

— Tu traverses le carrefour.

Elle continua à lui indiquer la route, mais quand il lui demandait où ils allaient, elle ne répondait pas. Il aurait pu poursuivre son interrogatoire, mais à quinze minutes de leur destination, il comprit où elle les entraînait. Il serra les lèvres, tout en se demandant comment elle avait pu deviner.

Il braqua brusquement et s'arrêta sur le bord d'une large rue, à la surprise d'Ashaya qui poussa un cri en allant heurter son siège.

— Pourquoi est-ce que tu t'arrêtes ?

Elle le regarda avec des yeux de nuit limpides, si noirs qu'il apercevait sa propre image dans leur miroitement lisse.

Il se tourna vers elle et plaça une main sur son appuie-tête.

— Tu n'as pu le savoir que si quelqu'un te fournit des informations via le PsiNet ou par contact télépathique.

— Quoi ? (Elle parut devoir se forcer à réfléchir.) Personne ne me fournit quoi que ce soit.

— Alors, comment tu le sais ?

— Comment je sais quoi ? (Elle haussa le ton. De nouveau, ce n'était pas très Psi.) Vas-y, roule, Dorian.

Il crut percevoir une plainte dans ses paroles, il se dit que c'était le fruit de son imagination. Cette femme ne se laisserait jamais aller à supplier qui que ce soit.

— Pas avant que tu me dises pourquoi nous allons là où nous allons.

— J'ignore où nous allons, répondit-elle, les yeux fous. Je ne fais que suivre sa voix.

Son félin se tint tranquille.

— La voix de qui ?

— De Keenan. (Elle avait un filet de voix féroce, elle appuya le bout des doigts sur le pare-brise.) Mon fils hurle mon nom. Si tu ne me conduis pas, j'y vais à pied.

Elle fit mine d'ouvrir la portière.

Il enclencha la sécurité enfants.

— Tu ne vas nulle part dans cet état.

Elle n'était plus elle-même. La glace avait bel et bien craqué, mais pas comme il le fallait. Elle était déstabilisée, elle n'avait pas les idées claires, elle ne fonctionnait plus que partiellement.

Soudain, elle balança le poing sur la portière.

— Je dois le rejoindre.

Il sentit l'odeur du sang et se rendit compte qu'elle s'était écorchée en cognant. Il jura et se saisit de ses mains.

— Je te conduis.

Elle le dévisagea, comme si elle ne le croyait pas.

— Alors, démarre.

Un nouvel ordre.

Il lui lâcha les mains et obtempéra. Il n'avait plus besoin qu'elle lui indique la route, mais elle continua comme si elle ne pouvait pas s'en empêcher. Dès qu'ils s'arrêtèrent en face de la maison à l'allure de ranch, elle chercha à sortir de la voiture. Il déverrouilla les portières et elle bondit immédiatement dehors. En dépit de sa vitesse de changeling, Dorian ne la rattrapa qu'à la porte de la maison.

Il la retint par la taille.

— Attends.

Elle se contorsionna.

— Il faut que…

— Si tu entres dans une maison de léopards sans y être invitée, tu risques de te faire arracher le visage. (Il la força à le regarder.) Il pourrait y avoir des petits à l'intérieur : leur mère va d'abord te réduire en lambeaux avant de te poser des questions.

Des paroles qui semblèrent se frayer un passage jusqu'à elle.

— Je… vois. (Elle luttait à la recherche de pensées rationnelles, ce qui fit saillir ses pommettes.) Il faut que j'entre.

Tout en la tenant, il ouvrit la porte d'une poussée, sachant qu'elle ne serait pas fermée. Non pas car Tamsyn était inconsciente, mais parce qu'elle savait que la maison était continuellement surveillée par des soldats changelings. Ils n'étaient pas intervenus, car Dorian accompagnait Ashaya.

Dès qu'ils eurent franchi le seuil de la maison, elle lui balança son coude dans les côtes, lui écrasa sa botte sur le pied et s'élança vers le haut des escaliers. Il se rappela trop tard qu'Ashaya Aleine était très douée pour simuler le calme.

— Espèce de…

Un grognement prit naissance dans sa poitrine, et il s'élança à sa suite.

Il l'emprisonna dans ses bras face à une chambre de l'étage dont la porte était ouverte. Il sentit l'odeur de la meute, mais aussi celle de Keenan Aleine. Il jeta un coup d'œil à l'intérieur et croisa l'expression étonnée de Tamsyn quand celle-ci leva les yeux ; elle se tenait à genoux à côté du lit de l'enfant. Le garçon était allongé sur le côté en position fœtale, apparemment endormi. Les petits de

Tammy n'étaient pas dans les parages, ils se trouvaient donc probablement encore chez leurs grands-parents ; mais Kit, un des jeunes les plus âgés, était agenouillé de l'autre côté du lit, l'air renfrogné.

— Dorian ? demanda Tammy, dont le regard passa sur Ashaya.

Cette question sembla sortir la Psi de son état de choc.

— Lâche-moi !

Un autre coup de coude mais il la libérait déjà. Parce que Keenan allait vraiment mal. Dorian le sentait dans sa poitrine, un sinistre nœud de terreur, un appel à l'aide psychique que son cerveau changeling n'avait pas pu décoder.

Mais Ashaya avait compris.

Indifférente aux autres, elle alla sur le lit et prit Keenan dans les bras. Dorian l'observait, ébahi, se muer de scientifique rationnelle en cette… cette femelle léopard avec son petit. Elle tint le gamin sur ses genoux, blotti contre elle, et lui ordonna :

— Keenan, arrête.

Sa voix était une lame dégainée, impitoyable et tranchante.

Tammy aspira une goulée d'air, la désapprobation se lisait sur chacun des traits de son visage.

— C'est un enfant, dit-elle. Baissez le ton.

Ashaya ne parut pas l'avoir entendue.

— Sors de là immédiatement. Tout de suite !

Encore un ordre, cette fois recouvert du givre propre aux Psis.

Lorsque Tammy sembla sur le point d'intervenir physiquement, Dorian s'interposa entre elle et le couple sur le lit.

— Non, dit-il.

Il ne savait pas trop pourquoi il soutenait Ashaya, ni ce qui était en train de se passer. Il savait juste que Keenan avait de gros ennuis.

— Kit, ajouta-t-il quand le jeune esquissa un geste, ne la touche pas.

Kit se figea ; il était coincé entre une sentinelle et une guérisseuse, la hiérarchie n'était pas claire.

L'agressivité monta d'un cran, remplissant l'atmosphère de promesses de violence.

Chapitre 22

Tammy lança un regard furieux à Dorian.

— Elle brutalise le gamin, elle le fouette littéralement de la voix.

— Qu'est-ce qu'il a ? s'enquit Dorian, les yeux sur Ashaya qui tenait son fils serré contre elle en le berçant. Je croyais que Sascha restait chez toi.

— Je ne sais pas. (Tammy se passa une main dans les cheveux.) Sascha était là ; elle s'est juste absentée un moment. Je m'apprêtais à la rappeler.

— Je suis arrivé pour le petit déjeuner il y a quelques minutes, poursuivit Kit. Et Tammy m'a envoyé réveiller le petit bonhomme. Je l'ai trouvé comme ça ; il est vivant, mais on dirait qu'il est dans le coma.

— Keenan, répéta Ashaya toujours de cette voix sévère, si tu n'arrêtes pas, tu vas mourir.

Ces paroles étaient comme des grenades jetées au milieu du silence de la pièce.

— De quoi elle parle ? chuchota Kit.

Dorian n'avait pas de réponse à lui offrir, mais il avait compris que la dureté apparente de la voix d'Ashaya cachait en fait la pure terreur d'une mère. Ce qui se passait là était extrêmement grave. Il alla poser la main sur les doux cheveux du garçon.

— Keenan, réveille-toi, lui ordonna-t-il sur le ton qu'il réservait traditionnellement aux jeunes qui se conduisaient mal.

Ashaya releva brusquement la tête. Ses yeux sinistres de minuit recélaient une peur si profonde qu'il se demanda comment il avait pu ne pas la voir plus tôt. Ashaya ne tarda pas à rebaisser les yeux.

— Keenan, répéta-t-elle encore.

Mais cette fois c'était un souffle... une parole de bienvenue.

Le garçon souleva les paupières.

— Tu es venue, dit-il avec, dans sa voix d'enfant, le ton d'un vieil homme.

Dorian vit les bras d'Ashaya se raidir.

— Je t'ai dit de ne jamais faire ça. Jamais, jamais, Keenan. Tu me l'avais promis.

De nouveau, cette nuance de terreur à peine dissimulée. C'était la voix d'une mère qui s'était trouvée au bord du désespoir et qui en tremblait encore.

— Je voulais que tu viennes, répondit Keenan, les yeux levés vers sa mère mais sans manifester d'intention de la toucher.

Ashaya ne dit rien, mais la façon dont elle regarda le visage de son fils... Dorian n'aurait jamais cru voir ça chez elle.

— File, dit-il à Kit.

Ce moment était privé, un moment qu'il devait préserver pour Ashaya, car elle était trop bouleversée pour y songer elle-même.

Le jeune partit sans un mot. Tamsyn adressa un regard inquiet à Dorian, mais suivit Kit. Refermant la porte derrière eux, Dorian alla se mettre debout à côté du lit.

Le garçon posa un instant les yeux sur lui.

Dorian ne savait pas grand-chose des enfants Psis, mais il avait déjà vu la même expression chez d'innombrables enfants changelings. Le soulagement chanta dans ses veines : Keenan était bel et bien tiré d'affaire.

— Il n'a pas respecté les règles, c'est ça ?

Dorian croisa les bras pour essayer de se donner une constance sévère, alors qu'il n'avait qu'une envie : prendre ce foutu gosse dans les bras pour s'assurer qu'il ne s'était pas blessé.

Ashaya leva les yeux.

— Oui. Ce qu'il a fait, c'était extrêmement dangereux. (La panique commençait à quitter sa voix, mais elle serrait toujours Keenan contre elle.) Il m'avait promis de ne plus jamais recommencer.

Dorian croisa le regard de Keenan.

— Quand tu fais une promesse, tu la tiens.

Keenan n'avait que quatre ans et demi. Il déglutit sous la force de la désapprobation tranquille de Dorian.

— Je voulais qu'elle vienne.

Dorian comprenait le gamin. Mais Keenan s'était mis en danger de mort.

— Pas d'excuses, insista Dorian en énonçant une règle qu'on enseignait à tous les petits de DarkRiver. Tu ne fais pas de promesse si tu ne peux pas la tenir.

Keenan se débattit dans les bras de sa mère pour se redresser. Ashaya sembla tout d'abord rechigner à le lâcher, puis elle l'autorisa à se jucher sur ses genoux. Mais le garçon avait son attention fixée sur Dorian.

— Je suis désolé.

Dorian leva un sourcil.

— Être désolé ne suffit pas. Tu dois désormais respecter ta promesse.

Il se montrait peut-être dur mais si c'était une question de vie ou de mort, il fallait le lui enfoncer dans le crâne.

— Est-ce que tu en es capable ? Est-ce que nous pouvons te faire confiance ? insista-t-il.

Un rapide hochement de tête.

— Oui. Je ne le ferai plus.

— Promets-le, insista Ashaya d'une voix rauque. Promets-le-moi.

Keenan se tourna vers elle.

— Je le promets. (Puis il posa la tête contre son épaule et plaça les bras autour de son cou.) Je savais que tu viendrais.

Après un moment suspendu, fragile, Ashaya sembla sur le point de s'effondrer. Elle leva une main tremblante vers la tête de son fils et s'abandonna dans une étreinte protectrice.

— Oh, Keenan.

On percevait un tel amour infini dans ce murmure que Dorian se demanda comment elle était parvenue à le dissimuler aussi longtemps.

Quel tribut avait-elle payé pour enfouir des émotions aussi intenses ?

Ashaya savait qu'elle avait peut-être commis une erreur fatale, mais elle avait cessé d'être rationnelle dès qu'elle avait senti que Keenan se repliait sur lui-même. Elle ne s'était pas souciée qu'Amara puisse exploiter la faiblesse de ses émotions en allant fouiller dans son esprit. Mais à présent, Ashaya craignait qu'Amara l'ait fait et ait découvert que Keenan était toujours en vie ; elle se mit à rechercher frénétiquement une trace d'effraction. Elle tomba sur tout autre chose : un rempart de nouveaux boucliers puissants se dressait entre Amara et elle, des boucliers remplis de couleurs… et de chaos. Magnifiques et si sauvages, ils lui rappelaient étrangement Dorian.

De l'agitation dans ses bras… Keenan gigotait pour s'asseoir.

Un enfant, pensa-t-elle, ce n'était qu'un enfant. Personne ne devrait avoir à porter le fardeau que Keenan supportait, une charge contre laquelle elle n'avait jamais pu le protéger. Parce qu'il devait savoir qu'il existait des secrets qu'il ne pourrait jamais murmurer, certaines vérités qu'il devrait toujours taire.

— Est-ce que je peux aller jouer ? demanda-t-il, mais pas à elle.

— Vas-y. (Dorian acquiesça en repoussant les cheveux soyeux de son front.) Mais reste dans la maison pour le moment.

— OK.

Keenan descendit tant bien que mal du lit et fila en galopant.

Dorian l'attrapa et le souleva du sol avant qu'il atteigne la porte. Keenan cria de surprise, mais jeta les bras autour du changeling et lui murmura quelque chose qu'Ashaya ne saisit pas. Cela n'avait pas d'importance. Le large sourire qui barra le visage de Dorian en disait assez long : il avait la confiance de son petit garçon. Elle pouvait presque voir le lien existant entre le redoutable sniper et le petit gamin qu'il tenait serré dans les bras. Un lien aussi solide que le roc.

— Essaie d'être gentil pour le reste de la journée, Super K. Avant de le reposer par terre, Dorian embrassa Keenan sur la joue avec une affection évidente ; elle se demanda ce que cela ferait de bénéficier de sa confiance.

— D'accord.

Keenan hocha la tête et se dirigea vers la porte. Mais il s'arrêta avant de l'ouvrir, regardant par-dessus l'épaule en direction d'Ashaya.

— Tu vas partir ?

Elle savait qu'elle ferait mieux de s'en aller, pour attirer Amara au loin. Pourtant elle répondit :

— Non. Je reste ici.

Keenan esquissa un petit sourire timide. Ensuite, il se dressa sur la pointe des pieds pour tourner la poignée de porte et sortit. Ashaya resta sur le lit, pleinement consciente que

Dorian la scrutait… cet homme qui déclenchait chez elle des réactions totalement inhabituelles.

La porte se referma avec un petit clic.

— Ce n'est pas en faisant comme si je n'étais pas là que tu vas me faire partir.

Une sourde déclaration masculine dénuée des moqueries habituelles. À la place, il y avait une forme dangereuse de beauté, quelque chose de plus intense que le charme.

Les instincts d'Ashaya s'éveillèrent brusquement en état d'alerte.

— Je me demandais juste comment réparer cette fissure dans mon conditionnement.

Une réponse machinale, cela faisait si longtemps qu'elle cachait sa véritable personnalité.

Il s'assit face à elle, tout proche, un mur vivant de chaleur masculine et de volonté inflexible de léopard.

— Reconnais-le avant que je t'y oblige.

Dans cette position, elle était incapable d'éviter son regard. Une telle intimité menaçait de lui couper le souffle.

— Je peux difficilement nier l'évidence. Mes instincts maternels ont franchi les remparts temporairement fissurés de Silence.

— Conneries. (Ce mot dur trancha l'air avec l'efficacité d'un couteau.) Oublie le bla-bla à propos des fissures et des réparations. Nous savons tous les deux que tu n'es plus conditionnée depuis longtemps… si jamais tu l'as un jour été.

Il se laissa aller en arrière, appuyé sur les coudes, les yeux levés vers elle. Il avait une attitude détendue, contrastant avec son regard.

Ashaya s'était préparée à l'éventualité d'être ainsi démasquée entièrement. Mais ses scénarios avaient toujours impliqué le Conseil. Impliqué des mensonges formulés sans la moindre émotion.

— Je souffre de claustrophobie sévère, avoua-t-elle.

Elle était incapable de mentir à Dorian, mais elle cherchait à distraire son attention du seul secret que personne ne devait apprendre.

Les yeux du changeling s'assombrirent, leur bleu devint plus intense, presque nocturne.

— Et le Conseil n'a pas réagi ?

— Cela n'affectait pas mon travail, dit-elle. J'arrivais même à survivre dans le labo souterrain, bien que cela soit devenu de plus en plus difficile. Je perdais le sommeil, j'avais tendance à me comporter de façon erratique.

Elle espérait qu'il en resterait là, mais Dorian était trop intelligent pour être aussi facilement mené par le bout du nez.

— Depuis combien de temps es-tu claustrophobe ?

La terre s'infiltrant à travers les fentes, son cauchemar le plus vif. Mais cela avait commencé encore avant.

— Depuis l'âge de quatorze ans. Amara et moi avons été ensevelies à la suite d'un tremblement de terre ; nous vivions alors en Zambie et la structure du bâtiment n'était pas prévue pour résister à cette catastrophe naturelle. La maison s'est littéralement effondrée sur nos têtes.

Elles avaient été coincées dans le noir, un cauchemar de pure souffrance, pendant près de quarante-huit heures. Sa jumelle avait évité à Ashaya de sombrer dans la folie. Et ironiquement, c'était également la chaîne qui lui liait les mains.

— C'était la première fois que tu te libérais de Silence ?

Elle hocha la tête.

— Oui, même si je n'avais pas achevé ma progression à travers le protocole. Ce qui arrive officieusement à seize ans, et officiellement à dix-huit.

— Et Amara ?

— Son Silence ne s'est pas fissuré.

Ce n'était pas la vérité. Ce n'était pas un mensonge non plus. Elle continua à parler, espérant le détourner du sujet délicat de sa jumelle.

— On m'a soumise à un reconditionnement intensif, et tout le monde a cru, moi la première, que les dégâts provoqués par mon enfouissement accidentel avaient été réparés.

Dorian se rassit avec un mouvement plein de grâce – elle sentit son estomac se contracter – et il tendit la main pour lui relever le menton.

— Tu étais une enfant, blessée et traumatisée ; ce genre de choses ne disparaît pas.

Elle secoua la tête, désarçonnée par la douceur de son toucher… par une telle tendresse.

— Si, c'est possible. Les formateurs Psis sont extrêmement doués pour effacer les blessures émotionnelles. J'aurais été… reconnaissante s'ils avaient pu effacer les miennes.

Il maintenait le contact, elle ressentait son énergie sauvage comme si c'était une série d'impulsions électriques.

— La souffrance est un signe de vie, objecta-t-il.

— Elle peut aussi rendre infirme.

Elle soutint son regard et, à sa mâchoire tendue, elle vit qu'il comprenait.

Il serra les doigts, avant de les laisser retomber.

— C'est de toi qu'on parle. Qu'est-ce qui s'est passé après le reconditionnement ?

— J'ai cru que je m'en sortais, mais il est vite devenu apparent que les dégâts du tremblement de terre étaient permanents. Mon conditionnement continuait à se briser.

— Tu ne l'as dit à personne ?

Il se rapprocha, coupant la trajectoire du soleil qui entrait par la fenêtre de la chambre. Les rayons dorés passaient outre à ses cheveux pour aller effleurer sa barbe naissante.

— Si. (Elle replia les doigts en luttant contre l'envie soudaine et irrépressible de découvrir cette sensation âpre.) Je l'ai dit à ma mère.

— Et ?

Le ton de sa voix indiquait qu'il connaissait les mères sur le PsiNet.

Ou plutôt qu'il croyait toutes les connaître.

— Elle m'a dit de le cacher.

Ashaya avait protesté. Elle voulait simplement que les cauchemars cessent.

— Elle était… différente, reprit-elle. (Une différence qui avait scellé le sort de sa courte et brillante existence.) Elle m'a dit que Silence était un fardeau, que je serais mieux, plus forte, plus humaine, sans cela. Elle m'a aussi dit d'apprendre à dissimuler les morceaux brisés, à les dissimuler si bien que personne ne douterait jamais de moi.

Ni Ashaya ni sa mère n'avaient jamais mis de mots sur ce qui était aussi devenu indéniable au cours des mois précédents, ce qui ferait en sorte que le Silence d'Ashaya continue à se fragmenter, quels que soient ses efforts pour suivre les règles. Sa claustrophobie leur avait fourni une excuse commode sur laquelle rejeter la faute.

— Une femme avisée. Elle s'appelait Iliana, n'est-ce pas ?

Dorian fit courir les doigts sur la joue d'Ashaya. Un effleurement aussi léger qu'une plume, qui s'évapora instantanément, mais elle eut l'estomac qui se resserra, brûlant sous l'effet d'une nouvelle forme de terreur.

Il pouvait la briser, songea-t-elle, ce léopard aux yeux bleus et à la colère profondément enracinée.

— Oui. Elle est morte. Le Conseil l'a tuée.

Dorian constata qu'il s'était rapproché si près qu'il avait les lèvres à quelques centimètres à peine des siennes, que le mélange grisant de son odeur lui faisait presque oublier pourquoi il avait été si furieux contre elle.

— Tu en sembles bien certaine.

— Elle travaillait pour la branche pharmaceutique du Conseil. (La colère tapie dans ses mots griffa la peau de Dorian.) C'était aussi une rebelle. Quand ils l'ont découvert, elle a tenté de s'enfuir. Ils l'ont traquée jusqu'à l'abattre comme un animal.

Une autre pièce du puzzle que constituait Ashaya se mit en place.

— Je suis désolé.

— Pourquoi ? (Une question calme, qui trahissait cependant un manque de compréhension presque enfantin.) Pourquoi mon attachement à Iliana compte pour toi ? Tu n'avais aucun lien avec elle.

— Parce qu'elle comptait pour toi.

— Tu n'as aucun lien avec moi non plus.

Des yeux méfiants.

Il avait été un putain d'enfoiré et d'imbécile, songea-t-il dans une rage froide. Ashaya n'était peut-être pas comme Sascha, d'un naturel chaleureux, mais cela n'en faisait pas pour autant un monstre calculateur. Elle s'était non seulement souciée de sa mère, mais elle aimait aussi son fils. Ce qui excusait une multitude de péchés.

« J'ai protégé un sociopathe pendant la majeure partie de ma vie. »

Ils allaient aussi discuter de cela, se dit-il avec une détermination lugubre. Il en avait assez d'être aveuglé par les ténèbres sanglantes du passé.

— Ah bon, je n'ai pas de lien avec toi ?

Avec la vitesse fulgurante propre à son espèce, il s'agenouilla sur le lit. Elle resta totalement immobile quand il se mit à défaire les nattes serrées qu'elle portait toujours. Quelques minutes plus tard, ses cheveux tombèrent en vagues flamboyantes autour de sa tête. Ils descendaient juste sous les épaules, mais ils étaient si bouclés, si magnifiquement sauvages que l'animal en lui était enchanté.

Il plongea les mains dans sa chevelure et lui inclina la tête, scrutant la clarté cristalline de ses yeux.

— Je n'ai pas de lien avec toi ? répéta-t-il, et cette fois, c'était une demande. Réponds-moi.

Le félin était possessif. L'homme aussi. Et tous les deux avaient marqué Ashaya.

— Quelle réponse veux-tu ?

C'était une provocation pour son âme féline.

Il poussa un grondement de gorge sourd, que ses cordes vocales humaines traduisirent.

— La vérité.

Elle le dévisagea pendant encore quelques secondes.

— Tu représentes une expérience nouvelle pour moi. Tu me fascines et je sais que c'est une faiblesse que tu vas exploiter.

— Ça peut être dangereux de se montrer aussi honnête.

Il plongea la tête tout en tirant la sienne plus loin vers l'arrière, la sauvagerie électrique de ses cheveux parcourait ses mains comme le feu. Seigneur, il allait avoir toutes sortes de rêves érotiques à propos des cheveux d'Ashaya.

— Mais, chuchota-t-il contre sa bouche, cela peut aussi amener des récompenses.

Sachant qu'il ne pourrait plus s'arrêter s'il se mettait à l'embrasser, il effleura des lèvres les arêtes tendues de son cou. Elle inspira une goulée d'air. Incapable de résister, il la grignota avec les dents. Elle tressaillit à peine mais il le sentit. Il se colla contre elle.

— Je ne vais pas te faire de mal, dit-il.

Elle remonta la main sur son épaule.

— Tu m'as crié dessus. Tu as prétendu que je mouillais pour les sociopathes.

Il préférait ne pas y songer pour l'instant, il ne voulait pas envisager les limites irrévocables qu'il franchissait…

les trahisons qu'il commettait. Contre la mémoire de Kylie, contre ses propres serments… d'anéantir les Psis, de garder ses distances avec cette femme qui pourrait encore se révéler être une ennemie.

En cet instant, il était juste un homme face à une superbe femme qui représentait son aphrodisiaque personnel.

— Ça ne veut pas dire que je ne peux pas te mordre.

Par jeu, il referma les dents sur son pouls l'espace d'une seconde.

Elle frémit.

— Je ne te comprends pas.

— Ton corps me comprend. (Il savoura le battement irrégulier sous ses lèvres.) Est-ce que c'est déplaisant ?

On aurait dit qu'elle appréciait cette question directe.

— Non. Les sensations sont… agréables. Mais c'est dangereux… je suis sur le PsiNet.

Il leva la tête en fronçant les sourcils.

— Et personne ne t'a démasquée ?

Ce n'était pas normal.

Avant qu'elle puisse répondre, un bruit se fit entendre.

Le léopard s'immobilisa, sur le qui-vive.

Chapitre 23

« Je l'ai rencontré, le sniper… Dorian. Il me trouble au plus haut point. Je ressens cette peur irrationnelle que si je me montre imprudente, il s'emparera de moi. Pourtant une part de moi veut courir ce risque, désire se frotter à ce léopard à peine revêtu d'une peau humaine. »

Extrait des fichiers personnels cryptés d'Ashaya Aleine.

Dorian se détendit en reconnaissant les pas qui s'approchaient.

— C'est Kit.

— Lâche-moi.

Ashaya essaya d'écarter les mains qui lui empoignaient encore les cheveux.

Il aimait son contact, mélange de douce chaleur féminine et de frustration.

— On descend tout de suite, Kit, cria-t-il sans la relâcher.

Le jeune s'arrêta, son ouïe lui avait permis de capter les paroles de Dorian malgré la distance et la porte fermée.

— Oh… OK.

Ashaya se débattait encore.

— Je dois aller vérifier comment va Keenan.

Il la libéra ; l'effroi qu'elle avait ressenti pour Keenan se lisait encore dans ses yeux.

— Qu'est-ce qu'il a fait ? demanda-t-il en se levant du lit. Qu'est-ce qui t'a terrifiée à ce point ?

Elle se mit debout et rassembla ses cheveux en une seule tresse.

— Keenan est extrêmement intelligent. On a évalué qu'il avait le Q.I. d'un génie.

Ayant terminé sa tresse, elle se tourna vers le couvre-lit pour chercher ses élastiques à cheveux.

Il s'appuya contre la porte et l'observa. Une jolie vue.

— Et ?

— Et (elle trouva les élastiques et attacha sa tresse avant de se retourner vers lui) cela signifie qu'il aime jouer dans son esprit. Ce n'est pas un mal en soi, mais ses dons télépathiques lui permettent d'aller si profondément dans ses pensées que son cerveau « oublie » son corps physique. Certaines choses arrêtent alors de fonctionner. J'ai peur qu'un jour il compromette un organe essentiel.

Dorian prit un air renfrogné.

— Pas de garde-fous ?

La plupart des organismes vivants possédaient des défenses naturelles.

— Non, dit-elle en détournant le regard. Non, il en est dépourvu depuis la naissance.

Il devina le mensonge, mais il n'avait aucune idée de ce qu'elle pouvait bien vouloir dissimuler à ce sujet.

— Son séjour avec le Conseil doit avoir exacerbé cette tendance, supposa Dorian.

Il ressentit une bouffée de violence au souvenir de Keenan lorsqu'il l'avait récupéré… le bandeau, les bouchons d'oreilles.

— Oui. (Une affirmation catégorique pareille à une lame, tant elle recélait une intention mortelle.) Mais, lors de ses séjours avec moi, nous nous sommes entraînés à construire un garde-fou manuel, jusqu'à ce que cela devienne instinctif, et il a respecté sa promesse.

Têtu, ce gamin, songea Dorian avec satisfaction.

— Est-ce que nous pouvons encore lui faire confiance après cet écart de conduite ? demanda-t-il.

— Je pense que oui. (Une pause.) Je crois qu'il a uniquement enfreint la règle aujourd'hui parce qu'il était apeuré de se trouver dans un environnement étranger.

Après un bref hochement de tête, Dorian ouvrit la porte. Le visage d'Ashaya était totalement inexpressif lorsqu'elle s'avança, mais il ne serait plus dupe. Il sentait l'odeur de la confusion en elle et, tapi dans cette confusion, un distinct filet d'excitation féminine. Son léopard projeta ses griffes, désespérément avide de la toucher. On aurait dit que des couteaux le labouraient de l'intérieur.

— Descendons, dit-il, conscient du ton désagréablement sauvage de sa voix.

Ashaya le suivit.

— Tu es enclin aux sautes d'humeur.

Aux sautes d'humeur ? Il s'arrêta à mi-chemin.

— Les femmes ont des sautes d'humeur. Pas les hommes.

C'était un grondement.

— C'est faux. (Elle le dépassa, totalement inconsciente du danger d'avoir un léopard contrarié dans le dos.) Mais c'est une conception erronée que beaucoup de gens partagent, lança-t-elle par-dessus l'épaule en atteignant le rez-de-chaussée. Les hommes sont tout aussi enclins aux dérèglements chimiques qui provoquent des changements d'humeur.

Dorian la rattrapa en un éclair, mais n'eut pas le temps de corriger sa « conception erronée » avant qu'ils parviennent dans la cuisine. Tammy et Kit y sirotaient leur café, et il entendit le son des dessins animés venant du séjour sur la droite.

— Les jumeaux sont toujours chez tes parents ?

— Oui. (Tammy déposa son café et lança un regard songeur à Ashaya.) Je m'excuse si cela vous offusque, mais nous n'étions pas sûrs de Keenan. J'ai envoyé mes enfants chez mes parents jusqu'à ce qu'on puisse évaluer s'ils pouvaient le côtoyer sans risques.

Ashaya soutint le regard direct de Tammy.

— Il n'est dangereux que pour lui-même. Sa télépathie est puissante, mais nettement insuffisante pour briser des boucliers changelings.

Tammy hocha la tête.

— Bien. Mais je vais encore attendre la confirmation d'une personne en qui j'ai confiance. Jusqu'à présent, il n'a pas encore assez interagi avec Sascha pour qu'elle se prononce.

— Naturellement.

Ashaya paraissait si distante et sereine que Dorian aurait pu penser qu'elle s'en moquait complètement s'il ne venait pas de la voir blottie contre Keenan. Il n'aurait alors pas décelé la colère sous la courtoisie.

Ashaya n'appréciait pas du tout qu'on considère son fils comme une menace potentielle pour les autres. Dorian ne pouvait pas le lui reprocher. Tammy ne le lui aurait pas reproché non plus, il le savait. On attendait d'une mère qu'elle soit protectrice. Seulement, on ne se serait jamais attendu à observer cette attitude chez une Psi. Certainement pas après avoir été témoin de la façon dont la mère de Sascha, la Conseillère Nikita Duncan, avait rompu les liens avec sa fille.

— Kit (Dorian indiqua le salon de la tête), va voir si Keenan va bien.

— Il va bien.

Kit examinait Ashaya avec une fascination à peine dissimulée ; il en avait manifestement trop entendu lors de sa brève visite à l'étage. Dorian n'était pas surpris. Non seulement Kit portait l'odeur d'un futur mâle dominant, mais il allait bientôt passer officiellement du statut de jeune à celui d'adulte.

— Je viens de vérifier, ajouta-t-il.

Dorian garda le silence.

— Merde, s'exclama le grand jeune homme aux cheveux auburn avant de partir en grommelant tout bas, je ne peux jamais écouter quand ça devient intéressant.

Après son départ, Tammy esquissa un léger sourire.

— Ça devient un merveilleux jeune homme, mais parfois l'enfant pointe encore le bout de son nez.

— Il a au moins l'excuse d'être adolescent, fit remarquer Ashaya d'un ton si guindé qu'il fallut quelques secondes pour que Dorian se rende compte qu'elle le visait, lui et ses « sautes d'humeur ».

Il plissa les yeux, mais le félin était aux anges devant ce qu'il considérait comme un jeu.

— Tammy doit savoir ce que tu m'as dit à propos de Keenan.

Pendant un moment, elle sembla vouloir refuser. Puis elle acquiesça et s'exécuta.

— Si cela se produit encore et qu'on ne peut pas me joindre, demandez à un des Psis de votre meute de déclencher une explosion télépathique. C'est un bruit très puissant sur le plan psychique. Ou (elle marqua une pause, regarda Dorian) tu pourrais le réveiller en le secouant à travers le réseau auquel il est relié.

Dorian haussa les épaules.

— Je ne vois pas de quoi tu parles.

— Keenan n'est plus sur le PsiNet, expliqua-t-elle. Les Psis ont besoin d'énergie psychique pour survivre. Puisqu'il est en vie et en bonne santé, cela signifie que tu as trouvé un moyen alternatif de nourrir son esprit, tout comme ta meute nourrit les esprits de Sascha et de Faith. (Elle avait énoncé ses paroles distinctement, un parfait staccato.) Tu me mens.

Dorian s'approcha jusqu'à se trouver nez à nez avec elle.

— Et alors ?

Elle cligna des yeux, comme surprise.

— Et alors ne me prends pas pour une imbécile.

— Dans ce cas, ne pose pas de questions pour lesquelles tu n'as pas mérité de réponse.

Ashaya aimait peut-être son fils, mais trop de questions demeuraient. C'était une chose de l'embrasser, c'en était une tout autre de lui confier des informations qui pourraient se retourner contre la meute. Surtout si elle avait encore des secrets.

— Tu n'as pas été spécialement communicative, mademoiselle Aleine.

— Pourquoi est-ce que je voudrais partager quoi que ce soit avec un homme qui me crie dessus vingt-trois heures par jour, puis m'embrasse ?

Une toux remplie de sous-entendus, et Dorian tourna la tête en direction de Tamsyn. Le visage de la guérisseuse de DarkRiver affichait un intérêt manifeste. Il sentit sa mâchoire se figer.

— Laisse tomber, lâcha-t-il en tournant les talons tout en sortant son téléphone portable. Je passe un appel pour reprogrammer le rendez-vous d'Ashaya.

Il poussa la porte du fond et se dirigea vers le jardin.

« Laisse tomber », avait-il dit à Tammy. Mais il savait qu'elle ne le ferait pas. La meute, c'était la famille. Mais ils pouvaient aussi devenir de sacrés emmerdeurs. Bordel, il ne savait fichtrement pas ce qui se passait entre Ashaya et lui. Il n'avait pas besoin qu'on le lui fasse remarquer. Ni qu'on le critique en public.

Pas alors que le fantôme de Kylie l'admonestait déjà à chaque respiration.

« J'ai protégé un sociopathe pendant la majeure partie de ma vie. »

Ouais, il savait parfaitement qu'il se trouvait dans un sacré merdier.

Ashaya dévisagea par-dessus le comptoir la grande brune qui avait pris soin de son fils.

— Merci pour ce que vous avez fait pour Keenan.

— C'est un enfant, répondit-elle. Je n'avais pas le choix.

— Même si c'était un enfant qui aurait pu faire du mal aux vôtres ?

La femme du nom de Tamsyn alla jusqu'au frigo écologique et en sortit une bouteille de lait.

— Je ne pense pas que Keenan ferait quoi que ce soit intentionnellement. Tout comme mes petits ne chercheraient jamais à utiliser leurs griffes et leurs crocs pour mutiler un compagnon de jeu humain. Toutefois, cela ne change rien au fait qu'ils ont des griffes et des crocs.

Elle déposa le lait sur le comptoir et alla chercher des boîtes de céréales ainsi qu'une miche de pain.

— Mon fils peut se contrôler, objecta Ashaya. Davantage que n'importe quel enfant de son âge.

— Je commence à m'en apercevoir. (Tamsyn déposa plusieurs bols et cuillères sur le comptoir.) Peux-tu mettre la table ?

Ashaya s'exécuta.

— Il a besoin de ce contrôle ? s'enquit Tamsyn.

Sa question trahissait une connaissance de Silence qui ne surprit pas Ashaya, puisque DarkRiver abritait deux Psis incroyablement puissantes. On prétendait que le don de Sascha Duncan ne se trouvait dans aucun tableau de classification, tandis que Faith NightStar lisait dans le futur.

— Pas parce que ses dons sont dangereux, admit-elle.

— Mais ?

Les yeux de l'autre femme étaient graves, attentifs.

— Mais le contrôle est nécessaire pour l'instant. (Ashaya décida de s'en tenir aux faits.) Pour le protéger de ceux qui autrement le retrouveraient.

Si Amara mettait la main sur Keenan… Elle bloqua cette pensée avant qu'elle attire justement la personne qu'Ashaya fuyait.

— Je mets tout en place pour assurer sa sécurité, continua-t-elle. En attendant, il doit rester très prudent et ne pas trop se dévoiler sur le plan télépathique.

Techniquement, la télépathie d'Amara était aussi faible que celle d'Ashaya, mais cette dernière avait appris à ne jamais sous-estimer sa jumelle.

Tamsyn croisa les bras.

— Très bien. Mais laisse-moi te dire, Ashaya : j'aime les enfants. Je ne tolérerai pas qu'il souffre.

— Bien.

— Tu sais, poursuivit l'autre femme en arborant soudain un sourire, je pense que Tally et toi, vous vous entendrez vraiment bien.

Dorian revint à cet instant.

— J'ai obtenu un nouveau rendez-vous ; j'ai dû déplacer le lieu de la rencontre afin de satisfaire ton invité. Nous devons nous mettre en route.

— Laisse-moi une minute.

Elle se dirigea vers le séjour où Keenan était assis tranquillement en face de Kit, absorbé par le mouvement fluide des mains de ce dernier.

Un numéro avec une pièce, comprit-elle après un moment.

La fascination de Keenan n'avait rien d'étonnant ; son bébé avait toujours été attiré par les objets brillants. Un léger défaut, insignifiant chez un enfant. Sauf qu'Ashaya s'était demandé si cette attirance provenait du secret qu'il portait en lui. Les objets brillants permettaient de détourner l'attention, de rendre Keenan invisible. Mais peut-être qu'elle exagérait, songea-t-elle en s'agenouillant à côté de lui, ce n'étaient que de simples plaisirs d'enfant.

— Tu t'en vas, devina-t-il.

Ses lèvres tremblèrent brièvement avant qu'il les morde pour contenir ses émotions.

Elle en eut le cœur brisé. Un jour, se promit-elle intérieurement, un jour, il ne devrait plus rien dissimuler.

— Mais je reviens.

C'était sorti tout seul, sans qu'elle ait pu songer à se retenir. Elle prit sa joue dans la main, un geste qu'elle avait retenu pendant tant d'années.

— Sois gentil, petit bonhomme. Je serai de retour ce soir.

Des bras minces lui enserrèrent le cou avec une force surprenante.

— Je t'attendrai… maman.

Ashaya attendit qu'ils soient dans la voiture pour intégrer ces paroles. Quelles seraient les conséquences pour Keenan si elle ne revenait pas comme elle l'avait promis… ce soir ou n'importe quel autre soir ?

— Est-ce que tu veilleras sur mon enfant s'il m'arrive quelque chose ?

La mâchoire de Dorian se bloqua en une ligne ferme.

— Le fait que tu me poses cette question montre à quel point tu connais mal DarkRiver. Et personne ne te touchera en ma présence.

Sa propre question l'étonna :

— Tu es le seul autorisé à m'exécuter si je vous trahis ?

Il esquissa un rictus.

— Oui. Donc… sois gentille aussi.

Se sentant comme dans des sables mouvants, elle tenta de reculer.

— Tu ne m'as pas dit qui nous allions rencontrer.

Il exprima sa déception devant son repli stratégique.

— Embrasse-moi et je te le dirai.

Elle savait qu'il essayait de l'agacer à dessein.

— Les félins prennent plaisir à se montrer impénétrables ?

— Peut-être. Et sinon, comment progresse le vaudou sur mon ADN ?

De l'amusement, pas une moquerie.

Elle ne lui reprocha pas son incrédulité ; pour lui, son prétendu don devait confiner aux limites de l'impossible. Mais pour elle, c'était on ne peut plus logique, puisqu'elle se situait à l'extrémité du spectre des M-Psis.

— C'est un processus lent. Tu penses que je pourrais obtenir un échantillon d'un de tes compagnons de meute pour comparer ?

— Certainement. (Il haussa les épaules.) Ce n'est pas comme si les Psis ne disposaient pas déjà de notre ADN.

— Je n'ai jamais travaillé dans ce département de recherche.

— Département ?

— Les armes biologiques destinées spécifiquement à vos populations.

Les mains de Dorian s'agrippèrent aux commandes manuelles.

— On s'en doutait, mais personne n'a jamais pu le confirmer.

— L'éruption de grippe virulente en Nouvelle-Écosse il y a trois ans ? Elle était censée être limitée aux changelings de la zone.

Elle eut enfin l'impression de pouvoir offrir quelque chose de valeur à DarkRiver en échange du cadeau inestimable qu'ils lui avaient fait en protégeant Keenan.

Dorian siffla.

— Ça s'est propagé… aux humains, puis aux Psis. Merde, j'avais raison.

— À propos de quoi ?

— De toi pour commencer.

Intriguée, elle décida de coopérer.

— Les scientifiques qui travaillent sur ces projets n'ont pas l'air d'accepter – et j'ignore si c'est de l'aveuglement volontaire ou une incapacité à voir l'évidence parce qu'ils sont partiaux – qu'en dépit de nos différences raciales, nous appartenons à la même espèce. D'ailleurs, nous pouvons procréer entre nous. Nos gènes prennent simplement des formes différentes.

— Il est impossible de concevoir un virus qui affecterait les uns sans affecter les autres ?

— Tout à fait.

— Je ne concevais pas Omega autrement, ajouta Dorian. Cela n'a jamais eu pour but de contrôler les Psis, mais bien le monde entier. (Il lui lança un regard accompagné d'un sourire qui lui contracta et brûla l'estomac.) Je parie que tu n'imaginais pas que des non-scientifiques comme moi pouvaient deviner ça.

De nouveau, elle répliqua instinctivement, ses paroles provenant de ce groupe de neurones qui n'étincelaient que pour lui.

— Je parie que tu ignorais tout d'Omega avant mon émission.

— OK, tu gagnes… cette fois-ci. (Il sourit, mais la question suivante était sérieuse.) Est-ce qu'il y a le moindre risque que tu te trompes et qu'un virus soit prêt ?

Ashaya mentit sans hésiter.

— Non.

Sur ce sujet précis, il devrait mériter sa loyauté absolue et inconditionnelle avant qu'elle lui fasse confiance. Et ce n'était pas vraiment un mensonge. Parce qu'il n'existait pas de virus Omega. Mais quelque chose de pire.

Dorian garda le silence pendant plusieurs minutes.

— Tu mens, Shaya.

Elle eut les paumes moites.

— Pardon ?

— Cesse de flipper.

Il glissa la main derrière sa nuque, l'attira à lui et lui mordilla la lèvre inférieure, ce qui lui coupa le souffle.

— J'ai décidé de ne pas te tuer, quoi qu'il arrive. (Il la relâcha.) Je vais plutôt t'enfermer dans mon donjon personnel.

Ashaya déglutit, elle avait les connexions totalement brouillées par l'appétit brut de ce baiser... et par le ton taquin et amusé de sa voix.

— Quoi que tu dissimules, dit-il en bifurquant dans une rue encombrée de Chinatown, je vais le découvrir.

Cet avertissement la ramena à la réalité.

— Il n'y a rien à découvrir. (Des gens traversaient devant eux, sans tenir compte des feux de signalisation.) Cette partie de la ville est notoirement chaotique. Pourquoi un rendez-vous ici ?

— Parce que (il klaxonna et les flots humains s'ouvrirent) les Psis n'aiment pas le chaos.

Il baissa la vitre et lança un cri de salutation dans une langue qu'elle supposa être le cantonais.

On aurait dit que plusieurs milliers de personnes répondaient. Mais seul un garçon dégingandé accourut vers eux.

— Salut Dorian.

L'expression du jeune gars était pleine de malice, ses yeux étincelaient comme deux obsidiennes dans un visage qui mêlait les rivages orientaux et le soleil californien en une composition aux traits délicats.

— Il y a des types (il lança un regard à Ashaya) qui sont venus poser des questions sur elle. Ils ont montré sa photo à tout le monde.

Chapitre 24

« Nous patientons. Il est encore trop tôt pour défier ouvertement le Conseil Psi. Mais tenez-vous prêts à profiter du moindre faux pas. Quant aux changelings, ils se concentrent sur le Conseil. Ils ne s'attendront pas à nous. Nous ne constituons pas une menace, après tout. »

E-mail crypté envoyé depuis la ville inondée de Venise à un nombre inconnu de destinataires à San Francisco.

— Des humains ? s'enquit Dorian, se rappelant le tuyau des Rats.

— Non. Des gens comme elle.

— Et ils ont appris quelque chose ?

Le garçon prit un air insulté.

— Putain, non.

— Surveille ton langage, Jimmy. Je connais ta mère.

L'adolescent leva les yeux au ciel.

— Ils ont posé des questions sur ta copine sexy (un sourire espiègle) mais c'est incroyable, mec, le nombre de personnes qui sont myopes par ici. On dirait une épidémie.

— On devrait peut-être consulter un optométriste, proposa Dorian, pince-sans-rire.

— Dans ce cas, dis au toubib que la myopie débarque sans prévenir et semble affecter des dizaines de personnes en même temps. (Le sourire aux lèvres, Jimmy regarda la rue.)

Voitures en vue… De toute façon, je te préviendrai s'ils reviennent.

Il s'esquiva, se fondant de manière experte dans l'énergie grouillante de Chinatown.

Dorian releva sa vitre et traversa le carrefour.

— Ils te recherchent, ce n'est pas une surprise.

— Non.

Elle mit les bras autour de la poitrine. Ç'aurait été un geste révélateur si Dorian ne savait pas déjà que son Silence était une imposture.

— Tu n'as pas rétribué le gamin pour ses renseignements ? dit-elle. Ce n'est pas comme ça que ça marche ?

— Pas ici. (Il bifurqua dans une rue étroite, bordée de chaque côté d'étals de marchands de thé.) Nous faisons partie de Chinatown. Nous prenons soin d'eux, et réciproquement.

— On ne peut pas les acheter ?

— Cette relation mûrit depuis plus d'une décennie ; les gens d'ici savent qu'ils peuvent compter sur nous en cas de grabuge. Nous avons tué pour eux, recherché des enfants disparus, ramené des individus pour qu'ils soient jugés. (Il haussa les épaules.) Donc, non, on ne peut pas les acheter. Nous sommes une famille.

— Mais ta famille se limite à la meute.

Il tendit la main pour promener ses jointures sur la courbe du cou d'Ashaya. Un contact fugitif, mais qui permit d'évacuer un peu de sa faim grandissante.

— La meute est la famille, expliqua-t-il, conscient que ce n'était plus une question de « si » mais de « quand » Ashaya serait dans son lit. Mais nous pouvons étendre le réseau si nous le voulons. Et nous soutenons ceux qui nous soutiennent.

» En plus, certains d'entre eux font partie de la meute.

Dorian avait rencontré Ria dans ces rues. Cent pour cent humaine, cette brune pleine de vivacité était devenue l'assistante personnelle de Lucas et avait pris un léopard de

DarkRiver pour compagnon. Mais la nuit où Dorian l'avait croisée, elle rampait à reculons dans une allée sombre, le visage en sang et le chemisier déchiré.

Ses parents s'étaient mis à dos une espèce d'artiste apprenti maître-chanteur et celui-ci avait décidé de se servir de Ria pour leur donner une leçon. À l'époque, Dorian avait quelques années de plus que Kit aujourd'hui, et il lui avait suffi d'un regard pour se saisir du salopard et le projeter sur le mur le plus proche. Qui se trouvait être en bonnes vieilles briques de l'ancien temps. La raclure avait une vingtaine d'os brisés quand on l'avait ramassée.

— Qui soutiens-tu, Shaya ?

Une réponse inattendue :

— Keenan, Amara et une poignée d'autres personnes.

— Bonne réponse, reconnut-il, conscient que le léopard faisait les cent pas dans la cage de son corps.

L'envie dévorante de se transformer, de libérer la seconde moitié de son âme, était une douleur familière ; le léopard n'avait jamais vraiment compris qu'il ne pouvait pas sortir.

Heureusement, Ashaya reprit la parole :

— C'était un test ?

Le bleu glacial et le miel sauvage de sa voix enveloppèrent le félin, l'apaisant pour qu'il se tienne tranquille.

— Ne t'inquiète pas. Tu as réussi. (Il lui lança un regard sinistre.) Le Conseil n'avait pas besoin de torturer ton corps pour te soumettre ; tu aurais obéi par amour pour Keenan.

— Oui. Mais ils ne comprennent pas l'amour.

Il vira dans l'entrée marchandises grande ouverte d'un entrepôt désert. La porte s'abaissa derrière eux. Il savait que dehors la rue serait couverte en moins de deux minutes d'étals de marchands vendant de tout, des produits frais aux gadgets pour touristes.

Un jour, Aaron avait perdu la tête et installé une échoppe pour vendre ses robots-chiens qui jappent, et qui rendent

Dorian fou. Le jeune homme n'avait plus jamais commis cette erreur. Et il était devenu vachement efficace dans son travail. Personne n'aurait deviné que derrière cet adolescent asiatique élancé, occupé à marchander en arborant un sourire lumineux, se cachait un soldat de DarkRiver de vingt et un ans. Dorian se souvint qu'il devait parler d'Aaron à Lucas. Il était temps qu'il gravisse des échelons dans la hiérarchie de la Sécurité.

— Zie Zen, dit Ashaya en apercevant à travers le pare-brise l'homme assis sur une chaise au milieu de l'entrepôt, la main posée sur une canne.

La solitude de Zie Zen n'était pas troublée par les hommes et femmes de DarkRiver qui se trouvaient dans l'entrepôt. Il avait un visage aiguisé, marqué par l'âge, sans pour autant paraître fragile. Au contraire, une force affûtée émanait de lui. Dorian le jaugea et devina en lui un adversaire de valeur. Mais il était beaucoup trop vieux.

— C'est lui que tu as choisi pour être le père de ton enfant ? Pourquoi ?

Ashaya s'arrêta, la main sur la poignée de la portière.

— Ça n'a rien de sexuel comme chez les changelings. Zie Zen était doté des meilleurs gènes.

— Attends, ajouta-t-il alors qu'elle s'apprêtait à sortir. Selon nos sources, c'est un homme influent ; pourquoi les a-t-il laissés emporter Keenan ?

Elle serra la poignée.

— Zie Zen a d'autres enfants biologiques. Il aurait éveillé trop de soupçons en s'opposant à un ordre du Conseil stipulant des « instructions spéciales » pour un de ses enfants, un enfant sans dons psychiques exceptionnels, dont en plus il n'avait pas la garde.

— Laisse-moi deviner : un vrai Psi aurait simplement passé cet enfant par pertes et profits, comme un mauvais investissement ?

Un acquiescement.

— Toutefois, vu sa position, le Conseil a préféré y aller doucement, expliqua-t-elle. Ils ne voulaient pas se mettre Zie Zen à dos s'ils pouvaient éviter les ennuis. Ils lui ont donc octroyé ses droits en vertu de l'accord parental commun, et ont accédé à sa requête pour que je puisse continuer à former Keenan.

— Mais s'il avait exagéré, enchaîna Dorian qui comprenait qu'ils avaient marché sur une corde raide, le Conseil aurait pu se montrer soupçonneux jusqu'à enquêter et découvrir ses activités rebelles.

Laissant Keenan totalement vulnérable.

— Oui.

Sur ce, Ashaya sortit et se dirigea vers l'homme qui, dans le monde changeling, aurait été son compagnon.

Dorian n'aimait pas cela. Les dents serrées, il ouvrit sa portière et rejoignit Ashaya au moment où elle arrivait devant la silhouette rigide de Zie Zen.

— Qu'est-ce que tu fais ici ? demanda-t-elle, sans le toucher, sans le moindre contact.

Zie Zen s'appuya sur sa canne et se leva.

— J'ai des informations pour toi. (Il lança un regard vers Dorian.) Confidentielles.

— Un instant. (Dorian cria des ordres, pour que tout le monde libère l'entrepôt. Quand il se retourna, Zie Zen le dévisagea d'un air interrogatif.) Je reste.

Le Psi soutint son regard pendant un long moment, puis acquiesça.

— Vos boucliers sont très résistants.

Dorian se demanda si le vieil homme cherchait à l'enrager, en lui laissant entendre qu'il avait tenté une forme de persuasion mentale. Les Psis étaient plus qu'experts pour exploiter la « faiblesse » que représentaient les émotions chez les autres espèces. Au lieu de se mettre en colère, Dorian replia les bras et haussa les épaules.

— Tant mieux pour moi. Maintenant parlez. Nous n'avons pas beaucoup de temps. Cet endroit est sûr pour le moment, mais ça ne va pas durer.

Chinatown était un lieu de rencontre plus fiable que quasiment la plupart des autres parties de la ville, mais, comme les SnowDancer l'avaient récemment découvert, les espions étaient partout, même là où on s'y attendait le moins.

Ashaya le foudroya du regard.

— Traite Zie Zen avec respect. C'est un combattant pour mon peuple, comme tu l'es pour le tien.

Il s'était fait rembarrer, sur un ton très efféminé de grande dame, mais rembarrer quand même. Le félin de Dorian appréciait cette démonstration de force féminine.

— Le respect se mérite.

Il diminua cependant son agressivité d'un cran.

Le vieil homme les regarda tour à tour, semblant deviner plus qu'il ne le devrait. Mais c'est d'un ton professionnel qu'il s'adressa à Ashaya.

— Tu as fait de toi la priorité numéro un du Conseil. Ils vont d'abord essayer de te capturer. S'ils échouent, les escadrons de la mort seront lâchés.

Dorian sentit son léopard faire jouer ses griffes.

— Que valent vos renseignements ? demanda-t-il.

Zie Zen le dévisagea.

— J'ai appris que nous avions une connaissance commune. Il ne peut pas courir le risque d'entrer en contact avec DarkRiver pour le moment, même sous un prétexte professionnel.

Anthony Kyriakus.

— Alors vos renseignements sont valables.

Il sentait que le regard d'Ashaya voyageait de lui à Zie Zen, et malgré son expression impassible, il savait qu'elle était agacée. *Mlle Aleine,* songea-t-il avec un sourire intérieur, *n'aime pas être laissée en dehors de la conversation.*

— Ashaya. (Zie Zen se tourna vers elle.) Nous avions un plan pour extraire Keenan.

— Pas assez vite. (La mâchoire d'Ashaya se figea.) Si nous avions attendu plus longtemps, il aurait subi des dégâts permanents à cause de ses conditions de détention. Ils lui faisaient mal, tu sais.

— Je ne vais pas débattre avec toi du bien-être de Keenan, mais tu as brûlé les étapes, nous n'y étions pas préparés.

Un reproche, exprimé sur le ton froid d'un Psi, mais Dorian savait reconnaître une critique émanant d'un ancien.

C'était marrant, il ne considérait plus Zie Zen comme une sorte de mari d'Ashaya. La nature de cette relation était manifestement assez différente. Il en eut une preuve supplémentaire quand Ashaya baissa le regard sur ses pieds.

Merde alors. Dorian plissa les yeux : il n'avait jamais été capable de lui faire courber l'échine. Mais, pensa-t-il, même lui, toute sentinelle coriace qu'il était, il courbait la tête face à sa mère. Il aurait parié que Zie Zen n'était pas le père de Keenan, même pas au sens froid et scientifique des Psis.

— Il n'y avait pas d'autre solution, dit-elle finalement. Je devais m'assurer qu'Omega ne soit jamais mené à terme.

— Nous savons tous les deux qu'Omega n'est pas, et n'a jamais été, un projet actif. Tu sais aussi que nous nous efforçons même d'en faire disparaître le concept de l'arsenal potentiel.

Cette fois, Ashaya se raidit et releva la tête.

— Tout cela prend trop de temps.

Zie Zen soutint son regard.

— Tu as menti pour accroître ta renommée. Nous ne comprenons pas pourquoi, alors que tu n'as jamais affiché la moindre prétention politique.

Devant le mutisme d'Ashaya, il ajouta :

— Amara a été cooptée par le Conseil.

La méfiance d'Ashaya sembla s'évaporer.

— Impossible. Elle est trop intelligente pour se faire attraper.

— Elle a rencontré un obstacle qui l'a fait trébucher.

Zie Zen porta la main à la poche.

Dorian n'esquissa aucun geste défensif ; il se servait d'armes presque tous les jours, il savait que le vieil homme n'avait qu'un papier dans la poche.

— Tiens. (Le Psi tendit une enveloppe à Ashaya.) C'est un message de sa part.

La jeune femme contempla l'enveloppe comme si c'était un serpent vivant.

— Je n'en veux pas.

— C'est un comportement irrationnel. Elle est la seule capable de réinitier le protocole Implant et de détricoter tout ce que tu as accompli.

Puisque Ashaya s'obstinait à refuser la lettre, Dorian s'en empara.

— Je m'assurerai qu'elle la lise.

Zie Zen hocha lentement la tête.

— Assurez-vous aussi qu'elle remette ses boucliers en place. Elle se fissure.

— Non. (Dorian n'allait pas renvoyer Ashaya derrière ce mur de glace.) Elle obéit à son destin.

Zie Zen cilla des yeux, avant de se retourner brusquement vers Ashaya.

— Tu ne lui as pas dit.

Dorian sentit un picotement dans la nuque, émanant d'instincts ancestraux.

— Ashaya ? lui demanda-t-il.

Elle lui lança un regard qui aurait pu découper du verre.

— Ça ne te regarde pas.

À cet instant précis, Dorian franchit une limite bien claire dans son esprit.

— Si, dit-il. Ça me regarde.

Zie Zen consulta sa mince montre d'argent.

— Je dois partir.

— Votre taxi est sur le point d'arriver ?

Zie Zen hocha la tête. Une seconde plus tard, un Psi vêtu d'un uniforme noir fit son apparition. Ashaya dévisagea le Tk-Psi mais se tut tandis que l'homme saluait Dorian de la tête avant de se téléporter hors de l'entrepôt en compagnie de Zie Zen.

— Tu ne t'inquiètes pas qu'ils sachent que ta meute est impliquée dans tout ceci ? lui demanda-t-elle.

— Ils ne disposent pas vraiment d'informations qu'ils peuvent utiliser contre nous. (Dorian haussa les épaules.) Et puis le Conseil sait que nous les détestons.

Il s'approcha d'Ashaya, elle détourna le regard. Il s'arrêta derrière elle : sa chaleur s'infiltra dans son dos et à travers ses os. Elle attendit qu'il parle mais il ne dit rien. Elle l'avait déjà constaté : Dorian attendait toujours. Mais connaître sa tactique ne la rendait pas moins déconcertante.

Elle sentit un souffle derrière l'oreille et elle comprit qu'il se penchait. Il toucha la peau délicate de sa nuque avec les lèvres. Elles étaient légères, si légères, on aurait dit des ailes de papillon. Mais elle les sentait. Elles étaient brûlantes. Et pourtant, elle ne bougea pas.

— Tu as menti en disant qu'Omega était un projet actif.

Soulagée qu'il aborde ce sujet plutôt qu'un autre, elle répliqua :

— Et alors ?

La question suivante n'était pas aussi facile.

— De quoi parlait Zie Zen ? Pourquoi tu ne m'as rien dit ?

Elle garda le silence même si elle sentait que son corps se consumait de l'intérieur.

Il balaya sa peau des doigts. Un toucher doux, aguicheur, le long de son cou. Une invitation à s'abandonner… au péché.

— Arrête, souffla-t-elle.

— Pourquoi ?

— Parce que je ne peux pas m'ouvrir. Pas entièrement.

Chaque fois que ses boucliers internes s'affaissaient, elle percevait le murmure d'Amara. Ashaya savait pertinemment que sa sœur l'avait déjà localisée.

La chaleur, une douce chaleur enivrante contre le lobe de son oreille. L'effleurement de lèvres qui paraissaient si dures quand il était en colère, mais qui avaient la douceur du velours. Elle vacilla.

— Dorian, tu dois arrêter. Je t'ai expliqué, je ne peux pas simplement oublier Sil…

— Pourquoi ?

Il était si proche, appuyé contre elle de toute sa raideur svelte, comme un feu vivant.

Elle déglutit.

— Je ne peux pas !

— Pourquoi ?

Insistant. Inflexible.

— Parce que sinon, dit-elle en brisant un silence qu'elle avait maintenu depuis tant d'années, Amara me retrouvera.

Elle espéra qu'il n'avait pas remarqué sa légère hésitation. Car ce n'était pas pour elle qu'elle avait peur ; elle resterait en vie si Amara la retrouvait.

Mais pas Keenan.

Et la vérité était encore plus horrible que ça.

Dorian s'écarta.

— Explique.

Ashaya se demanda par où commencer. Elle ouvrait à peine la bouche quand le téléphone de Dorian se mit à sonner. Il conserva une main sur sa hanche en vérifiant qui appelait.

— C'est Jimmy. (Une pause, suivie d'une conversation en rafale.) Ouais ? Quand ? OK, dégage, éloigne-toi d'eux. Non, c'est tout.

Il raccrocha et l'informa :

— D'autres Psis dans la rue ; ils savent apparemment que tu es dans le coin, mais ils ignorent où précisément.

— Amara.

Elle savait en son for intérieur que leurs renseignements venaient d'Amara, mais que sa sœur ne leur aurait pas communiqué la localisation exacte. Ç'aurait été contraire aux règles du jeu.

— Elle…

Dorian l'interrompit.

— Tu m'expliqueras ça plus tard. Pour l'instant, nous devons t'évacuer de la zone dangereuse.

— Pourquoi on ne peut pas rester ici ?

Il pressa sa hanche et elle eut l'impression qu'un courant électrique lui traversait le corps en crépitant.

— Les scans télépathiques sont illégaux mais on n'a pas affaire à des enfants de chœur. Il leur suffirait de scanner une personne qui t'a aperçue en voiture. Viens.

Il lui attrapa la main.

À sa surprise, il ne l'emmena pas vers leur véhicule. Ils se dirigèrent au contraire vers l'arrière du bâtiment. Il ouvrit une petite porte et ils se retrouvèrent dans la lueur éclatante de ce début d'été. Elle essayait encore d'acclimater ses yeux à la lumière lorsqu'ils franchirent la porte d'un autre bâtiment avant de dévaler des escaliers.

— Où est-ce qu'on va ? glapit-elle tandis qu'ils couraient le long d'un étroit couloir jusqu'à la porte du fond.

— Attends, tu verras.

Il lui adressa un large sourire et déverrouilla la porte.

Elle eut juste le temps d'apercevoir les murs de terre nus, les poutres en bois qui soutenaient le plafond, les ténèbres, avant que son esprit se révolte.

— Non, Dorian, non ! Je t'en prie !

Elle freina à bloc mais il était si fort qu'il faillit les entraîner par-delà la porte dans l'obscurité profonde du tunnel.

Chapitre 25

Quand il entendit Ashaya hurler, Dorian s'arrêta immédiatement. Il se retourna instinctivement pour l'attraper et elle heurta violemment son torse. Il en eut le souffle coupé, mais il s'inquiéta surtout des dégâts chez elle. Les os des Psis étaient nettement plus fragiles que ceux des changelings, ou même des humains. C'était le prix que la nature avait apparemment exigé en compensation de leur puissant esprit.

Il la tint contre lui, lui caressant le dos et se fustigeant intérieurement de tous les noms d'oiseaux.

— Seigneur, je suis désolé.

Il ne parvenait pas à oublier la terreur absolue contenue dans cette supplique : « Je t'en prie ! » Il avait poussé cette femme fière et forte à l'implorer et il se haïssait pour cela.

— Est-ce que tu vas bien ?

Il crut la sentir acquiescer contre sa poitrine, mais il s'assura de l'absence de blessures en passant les mains sur ses bras.

— Shaya ?

— Je vais bien.

Elle s'écarta de lui et, même si elle s'efforça de paraître imperturbable, il ne put supporter son regard fou et désemparé.

— Tiens bon.

Il lui reprit la main, et la sentit se raidir. Il comprit qu'il avait perdu sa confiance naissante par la faute de sa propre stupidité.

— Je te ramène à l'étage, dit-il en la tirant vers le haut des escaliers qu'il venait de la contraindre à descendre quelques instants auparavant.

Aucun des deux ne dit mot jusqu'à ce qu'ils soient revenus dans le ventre lugubre de l'entrepôt. Des caisses étaient empilées jusqu'au plafond, mais près du toit la lumière s'infiltrait à travers quelques fenêtres étroites. Il entendit Ashaya soupirer un bon coup.

— Merci.

Cette reconnaissance sincère lui tordit les entrailles.

— Ne me remercie pas. (Il se saisit de son téléphone.) J'ai failli te pousser dans la folie.

Ashaya tira sur sa main. Il resserra son emprise et se tourna.

— Oui ?

— Je ne suis pas si fragile que ça. (Son visage était lisse, sans la moindre trace de la panique qu'elle venait de traverser.) J'ai dû apprendre à me maîtriser. Je suis restée longtemps sous terre dans ce labo.

Il ressentit un profond respect pour cette femme qui l'avait touché dès le premier jour.

— Comment as-tu fait ?

— Quand on doit porter un fardeau, on n'a pas le choix. (Elle le dévisagea.) Tu sais cela mieux que personne.

Il hocha légèrement la tête. Il discutait rarement de son état latent, de ce qu'il lui avait coûté, de ce qu'il exigeait de lui. Il était ce qu'il était et les autres avaient appris à accepter cela. Mais Ashaya méritait une réponse après qu'il l'eut autant effrayée.

— Et tu avais un fils à protéger.

Son visage s'adoucit, d'une manière complètement féminine, allant contacter une part de lui qui n'avait rien à voir avec le désir et tout à voir avec la tendresse.

— Oui. La pire erreur que le Conseil a commise a été de me l'enlever. (Elle tendit sa main libre.) Donne-moi la lettre.

Il la lui remit, étonné mais pas outre mesure, de sa détermination.

— Qu'est-ce que ça dit ?

— « Cache-cache, cache-cache. Bouh ! Je t'ai trouvée ! » (Ashaya leva les yeux.) C'est ce que je pensais : elle m'a localisée, mais elle n'a pas communiqué l'endroit exact à mes poursuivants.

Dorian acquiesça puis composa un code familier sur son téléphone.

— J'ai besoin d'une extraction. En douce.

Il donna les détails de leur localisation.

— Le tunnel des Rats…, commença Clay.

— Pas envisageable.

L'autre sentinelle ne discuta pas.

— J'envoie une des camionnettes pour vous récupérer. Ce sera (une pause) une vieille, couleur crème glacée.

— Merci.

— Vous pourrez l'échanger contre un véhicule normal une fois hors de la zone dangereuse… il s'agit des espions du Conseil, c'est ça ?

— Ouais. Tu as entendu quelque chose ?

— Ils reniflent, mais ils n'ont pas de piste. Et nous, nous savons où ils se trouvent et on ne se prive pas de le leur faire savoir. Dans cinq minutes.

Clay raccrocha.

Dorian informa Ashaya avant de reprendre le fil de leur conversation.

— Maintenant, parle-moi de ta sœur, et explique-moi pourquoi elle peut te retrouver alors que les autres en sont incapables.

— C'est compliqué. (Elle voulut retirer sa main.) S'il te plaît, lâche. Plus j'ai de contacts physiques avec toi, plus ça devient difficile de conserver les boucliers qui me restent. Une seule erreur, et le Conseil n'aura plus besoin de me traquer physiquement : ils trouveront et emprisonneront mon esprit.

C'était douloureux de la lâcher. Le léopard lacérait l'intérieur de sa peau, Dorian avait presque l'impression qu'elle se fissurait tandis que les muscles se déchiraient.

— Parle.

Elle le regarda avec une lueur froide.

— Tu as tendance à me traiter comme une subordonnée. Ce que je ne suis pas.

— J'ai l'habitude de dominer. C'est entre autres ce qui fait de moi une sentinelle.

Seuls les membres les plus forts de la meute devenaient sentinelles. Ils devaient protéger le mâle dominant, et le remettre dans le droit chemin si nécessaire.

— Alors perds cette habitude en ma présence, rétorqua-t-elle immédiatement. Je ne fais pas partie de ta meute, et si c'était le cas, j'aurais le même grade que toi.

Il sentit un sourire naître sur ses lèvres.

— Tu es si certaine de ta force, Shaya ?

— J'ai vu le respect que tu témoignes à Tamsyn alors qu'elle est loin d'être aussi forte que toi. Donc, ta meute accorde un grade élevé aux femmes. Étant donné mes dons et ma capacité de concentration, oui, j'en suis sûre.

Il inclina légèrement la tête en signe d'approbation.

— C'est juste. Mais n'empêche que je veux entendre ce que tu as à me dire sur ta sœur. Tu es pour l'instant une réfugiée qui demande l'asile. DarkRiver te l'offre pour un certain nombre de raisons, mais nous ne le ferons pas aveuglément ; protéger nos jeunes reste notre priorité. Alors choisis !

Il tut l'autre vérité : elle n'irait nulle part sans lui. Le léopard voulait la garder. Et cela, Dorian le savait, ne présageait vraiment rien de bon.

— Et Keenan ? demanda-t-elle, les yeux plantés dans les siens. Si je ne te dis pas ce que tu veux savoir, tu lui retireras aussi toute protection ?

Il entendit le vrombissement d'une camionnette qui arrivait.

— Je pense que la vraie question est la suivante : est-ce que tu continueras à dissimuler ce dont nous avons besoin pour le protéger efficacement ?

Elle inspira une goulée d'air au moment où il indiquait la porte de la tête.

— Le transport est arrivé. Viens.

Il la sentit trottiner derrière lui alors qu'il courait vers la porte et la relevait, faisant apparaître l'arrière de la camionnette.

— Monte, ordonna-t-il en ouvrant les portières arrière du véhicule.

Tandis qu'elle grimpait tant bien que mal dans l'habitacle dépourvu de sièges, il abaissa la porte de l'entrepôt, puis la suivit et referma les portières de la camionnette derrière lui. Celle-ci démarra aussitôt.

— Où va-t-on ? demanda-t-il au chauffeur, qu'il avait identifié à l'odeur.

C'était Rina, la sœur de Kit et un des plus jeunes soldats de DarkRiver.

— Au parc Presidio. Jamie y sera, avec une voiture pour vous. Ça vous va ?

— Ça marche.

Il appuya le dos contre la paroi de la camionnette, conscient qu'en face de lui Ashaya s'efforçait de l'imiter. Il étendit les jambes de part et d'autre d'elle. Elle n'hésita pas à poser les mains sur lui.

— Tu ne pouvais pas trouver un moyen de transport pourvu d'une meilleure suspension ? lâcha-t-il.

Le contact de Shaya ne le gênait pas, mais il allait bientôt perdre les dents.

— Oh… un instant, accrochez-vous.

Quelques grognements mécaniques, la légère secousse des roues qui se rétractaient, et puis la conduite se fit plus fluide.

— J'ai enclenché les coussins d'air. Barker m'avait avertie que ce véhicule n'était pas trop adapté aux roues. Désolée, j'avais oublié.

Un ton penaud.

— Tu te débrouilles bien, la rassura Dorian.

Rina était sous son commandement direct, et maintenant qu'elle avait compris qu'il était immunisé contre sa nature sensuelle, elle devenait une bonne protectrice de la meute. Si elle parvenait un jour à maîtriser son caractère bouillant, elle deviendrait l'une des meilleures. Il reporta l'attention sur Ashaya, tout en gardant les jambes là où elles étaient.

— Ça va mieux ?

Elle acquiesça, regarda vers l'avant puis secoua la tête. Bizarrement, il comprit. Elle lui dévoilerait ses secrets, mais pas en présence d'un témoin. Il pouvait l'accepter. Mais il ne tairait aucune information cruciale à ses compagnons de meute ; Ashaya était assez maligne pour l'avoir compris.

— Est-ce que tu as fureté sur les forums de discussion comme je te l'avais demandé ? s'enquit-il auprès de Rina, à voix basse car les changelings avaient l'ouïe fine dans un espace confiné.

— Ouais. Attends. (Rina prit un virage serré.) J'ai trouvé quelque chose qui pourrait t'intéresser. Tu te souviens qu'on pensait qu'il devait y avoir des serveurs racines de réserve puisque Internet n'a été hors circuit que pendant trente secondes ?

— Ouais. Et ?

— La rumeur court qu'un réseau de hackers informatiques paranos a installé en secret des serveurs de secours tout autour du monde.

Dorian réfléchit.

— La parano n'est pas toujours mauvaise conseillère.

— Parole de geek, le taquina Rina. Quoi qu'il en soit, l'émission d'Ashaya passe en boucle ; nous en avons diffusé une version nickel par acquit de conscience. Le Conseil semble avoir renoncé à essayer de la censurer.

— Alors j'ai réussi, commenta Ashaya.

À l'avant, Rina émit un bruit de désapprobation.

— Je ne sais pas. Beaucoup d'internautes se demandent si vous dites vrai ou si vous cherchez seulement à vous faire de la pub. Puis il y a ceux qui vous accusent d'être une garce enragée parce qu'on vous a remplacée par un autre scientifique sur un projet de recherche à plusieurs millions de dollars.

— Donc (le regard d'Ashaya devint intensément calme) puisqu'ils n'ont pas été capables de bloquer l'émission, ils vont essayer de me discréditer.

— Tu savais que ça se passerait comme ça.

Dorian l'observait, l'examinait, sachant qu'il n'aurait jamais une meilleure occasion. Elle était magnifique. Et d'une certaine façon, très féminine. Pourtant quelque chose manquait : l'étincelle qui rendait cette beauté réellement exceptionnelle.

Il connaissait cette étincelle évidemment, il savait qu'elle faisait défaut parce qu'à peine quelques minutes auparavant, il avait vu comment elle l'illuminait de l'intérieur.

L'émotion.

Le cœur.

L'âme.

Ashaya s'était retirée, elle avait redressé ses boucliers en chemin. Elle avait prétendu que c'était nécessaire mais il n'en était pas convaincu. Il refusait de l'être. Parce que la femme qui lui avait demandé de perdre l'habitude de lui donner des ordres, merde, elle était tout simplement presque parfaite.

— À mon avis, vous devez repasser assez vite sur les ondes, dit Rina, interrompant le fil des pensées de Dorian. Pour l'instant, vous donnez l'impression d'avoir mis les voiles et ce n'est pas trop bon pour votre image.

— Je ne me soucie pas vraiment de mon image.

Dorian secoua la tête.

— Peut-être pas, mais c'est ce qui va te garder en vie.

— Ma soudaine célébrité ne les a pas empêchés de me donner la chasse.

— Ça les a calmés. (Il repensa à ce qu'avait dit Zie Zen.) C'est sans doute pourquoi tu n'es pas encore sur leur liste de personnes à abattre sans sommation.

— Possible. Mais ils en veulent probablement surtout aux données que je détiens. Ming est parfaitement capable de les siphonner de mon esprit avant de me jeter comme une coquille vide.

Dorian regarda son visage, ses épaules minces, et il sut qu'elle était suffisamment solide pour porter cette charge.

— Tu le vaincras. Tu as tenu bon quand il aurait été plus facile de s'enfuir. Ça exige du cran.

— Tu sais pourquoi je ne me suis pas enfuie.

Iliana s'était enfuie. Elle était revenue dans une housse en plastique.

— Ça ne veut pas dire que cela nécessitait moins de courage pour sortir du bois et défendre le droit de ton fils à vivre, le droit de ton peuple à choisir s'ils veulent être réduits au rang d'insectes dans une ruche.

Il la citait avec une précision exemplaire.

Ashaya rompit le contact visuel. Le regard bleu vif de Dorian était trop perspicace.

— Je ne suis pas désintéressée à ce point. J'ai agi par égoïsme, pour sauver Keenan.

Il haussa les épaules.

— Je combats des monstres pour protéger la meute. Ils n'en sont pas moins morts parce que j'agis par besoin égoïste de sauver ceux que j'aime.

— Les gens qui relèvent la tête finissent souvent par se la faire exploser, dit-elle en agrippant le jean qui enveloppait ses longues jambes musclées.

— Je te couvre.

La promesse contenue dans ces mots lui parcourut l'échine comme un souffle rempli de la chaleur exquise d'un toucher de léopard.

— Tu veux qu'on planifie une autre émission ?

Elle déglutit, mais hocha la tête.

— Nous sommes arrivés.

Le chauffeur arrêta doucement le véhicule.

Dorian bougeait déjà. Elle commençait à s'y habituer. Il pouvait patienter avec la grâce silencieuse du prédateur mais, une fois en action, il n'était que mouvement. Elle l'observait à présent ouvrir les portières arrière et sauter en bas du véhicule. Quand il tendit une main pour l'aider à sortir, elle secoua la tête et lui fit signe d'aller parler avec ses compagnons de meute. Elle avait déjà des boucliers aussi minces que du papier. Encore un peu, et ils seraient inexistants. Alors qu'elle avait été autrefois si arrogante, tellement confiante dans la solidité de sa défense de faux Silence.

Quelle blague.

Sur le Net, cette défense avait évidemment été impénétrable. On n'y croisait personne sujet aux émotions de façon permanente, personne qui la mettait à l'épreuve comme ce changeling sauvage. En dehors de sa relation indéfinissable avec Amara, seul Keenan avait représenté un point de faiblesse émotionnelle et Ming l'avait éloigné d'elle pendant des mois.

Elle mit pied à terre les lèvres serrées, sachant pertinemment que, quoi qu'il arrive, elle ne laisserait jamais plus personne la séparer de son fils. La rupture de connexion entre eux l'avait quasiment brisée. Elle n'était pas assez forte pour endurer cette perte une seconde fois.

La connexion.

Au milieu du chaos des événements, elle n'avait même pas réfléchi à ce qui, ce matin, lui avait permis de savoir qu'elle devait rejoindre Keenan. Leur lien avait volé en éclats – elle n'oublierait jamais cette douleur déchirante – quand il avait quitté le PsiNet. Et puisque ce lien n'était même pas censé exister, elle n'avait aucun moyen de le retrouver. Pourtant elle savait qu'il s'était reformé ; et cette certitude n'avait rien à voir avec la logique, mais tout avec l'amour.

Une main dans le bas de son dos. La voix de Dorian dans son oreille.

— Monte dans la voiture. Elle est devant.

Ils se mirent en route moins d'une minute plus tard.

— On va faire un détour pour revenir chez Tammy, expliqua Dorian. Je veux m'assurer que nous ne sommes pas suivis.

Il dirigea la voiture dans les ombres des grands bosquets d'arbres qui couvraient le Presidio et enclencha la conduite automatique. Si la majorité des zones boisées n'était pas équipée pour ce type de conduite, cet endroit était suffisamment proche de la ville pour constituer une sorte de terrain de jeu sauvage, d'où la présence de puces de navigation, du moins le long de la route principale qui le traversait.

— Maintenant, dit-il en rangeant les contrôles manuels et en se tournant vers Ashaya le bras posé sur le siège arrière, parle-moi de ta jumelle.

Chapitre 26

Amara esquissa un sourire quand le visage de Ming LeBon apparut sur le grand tableau de communication à l'autre bout du labo, un labo situé quelque part dans la Vallée de la Mort. Ils l'avaient transférée là, car elle leur avait affirmé avoir besoin d'être dans le même État qu'Ashaya pour pouvoir la localiser. C'était un mensonge, évidemment. Un mensonge qui la rapprochait de sa jumelle.

— Conseiller. J'espère que ta traque a été couronnée de succès.

Ming la dévisagea de ses yeux incroyablement noirs. En revanche, une marque de naissance d'un rouge luisant recouvrait un côté de son visage. Un problème de pigmentation, songea Amara avec désintérêt. Peu de choses intéressaient Amara.

— Non, répondit finalement Ming. Tes coordonnées étaient inexactes.

— Ah bon ? (Amara fit l'innocente.) Elle était pourtant là.

— Nous avons relevé des indices de sa présence éventuelle dans cette zone. Mais les mailles du filet étaient trop larges.

— Ah. (Elle sourit et écarta les bras, paumes vers le haut.) J'essaierai de faire mieux la prochaine fois.

— Je préférerais plutôt que tu m'expliques déjà comment tu parviens à retrouver sa trace.

Elle agita un doigt levé en signe de réprimande.

— Non, non, non. Cela irait à l'encontre des règles.

— Quelles règles ?

— Oh, non, Conseiller.

Amara rit d'un rire prémédité, avant de poursuivre :

— Nous savons tous les deux que je ne vais pas très bien dans ma tête. (Elle prenait plaisir à provoquer son esprit calculateur de Psi.) Mais cela n'affecte pas mon intelligence, donc ne me traite pas comme si j'avais le Q.I. d'une rééduquée.

— Toutes mes excuses.

Elle savait que ces mots étaient vides de sens. Il la ménageait parce qu'il pensait qu'elle pouvait lui livrer l'implant qui lui permettrait de contrôler toute l'espèce Psi. Peut-être le partagerait-il avec les autres Conseillers. Peut-être pas. Ça ne changeait rien pour Amara.

— Quant à la façon dont je localise Ashaya, je… (Elle s'interrompit avec un hoquet théâtral.) Oups, j'ai presque vendu la mèche. Vilaine fille.

Ming avait le regard rivé sur elle. Elle se demanda s'il s'attendait à ce qu'elle craque, mais fut étonnée par ce qu'il dit ensuite.

— Ashaya et toi êtes des spécimens génétiques identiques. Vous avez grandi dans le même utérus, vous avez été élevées dans le même environnement.

— Jusqu'à ce que tu me pousses à m'enfuir. (Elle fit la moue.) Pourquoi as-tu été mettre un ordre de rééducation sur ma tête ?

— Et malgré tout, poursuivit-il comme si de rien n'était, tu es fondamentalement déficiente, tandis qu'Ashaya, malgré sa regrettable inclination politique, a toujours été la Psi parfaite.

Amara se demanda si Ming était aveugle à ce point. Ou est-ce que sa jumelle avait réussi à parfaire son masque ? Eh bien, si c'était le cas, alors la partie allait être très, très intéressante. Chouette.

— Nous constituons une énigme. Tu pourrais peut-être prendre le temps de nous étudier avant de nous éliminer ?

— Tu parles facilement de ta propre mort.

— Je ne suis pas stupide, Ming. Dès l'instant où je te donne l'implant, je suis morte, de même qu'Ashaya.

— Ce qui te donne une bonne raison de faire traîner les choses.

— C'est vrai, reconnut-elle avec un haussement d'épaules insouciant. Néanmoins, l'implant survivra bien longtemps à notre disparition. Et je trouve l'idée d'immortalité… séduisante.

— Tu es donc certaine de pouvoir y arriver ?

Elle sourcilla, gloussant intérieurement à la pensée du secret que seules Ashaya et elle connaissaient. Ming délaisserait complètement l'implant s'il apprenait qu'il existait déjà quelque chose de bien mieux.

Mais c'était leur secret. À elle, à Ashaya… et à Keenan.

Chapitre 27

« Lorsqu'il sourit, il pourrait me demander n'importe quoi et je le lui accorderais. Je ne me suis jamais sentie aussi vulnérable. Cet homme, ce léopard, pourrait me briser. »

Extrait des fichiers personnels cryptés d'Ashaya Aleine.

Ashaya prit une profonde inspiration.

— Ma sœur.

Elle laissa errer son regard sur les eucalyptus qu'une décision écologique mal avisée avait introduits dans la région et qui avaient survécu à toutes les tentatives d'éradication. Quand le feu prenait, ils se consumaient en un incendie furieux et sublime.

— Ma sœur est comme ces arbres. Admirable à l'extérieur, brillante dans sa conception – son cerveau est parfait, elle a une intelligence stupéfiante – mais il suffit d'une seule allumette pour détruire cette perfection.

Dorian effleura son épaule du bout des doigts et elle se pencha vers lui. En cet instant précis, elle avait besoin de sa force, besoin de savoir qu'elle n'était pas seule.

— Elle n'est pas folle, poursuivit Ashaya. À première vue, on dirait qu'elle saisit la différence entre le bien et le mal. Mais… ce n'est pas le cas, pas vraiment. Elle agit sans penser aux conséquences, elle commet des actes qu'une personne normale considérerait cruels.

Les yeux de Dorian se firent soudain durs comme la pierre, il interrompit ses caresses rassurantes.

— C'est elle, la sociopathe que tu as protégée.

— Oui, reconnut-elle, refusant de détourner le regard, refusant de s'excuser. C'est ma jumelle. (Et celle qui lui avait offert le plus précieux des cadeaux.) C'était la seule décision possible.

— Pas pour une vraie Psi.

— J'imagine que nous étions toutes les deux déficientes, mais de façons différentes.

Elle attendit la réaction de ce prédateur qui haïssait la froideur Silencieuse de son espèce, de toute sa rage aveugle et acérée.

— La suite, Ashaya, raconte-moi la suite.

C'était un soulagement de parler d'Amara sans devoir essayer de masquer la vérité.

— Nous possédons un lien gémellaire indestructible ; c'est pourquoi elle peut toujours me retrouver, sauf si je dresse mes boucliers au maximum de mes capacités.

Elle garda les yeux rivés sur les poutres rouges caractéristiques du pont qui se dressait devant eux, désireuse de ne pas affronter la colère de Dorian.

Il lui agrippa alors la nuque d'une main, ce qui eut pour effet de lui dénouer l'estomac. Elle était devenue étrangement accro à son contact. En lui rendant son regard, elle vit qu'il avait les paupières lourdes alors qu'il se focalisait sur le tracé de sa clavicule. Cela l'aida à poursuivre.

— Le lien existe depuis la naissance, mais les autres ne le voient pas. Je ne sais pas ce que tu connais des réseaux psychiques…

— Des bribes.

Il leva les yeux et elle put presque sentir la caresse de son regard.

Elle eut du mal à se retenir de souligner de la main la perfection de ses lèvres.

— D'après ce que j'ai pu découvrir, la plupart des connexions émotionnelles étaient autrefois visibles sur le PsiNet. Aujourd'hui, ces liens ont été effacés. (Plus de liens d'amour. Ni même de haine. Juste le vide.) Chaque esprit est désormais une entité séparée.

— Ah bon ? Alors comment diable Keenan sait-il que tu l'aimes ?

— Il ne le sait pas.

Et elle en était anéantie. Elle avait tellement blessé son enfant en le protégeant.

— Tu parles. (Dorian grogna.) Alors pourquoi il aurait monté cette comédie ? Il savait que sa maman laisserait tout tomber pour courir le rejoindre.

À ces mots, Ashaya sentit son cœur se mettre à saigner, un choc si terrible qu'elle faillit capituler.

— Un lien existe avec Keenan, mais lui aussi est invisible. (Sa voix se brisa.) Je pense qu'on ne le voit pas car je m'efforce de maintenir Silence ; j'ai étouffé les efforts de mon propre fils pour m'atteindre.

— Arrête.

Il lui pressa la nuque d'un geste à la fois dominant et… tendre.

Cette attitude intensifia encore le conflit des émotions en elle, ces émotions qu'elle devait contenir. Car lorsque Amara se mettait à jouer…

— Jamais ma jumelle ne me tuera, ni ne me mettra en danger de mort, quelle que soit la cruauté du jeu. À sa façon, je pense qu'elle m'aime ; je suis sa seule camarade de jeu, sa seule amie. Mais elle pourrait tuer Keenan.

— Pourquoi ? C'est un enfant, et qui plus est l'enfant de sa sœur.

Elle sentit de nouveau son cœur vibrer, mais sous le coup d'une émotion différente : sauvage, brute, pourvue de griffes et de crocs.

— Amara, dit-elle en essayant de dominer le pouvoir violent de cette nouvelle sensation, voit les choses autrement. Elle considère que je lui appartiens, donc Keenan est un intrus.

Une idée malsaine dans une histoire déjà suffisamment malsaine.

— Tu veux dire que c'est elle le vrai danger ?

— Je dis que, même si je parviens à tenir le Conseil à distance, Amara n'arrêtera jamais de me traquer. Où que j'aille, elle me retrouvera et se mettra à jouer à ses petits jeux, à essayer de me pousser aux confins de la raison. (Elle inspira profondément.) Le plus horrible, c'est que son état s'aggrave si je ressens quelque chose. C'est comme si mes émotions nourrissaient sa folie. Je redoute qu'elle me pousse un jour trop loin, que j'en arrive à faire du mal à Keenan.

Elle s'apprêtait à détourner les yeux, mais Dorian lui prit le visage pour l'obliger à le regarder.

— Qu'est-ce qu'elle t'a fait, Shaya ?

— Tu laisses toujours tomber l'initiale de mon prénom.

— C'est vrai ?

Un autre jeu. Mais aucune intention de nuire dans celui-ci.

— Dorian, ton toucher me déstabilise, ce qui rend non seulement Amara plus dangereuse, mais qui renforce aussi notre lien gémellaire. Si elle entre en moi, elle voit ce que je vois, elle entend ce que j'entends. Je ne veux pas qu'elle soit dans cette voiture avec nous.

Je ne veux pas te partager.

Dorian ne pouvait être insensible à sa supplique, même si cela frustrait sauvagement le léopard. Il retourna de son côté de la voiture et en profita pour vérifier qu'ils étaient sur la route de la maison de Tammy.

— Donc, pour enchaîner Amara, tu vas vivre ta vie à moitié ?

— Si cela permet de protéger Keenan, oui.

Une réponse calme, mais elle serra les lèvres qui s'étaient mises à trembler.

— Elle constitue un danger pour un fils que tu aimes plus que ta vie, et pourtant tu la protèges.

Dorian ne comprenait pas.

Puis Ashaya expliqua :

— C'est ma petite sœur, elle est née une minute après moi. J'ai pris soin d'elle toute ma vie.

Dorian sentit presque son cœur se briser. Car il savait ce qu'était une petite sœur. Il connaissait le genre d'amour qu'un tel lien engendrait, comment il était gravé dans la pierre, à quel point l'idée de porter atteinte à cette précieuse vie était inconcevable. On pardonnait aux petites sœurs des choses qu'on n'envisagerait même pas de pardonner aux autres. Mais…

— Si elle s'en prenait à Keenan, demanda-t-il, qu'est-ce que tu ferais ?

— Eh bien… (un murmure bouleversé) je la tuerais. Et cela me détruirait.

C'était la vraie raison de sa fuite, songea-t-il ; elle n'avait pas peur d'Amara, mais elle craignait que celle-ci ne la pousse dans un recoin dont elle ne pourrait sortir qu'en passant sur le cadavre de sa sœur. Un sacré foutoir.

— Comment c'est possible, Shaya ? se surprit-il à demander. Comment cela se fait-il que tu sois comme tu es et qu'elle soit…

— … un monstre ? compléta Ashaya. Je n'en sais rien. Est-ce que les humains ne croient pas en une chose appelée l'âme ? Peut-être que cet élément est fourni prêt à l'emploi.

Peut-être que nous sommes juste nées avec des âmes de natures différentes.

En entendant ce cœur déchiré qu'elle essayait si désespérément de dissimuler, Dorian aurait voulu la rassurer, lui affirmer qu'on n'en arriverait pas à un combat fratricide. Mais il avait perdu ses illusions depuis longtemps. Parfois le mal l'emportait. Parfois les petites sœurs mouraient.

L'image du corps maltraité de Kylie était si vivace dans son esprit que, lorsque la jeune fille mourante apparut en titubant sur la route devant lui, il crut apercevoir un fantôme.

— Seigneur !

Ashaya et lui furent projetés vers l'avant et retenus par leur ceinture de sécurité, car les capteurs intégrés avaient senti l'obstacle et entraîné l'arrêt de la voiture dans une violente secousse.

Dorian recouvra ses esprits en un rien de temps et ouvrit sa portière pour se précipiter vers la fille qu'il attrapa au moment où elle s'écroulait. L'approche de la mort lui embrumait déjà les yeux, et sa combinaison blanche était tellement maculée de sang qu'elle collait à sa mince silhouette. On apercevait des lambeaux de chair là où le tissu avait été déchiré par l'objet qui lui avait entaillé le corps de manière si sauvage et mortelle.

— Tenez bon, dit-il, s'abaissant pour la prendre dans ses bras afin de la conduire à l'hôpital le plus proche.

— Elle ne réagit pas à mes messages télépathiques.

Malgré son incroyable maîtrise, Ashaya ne parvenait pas à dissimuler son choc.

— Essaie encore.

Il souleva la fille, même s'il entendait les premiers bégaiements de son cœur. Elle leva le visage vers lui mais il savait qu'elle ne le voyait pas.

— Qui vous a fait ça ?

La réponse vint, étrangement claire.

— Mon père.

Elle avait de doux cheveux bruns, une peau dorée. Et les yeux profondément noirs d'une Psi à l'agonie. Puis ces yeux virèrent au gris et son corps s'amollit contre celui de Dorian. Il serra les bras, il sentit son cœur se tordre. Mais les souvenirs éveillés par le corps de cette fille pouvaient attendre. Le léopard et l'homme avaient à présent une priorité : protéger la femme qui, à ses côtés, tenait une main de la défunte.

— Laisse, dit-il.

Ashaya le dévisagea.

— Dor...

— Elle est morte. Une équipe de Psis sera ici dans l'heure pour enquêter.

Sascha lui avait appris que seule la mort constituait une excuse acceptable pour quitter le PsiNet. On recherchait tous les Psis qui se déconnectaient du Net de façon inexplicable, jusqu'à ce qu'on retrouve un cadavre ou que le décès soit avéré.

— Peut-être même plus vite que ça si elle a lancé un appel de détresse télépathique. Tu dois partir avant qu'ils arrivent.

Ashaya tenait toujours la main de la fille.

— Et toi ?

Il croisa son regard.

— Je ne vais pas l'abandonner dans les ténèbres.

— Un choix émotionnel stupide, dit Ashaya d'une voix tremblante. Un choix que je souhaiterais être libre d'effectuer.

Il secoua la tête, son léopard le griffait dans sa colère panique.

— File, Shaya. Je t'ai autorisé l'accès à la voiture et la route est préprogrammée. Mets-la en automatique et fiche le camp.

Elle relâcha lentement la main de la fille.

— Elle a été sauvagement agressée. Elle est si salement amochée qu'elle ne doit pas être venue de loin.

— File !

Elle acquiesça sèchement à son ordre bref et se précipita vers la voiture. Une minute plus tard, elle le dépassa alors qu'il transportait la fille à l'écart de la route, à travers l'alignement d'arbres impeccable qui la longeait. La barrière de verdure dissimulait à la vue le groupe de maisons de l'autre côté. De petits bâtiments indépendants dans lesquels aucun prédateur ne voudrait vivre, mais qui convenaient aux Psis. Il était clair que la fille venait de la première maison.

La porte était ouverte et dès le bas de l'allée, il aperçut dessus l'empreinte sanglante. Elle s'étirait en longueur, comme si la fille avait glissé. Du sang séchait aussi sur les marches descendant du vestibule d'entrée, sur les pavés ronds et blancs de l'allée, sur le sol à quelques centimètres de ses pieds.

Contournant soigneusement les dernières gouttes de sang de la fille, il transporta son corps vers ce qui avait été son havre de paix. *Comme l'endroit où Kylie a été tuée.* En s'approchant, il fut assailli par une odeur d'abattoir. De cette odeur émanaient des miasmes malsains qu'il aurait été incapable de décrire à une personne n'ayant pas un sens de l'odorat aussi aiguisé que le sien. Quelque chose avait terriblement et violemment mal tourné dans cette petite maison blanche.

Lorsqu'il fut sur le seuil de la demeure, ce qu'il vit lui fit regretter, l'espace d'un instant égoïste, de ne pas être passé sur cette route une minute plus tôt, afin d'éviter d'être témoin de ce carnage. À présent, ces images allaient se retrouver imprimées sur sa rétine, rangées à côté de celles qui le tourmentaient nuit après nuit. Resserrant son emprise sur la fille, il entra dans la maison.

Dans la pièce à sa gauche, il n'aperçut qu'une main délicate, manifestement féminine. Il jeta un coup d'œil à l'intérieur et constata que la fille ne devait pas avoir plus de treize ans. Elle n'avait été poignardée qu'une fois, mais en plein cœur. Le mobilier ascétique affectionné par les Psis avait été mis sens dessus dessous comme si elle avait désespérément essayé de s'échapper. Elle n'avait même pas atteint le seuil de la pièce.

Toujours depuis sa position au centre du couloir, Dorian regarda vers la droite. Une autre pièce. Un autre cadavre. Un homme, cette fois. Mince, le début de la vingtaine peut-être. Il avait violemment résisté : ses mains étaient ensanglantées et fracturées car elles étaient retournées sur le tapis clair, son torse était un vrai charnier, une accumulation d'entailles de couteau. La pièce offrait un tribut silencieux à son combat désespéré, le plastique résistant des chaises était craquelé et éclaboussé de sang séché.

Dorian baissa les yeux sur le tapis. En remontant la piste des corps sans vie, il atteignit ce qui avait dû être la zone des chambres à coucher. Dans la première, il découvrit un homme d'âge moyen. Celui-ci gisait sur le dos, apparemment mort d'un coup de poignard qu'il s'était porté à lui-même. Une de ses mains entourait encore la lame. Il n'y avait aucune trace de paix sur son visage, ni même du calme glacial des Psis. Non, cet homme avait l'air tourmenté. Comme s'il avait entrevu l'enfer.

Un mouvement furtif derrière lui. Dorian se retourna lentement.

Le Psi qui s'était téléporté était vêtu de la tête aux pieds du noir des gardes d'élite. Son uniforme portait l'image désormais familière de deux serpents dorés entrelacés qui s'affrontaient : l'emblème de Ming.

Leurs regards se croisèrent. Gris froid de Psi. Bleu lumineux de changeling. Dorian le reconnut immédiatement. L'emblème de Ming mais l'homme d'Anthony. Le taxi de Zie Zen.

Le Tk-Psi regarda le cadavre de la fille.

— Tu dois partir.

Il tendit les bras.

Dorian la serra plus fort.

— Qu'est-ce que tu vas lui faire ?

— L'effacer, vint la réponse, impitoyable. Tous les effacer.

La mâchoire de Dorian se figea.

— Non. Donne-moi son nom.

Le Psi soutint son regard pendant presque une minute, puis cligna ostensiblement des yeux. Un mince bout de plastipapier apparut dans sa main.

— Son certificat de naissance.

— Tu ne crains pas que je parle et que je fasse sauter ta couverture ?

— Non. D'ici une heure, cet endroit sera nettoyé, si propre que même un nez changeling ne pourra pas flairer l'odeur du sang.

Comme pour le prouver, il considéra le tapis et Dorian vit les gouttes de sang se détacher littéralement des fibres et s'élever dans les airs de quelques centimètres.

Le léopard de Dorian grogna.

— Où est ton équipe ?

— Ils arrivent en voiture. (L'homme tendit de nouveau les bras.) Tu dois me la remettre et disparaître. Je ne pourrai pas masquer ta présence si tu es toujours là quand l'équipe de nettoyage arrive.

— Pourquoi agir ainsi si tu ne crois pas en ton Conseil ?

— Toute liberté a un prix.

Ses yeux passèrent du gris au noir rampant. Dorian vit une quantité croissante de sang quitter le tapis et les murs.

— Tu dois partir. Le PsiNet n'est pas encore prêt à avoir connaissance de ceci. Mais, un jour, il le sera.

Dorian traversa la bande de tapis redevenue propre pour se tenir en face du Psi, avec le corps de la fille entre eux.

— Mes souvenirs seront ta preuve ? (Si Dorian coopérait, un Justice-Psi pouvait extraire ses souvenirs et les projeter au tribunal.) Et les tiens ?

Le Psi se saisit de la fille assassinée avec le même soin que Dorian.

— Je suis fatigué. (Une déclaration tranquille.) Je ne peux plus continuer à effacer des vies comme si elles n'étaient rien de plus que des signes sur une page. Je vais commettre une erreur. Ensuite, je mourrai.

Les oreilles de Dorian interceptèrent un bruit de pas sur les pavés ronds de l'allée.

— Tu n'as pas le droit d'être fatigué. (Il s'empara du certificat de naissance de la fille, qui flottait dans l'air entre eux.) Quand tu pourras inscrire son nom sur un mémorial, quand tu pourras rendre honneur à son sang, alors tu en auras gagné le droit.

Il ne laissa pas au Psi l'occasion de répondre et tourna les talons pour se diriger vers la sortie à l'arrière de la maison pendant que les autres membres de l'équipe de nettoyage entraient par l'avant. Au même moment, il sentit un rideau de sang se lever derrière lui.

Une autre image à ajouter à la galerie des cauchemars.

Chapitre 28

« Dorian devient facilement obsessionnel. Ça m'inquiète. S'il replonge dans l'abîme, s'il choisit les ténèbres, je ne suis pas sûre que nous pourrons l'en sortir. »

E-mail de Sascha Duncan à Tamsyn Ryder.

Ashaya avait désobéi à l'ordre formel de Dorian. Elle savait qu'elle courait peut-être un risque stupide mais elle n'avait pas eu le courage de l'abandonner. Elle avait parcouru plus d'un kilomètre, dressé chacun de ses boucliers pour dissimuler sa présence à d'éventuels scans télépathiques et s'était arrêtée à l'ombre d'un grand arbre. On apercevait encore le véhicule depuis la route mais elle ne pouvait rien y faire.

Elle allait encore attendre un quart d'heure, se raisonna-t-elle. S'il n'était pas revenu d'ici là…

La portière conducteur s'ouvrit soudain.

— Va sur le siège passager.

Le ton de Dorian était sec, il avait les vêtements striés de sang.

Elle bougea immédiatement et quelques secondes plus tard ils prirent la route.

— Qu'est-ce que tu as trouvé ?

— Toute une famille, morte. Meurtres suivis d'un suicide.

Elle déglutit.

—Quelqu'un s'est affranchi de Silence, devina-t-elle, et n'en est pas ressorti sain d'esprit. On entendait de vagues rumeurs à propos de ce genre de tragédies…

—Je t'avais dit de foutre le camp. (Dorian emprunta brusquement une route latérale.) Qu'est-ce qui t'est passé par la tête, bordel ?

Son calme apparent l'avait induite en erreur et elle avait baissé la garde. Elle releva d'un coup la tête.

—Je pensais que tu pourrais avoir besoin d'ai…

—Je suis une sentinelle, l'interrompit-il d'un ton cassant. Ça signifie que je peux m'occuper de moi. Contrairement à ce que tu crois, je ne suis pas infirme.

—Je n'ai jamais…

—Ouais, tu n'as jamais pensé, dit-il.

Elle avait l'impression que sa colère était aiguisée au point de lui érafler la peau comme une lame de rasoir.

—Est-ce que tu as seulement pensé à la souffrance de Keenan si tu avais été capturée ou tuée ?

La culpabilité lui noua les entrailles.

—Non.

—Bon Dieu.

Elle sentit que son emprise désespérée sur les émotions commençait à s'effilocher. Elle essaya de rembobiner le fil. Sans succès. Elle serra les poings.

—Ne porte pas de jugement sur les sentiments que j'ai pour mon fils.

Keenan était son point faible. Ils le savaient tous les deux.

—Quels sentiments ?

Un coup bas, mais elle tint bon. Elle savait qu'elle avait raison ; elle n'allait pas le laisser l'intimider sans rien dire.

—J'étais inquiète pour toi. Ta réaction émotionnelle face à la fille a été si intense, j'ai cru que tu ne pourrais peut-être pas quitter les lieux avant l'arrivée de l'équipe Psi.

Dans le dernier regard bleu chrome qu'il lui avait adressé, elle avait vu l'ampleur de sa colère, de son besoin de vengeance.

Dorian lui lança un regard furieux.

— Tu as subi un si grand lavage de cerveau que tu ne parviens même pas à accepter tes propres émotions, et puis tu juges les miennes ? Putain, elle est bonne, celle-là !

Il secoua la tête, ce qui fit voltiger ses cheveux d'un blond soyeux.

Elle eut envie de faire mal.

— La prochaine fois, dit-elle en serrant les dents, je t'abandonnerai à tes penchants autodestructeurs. Ça me simplifiera considérablement la vie.

Plus d'une heure après, Dorian était encore furieux. Il avait pris une douche chez Tammy et enfilé des vêtements de rechange qu'il avait toujours en réserve. Puisque Tammy était leur guérisseuse, ils arrivaient souvent chez elle en sang, voire pire. Il se tenait à présent arc-bouté contre l'embrasure de la porte de derrière, observant Ashaya et Keenan sagement assis l'un en face de l'autre à la table de pique-nique du jardin.

— Tu veux en parler ?

Une chaude voix féminine.

Il jeta un regard à Tamsyn.

— Non. Sascha me l'a déjà proposé avant de partir et j'ai refusé.

Elle lui entoura la taille, s'appuyant contre lui jusqu'à ce qu'il passe un bras autour de ses épaules.

— Tu as toujours été têtu. (Un sourire.) Sascha s'est dit qu'on se relaierait pour te cuisiner. Elle était la première. Je donne le coup de grâce.

— Maudite meute, grommela-t-il. Personne n'a jamais entendu parler de la putain de vie privée ?

Tamsyn gloussa.

— Et donc ? Ashaya le cache bien mais une femme qui regarde un homme de façon aussi glaciale, ça ne présage rien de bon. Qu'est-ce que tu as fait ?

— Elle a désobéi à un ordre formel, elle s'est mise en danger.

Il vit Keenan extraire un objet de sa poche et le déposer sur la table. Ashaya s'en empara sans tarder, le serrant fermement dans son poing.

— Tu es certain d'être en colère contre elle, et pas à cause de ce que tu as vu dans cette maison ?

Il repensa au rideau de gouttelettes de sang, à l'atmosphère mordante et métallique.

— Ce que j'ai vu dans cette maison, c'était un cauchemar, reconnut-il. Mais je suis réellement furieux contre elle.

Le félin en lui acquiesça.

— Pourquoi ? insista Tamsyn. Elle a juste agi comme n'importe quelle femme l'aurait fait dans ces circonstances pour un homme dont elle se soucie.

Ashaya leva alors les yeux et même à cette distance, il y décela une conscience primitive. Elle détourna rapidement le regard, mais trop tard. Dorian se raidit, la colère s'apaisa, se mua.

— Il était plus facile de conserver ses distances avec elle quand elle n'agissait pas de façon si humaine.

Tammy lui fit un câlin, l'inondant de sa chaleur.

— Je ne pense pas que ton félin veuille conserver ses distances avec elle.

— C'est le problème. (Il rompit leur étreinte.) Je la désire tellement que les flammes me dévorent de l'intérieur, et je ne peux pas le justifier.

Il l'avait désirée dès le départ. Mais à présent ce désir lui tailladait le cœur.

— Ce n'est pas parce qu'elle est Psi…

Il l'interrompit d'un revers tranchant de la main.

— Ce n'est pas ça. Elle a travaillé pour le Conseil, Tammy. Comment affronter le souvenir de Kylie en ayant de tels sentiments pour une femme qui faisait partie des rouages de l'organisation qui a conduit à sa mort ?

— Ashaya n'avait rien à voir avec Enrique.

Son félin cracha à la mention de ce nom.

— Elle était au courant des secrets du Conseil, elle a travaillé pour Ming lui-même.

— Tu n'es pas logique. (Tammy croisa les bras d'un air renfrogné.) Sascha était la fille d'un Conseiller… et, d'accord, tu voulais lui arracher la gorge autrefois, mais tu l'adores à présent. Faith faisait des prédictions pour le Conseil et tu n'as jamais réagi ainsi vis-à-vis d'elle. Qu'est-ce qui fait qu'Ashaya est pire ?

Dorian ne pouvait pas trahir le secret d'Ashaya, son amour pour une sœur qui était plus que détraquée, plus qu'abîmée.

— Laisse tomber.

Tammy écarquilla les yeux.

— Oh, mon Dieu, Dorian, ce n'est pas seulement du désir, n'est-ce pas ? Tu deviens amoureux. Elle compte pour toi.

Tammy se trompait, songea Dorian, en regardant vers le jardin.

En vérité, il était déjà amoureux d'elle.

« Est-ce que tu as seulement pensé à la souffrance de Keenan si tu avais été capturée ou tuée ? »

À vrai dire, Ashaya n'avait pas du tout réfléchi. Elle avait agi… par instinct. Le besoin de protéger Dorian l'avait violemment bousculée sans prévenir.

Les réactions irrationnelles ne lui étaient pas étrangères. Elles étaient courantes lorsque Keenan ou Amara étaient concernés. Ils étaient le sang de son sang, la chair de sa chair, reliés à elle par d'invisibles fils psychiques. Il semblait donc normal que son comportement à leur égard ne soit pas dicté par une logique à toute épreuve.

Mais aujourd'hui, elle avait abandonné toute rationalité pour un homme qui ne lui était pas du tout relié. Elle avait négligé sa propre sécurité, la priorité première pour la plupart des Psis, négligé le bon sens, négligé ses autres obligations, tout sauf son besoin impérieux de s'assurer que Dorian s'en sorte vivant.

Elle se tenait à présent assise en face de son fils et, au lieu de la culpabilité qui l'avait d'abord tenaillée, elle ressentait une forme de paix. Parce que, en agissant de la sorte, elle avait franchi une étape irrévocable. Y compris pour laisser tomber le masque de Silence. Sur le PsiNet, elle continuait à protéger son esprit, mais intérieurement, les derniers vestiges de son conditionnement avaient cessé d'exister.

Allez, Amara, murmura-t-elle. *Mettons un terme à tout ceci.* Parce que Dorian avait raison, elle ne pouvait pas continuer à vivre cette demi-vie.

— Maman ? (Le petit visage solennel de Keenan, qui la scrutait d'un air interrogateur.) Où est-ce que tu es ?

— Ici. (Elle se leva et contourna la table pour le prendre dans les bras, sans rien cacher de ses sentiments.) Je t'aime, mon bébé. Je t'aime.

Il lui offrit le plus doux des sourires.

— Je sais, maman.

Cette voix confiante lui brisa le cœur comme un coup de fouet, puis elle leva les yeux sur Dorian qui s'approchait. Son corps se raidit, son cœur se mit à battre la chamade et son esprit se mit dans tous ses états sous l'effet d'un besoin si primitif et sensuel qu'il menaçait de la rendre esclave.

Dorian s'adressa d'abord à Keenan :

— Tammy a préparé des cookies.

Keenan gigota immédiatement.

— J'adore les cookies !

Ashaya le déposa par terre et le regarda courir vers la maison.

— Qu'est-ce qui a été décidé pour les petits de Tamsyn ?

— Ils rentrent ce soir. Sascha est persuadée qu'il ne leur fera pas de mal, mais en ton absence, Faith et elle se relaieront pour voir comment ça se passe.

Ashaya hocha la tête, elle comprenait ces précautions. Keenan était un puissant télépathe et inversement, les petits avaient des griffes et des crocs.

— Je veux qu'il ait des amis, dit-elle.

Qu'il ait une vie.

Dorian se rapprocha, la coinçant contre la table de pique-nique.

— Qu'est-ce qu'il t'a donné ?

— Ça ne te regarde pas, rétorqua-t-elle.

Elle n'avait pas oublié sa mauvaise humeur un peu plus tôt, ni la façon dont il l'avait délibérément provoquée pour qu'elle batte en retraite. Il lui avait fallu du temps pour identifier cette petite ruse de félin mais, à présent, elle se demandait quels secrets il dissimulait lui aussi. Même s'il n'était certainement pas prêt à les partager avec elle. À cette pensée, elle ajouta d'une voix encore plus forte :

— Va-t'en.

Au lieu d'obtempérer, il déposa les mains de chaque côté de la table, la prenant au piège.

— On nous voit de la cuisine, donc sois gentille.

Ses yeux luisaient de manière à donner au mot « gentille » une connotation scandaleusement sensuelle.

Ashaya sentit ses joues s'enflammer, une réaction féminine qu'elle n'aurait jamais cru expérimenter. Dorian, se rendit-elle compte, était un mâle très dangereux lorsqu'il décidait d'être gentil.

— Tout à l'heure, tu me criais dessus. Et maintenant le charme ? Pourquoi ?

— Je te désire. (Une déclaration brutale.) J'ai décidé que soit je continuais à tromper la faim en restant furieux contre toi, soit…

Il s'arrêta, et ses yeux prirent la teinte d'une flamme bleue.

— Soit ? lui souffla-t-elle, sachant qu'elle ne devrait pas réagir, mais incapable de s'en empêcher.

— Soit je me nourris.

Elle déglutit.

— Devine quelle option j'ai choisie ? la défia-t-il.

Un murmure soyeux qui titilla et alerta les terminaisons nerveuses d'Ashaya.

— La première ? tenta-t-elle d'une voix étrangement rauque.

Il s'appuya contre elle, ses cuisses étaient dures et puissantes.

— Mauvaise réponse. (Il laissa errer son regard sur ses lèvres.) Pas de bonus pour toi. Mais ça ne fait rien ; j'irai doucement… la première fois.

Chapitre 29

Une conversation quelque part dans les profondeurs épaisses du quartier de Tenderloin, un endroit que certains surnommaient encore le cœur ténébreux de San Francisco.

— Attention, siffla une voix. (Une boîte avait failli tomber sur le sol de la ruelle.) Nous n'avons que deux boîtes de ce produit.

— C'est largement assez, se moqua une autre personne. Il suffit d'un tir, non ?

— Pas si c'est toi qui tires, répondit la première voix. Fais gaffe maintenant.

Le silence régna ensuite pendant dix minutes, jusqu'à ce que tout soit rangé.

— Venise nous ordonne de lancer l'opération si, et seulement si, nous pouvons l'exécuter sans nous faire repérer ; rester discrets est notre priorité absolue. (L'orateur marqua une pause pour s'assurer d'avoir été compris, puis passa aux aspects plus pratiques.) Certains d'entre nous utiliseront des fusils paralysants modifiés, je veux donc que tout le monde commence à s'exercer. Nous devons être prêts lorsque nous aurons l'occasion de nous emparer d'Aleine. Parce que nous n'aurons droit qu'à un essai.

— Alors assurons-nous de faire mouche du premier coup.

Chapitre 30

« Dorian était torse nu quand il m'a donné son ADN. J'avais du mal à me concentrer. Même sans connaître son ascendance changeling, j'aurais deviné le félin en chasse. Ses mouvements sont une danse érotique… ou peut-être que c'est juste l'effet qu'il a sur moi. Si, par imprudence, j'osais caresser le félin à l'intérieur, est-ce qu'il me mordrait la main ou est-ce qu'il ronronnerait ? »

Extrait des fichiers personnels cryptés d'Ashaya Aleine.

Plus tard dans l'après-midi, Dorian raccompagna Ashaya à l'appartement. Elle avait lu une histoire à Keenan et l'avait assuré de revenir à temps pour le dîner ; satisfait, le gamin avait promis de bien se tenir pendant les quelques heures de leur absence.

— C'est important que je sois avec lui ce soir, avait déclaré Ashaya alors qu'ils mangeaient rapidement un bout avant de partir. Il doit savoir qu'il peut compter sur moi en cas de besoin.

Dorian ne pouvait pas la contredire ; les enfants étaient ce qu'il y avait de plus précieux dans la meute. Mais il n'allait pas pour autant oublier la provocation menaçante qu'il avait lancée dans le jardin. La culpabilité, la colère, rien de tout cela ne suffirait à l'arrêter ; Ashaya Aleine allait être à lui.

— Je peux te ramener tes affaires.

Il pouvait vraiment se montrer très gentil quand il était dans de bonnes dispositions.

Elle lui avait lancé un regard soupçonneux.

— Non. Il vaut mieux que Keenan ne s'attende pas à me voir tout le temps ici. Juste au cas où…

Il l'avait embrassée sans prévenir, prenant son temps avec ses lèvres pulpeuses qui le rendaient fou… qui l'invitaient à mordre.

— Je te suggère de commencer à me faire confiance pour te protéger, avait-il dit contre sa bouche humide de baisers, ou j'ignore comment réagira mon ego meurtri.

Cela sonnait comme une promesse plutôt qu'un avertissement.

Une fois à l'appartement, il comptait approfondir son éducation en matière de soin et d'attention à apporter à l'ego masculin mais, à leur arrivée, Faith attendait en haut des escaliers ; elle triturait les bouts de l'écharpe de soie verte dont elle s'était servie pour rassembler ses cheveux. Vaughn se tenait appuyé de façon indolente contre le mur à côté de la porte d'entrée.

Dorian se déplaça tranquillement devant Ashaya.

— Qu'est-ce que vous fabriquez ici, tous les deux ?

Si Vaughn était un bon ami, Dorian avait une relation un peu plus délicate avec Faith.

— Je voulais te parler, dit la Psi cardinale, en se mordant la lèvre inférieure. Ainsi qu'à Ashaya.

L'instinct protecteur de Dorian le saisit à la gorge.

— C'est censé être un endroit sûr. Vous avez pris le risque d'être suivis.

— Ne m'insulte pas, répondit Vaughn. (Il ne quitta pas sa position nonchalante malgré l'agressivité que Dorian sentait émaner de lui.) Nous n'avons pris aucun risque. Même si j'étais devenu sénile et que j'avais perdu la capacité de repérer une piste, j'ai une compagne qui est plutôt douée pour percevoir les menaces à venir.

Dorian reporta vivement les yeux sur Faith et il aperçut la plainte silencieuse dans son regard caractéristique de firmament. Faith et lui n'avaient pas besoin de mots pour se comprendre. Depuis plus d'un siècle, les C-Psis avaient cessé de se livrer à des prévisions hors des sphères financière et économique. Sinon, Kylie serait peut-être restée en vie. Mais au contraire de ses semblables, Faith acceptait d'ouvrir son esprit tant aux cauchemars qu'aux bonheurs futurs. Pour cette raison, elle avait gagné le respect de Dorian.

Il gravit les marches, tout en veillant à ce qu'Ashaya reste derrière lui, pleinement conscient du calme inhabituel dont elle faisait preuve. Vaughn tendait à avoir cet effet sur ceux qui ne le connaissaient pas. Le jaguar était incapable de paraître inoffensif, au contraire de Dorian. Vaughn avait l'air mortel même quand il jouait avec les mèches roux sombre de Faith, les lèvres incurvées en signe de satisfaction possessive.

— Je croyais que c'était avant l'union qu'on draguait, fit remarquer Dorian en ouvrant la porte.

Il poussa doucement Ashaya à l'intérieur.

— Alors je plains ta compagne. (Vaughn laissa glisser les cheveux de Faith entre ses doigts avant de lui prendre la main.) Je peux te donner des leçons de romantisme si tu veux.

Dorian grogna tandis que Faith s'esclaffait, incrédule.

— Et où est-ce que tu as appris ces leçons ? demanda-t-elle d'un ton condescendant qui contrastait avec son sourire.

— Avec toi, mon petit écureuil, avec qui d'autre ?

Un sourire taquin lui barrant le visage, Vaughn entra dans l'appartement à la suite de Dorian et de Faith, et referma d'un coup de pied la porte derrière lui.

Ashaya était déjà dans la kitchenette, occupée à faire chauffer de l'eau.

— Ce serait sans doute une bonne idée de préparer du café, dit-elle en dévisageant Faith.

La C-Psi lâcha les mains de son compagnon et regarda fixement derrière elle.

— Tu es au courant ?

— Non. (Une rapide dénégation de la tête.) Mais quand une C-Psi vous rend visite, il vaut mieux se tenir prêt. Tu es Faith NightStar, n'est-ce pas ?

Faith hocha la tête et présenta Vaughn, tandis que Dorian se demandait si le couple percevait aussi ce qu'il décelait dans la voix d'Ashaya : un soupçon de panique oppressée. Il se rapprocha d'elle et posa une main dans le bas de son dos.

— Tu veux de l'aide ?

Ses instincts protecteurs lui lacéraient les veines. Cela aurait dû être désagréable. Mais non. Cela sonnait juste.

— Non.

Une réponse butée, mais quand elle leva les yeux, il aperçut la vérité. Elle était terrifiée.

Il surprit le regard de Vaughn. Il était impossible d'avoir une conversation privée, avec l'autre sentinelle dans la pièce ; il avait l'ouïe trop fine.

— Vous permettez qu'on sorte sur le balcon ? demanda Vaughn.

Il ouvrait déjà les portes-fenêtres qui donnaient sur l'espace extérieur exigu.

Dorian lui adressa un regard reconnaissant, sachant qu'une fois les portes fermées, le bruit de la circulation en contrebas couvrirait sa voix et celle d'Ashaya.

— Maintenant parle ou je vais devenir méchant, commença-t-il.

— Tu es toujours méchant.

En dépit de ses paroles, elle se blottit dans les bras de Dorian sans hésiter, témoignant une confiance qui dompta le léopard.

—Hé. (Il constata qu'il s'était replié sur elle et qu'il effleurait sa tempe des lèvres.) Connaître le futur signifie que tu peux le changer.

—Je n'ai jamais craint les émotions pour elles-mêmes, chuchota-t-elle, juste ce qu'elles impliquaient : la déviance d'Amara affranchie de toute limite, menant peut-être à notre mort. Mais aujourd'hui, j'ai peur et je voudrais pouvoir effacer cette sensation de mon esprit.

Il pensa au carnage qu'il avait vu dans la petite maison blanche, au corps qu'il avait tenu dans ses bras.

—Je sais. Après le meurtre de Kylie, dit-il en ouvrant une partie de son cœur qu'il avait férocement protégée, j'étais tellement furieux que la colère me dévorait de l'intérieur. (Il gardait de ces jours le souvenir d'une fosse immonde remplie de haine et de violence.) Mais je n'ai jamais souhaité perdre mes émotions. Tu sais pourquoi ?

—Non.

—Parce que si j'effaçais les émotions, j'effaçais Kylie.

Il l'étreignit ; les braises de sa colère profondément enracinée s'agitaient de nouveau. Il avait arraché le cœur de Santano Enrique à mains nues, mais son léopard n'était pas rassasié. Aussi longtemps que vivrait un de ceux qui avaient permis à Enrique d'être lâché dans la nature, Dorian serait en chasse.

—Nos émotions colorent nos souvenirs. Sans elles, tous les jours se ressembleraient… et ma sœur se serait évaporée depuis longtemps.

Relâchant finalement son étreinte, Ashaya recula légèrement. Elle le tenait prisonnier de ses yeux incroyables.

—Tu devrais t'entendre parler d'elle. Ça me brise le cœur alors que je sais que c'est impossible.

—Si, c'est possible. Tu reconnais l'amour quand tu l'entends. (Il avait adoré Kylie, il n'avait aucun problème à l'admettre.) Et elle vit là.

Il se frappa le cœur du poing.

— Dorian. (Elle leva la main comme pour le toucher, avant de secouer la tête et de tourner les talons.) Je dois préparer le café.

Il aurait dû laisser ses mains là où elles étaient, mais il n'était pas très doué pour se plier aux convenances. Et il avait besoin d'un peu de légèreté pour compenser le chaos d'émotions qui ne manquait pas de surgir au souvenir de sa sœur assassinée ; peut-être qu'un jour il cesserait de se reprocher de ne pas l'avoir sauvée, mais ce jour n'était pas encore arrivé.

Il mit les mains sur les hanches d'Ashaya et l'attira contre son torse.

— Dor…

Il embrassa la courbe de son cou.

— Je veux seulement te donner un avertissement amical.

Elle avait si bon goût ! Il la lécha par petits coups rapides de félin, faisant battre le cœur d'Ashaya à tout rompre. Quand elle sembla suffisamment hors d'haleine pour l'interroger sur cet avertissement, il sourit.

— J'étais sérieux quand je parlais de te mettre dans mon lit. Apprête-toi à danser avec moi.

Il planta un nouveau baiser sur sa douce chaleur et recula.

Elle se retourna vers lui, et il lui fallut une minute pour cesser de regarder sa bouche.

— Tu as l'habitude de n'en faire qu'à ta tête.

— Et alors ?

— Alors, en ce moment, on dirait que tu veux me manger.

Il ferma à moitié les yeux et retroussa lentement les lèvres en un sourire.

— C'est parce que c'est le cas. (Ravi de voir un fard lui colorer les joues, il décida de pousser un peu plus loin son plaisir.) Je veux t'avoir dans mon lit, couchée sur le dos. Ensuite je t'écarterai les cuisses, et…

—Le café ! (Elle agrippa le bord du comptoir.) Il sera bientôt prêt.

—Ah ? (Déçu, il se pencha et mordilla légèrement son oreille.) Alors j'attendrai pour te dire où je compte te mordre.

Il la laissa, troublée mais plus du tout effrayée, et se dirigea vers les portes du balcon pour faire signe à Vaughn de venir les rejoindre. Le bruit de la rue s'engouffra, le temps que le couple entre dans la pièce.

Quelques minutes plus tard, Ashaya déposa le café sur la table basse et s'assit sur le divan face au balcon ; Dorian s'appuya sur le dossier derrière elle. Faith s'assit face à eux, Vaughn affalé à ses côtés.

—Tu n'en veux pas ? demanda Faith à Ashaya qui ne se servait pas de café.

Ashaya secoua la tête.

—Je n'y suis pas habituée et son effet est assez puissant.

—Je comprends. (Faith prit deux tasses et en tendit une à son compagnon.) Je suis devenue accro à ce truc mais c'est beaucoup plus fort que je le pensais.

Ses paroles étaient amicales, mais ses mouvements hésitants trahissaient son malaise.

—Quoi que tu aies vu, dit Ashaya d'une voix un peu trop calme comme si elle était sur le point de craquer, dis-le-moi. Je préfère savoir qu'imaginer.

D'une main tremblante, Faith posa sa tasse presque pleine sur la table. Vaughn, qui tenait la sienne dans la main gauche, plaça le bras droit autour de la taille de sa compagne.

—J'ai eu une vision, commença-t-elle, mais une vision où il m'est impossible de dire quand cela arrivera… ou si cela a déjà eu lieu.

—La capacité à connaître le passé, précisa Ashaya. Un membre de ma famille élargie est né avec un don de faible rang dans cette spécialité.

Dorian avait le regard rivé sur sa nuque, démangé par l'envie de la toucher encore, de finir ce qu'il avait commencé dans la cuisine. Résister à ce besoin allait à l'encontre de tous ses instincts, mais il savait qu'elle n'apprécierait pas. Pas au moment où elle s'efforçait de présenter une apparence aussi imperturbable. Elle était tellement douée pour ça, le léopard en était irrité. La créature prise au piège en lui n'aimait pas être dédaignée.

Ashaya se retourna à cet instant pour le dévisager.

—Tu as parlé ?

Tiens donc, voilà qui est intéressant.

—Non.

Elle eut l'air sceptique puis reporta son attention sur Faith.

—Quel était le contenu de cette vision, ou de ce flash concernant le passé ?

—Ashaya, je vais être franche avec toi, répondit Faith d'un ton acéré qui, Dorian le savait, surprenait souvent. Sur la base de tes actes et de tes paroles, tu sembles être une rebelle. Mais les gens mentent.

—Tout à fait, concéda Ashaya d'un hochement de tête. De plus, je suis toujours connectée au PsiNet. Tu ne devrais rien me dire que le Conseil ne devrait pas savoir.

—Tu as l'air certaine qu'ils vont te reprendre, intervint Vaughn avant de boire une gorgée de café.

Ashaya se rapprocha imperceptiblement de Dorian.

—Je suis une M-Psi, dit-elle. Peu importe mon rang, il s'agit essentiellement d'un don défensif.

—Oui, approuva Faith avant de marquer une pause. Quant à garder le secret, un membre du Conseil doit certainement déjà être au courant, donc même s'il y a une fuite… (Un haussement d'épaules éloquent.) Qu'est-ce que tu sais du Gardien du Net ?

— Il maintient l'ordre sur le Net, répondit Ashaya. Il le rend moins chaotique, il organise les choses. Certains prétendent qu'il espionne pour le Conseil, tandis que d'autres estiment qu'il prend une forme humaine. Tout le monde s'accorde à dire que c'est au mieux une forme de vie nouvelle, et son âge est un mystère absolu.

— Il n'est pas seul, dit Faith à Ashaya. Quand Silence a pris racine, il a scindé le Gardien du Net en deux. Une partie bienfaisante, douée de sensibilité. L'autre partie, l'entité que j'appelle le Gardien Noir, est constituée de toutes les émotions que les Silencieux ont rejetées, en particulier les émotions violentes.

— Parce que, murmura Ashaya, les émotions violentes, la colère, ce sont celles contre lesquelles notre conditionnement est le plus fort.

Faith hocha la tête, puis poursuivit :

— Lorsque j'ai déserté, j'étais à la poursuite d'un tueur. Il baignait dans des ténèbres malfaisantes. Ces ténèbres sont une marque du contrôle psychique exercé par le Gardien Noir ; il se sert des individus déjà instables sur le plan mental pour se donner une voix. Il ne se nourrit pas seulement du mal qui est en eux, il fabrique les pires tueurs en série de la planète.

Ashaya ne sembla pas déconcertée par les révélations de Faith.

— Silence nous prive d'une part essentielle de notre psyché. Il paraît tout à fait logique que cela ait des répercussions au niveau psychique. (Elle se redressa soudain, raide comme un piquet.) Ma jumelle, dit-elle à Faith. Tu as aperçu les ténèbres qui enveloppent ma jumelle.

— J'ignore comment j'ai su que ce n'était pas toi, dit Faith, mais c'est parfois ainsi dans une vision... je sais juste les choses. Et cette fois, je savais que la femme que j'observais n'était pas Ashaya Aleine. (Une pause.) Elle commettait des actes horribles... des meurtres, de la torture, du sang.

Vaughn déposa sa tasse de café et appliqua un baiser sur la tempe de Faith. La C-Psi s'abandonna à son étreinte sans quitter Ashaya des yeux.

— C'était une vision du passé ? demanda Faith.

Ashaya n'eut aucune hésitation.

— Non. Elle n'a jamais commis de meurtre, jamais fait couler le sang.

— En es-tu certaine ? demanda Vaughn d'un air de défi.

Dorian n'eut pas besoin d'ordonner à l'autre sentinelle de se calmer. Ashaya soutint le regard du jaguar, et le félin gronda silencieusement de fierté.

— Oui, dit-elle, j'en suis sûre. Je suis connectée à ma jumelle à un niveau au-delà du PsiNet. À la seconde, à l'instant, où Amara deviendrait une tueuse, je le saurais. Elle n'a pas franchi cette limite.

— Je te crois, dit doucement Faith. Mais elle le fera si tu ne changes pas le futur.

— Peut-être que ma désertion constitue pour elle la goutte d'eau qui fait déborder le vase. (Les épaules d'Ashaya s'affaissèrent.) J'ai toujours su que ses crises empiraient parallèlement à l'instabilité de mon état émotionnel.

Dorian voulut la prendre contre lui et lui ordonner de ne plus avoir mal. Serrant les dents, il lança un regard à Vaughn.

— C'est tout ?

— Ouais.

L'autre sentinelle déposa sa tasse de café et se mit debout, tirant Faith par la main.

— Attends, dit Faith, le regard rivé sur celui d'Ashaya. Est-ce que j'avais raison à propos de ta sœur ? Est-ce qu'elle est… ?

— Dérangée ? compléta Ashaya. Oui. Plus intelligente que la plupart des gens sur cette planète, mais détraquée à un niveau fondamental.

— Je comprends.

Dans les yeux de Faith, on pouvait lire que, sur le PsiNet, tous les C-Psis finissaient cliniquement fous.

—Une dernière chose... Il n'y a pas moyen de le prouver, mais peut-être que votre gémellité est la raison pour laquelle ta sœur et toi êtes si différentes.

Dorian comprit avant Ashaya.

—Une réflexion du jumelage sur le PsiNet: un bon et un mauvais?

—Non, chuchota Ashaya. Ce n'est pas aussi tranché, pas encore. J'ai des éléments mauvais et elle a du bon en elle.

Personne ne le contesta, mais ils étaient tous conscients que même si Ashaya avait raison, Faith était une C-Psi qui ne se trompait jamais. Si rien n'était fait pour l'éviter, sa vision se réaliserait un jour.

Et Amara Aleine baignerait dans le sang d'innocents.

Cinq minutes plus tard, en quittant le bâtiment avec Vaughn, Faith avait le regard perdu sur la peinture vert terne du palier. Elle était déchirée, à propos d'une autre vision qu'elle hésitait à partager avec son compagnon. D'habitude, la question ne se posait même pas, mais cette vision-là était tellement chargée émotionnellement qu'elle n'était pas certaine de vouloir l'encombrer de ce poids...

Il décida finalement à sa place.

—Crache le morceau, mon petit écureuil, dit-il d'une voix traînante alors qu'ils arrivaient sur une rue détrempée par l'odeur de l'eau salée provenant de la baie. Je t'entends réfléchir.

—Il y a un certain temps, j'ai eu une vision à propos de Dorian, avoua-t-elle. À l'époque où nous nous sommes unis.

Elle l'avait entraperçu sous la forme d'un léopard, une créature aux yeux plus verts que bleus, avec des marques sombres sur le visage.

— Je ne le lui ai jamais dit, car c'était une vision lointaine. À un horizon de plusieurs années, je pense… et puis, le futur peut changer.

— Tu veux me raconter les détails ?

Arrivée à ce stade, elle ne pouvait plus reculer. Elle lui raconta.

— Je ne voulais pas lui donner de faux espoirs ; et si ça ne se réalisait jamais ?

— Quel bazar, souffla-t-il, secouant la tête. Tu penses vraiment qu'il pourrait être capable de se transformer un jour ?

— C'est ce que je croyais. (Elle expira de façon saccadée.) Cette vision a disparu, Vaughn. Quelque chose a changé.

— Qu'est-ce que tu vois maintenant ?

— Rien. (Elle lui saisit la main.) Je ne vois plus rien autour de Dorian. Je ne sais pas si c'est parce que son avenir est incertain…

— … ou parce qu'il n'a pas d'avenir. (Vaughn serra férocement les mâchoires.) Aleine pourrait l'entraîner vers la mort.

— Il a fait son choix, dit Faith. (Mais elle avait la gorge nouée. Parfois elle détestait le prix exigé par son don.) Comme nous avons fait le nôtre.

— C'était différent.

Elle sourit.

— Le Conseil a aussi tenté de t'éliminer. (Ce souvenir la consumait encore entièrement, dans un violent mélange de colère et de peur.) Nous avons réussi. Je suis confiante dans le fait que Dorian y parviendra aussi.

Même si son avenir prenait l'apparence de ténèbres informes remplies d'un vide complet et absolu.

Chapitre 31

Amara ne le voyait pas, mais elle sentait sa présence. Ashaya n'avait jamais réussi à la tenir à l'écart aussi longtemps, pas quand Amara cherchait activement à s'infiltrer. Mais lui, il s'interposait, il amenait Ashaya à tourner le dos à sa sœur.

C'est intolérable.

Alors qu'elle essayait sans relâche de forcer les remparts d'Ashaya, son regard tomba sur une petite seringue remplie d'une dose mortelle de narcotiques.

— Si facile, murmura-t-elle.

Une solution simple, définitive.

Chapitre 32

« Je ressens cette tentation comme une douleur physique. À présent que je l'ai vu, que je l'ai rencontré, que je l'ai embrassé, mon esprit ne cesse de me bombarder d'images : nos corps entrelacés, ses cheveux dorés éclatants sur ma peau, ses mains puissantes sur mes seins, sa langue léchant ma chaleur moite. J'ai les mains qui tremblent en écrivant cela. Je ne parviens pas à dormir. Je ne parviens pas à réfléchir.
Qu'est-ce qui m'arrive ? »

Extrait des fichiers personnels cryptés d'Ashaya Aleine.

Dorian vint s'asseoir à côté d'Ashaya. Puisqu'elle ne réagissait pas à sa présence, il émit un grondement sourd et s'empara de sa natte pour lui tirer la tête vers l'arrière.

— Dorian ! glapit-elle. (Sa carapace se fendilla.) Les informations de Faith impliquent que je dois maintenir…

— Tais-toi, Shaya. (Il enserra sa natte dans une main, et saisit sa mâchoire de l'autre.) Ouais, on dirait que ta sœur constitue un sérieux problème mais, putain, elle va te retrouver tôt ou tard. Alors autant que ce soit au plus vite parce que je refuse que tu t'enterres pour elle. Nous allons nous battre.

Ashaya ne répondit pas, ne dit pas un mot. Il n'aurait pas ressenti la détresse que cachait son masque implacable s'il n'en avait pas déjà eu un aperçu au moyen d'une part de lui qu'il n'aurait jamais cru voir s'éveiller pour une Psi.

— Qu'est-ce qui se passe ? lui demanda-t-il.

Elle pinça les lèvres. Bon sang, quelle tête de mule. Les yeux plissés, il repensa à ce qu'il avait dit et tenta d'établir un lien avec ce qu'il connaissait de ses vulnérabilités. « *Je refuse que tu t'enterres pour elle.* »

— Tu as été ensevelie lors d'un tremblement de terre.

Je brûle, songea-t-il, car elle avait légèrement cillé.

— Mais tu es parvenue à le gérer puisque tu as réussi à travailler dans un labo souterrain pendant des mois, poursuivit-il. Donc ce n'est pas l'idée d'être enterrée qui t'effraie… c'est l'idée d'être enterrée par Amara.

— Tais-toi. (Un murmure rauque.) Laisse-moi tranquille et tais-toi.

— Oh non, Shaya.

Il relâcha son menton mais pas sa natte. Il modérait sa force mais il se voulait implacable. Il savait qu'elle refuserait de parler s'il ne l'y contraignait pas.

— Voici comment on va procéder, expliqua-t-il. Tu me racontes ce que ta dingue de sœur a bien pu te faire, ou chaque fois que tu essaies de m'évincer ou de me servir un mensonge, je t'embrasse.

Elle écarquilla les yeux, et il put y lire le bouillonnement d'une colère aveugle qu'elle n'avait jamais affichée auparavant.

— Dorian, malgré ce que prétend la propagande du Conseil Psi, tu n'es pas un animal. Tu es un être civilisé qui sait se comporter en société.

Il l'avait prévenue : il l'embrassa. Elle avait la bouche entrouverte et il était incroyablement tenté d'en balayer l'intérieur, de goûter ce qu'il désirait tant. Et quoi qu'elle en pense, il s'efforçait d'être gentil. Elle ne pouvait pas s'imaginer à quel point.

Dès que leurs lèvres se séparèrent, elle prit une profonde inspiration, ce qui eut plein d'effets intéressants sur sa poitrine.

Il baissa les yeux et se rendit compte qu'il avait des projets pour ses seins, des projets réellement scandaleux.

— Parle, ordonna-t-il.

— Même les Conseillers ne sont pas parvenus à me faire parler, railla-t-elle. Qu'est-ce qui te fait croire que tu pourras me briser ?

Il esquissa un lent sourire, sensuel et satisfait. Elle se décidait enfin à jouer avec lui.

— Je ne veux pas te briser, trésor.

Il gloussa et plongea la tête pour lécher son cou, au niveau de son pouls tambourinant.

— Ce n'est pas mon genre de brutaliser les femmes. Par contre, je veux m'occuper de toi (il fit descendre sa main libre le long de son bras), te caresser (il effleura sa poitrine généreuse), te dévorer.

Il referma les dents sur l'entièreté de sa lèvre inférieure et en oublia presque ses bonnes intentions.

Le rouge colorait largement les pommettes d'Ashaya quand il la relâcha après lui avoir volé un baiser, mais elle le tança du regard.

— Tu m'as déjà menacée avec un fusil. En me disant que tu me tuerais s'il le fallait.

— Tu n'étais pas une femme à ce moment-là, tu étais une scientifique Psi.

Une réponse féline, si habile qu'Ashaya comprit qu'elle pourrait très rapidement se retrouver dans des eaux bouillantes si elle n'y prenait garde.

Elle sentit sa respiration s'accélérer alors qu'il commençait à déposer des baisers le long de son cou.

— Cela va à l'encontre de tes propres règles.

Elle ne savait pas pourquoi elle avait dit ça. C'était un encouragement manifeste, aucun doute là-dessus.

Tout en la grignotant, il précisa contre son cou :

— J'ai dit que je t'embrasserais. Je n'ai pas précisé où.

Ashaya connaissait évidemment la mécanique du sexe, même s'il s'agissait d'un acte que les Psis avaient progressivement abandonné dès que la technologie l'avait permis. Mais, comme elle s'en rendait compte à présent, elle avait une énorme lacune dans ses connaissances : la pratique.

— Un baiser entre deux personnes se fait, par définition, sur les lèvres, fit-elle remarquer.

Il émit un gloussement qui, elle l'aurait juré, s'en alla vibrer sur sa peau.

— Mais ici on ne parle pas de deux personnes qui s'embrassent. C'est moi qui t'embrasse.

Il appuya sa bouche ouverte contre son cou et suça. Fort.

Une onde de chaleur explosa en elle, annihilant ses défenses, tandis que, simultanément, cette étrange couche de chaos se dressait entre elle et sa jumelle, écartant Amara de son intimité.

— Dorian, s'il te plaît.

Une supplique ambiguë.

Il libéra sa chair échauffée, non sans une dernière morsure d'avertissement.

— Parle.

Les yeux d'Ashaya entrèrent en collision avec un regard bleu lumineux qui exigeait d'elle une forme d'abandon qu'elle ne savait pas comment offrir ; elle avait passé toute sa vie à se protéger de quelqu'un qui aurait dû constituer son unique refuge. Elle n'accordait pas facilement sa confiance.

— Et si Amara…

— Qu'elle essaie de toucher à Keenan…

Un autre baiser, appuyé celui-là sur ses lèvres entrouvertes. L'obscure saveur de la colère masculine fit irruption dans sa bouche.

— Qu'elle essaie seulement, bordel.

— Tu es si arrogant que tu ne te rends même pas compte qu'elle pourrait te tuer, rétorqua-t-elle d'un ton cassant.

C'est peut-être une M-Psi, c'est peut-être ma jumelle, mais elle a l'esprit calculateur d'une sociopathe. Elle ne se préoccupera pas d'honneur ou de bravoure. Elle te plantera un couteau dans le dos, elle te tirera dessus, elle t'empoisonnera… elle fera tout ce qui sera nécessaire !

— Je sais exactement de quoi sont capables les tueurs Psis !

Il tira encore un peu plus sa tête vers l'arrière.

— Ce n'est pas une tueuse !

— Très bien. (Il ne savait pas si sa loyauté devait le rendre furieux ou l'impressionner.) Je connais la façon de penser des sociopathes.

Il fit courir les jointures de ses doigts le long de la cambrure de son cou, mais elle lui attrapa le poignet des deux mains.

— Tu l'imagines comme une femme, comme moi. Mais elle est différente.

— Alors dis-moi ce qu'elle est. (Le visage d'un guerrier, impitoyable.) Ou est-ce que tu voudrais que je t'embrasse… ailleurs ?

Elle voyait presque des flammes se frayer un chemin à travers l'incroyable couleur de ses yeux. Puis il murmura :

— Vas-y, mens-moi, Shaya.

Elle pressa instinctivement les cuisses l'une contre l'autre et dut lutter contre le désir d'accéder à sa demande. Un tel afflux de sensations pourrait finir par faire voler en éclats ses boucliers sur le PsiNet, l'exposant à ses poursuivants. Elle n'avait donc pas le choix.

— Le jour de mon dix-septième anniversaire, Amara a versé une substance dans mon verre d'eau.

Dorian ne relâcha pas ses cheveux, mais détendit suffisamment son étreinte pour qu'elle puisse se redresser. Il l'écouta ensuite avec la concentration tranquille et mortelle du léopard.

— Une fois que j'ai eu perdu connaissance, elle m'a traînée jusqu'à un trou qu'elle avait creusé sous la maison ;

c'était un ancien bâtiment, surélevé car le terrain était sujet aux inondations. Nous y avions été transférées à l'âge de seize ans après avoir terminé notre formation au protocole.

Ashaya sentit sa peau fourmiller au souvenir des insectes qui se précipitaient sur son visage.

— Le trou était peu profond, mais c'était... suffisant.

Pour ressentir une terreur absolue, tenace.

Dorian ne dit pas un mot, mais il la libéra... le temps de s'étendre de tout son long sur le divan et de l'attirer contre lui. Il lui maintint la tête appuyée contre le torse, lui caressant le bras de sa main libre. Elle aurait dû lui résister, mais elle sentait qu'elle avait perdu cette bataille le jour où elle avait parlé pour la première fois au sniper dans les arbres.

— Continue, dit-il alors qu'elle se taisait. Je suis là.

Elle prit une profonde inspiration, emportant l'odeur de Dorian dans ses poumons.

— Amara avait fabriqué un couvercle pour le trou. Rien d'élaboré, juste des lattes de bois clouées les unes aux autres, mais elle l'avait lesté de sorte que je ne pouvais pas le soulever. Quand je me suis réveillée, j'ai vu la lumière de la torche électrique qu'elle avait laissée suspendue à une poutre. En tentant de m'asseoir, je me suis cogné la tête, puis j'ai paniqué.

Elle avait eu les mains en sang avant de se rendre compte qu'elle ne pouvait pas s'échapper, et seuls des gémissements paralysés étaient sortis de sa bouche. Elle s'était affranchie de son Silence de façon si soudaine et irrévocable que ses contrôleurs par la douleur n'avaient plus été que des souvenirs. Car ses formateurs n'avaient jamais envisagé qu'il puisse exister une terreur plus intense, une souffrance plus atroce, que les retours de bâton de Silence.

Son cerveau en était ressorti indemne, peut-être grâce à l'adrénaline, peut-être parce que Amara ne lui avait même jamais permis d'être pleinement conditionnée. Mais son esprit...

— Elle est restée là tout ce temps, à m'écouter. Elle savait que personne ne viendrait ; elle avait aussi empoisonné la boisson de notre tuteur.

Dorian jura, ce qui étrangement la fit se sentir plus en sécurité. Amara ne pouvait pas l'atteindre là, osa-t-elle penser pour la première fois.

— Au-delà du cap de la panique aveugle, lorsque j'ai été en état de comprendre où je me trouvais, elle s'est mise à me parler : « Quel effet cela fait-il ? Ton conditionnement s'est fragmenté ou tu t'accroches encore à ce qui reste ? Allez, Ashaya, ne sois pas rabat-joie. »

» Je l'ai suppliée de me laisser sortir. Mais elle a dit que l'expérience n'était pas encore terminée. J'ignore combien de temps nous sommes restées comme ça, peut-être une heure, sans doute deux. Puis…

Elle avait la gorge sèche. Elle remarqua qu'elle serrait les dents à s'en faire mal, tout en plongeant les ongles dans le torse de Dorian.

— Je suis désolée.

Elle tenta de détacher ses doigts, sans y parvenir.

— Je suis costaud. (Sa voix était incroyablement râpeuse.) Tu t'accroches aussi fort que tu veux, bordel.

Elle le prit au mot.

— Amara a ensuite commencé à m'ensevelir. La terre s'est infiltrée à travers les fissures par lesquelles la lumière se diffusait, elle m'a recouvert le visage, le corps. Puis une des planches s'est effondrée sur ma jambe… et je suis partie en vrille.

Passé et présent s'étaient mêlés, jusqu'à ce qu'elle soit persuadée que la terre se refermait sur elle, l'étouffait en une vague de secousses violentes.

— J'ai hurlé, supplié, promis de faire tout ce qu'elle voudrait si elle me laissait sortir.

Elle tremblait de partout à l'évocation de ces souvenirs et elle sentait se renforcer le cordon permanent de sa connexion avec Amara. Mais sa sœur fut tenue à distance.

Par un chaos mâtiné d'une attitude protectrice féroce.

Elle était un être psychique, elle savait que cet étrange bouclier était connecté à Dorian, aux émotions qu'il suscitait en elle. Elle tenta de suivre le fil de cette pensée, mais la terreur l'attira vers le fond.

— J'ai terminé les mains en lambeaux, les ongles arrachés d'avoir essayé de sortir. J'avais le visage dégoulinant de sang au point d'être imprégnée de son odeur métallique.

Dorian resserra la main sur sa nuque.

— Écoute les battements de mon cœur, Shaya. Concentre-toi.

Prise au piège dans la folie de cette tombe, elle ne perçut pas le sens de ses paroles, mais elle obéit à son ton si autoritaire. Il avait un pouls puissant, constant, assuré. Une bouée de sauvetage.

— Elle m'a laissée là-dedans pendant... un long moment. (Sa voix se brisa.) Je suis restée consciente tout le temps.

— Seigneur, bébé, pourquoi tu n'as pas appelé à l'aide ? Tu es Psi. Tu aurais pu contacter quelqu'un par télépathie.

— J'avais une telle phobie, Dorian. C'était réellement mon pire cauchemar qui prenait forme. Au début, je n'étais tout simplement pas assez rationnelle pour entrer en communication télépathique. (Terrorisée, elle était retournée à un stade primitif.) Et puis... Amara est rusée. Elle m'a enfermée dans ses propres boucliers pendant que j'étais inconsciente. J'aurais pu me frayer un chemin de force, mais au moment où je me suis rendu compte de ce qu'elle avait fait, j'étais suffisamment lucide pour savoir qu'il m'était impossible d'appeler au secours.

Dorian jura entre ses dents.

— Parce que si tu avais demandé de l'aide, ils t'auraient punie toi aussi. Pour t'être affranchie de Silence.

— Oui. (Elle se blottit plus profondément dans sa chaleur vivante, si forte, si sécurisante.) À cet âge, nous avions une certaine valeur, mais rien d'inestimable. Ils nous auraient rééduquées en un rien de temps, en effaçant nos esprits jusqu'à nous réduire à l'état de légumes ambulants. Je savais que pour survivre, je devais attendre le bon vouloir d'Amara. Et… je savais que c'était en partie ma faute.

Un grondement de protestation qui sonna terriblement félin.

— Écoute-moi ! poursuivit-elle. (Elle serra le poing contre lui.) Elle a toujours été un peu différente, mais c'est le cas de la plupart des génies, même sur le Net. Les choses ont réellement commencé à se détériorer quand je suis devenue claustrophobe. Mon contrôle émotionnel, ou plutôt mon manque de contrôle, alimente son instabilité. C'est en partie pour cette raison que je suis devenue si douée pour dissimuler mes émotions. Même intérieurement, j'ai dû croire à mon propre mensonge ; chaque fois que je dérapais, Amara dégénérait.

Dorian la serra dans ses bras, qui étaient comme des cercles d'acier indestructibles.

— Si elle est si intelligente que ça, elle doit aussi connaître les déclencheurs. Mais elle t'a laissée porter ce fardeau. Ça suffit, Shaya. (Le léopard transparaissait toujours dans sa voix, rude et protecteur.) Ce n'est pas ta faute.

Tremblante, elle enfouit le visage contre lui.

— Il faut que j'arrête. (Les souvenirs l'entraînaient par le fond, la ramenant dans cette tombe.) Je ne suis pas assez forte.

— Tu as tenu tête à un sniper ; la plupart des gens prennent leurs jambes à leur cou quand ils m'aperçoivent.

Des paroles dures, mais il suivait le bord de son oreille avec une infinie douceur.

Elle ne s'était jamais attendue à ce que son sniper se montre tendre. Cela ne cessait de l'étonner.

— Sans doute parce que les rumeurs de ta méchanceté te précèdent.

— Voilà la femme que j'aime. (De la fierté enveloppée d'une possessivité pure.) Cela fait trop longtemps que tu vis avec ça.

Des lèvres effleuraient ses cheveux, une main ferme lui caressait le dos.

— Il est temps de t'en débarrasser, ajouta-t-il.

Elle s'imagina vivre avec cette extraordinaire force de volonté en permanence à ses côtés ; elle se demanda ce que cela ferait. Dorian ne baisserait jamais les bras, quoi qu'il arrive.

— Pourquoi es-tu restée consciente ? s'enquit-il. Comment ?

— Elle était tout le temps dans ma tête. (Au souvenir de cette intrusion, la bile lui remonta dans la gorge.) Elle faisait ça depuis l'enfance. C'est pourquoi mes boucliers sont largement impénétrables en temps normal (quand elle n'était pas submergée par les émotions), un pur instinct de préservation.

— Et personne n'a remarqué ces intrusions quand tu étais plus jeune ?

C'était une bonne question.

— La plupart des enfants télépathes s'introduisent à volonté dans l'esprit de leurs jeunes frères et sœurs jusqu'à l'âge de deux ans environ. Dans le cas des jumeaux, cela fonctionne dans les deux sens. Ça fait partie du développement toléré chez un enfant Psi ; ça nous apprend à nous protéger, et la plupart des enfants cessent spontanément après un moment.

— Ils comprennent que ça ne se fait pas, compléta Dorian. Comme nos petits apprennent que ce n'est pas bien de mordre ou de griffer.

Ashaya acquiesça.

— Dans son esprit, Amara n'a jamais franchi ce pas ; pour elle, nous ne sommes absolument pas deux personnes distinctes.

— Manifestement, tu as appris à la bloquer, ou sinon tu n'aurais pas développé ta propre personnalité.

— Tu es extrêmement intelligent.

Peu de non-Psis auraient saisi les conséquences à long terme d'une telle interférence télépathique.

— Pas du tout. Je suis juste venu pour la bière et les jolies filles. (Il avait pris le ton d'un vrai surfeur californien.) Maintenant, arrête de te défiler.

La mortelle sentinelle de DarkRiver était de retour.

Quiconque se laissait prendre à ce numéro inoffensif, songea-t-elle, méritait son sort.

— Tu as raison. Si un enfant est dirigé psychiquement dès son plus jeune âge, il devient une ombre, un écho vivant de la personnalité qui le contrôle. J'ai eu de la chance parce que Amara n'a jamais agi, jamais rien fait, lorsque nous étions jeunes. Elle aimait simplement être tout le temps avec moi.

— Tu as la plus forte personnalité, dit-il doucement. Tu aurais pu la contrôler.

— Je ne l'ai jamais voulu. (Rien que l'idée lui donnait la nausée.) Je me suis contentée de devenir très douée pour la bloquer. Mais dans cette tombe, je me suis fissurée… et elle s'est introduite dans la faille. Elle épiait mes émotions, elle me secouait doucement quand je risquais de perdre conscience, elle s'est assurée que je vive chaque instant.

« Allez, réveille-toi, grande sœur. Dis-m'en plus, montre-moi. »

— Elle savait combien je redoutais de me retrouver coincée dans un petit endroit obscur. L'origine de cette peur l'intriguait, puisque à quatorze ans elle avait été ensevelie à côté de moi lors du tremblement de terre et qu'elle n'en avait gardé aucune séquelle. C'était la justification de ses actes.

Ashaya sentit une traînée fraîche le long de sa joue. Ce n'est qu'au goût salé sur ses lèvres qu'elle devina ce que c'était.

Des larmes.

Elle pleurait. Elle n'avait pas versé une seule larme depuis ces heures folles où elle avait été piégée dans le noir d'encre de cette tombe.

— Et malgré tout, je l'ai protégée. Parce qu'elle était – parce qu'elle est – détraquée, et je ne pouvais pas les laisser la détruire, et parce que…

Elle avait le souffle coupé, la respiration haletante, elle pouvait à peine former les mots. Mais elle devait aller jusqu'au bout, il fallait que Dorian comprenne.

— Elle était la seule personne au monde qui, j'en étais sûre, ne me trahirait jamais, que ce soit pour l'argent ou pour la gloire, même pas pour sauver sa vie.

Dorian comprenait les liens de la famille et de la meute, et à cet instant il commençait à saisir ce qui avait conduit Ashaya à protéger Amara.

— Elle s'en foutait que tu ne sois pas la Psi parfaite.

— À l'époque, elle pouvait passer pour la plus Silencieuse de nous deux. On l'aurait crue si elle m'avait dénoncée, mais elle ne m'en a jamais menacée. Jamais. Pas une seule fois. (Ashaya hoqueta en tentant de parler à travers ses larmes.) Quoi qu'il se soit passé, quoi qu'elle ait fait ou que j'aie fait, cela est toujours resté entre nous. Je ne l'ai jamais trahie et elle ne me trahira jamais.

Un sanglot qui fit trembler tout son corps.

— Mais je suis fatiguée, Dorian. Je suis si fatiguée. Je ne veux pas rester coincée à jamais dans ce lien malsain, mais je n'aperçois aucune issue.

Dorian en voyait une, mais il y avait un problème : tout le monde n'en sortirait pas vivant. Le léopard et l'homme s'accordaient pour penser qu'il lui revenait de protéger Ashaya et Keenan. Or Amara Aleine représentait une menace. Une équation simple. Mais si on en arrivait au combat, Ashaya pourrait finir dévastée. Perdre sa jumelle…

— Fais-moi oublier.

Un murmure, une supplication.

Il était impensable de refuser. Il la fit changer de position et s'allongea sur elle.

— Tu ne crains pas que j'en profite ?

Elle essuya ses larmes.

— Je t'en prie, vas-y.

— Demande-le gentiment.

— Et si je te mettais plutôt en colère ? Parce que quand c'est le cas, tu m'embrasses tout le temps.

Il esquissa un sourire et se mit à déposer des baisers sur ses lèvres. Il n'avait aucune intention d'abuser de sa confiance en profitant de son égarement pour la prendre. Mais, se dit-il en faisant glisser ses lèvres sur les siennes, les changelings s'y connaissaient en guérison par le contact. Si Shaya avait besoin de quelques caresses, il était plus que satisfait de s'en charger.

— Ouvre la bouche.

Elle obéit.

Et son érection faillit percer un putain de trou dans son jean.

Ashaya bougea instinctivement sous lui, le berçant exactement là où il le voulait. Il gémit en l'embrassant et s'efforça de ne pas ruer. Puis elle s'arqua, frottant son corps contre le sien.

Il détacha brusquement les lèvres des siennes.

— Shaya, bébé, je ne suis pas si bon que ça.

— Je t'ai surnommé « le sniper » dans mon journal. Je sais exactement à quel point tu peux être méchant.

Elle glissa les mains sous son tee-shirt et les posa à plat sur son dos.

Un frémissement.
— Plus fort, lui intima-t-il quand elle lui laboura le dos de ses ongles.
— Comme ça ?
— Hummm.
Il plongea la tête, tout en amenant la main dans le bas de son dos pour plaquer brusquement sa chaleur contre lui, puis il se mit à embrasser la ligne délicate de son cou. Ashaya avait besoin de se changer les idées. Il allait lui en donner l'occasion. Et il respecterait sa promesse de ne jamais lui faire de mal, même si tous les petits mouvements pressants de son corps le rendaient fou.
— C'est ça, bébé. Laisse-moi te prendre.
Il se pressa contre elle, ce qui lui fit pousser un petit cri aigu.
— Chut, chérie. Accroche-toi à moi.
Elle diffusait une odeur brûlante, sauvage, diablement excitante.
Sur le point de perdre tout contrôle, il l'embrassa à pleine bouche, insinuant en même temps sa main entre leurs corps pour lui offrir les caresses dont elle avait besoin. Il n'en pouvait plus.
— Viens, ma jolie. Jouis pour moi.
— Dorian, glapit-elle alors que ses yeux viraient au noir absolu et que son corps se cambrait tel un arc, les seins appuyés contre lui.
— C'est bien, souffla-t-il. C'est bien. Je devrais recevoir une médaille pour ça.
Elle ne l'entendit pas, mais ce n'était pas grave. Il aimait la voir ainsi, détendue, relâchée… et à lui.

Chapitre 33

« Je suis latent. Avant, ça me mettait en colère. Mais maintenant j'ai décidé de devenir une sentinelle. Ma mère trouve que je suis têtu. Moi, je pense que je sais ce que je veux. Et personne ne pourra m'en empêcher. Personne n'a intérêt à essayer. »

Extrait d'un essai intitulé
« Ce que je voudrais faire quand je serai grand »
rédigé par Dorian Christensen à l'âge de huit ans
(note : A+).

Ils furent de retour chez Tammy et Nate vers 18 h 30. Dorian eut une révélation alors qu'ils entraient dans la maison.

— Tes boucliers sur le PsiNet ?

— Je suis en sécurité. (Elle lui lança un regard perplexe.) Je ne devrais pas l'être. Dorian, ce que nous avons…

— Tant mieux, ne te plains pas.

Il supposa qu'Amara protégeait Ashaya. Mais il ne voulait pas déjà ramener la discussion sur sa jumelle.

— Adopte un profil bas et ne néglige pas tes boucliers.

— Conseil judicieux, approuva-t-elle d'un hochement de tête.

Son ton tellement scientifique le fit sourire ; elle venait tout juste d'exploser dans ses bras.

— J'ai oublié de te dire : Rina a programmé une autre émission pour demain.

Elle croisa son regard.

— On pourrait en discuter après le dîner ?

Une invitation, un geste de confiance.

— C'est un rancard ?

Il laissa le souvenir de leur récente extase remplir l'atmosphère de ses couleurs.

— Dorian !

Il sourit et la poussa vers l'étage.

— Vas-y... Keenan doit se demander ce qui te retient. Je te rejoins, je dois d'abord parler à Nate.

Lorsqu'il monta enfin à l'étage, il trouva la mère et le fils tous deux endormis en dépit de l'heure précoce ; Keenan était pelotonné contre Ashaya, elle le serrait dans ses bras.

À cette vue, son cœur se mit à cogner violemment.

Et il comprit.

Plus question de tourner autour du pot. Plus de doutes. Il avait enfin compris.

La poitrine incroyablement crispée, il sortit dans le couloir en laissant la porte ouverte. Il était secoué, sous le choc de cette révélation bouleversante. Ashaya était sa compagne. C'était pourquoi depuis le début son léopard devenait fou en sa présence. Lui, il avait su. Mais l'homme avait été trop en colère pour y prêter attention. Alors le félin avait transformé tout ce besoin, tout cet appétit dans le plus violent des désirs sexuels.

— Seigneur, je suis aveugle.

Et il savait que cet aveuglement avait été en partie intentionnel. Il avait refusé de ressentir une tendresse aussi atroce pour l'ennemi.

Il était tellement plus facile de haïr.

Dix minutes plus tard, quand il put de nouveau respirer normalement, il retourna dans la chambre et ferma la porte derrière lui. Il se laissa glisser sur le sol, dos contre la porte, les yeux rivés sur le lit, et il s'aperçut que ses mains tremblaient.

La tendresse était là, profondément enfouie, mêlée à un féroce instinct protecteur. Mais c'était le besoin qui le tenait dans ses griffes. Brut, viscéral, douloureux. Leur jeu de cet après-midi avait déjà accru sa faim, et à présent qu'il avait pris conscience de ce qu'Ashaya représentait pour lui, la nécessité de la posséder n'était pas loin de l'écraser.

Cependant, il n'était pas un animal, alors il s'obligea à reprendre les rênes de sa faim pour veiller sur leur sommeil. C'était le sommeil profond et intense de ceux qui sont réellement exténués, comme s'ils se sentaient enfin en sécurité. Cette prise de conscience calma le léopard, suffisamment pour qu'il puisse réfléchir : puisqu'ils s'étaient endormis tôt, en sautant un repas, sa compagne et l'enfant se réveilleraient probablement pendant la nuit. Il devrait être vigilant à ce moment-là.

Il informa Tammy à voix basse quand elle monta les chercher pour le dîner, puis, indifférent à la lueur rouge dorée du soleil couchant, il se plongea dans l'état de somnolence auquel tous les soldats recouraient en cas de besoin. Un instant plus tard, du moins à ce qu'il lui sembla, un cri le fit se redresser en sursaut ; toutefois, un rapide coup d'œil à sa montre l'informa qu'il était 21 h 10. La maison était calme, paisible. À l'exception de la respiration rapide d'un enfant apeuré et des murmures rassurants d'une femme.

— Cauchemar ? s'enquit-il.

Par réflexe, il effectua un contrôle de routine et informa Nate que tout allait bien lorsque celui-ci accourut aux nouvelles. Une fois Nate parti, Dorian reporta son attention vers l'intérieur de la chambre.

— Shaya ?

— Oui, un cauchemar.

Elle lui adressa un regard rempli d'un besoin serein. Il aurait été tout aussi incapable de s'empêcher de traverser la chambre pour s'affaler sur le lit à côté d'elle que de s'arrêter de respirer.

— Tu veux qu'on parle de ton rêve, Super K ?

Keenan se blottit encore plus fort contre sa maman, mais il hocha la tête.

— Elle me cherche.

— Qui ? demanda Dorian même s'il connaissait déjà la réponse.

— Ma mère.

Dorian vit Ashaya pâlir sous sa peau de miel ambré et de soleil.

— Ta mère est ici.

— Non.

Le gamin secoua la tête, en fronçant les sourcils.

— Ma maman est ici, mais ma mère (il prit bien soin de mettre l'accent sur ce dernier mot) me cherche. Elle ne m'aime pas, pas comme maman.

Dorian supposa que, dans son esprit, le gamin avait confondu Amara et Ashaya, mais cela n'expliquait pas la terreur qui émanait de cette dernière.

— Comment tu sais qu'elle te cherche ? lui demanda-t-il.

— Je la sens frapper à ma tête. (Il se renfrogna.) Elle ne peut pas venir à l'intérieur parce que je suis sur votre réseau. Mais je crois qu'elle a aperçu maman.

Il bâilla à s'en décrocher la mâchoire.

— Dors, bébé, murmura Ashaya. Nous veillerons sur toi.

C'était une promesse féroce.

— Je sais. (Un sourire enfantin, mais les yeux demeuraient ceux d'un vieil homme.) Dorian ?

— Ouais, mon petit ?

Il prit la main que Keenan tendait. Elle était chaude, fragile, un incroyable geste de confiance.

Le garçon lutta contre les ailes du sommeil pour dire :

— Ne la laisse pas faire de mal à ma maman.

— Je l'en empêcherai.

La gorge serrée, il tint cette main minuscule, tandis qu'Ashaya dorlotait Keenan, qui ne tarda pas à s'endormir.

— Alors tu m'expliques ? dit-il quand il fut certain que Keenan était bel et bien endormi.

La peur qu'elle avait laissé transparaître était trop intense pour qu'il s'agisse seulement d'un rêve.

Ashaya leva les yeux, l'air terrorisée.

— Il l'a appelée sa mère, Dorian.

— Vous êtes de parfaites jumelles et il n'a pas encore cinq ans.

— Il ne devrait pas savoir que c'est sa mère. (La respiration d'Ashaya devint hésitante.) Je l'ai élevé dès le premier jour, dès la première heure. Moi, toujours moi.

Elle aurait tout aussi bien pu lui jeter une brique en plein torse. Il en perdit la parole.

— Cela veut dire qu'elle ne se contente pas de frapper à son esprit, Dorian. Elle lui parle aussi ! (Elle éleva la voix.) Qui sait depuis combien de temps ? Elle a pu lui dire n'importe quoi, l'influencer…

Ayant repris ses esprits, il lui appuya un doigt sur les lèvres.

— Chut, ne le réveille pas.

Il la vit lutter pour maîtriser sa panique après qu'il eut laissé retomber la main.

— Je pense que tu as encore des secrets, dit-il. (Il était furieux, mais s'efforçait de paraître calme.) Mais nous en parlerons plus tard. Pour l'instant, tu dois me dire s'il faudrait déplacer Keenan.

— Je ne veux pas être séparée de lui. (Sa voix trembla.) Mais tu as raison, nous ne pouvons pas rester ensemble, pas tant qu'Amara n'aura pas été… maîtrisée. Même si elle le localise, c'est vers moi qu'elle viendra d'abord ; plus il sera loin de moi, plus il sera en sécurité.

C'est ce que Dorian s'était dit.

— Je vais…

— Ne me dis pas où il sera. (Un ordre ferme.) Je pourrais toujours être compromise.

— Tu peux quitter le Net. (Oh oui, elle allait le quitter, merde, même s'il devait l'entraîner de force.) Il y a moyen.

Elle planta son regard dans le sien.

— Non, c'est impossible. Je dois rester connectée. (Une réponse déterminée, mais le besoin dans ses yeux était sauvage, furieux.) Sinon, Amara va échapper à tout contrôle.

Il plissa les yeux, mais ils n'avaient pas de temps à consacrer à l'obstination d'Ashaya pour l'instant. Il passa les quelques minutes suivantes avec Nate et Tammy à planifier le transfert de Keenan vers la tanière des SnowDancer, la cachette la plus logique. Elle était non seulement introuvable si on n'en connaissait pas l'emplacement, mais en plus Judd et son frère Walker seraient en mesure de garder un œil psychique sur Keenan.

— Je vais le conduire… commença-t-il, sachant qu'Ashaya serait en sécurité avec Nate.

Et puisque celui-ci avait déjà une compagne, le léopard de Dorian ne rechignait pas à cette idée.

— Non, l'interrompit Tammy. C'est Sascha qui doit l'emmener là-haut. Je les ai déjà appelés, Lucas et elle ; nous devons nous assurer que la Toile est suffisamment extensible pour le protéger à cette distance, même s'il est directement connecté à toi.

— Je lui ai promis de veiller sur lui.

Et Dorian tenait ses promesses.

Nate se renfrogna.

— Il fait partie de la meute désormais. Tu ne crois pas que nous avons des droits sur lui ?

L'homme et le léopard se calmèrent tous deux à la mention de la puissance de la meute.

— Ouais, tu as raison. (Il se passa une main dans les cheveux.) Ce gosse s'est emparé de mon cœur, Nate.

— Ils sont doués pour ça. (La sentinelle lui donna une claque dans le dos.) Tu t'en remettras d'ici une bonne centaine d'années.

Bizarrement, il se sentit mieux. Parce qu'il était hors de question qu'il se sépare de sa compagne et du gamin qu'il considérait déjà comme le sien.

Lucas et Sascha arrivèrent moins d'une heure plus tard, et Dorian courut chercher Keenan à l'étage ; il s'était réveillé tout seul vingt minutes plus tôt, l'estomac gargouillant. Dorian avait ainsi pu s'assurer qu'Ashaya mange aussi avant qu'elle monte préparer Keenan pour son transfert.

— Garde ton sang-froid, disait-elle à présent en fermant le blouson isolant de Keenan. Ne l'écoute pas.

— Promis. (Keenan se balança d'un pied sur l'autre.) Elle devient confuse de toute façon. Sa voix.

— C'est bien. N'aie pas peur, bébé. Ce ne sera pas pour longtemps.

Keenan se jeta au cou d'Ashaya.

— Je n'ai pas peur, maman. Je te sens dans ma tête. Si j'ai besoin de toi, je t'appellerai. Je sais que tu viendras.

Le visage d'Ashaya était un abîme de perplexité tandis qu'elle étreignait son fils.

— Oui, je viendrai.

Dorian s'empara du petit sac à dos qu'elle avait préparé pour Keenan.

— Nous le protégerons, Shaya. Je t'en donne ma parole.

Elle leva les yeux, ils étaient remplis d'une confiance tacite que le léopard accepta comme son dû. Elle hocha la tête puis embrassa Keenan et se redressa.

— Viens, petit homme. Tu t'en vas en voyage, dit-elle.

Au lieu de la suivre, Keenan se tourna et tira sur la jambe de pantalon de Dorian avec une assurance qui surprit manifestement Ashaya. Elle parut encore plus surprise de voir Dorian se pencher pour prendre le garçon.

— Vas-y, Shaya. Je dois discuter avec Keenan.

Elle fronça les sourcils.

— Il est…

Dorian secoua légèrement la tête et fut satisfait de la voir quitter la pièce.

— Tu dois me confier ta maman, dit-il au petit garçon dans ses bras.

— Elle est méchante, tu sais. (Un féroce désir de protection envahit le petit visage.) Elle veut faire mal à ma maman.

— Je sais. Mais moi aussi, je peux devenir méchant.

Il laissa entrevoir à Keenan l'aspect mortel de ses yeux, une chose que la plupart des enfants n'auraient pas comprise. Mais Keenan Aleine n'était pas plus un enfant que Dorian ne l'avait été à son âge.

— Personne ne s'approchera d'elle, assura-t-il.

Un petit hochement de tête.

— Dorian ?

— Ouais ?

— Je veux que ma maman rejoigne notre toile.

Le cœur de Dorian fit un bond dans sa poitrine.

— Elle va nous rejoindre.

Il ne transigerait pas là-dessus. Et tant pis si cela faisait de lui un animal possessif.

Après le départ de Keenan, Ashaya retourna à l'étage pour rassembler ses affaires.

— Je dois aussi déménager. Les petits de Nate et Tammy sont revenus ce soir, non ?

— Ouais. (Il était déjà parvenu à la même conclusion, mais il était fier de l'instinct de protection qu'elle témoignait envers les petits de la meute.) Nous devons absolument débarrasser le plancher si Amara est en chasse.

Ashaya suspendit son geste de fermer son sac.

— Tu es fâché.

Fâché, c'était peu dire.

— Explique-moi pourquoi Amara est la mère de Keenan.

— Je ne suis pas certaine d'en avoir envie si tu me grognes dessus.

Il serra les poings.

— Trésor, je suis à ça de t'arracher tes vêtements pour que tu comprennes à quel point j'ai horreur que tu aies des secrets pour moi. À toi de choisir. Parle ou à poil.

La gorge d'Ashaya devint sèche.

— Tu ne me feras pas mal.

— Non. Mais je parie que je peux te faire gémir.

Elle appuya ses cuisses l'une contre l'autre et elle sut qu'il avait raison. Une part d'elle, la part que Dorian fascinait depuis qu'elle avait entendu sa voix, était tentée de le provoquer jusqu'à ce qu'il mette sa menace à exécution. Toutefois, en cet instant, elle devait garder tous ses esprits.

— Amara est la mère biologique de Keenan. C'est d'elle qu'il tient son intelligence et l'absence d'un déclencheur de garde-fou. Mais c'est moi sa mère à tous les niveaux essentiels.

— Je ne le conteste pas.

Il avait un peu adouci le ton, mais le grondement était toujours présent sous la surface.

— Ce que je ne comprends pas, c'est… vous étiez toutes les deux des collaboratrices du Conseil. Comment n'a-t-on pas su laquelle de vous était enceinte ?

— Nous sommes si semblables que les gens, et même les Psis, nous confondent souvent. De plus, nous travaillions dans le même labo, sur les mêmes projets. Nous avions arrêté notre décision dès le début de la grossesse, et il n'était pas difficile d'échanger nos rôles une fois que celle-ci était devenue apparente. Durant ces mois, j'ai autorisé Amara à suivre mon esprit et inversement. (Chaque seconde douloureuse en avait valu la peine.) À une occasion, nous l'avons échappé belle : lorsqu'on m'a ligaturé les trompes. Puisque le but n'était pas de me torturer physiquement, les toubibs ont recouru à une chirurgie endoscopique non invasive.

S'ils avaient ouvert Ashaya, il y aurait eu de fortes chances que son corps la trahisse.

Dorian se saisit du sac dès qu'elle eut refermé le dernier rabat.

— Viens, tu me raconteras le reste en chemin.

Il descendit l'escalier, sortit de la maison et se dirigea vers la voiture.

Nate et Tammy les regardèrent s'éloigner ; l'aînée des sentinelles serrait sa compagne dans les bras. *C'est ça que je veux*, se dit Dorian. Une famille. Sa compagne en sécurité avec lui. Son enfant endormi à proximité, à portée d'oreille.

Mais à cet instant précis, il était plus qu'agacé par la compagne en question.

— Qu'est-ce qui a motivé cet échange ? dit-il alors qu'ils arrivaient sur la route principale.

— Ne grogne pas sur moi !

Il ne s'était même pas rendu compte qu'il avait pris un ton furieux.

— Parle !

Elle se raidit, mais répondit, à une cadence telle qu'il put à peine discerner les mots.

— Amara a utilisé ses propres ovules et du sperme de donneur pour créer un embryon, qu'elle a ensuite contaminé avec une maladie. Elle avait l'intention de tuer le bébé après la naissance et de disséquer les sections de son cerveau pour étudier la progression de cette infection.

L'horreur de ce projet stupéfia Dorian. Il eut besoin de plusieurs minutes pour lutter contre les griffes protectrices du félin.

— Elle prévoyait de tuer son propre enfant ?

Tuer Keenan.

— Je te l'ai dit, répondit Ashaya d'une voix tremblante à la fois de colère et d'angoisse, Amara ne considère pas vraiment les gens comme des gens. Je suis la seule personne qu'elle ait jamais vue comme humaine ; et jusqu'à Keenan, j'ai pu l'empêcher de franchir la frontière qui mène au meurtre.

Il ne pouvait imaginer le poids d'une telle responsabilité. Comment Ashaya avait-elle réussi à survivre ?

— Ça n'a pas dû être facile.

— En fait si, répondit-elle à sa grande surprise. C'est une sociopathe, mais elle n'a aucune envie de tuer pour le plaisir. Son aptitude à être complètement impartiale en fait la parfaite scientifique, la science est toute sa vie. J'ai donc seulement dû m'assurer qu'elle obtienne du travail qui la motive. (Une respiration saccadée.) Mais cette fois, la science allait déboucher sur la mort. Je savais que je la tuerais plutôt que de la laisser faire du mal au bébé. Sauf que…

Il secoua la tête.

— Je comprends que ça doit être l'enfer de seulement envisager de tuer sa jumelle, mais les femmes peuvent devenir sauvages lorsqu'il s'agit de défendre leurs petits. Tu ne fais pas exception. Pourquoi Amara est-elle encore en vie ?

— Tu ne comprends pas, Dorian ? (Un murmure brisé.) Pour le meilleur ou pour le pire, c'est elle sa mère biologique.

Ces paroles lui explosèrent à la figure comme des grenades.

— Elle est à l'origine de son existence ; comment aurais-je pu lui enlever son enfant, puis me débarrasser d'elle ? Comment aurais-je pu aller vers mon fils avec le sang de sa mère sur les mains ?

Les lames des émotions creusaient, toujours plus profond, toujours plus fort.

— Tu as donc réussi à la convaincre d'abandonner ses droits maternels ? Comment ?

— J'ai dû lui parler à son niveau. (Une réponse stoïque, une femelle léopard se battant pour son petit.) J'ai dû faire semblant de comprendre et d'accepter ses agissements. Je l'ai persuadée de poursuivre son expérience. Elle a rétorqué que ce serait beaucoup trop de travail, alors j'ai proposé de prendre en charge la partie à long terme.

— L'infection… oh, Seigneur. Omega ?

Cette idée était tellement ignoble que le félin refusa d'y croire.

— D'une certaine façon.

Un ton serein, mais il la vit joindre ses mains tremblantes pour tenter de les immobiliser.

Dorian expira lentement.

— Le Conseil le sait ?

— Il ne le savait pas lorsque je suis partie et je doute fortement que cela ait changé. Amara et moi sommes les seules au courant de tout. Keenan ne connaît que le minimum nécessaire pour se protéger. Je déteste l'idée qu'il doive savoir quoi que ce soit.

— Keenan est un gamin intelligent, marmonna Dorian d'une voix pleine de fierté, et Amara ne te trahira jamais.

Mais c'était un monstre qui avait projeté de tuer son propre enfant. Une terrible contradiction qui ne facilitait pas les choses.

— Et Zie Zen ?

— Un ancien associé de notre mère. Je lui ai demandé de proférer cet unique mensonge sans poser de questions, et il l'a fait. (Elle croisa son regard.) Est-ce que tu saisis maintenant pourquoi je t'en voudrais si tu ne le traitais pas avec respect ?

Il inclina la tête. Parfois, même un léopard devait admettre s'être trompé.

Apparemment satisfaite, elle poursuivit :

— Techniquement parlant, Keenan n'a pas de père biologique ; Amara a assemblé du matériel génétique issu d'un nombre considérable de donneurs, probablement pour que personne d'autre ne puisse prétendre à l'embryon. Cela m'a été utile. J'ai prétendu que si le scan ADN de Keenan ne ressemblait pas assez à celui de Zie Zen, c'était parce que nous avions expérimenté in vitro. Tout le monde nous a crues ; après tout, nous sommes les spécialistes de l'ADN.

» Cette fable a à la fois accru la valeur de Keenan en tant qu'otage et préservé son secret. Tant que le Conseil pensait qu'il comptait pour moi comme sujet d'expérience, ils ne songeaient pas à aller au-delà de l'ADN.

Pour la première fois depuis des heures, Ashaya sentit une forte poussée contre son esprit. Elle fut surprise, mais elle tint Amara à distance, ce qui se révéla beaucoup plus facile qu'elle l'aurait cru. Quelque chose avait changé en elle. Elle vérifia de nouveau ses boucliers sur le PsiNet, ne se détendant qu'après s'être assurée que son anonymat était préservé.

— Nous étions tous au courant du projet Omega, poursuivit-elle, mais Amara en a fait une obsession. Sauf qu'elle ne voyait pas l'intérêt de rendre tout le monde stérile. Cela aurait encore laissé les insurgés en vie, leur permettant de provoquer des troubles.

Dorian souffla, incrédule.

— Pourquoi se soucier de procréation quand on pourrait avoir le contrôle sur la vie et la mort elles-mêmes ?

— Oui. Elle a décidé de créer un agent biologique mortel et facilement transmissible.

La froideur de l'équation fit frissonner la bête de Dorian. En même temps, il était frappé par le manque d'intérêt pour les autres presque enfantin dont faisait preuve Amara.

Mais cela pouvait s'expliquer, si le Gardien Noir était impliqué de façon malsaine ; le jumeau du Gardien du Net était réellement un enfant à de nombreux égards, une créature attardée dotée d'un sens très limité des réalités du monde en dehors de sa cage.

— Sur quoi a-t-elle fondé son virus ?

— En fait, ce n'était pas un virus. Tu as déjà entendu parler des prions ?

— Ça me dit quelque chose. (Il réfléchit, l'air renfrogné.) La maladie de la vache folle ?

— L'encéphalopathie spongiforme bovine, précisa Ashaya. Les prions en sont responsables, ainsi que des EST, les encéphalopathies spongiformes transmissibles chez les hommes. Ils sont les agents infectieux les plus mortels au monde, aucun remède n'a jamais été découvert. La seule raison pour laquelle les EST ne nous ont pas exterminés, c'est parce qu'on ne les attrape que très difficilement.

— Merde.

Mais il apercevait la logique dans tout cela, tout comme Amara devait l'avoir vue.

— Est-ce que les prions ne sont pas des protéines ? demanda-t-il. (Elle hocha la tête et il expira.) Facile pour elle de travailler dessus.

Ashaya et Amara pouvaient toutes deux distinguer les protéines sans l'aide d'un microscope.

— Lorsque j'ai découvert ce qu'elle fabriquait, dit Ashaya dont la voix sèche de scientifique commençait à devenir inégale, on ne pouvait déjà plus l'arrêter. La science, tu comprends… c'étaient des avancées brillantes, de pointe.

Elle sembla attendre une réaction.

Il lui adressa un regard sinistre.

— Je ne vais pas te reprocher ce qu'elle a fait. Continue.

— J'ai entendu Tammy dire que tu pouvais te montrer charmant. Je n'en ai pas encore eu la preuve.

Oh, que son félin aimait ça.

— Je croyais avoir été très charmant quand je t'ai caressée jusqu'à l'orgasme. (Il lui décocha un regard rempli de sensualité.) Je compte remettre ça… juste après t'avoir appris à ne pas avoir de secrets pour moi.

Elle plissa les yeux, et le rouge lui monta aux joues, mais la diversion sembla lui avoir donné le courage de poursuivre.

— Je me suis alors appliquée à limiter les dégâts puisque je ne pouvais pas l'arrêter ; je lui ai fait remarquer qu'en tuant tout le monde, elle niait la raison d'être d'Omega. Elle en a conclu qu'elle devrait concevoir un moyen pour que la maladie reste dormante le temps nécessaire. Ensuite, une fois activée, il devrait être possible d'inverser ou de ralentir sa progression. J'étais heureuse qu'elle travaille là-dessus : non seulement, si elle réussissait, cela permettrait de guérir les maladies à prions mais, en outre, la tâche était tellement ardue que la réponse avait échappé aux scientifiques depuis plus d'un siècle.

— Tu pensais que cela l'occuperait un bon moment.

— Oui. Mais… (un violent et déchirant mélange de colère et de souffrance) je n'en savais pas assez sur les prions à l'époque. Ils sont notoirement difficiles à cultiver.

Dorian n'avait pas besoin qu'elle lui explique la suite.

— Elle a donc créé une boîte de Petri vivante.

Il imagina que c'était ainsi qu'Amara avait considéré les choses. Utiliser un enfant de cette façon, c'était une idée totalement odieuse, en parfaite contradiction avec la nature profonde de Dorian. Et pourtant Amara était bel et bien la mère de Keenan. Ils devraient en tenir compte. Tout comme ils devraient tenir compte des obligations d'une sentinelle à l'égard de DarkRiver.

— Est-ce qu'il est contagieux ?

Chapitre 34

Amara lança le bécher en verre contre le mur et regarda sans le voir le liquide couler lentement le long de la surface blanche.

— Madame ?

Elle dévisagea Keishon Talbot, son assistante, probablement une espionne à la solde de Ming LeBon.

— Dégage avant que je te tue.

La femme partit sans un mot.

Amara projeta un autre bécher. Le chaos régnait dans son esprit. Ashaya avait fait quelque chose. Le lien entre elles, ce lien que rien ne pouvait rompre, s'affaiblissait. Sa puissance avait toujours été variable, allant du bruit de fond jusqu'au lien télépathique pur quand elles se concentraient toutes les deux. Mais il avait toujours été là, présent, facile à saisir par n'importe quel bout.

Ce n'était plus le cas.

Quelque chose interférait dans la transmission ; Amara ne savait même pas comment cela était possible. Elle considéra tous les paramètres et parvint à la conclusion logique : cela venait de lui. L'intrus. Il fallait l'éliminer.

Cette décision l'apaisa.

Elle enjamba le verre brisé sur le sol et se dirigea vers l'extérieur ; même si le lien psychique entre Ashaya et elle était erratique, il était suffisant pour la mener à sa jumelle. Les gardes essaieraient de l'arrêter, bien entendu. Mais ils la considéraient comme une M-Psi bien élevée, qui se contrôlait, comme Ashaya. Même si cette dernière n'avait jamais vraiment été contrôlée non plus, mais c'était leur secret.

En chemin, elle s'empara de plusieurs seringues chargées.

Chapitre 35

« Clay t'autorise beaucoup trop de choses, mademoiselle Je-sais-tout. Moi, ma compagne m'adorera tellement qu'elle fera tout ce que je lui dirai. »

SMS de Dorian Christensen à Talin McKade,
six semaines auparavant.

« *Est-ce qu'il est contagieux ?* »

— Je ne laisserai personne le toucher, promit Dorian à Ashaya, et la meute se tiendra à vos côtés. (Tout comme lui l'avait fait pour leurs compagnes et leurs enfants.) Mais nous devons savoir.

— Pour qu'il te contamine, dit Ashaya la voix voilée, tu devrais le découper et ingérer des morceaux de son tissu cérébral. C'est une obscure maladie à prions apparue en Nouvelle-Guinée, du nom de *kuru*, qui a donné cette idée à Amara. Elle a modifié la protéine jusqu'à ce que celle-ci ne puisse plus être transmise que par ingestion ; elle ne voulait pas qu'on puisse dérober les résultats de ses recherches.

Il ne pouvait pas mettre la voiture sur conduite automatique, alors il lui prit la main en entrelaçant leurs doigts.

— Est-ce qu'il est en phase terminale ?

— Non. (Il fut surpris de voir son visage s'éclairer.) Keenan est en parfaite santé et il le restera. J'ignore ce qu'Amara lui a fait dans l'éprouvette, mais c'est un miracle, Dorian, il a des anticorps dans le sang.

Il n'était pas scientifique. Il mit un moment à comprendre.

— Il contient l'antidote à toutes les maladies à prions, conclut-il. (De cette bonne nouvelle découlait immédiatement une autre, plus sinistre.) Mais il est aussi la clé dont le Conseil a besoin pour libérer Omega.

Une vérité qu'ils ne devaient jamais, au grand jamais, découvrir.

Ashaya hocha la tête.

— Amara n'est pas au courant pour les anticorps ; j'ai faussé les résultats de ses tests. Mais quoi qu'il en soit, je savais que ce serait elle ou lui.

Elle croisa son regard, et il y lut une décision déchirante : l'instinct protecteur meurtrier d'une mère l'emportait sur les attaches d'un lien apparu avant la naissance.

— Elle avait l'intention de disséquer son cerveau à l'âge de cinq ans.

Seigneur.

— Dès le départ, tu étais embarquée dans une course contre la montre.

— Oui, au début. Puis, il y a deux ans et demi, quand Ming a commencé à s'intéresser de trop près à Amara et qu'elle a rejoint la clandestinité, j'ai cru que Keenan était sauvé.

— Mais elle ne l'a pas oublié, devina-t-il.

Une saccade de la tête.

— Elle le considère comme le premier stade du plus important de ses travaux.

Elle allait presque lui écorcher les doigts tant elle s'y agrippait. Il se rendit compte qu'elle était sur le point de craquer.

— Tu veux qu'on parle d'autre chose pendant un moment ?

Il n'avait pas spécialement envie de se montrer subtil en cet instant, mais il devait prendre soin d'elle.

Elle se précipita sur la diversion proposée avec la vivacité du désespoir.

— Oui.

— Et mon ADN anormal ? la taquina-t-il même si le félin grondait toujours férocement dans un élan de colère protectrice. Tu m'as réparé ?

— J'y travaille.

Elle détendit les doigts : la science lui permettait de reprendre pied.

Son léopard grogna de satisfaction. Ashaya avait une force intérieure admirable, et pourtant elle avait accepté son réconfort. Son âme de prédateur ressentait cela comme si c'était une caresse de ses longs doigts expérimentés autour de lui.

Il n'en fallut pas plus.

Il sentit soudain les griffes de la chaleur sensuelle ; sa bête se rapprocha encore un peu plus de la sauvagerie animale.

— Dis-moi, intima-t-il.

Il la lâcha et serra les mains autour du volant dans une vaine tentative de bloquer la rage primitive de sa réaction. Il avait attendu trop longtemps, et à présent son félin ne lui laissait plus le choix. Soit il caressait Ashaya jusqu'à ce qu'elle fonde littéralement pour lui... soit il déguerpissait. Mais il était absolument hors de question qu'il la laisse sans protection pour l'instant.

— C'est une énigme, débuta-t-elle, son ton préoccupé alimentant inconsciemment le désir de Dorian.

Surtout qu'il savait désormais combien elle pouvait être désinhibée au lit. Il entendait encore ses petits halètements, si brûlants et implorants.

Bordel, si je ne l'ai pas bientôt nue sous moi, je vais devenir fou.

— Selon mes observations, ton ADN est absolument identique à l'ADN changeling, mais...

— Où t'es-tu procuré l'échantillon de contrôle ?

Un éclair de chaleur le traversa et il se connaissait suffisamment pour y reconnaître une dose de jalousie pure.

— J'ai demandé à Tamsyn. (Une pause, comme si elle hésitait à poursuivre.) Je savais que tu n'apprécierais pas que j'approche un mâle. Tu es… possessif.

— Trésor, je suis bien au-delà de la possessivité.

Sa voix n'était plus tout à fait humaine.

— Dorian ?

Le son de sa voix, velours épais et miel, l'enveloppa comme une main de soie.

— Reste tranquille, répliqua-t-il.

Il se concentrait pour les amener à destination.

— Je n'accepterai pas qu'on me parle sur ce ton.

Elle s'inquiétait du ton de sa voix ? Si elle n'arrêtait pas de titiller la bête, elle se retrouverait chaude et contractée autour de sa queue avant même qu'ils quittent cette foutue autoroute. Il grogna à voix basse, relâchant le léopard de la seule façon possible.

— Reste… tranquille !

Ashaya se tut, apparemment sous le choc. Cela dura environ six minutes.

— Les changelings prédateurs mâles sont censés être protecteurs envers les femmes.

Il garda les yeux sur la route.

— Leurs femmes, en tout cas, ajouta-t-elle après une autre pause.

D'ici quinze minutes, il lui montrerait exactement à quel point il était protecteur.

— Je suppose que techniquement je suis une ennemie, de sorte que je ne devrais pas bénéficier de ta nature protectrice.

Où diable était la sortie d'autoroute ? Là ! Il engagea brusquement le véhicule sur une étroite piste de terre, emmenant Ashaya dans les profondeurs d'une zone isolée de la vaste forêt du Yosemite. Même si la majeure partie de cette forêt était un parc national, on y autorisait l'habitat sous certaines conditions strictes.

— Dorian ?

Encore dix minutes, se dit-il.

— J'ai raison, n'est-ce pas ? Tu me considères comme une enne…

— Shaya, grinça-t-il, tu jacasses.

Cette remarque la réduisit au silence pendant quelques minutes de plus.

— Une réaction nerveuse. Je devrais être capable de la gérer avec les armes dont je me sers face à Ming LeBon.

Après une centaine de mètres, la piste de terre devint un sentier des plus rudimentaires. Il passa à la conduite sur coussins d'air et les emmena dans l'ombre des majestueux gardiens de la forêt : les séquoias géants.

— Toutefois, aucune de mes armes ne semble fonctionner.

Il décéléra, pour passer par-dessus un petit affleurement rocheux. Même avec les coussins d'air, il risquait de causer des dégâts, mais il connaissait suffisamment la forêt pour éviter d'approcher quoi que ce soit qui ne se régénérerait pas rapidement. À vrai dire, il était bien moins préoccupé par la forêt que par sa queue. Elle était si gonflée qu'il ne pourrait bientôt plus bouger s'il n'ouvrait pas son jean très vite.

— Je ne peux pas m'arrêter de parler, dit-elle, clairement perturbée. Pourquoi ? J'ai le trac, le cœur qui bat à tout rompre, et les mains moites. (Une courte pause, suivie d'un soupir de soulagement.) Ça doit être la peur. Ton visage a l'air terriblement menaçant.

Il en avait assez entendu. Il arrêta la voiture devant une cabane si bien dissimulée par la verdure que même des félins ne la remarqueraient pas sans la chercher activement. Il se demanda ce qu'Ashaya en penserait. Mais une chose à la fois.

— Toi…, dit-il en se tournant pour lui lancer un regard furieux, je ne serai jamais une menace pour toi. Compris ?

Elle cligna des yeux.

— En fait, à cet instant tu es…

— Dis-moi que tu comprends.

Il se pencha vers elle, les yeux plissés.

— Mais...

— Pas de mais, pas de... Tu as le don de me faire chier sans même essayer, mais je préférerais me pointer un putain de flingue sur la tête avant de lever la main sur toi. Tu piges ?

Elle se retrouva coincée contre la portière, Dorian appuyant une main près de sa tête. Mais la révolte se lisait sur son visage.

— Non. Pas tant que tu fais preuve d'une telle agressivité.

— Vas-y, bébé, pousse-moi encore un peu plus.

Il esquissa un sourire.

Ashaya avait un très mauvais pressentiment à propos de ce sourire, mais un mauvais pressentiment qui la faisait fondre.

— Dorian, nous devrions peut-être aller dans la maison... je suppose qu'il y a une maison tout près ?

Son sourire s'élargit.

— Bien sûr.

Suspicieuse, elle attendit qu'il s'écarte d'elle, puis sortit précipitamment de la voiture. Il la suivit quelques secondes plus tard, s'arrêtant pour sortir son sac de l'arrière du véhicule.

— Par ici.

Il fit un signe de tête en direction d'une épaisse masse feuillue.

Elle écarquilla les yeux quand il repoussa une rangée de plantes grimpantes garnies de minuscules fleurs blanches et posa la main sur un scanner de pointe pour ouvrir la porte. Elle entra dans un lieu constitué – à l'exception d'un couloir qu'elle supposa mener à la salle de bains – d'une seule grande pièce à l'ombre du vert profond de la forêt.

— Lumière, dit-il un instant plus tard.

Des installations astucieusement disposées illuminèrent la cabane comme un soleil.

— Du verre partout, souffla-t-elle, comprenant la façon dont il avait amené la forêt à l'intérieur.

Les feuilles et les fleurs semblaient si proches, elle avait envie de tendre la main pour les toucher. Tandis qu'à l'extérieur la verdure n'était que courbes ombragées, des lignes claires dominaient à l'intérieur. Le lit occupait la partie gauche de la pièce, dans un espace dégagé. À la droite d'Ashaya se trouvait un confortable salon, et au-delà une petite cuisine.

Soudain, alors qu'elle n'avait entendu aucune commande vocale, les lumières devinrent tamisées, à l'exception de celle qui éclairait le lit. Elle se retourna pour lui demander…

— Oh.

Dorian déboutonnait sa chemise.

Elle sentit sa gorge s'assécher au fur et à mesure que se dévoilait la chair dorée. Une étrange chaleur lui inonda le corps, une turbulente tempête intérieure. Cet après-midi, elle s'était accrochée à lui car elle avait eu besoin d'oublier. Ce soir, elle savait qu'elle se souviendrait de chaque contact, de chaque caresse… de chaque pressante exigence masculine.

Il se débarrassa de la chemise et elle la vit glisser au sol en un mouvement qui parut ridiculement lent à ses sens en éveil. Devant elle, il n'était que muscles lisses et chaleur, un léopard dans un corps bénit par la grâce. Elle ne pouvait s'empêcher de détailler chacun des mouvements de Dorian tant c'était magnifique.

À présent, torse nu et le regard intensément masculin, il avait l'élégance d'un félin en chasse. Et elle savait pertinemment qu'elle était la proie. Elle resta immobile pendant qu'il tournait autour d'elle sans rien dire avant de s'arrêter dans son dos. Elle sentit des secousses sur sa tresse, et ses cheveux furent relâchés en une indomptable masse bouclée. Ensuite, de puissantes mains la caressèrent et firent glisser son cardigan des bras.

Elle aurait sans doute dû résister… sauf qu'elle ne voyait pas pour quelle raison. Ce qu'il lui avait offert sur le divan, c'était au-delà du plaisir. Elle en voulait davantage : elle voulait le toucher comme il l'avait touchée, l'explorer, le goûter. Et, puisque ses boucliers sur le PsiNet étaient miraculeusement solides, elle n'avait aucune raison d'avoir peur. Quant au reste… elle ne savait pas comment le chaos de ses sentiments pour Dorian gardait Amara à distance, mais c'était le cas. Pendant ces instants volés, elle était libre. De vivre. De toucher. Et d'être touchée.

Le cardigan fit un léger bruit en atterrissant sur le sol.

— Je vais prendre ça pour un oui, dit Dorian, les doigts posés sur les hanches d'Ashaya à la limite de sa taille. Si tu veux dire non, c'est maintenant ou jamais.

Une tension palpable dans chaque syllabe.

Cette question pratique aurait dû briser le charme sensuel, mais elle ne fit que lui délier la langue.

— Tu me distrais de l'analyse de ton ADN, dit-elle en s'essayant à la taquinerie.

Cela sonna faux, elle n'était pas habituée à ce genre de jeux. L'esprit en panne, c'était son corps qui avait pris le contrôle.

— Je suis latent, pas cassé.

Le silence se fit en elle ; son cœur primitif, un cœur venu à la vie en hurlant alors qu'il était enfoui sous la terre, comprenait que les paroles de Dorian n'avaient rien d'une affirmation.

— Tu es un sniper mortel, dangereusement doué, dit-elle avec sincérité. (Elle paraissait incapable de lui mentir.) De bien des façons, tu es plus résistant que ceux qui savent qu'ils peuvent compter sur la force de leur bête.

Des doigts rusés remontèrent en glissant sous son tee-shirt, caressant une peau qui frémit au premier contact.

— Alors pourquoi s'en préoccuper ? demanda-t-il.

Elle inspira en tremblant, posa les mains sur ses poignets.

— Plus lentement.

Il promena les doigts sur ses côtes.

— Je t'ai avertie, il est trop tard pour dire non.

Malgré ces paroles rudes, elle savait qu'il ne lui ferait jamais mal. Elle en était persuadée, absolument certaine. Comme si cette vérité était gravée dans les tréfonds de son âme.

— Je ne vais pas dire non.

Sur sa peau, les doigts de Dorian étaient un peu rudes, intensément masculins ; elle n'aurait pu dire pourquoi. Elle savait seulement qu'elle ne se serait jamais attendue à une telle sensation érotique.

— Mais la sensualité est une drogue à laquelle je dois m'habituer à petites doses, ajouta-t-elle.

Elle crut l'avoir surpris car il interrompit ses caresses.

Avant de les reprendre, introduisant le feu en elle avec une précision diabolique.

— Je suis patient.

— Je sais.

Il était aussi incroyablement concentré ; il était devenu un membre influent et respecté de sa meute en dépit de ce que beaucoup auraient considéré comme un handicap. Mais…

— Tu souffres, Dorian. (Un murmure qui le figea.) Je suis peut-être Psi, mais étrangement je sens que tu souffres de ne pas pouvoir te transformer.

Elle était troublée de le savoir, mais cela n'enlevait rien à la véracité de ses propos.

Dorian eut l'impression qu'elle l'avait giflé, rien qu'avec cette déclaration tranquille. Il avait si bien manœuvré pour surmonter son défaut génétique qu'il avait convaincu tout le monde, y compris lui-même, que c'était sans importance. Et dans un certain sens c'était vrai. Il était fier de ce qu'il était devenu, un changeling totalement capable de défendre sa meute, sa famille. Mais…

— Je n'ai pas réussi à la sauver.

Une confession déchirante.

Ashaya alla saisir les mains de Dorian sous son tee-shirt.

— De ce que j'en sais, Santano Enrique était un monstre absolu. Ne laisse pas l'écho de son mal ternir les souvenirs de ta sœur.

— J'ai juré de détruire le Conseil Psi.

Le don empathique de Sascha l'avait empêché de devenir une bête uniquement dévorée par la vengeance, mais il était un changeling prédateur mâle. Il ne pouvait oublier.

— Ils ont fait éclore Enrique, ils l'ont protégé. Je veux que leur sang inonde les rues.

— La haine te détruira, chuchota-t-elle. Elle… nous détruira.

Il haussa les épaules, enfouissant le visage contre la courbe de son cou. Les boucles de ses cheveux lui offraient un coussin d'une chaleur douce, si intrinsèquement féminine… il n'aurait pu l'expliquer. Il lui entoura la taille des bras, se contentant de la tenir contre lui, s'autorisant à la serrer, à accepter qu'elle soit sa compagne. À accepter qu'elle appartienne à l'espèce contre laquelle il avait dirigé toute sa colère, toute sa souffrance… afin de ne pas avoir à affronter sa propre culpabilité.

La main pragmatique d'une scientifique vint s'appuyer sur sa joue tandis qu'Ashaya inclinait la tête dans un tendre geste d'acceptation.

— On prétend toujours que ce sont les changelings qui recherchent le plus le contact, mais c'est faux. Il y a longtemps, longtemps avant Silence, les Psis le désiraient plus que quiconque.

Il laissa ses paroles couler sur lui comme une pluie affectueuse. Sa compagne – oui, sa compagne – s'efforçait de calmer son chagrin, en essayant de lui dire qu'après tout ils n'étaient pas si différents.

— À force de vivre sur le plan psychique, nous devenions tellement portés sur le mental, que nous avons pris peur. Nous avons recherché des sensations physiques pour nous ancrer, nous ramener à la réalité.

— Est-ce que ça a marché ?

Elle lui frotta doucement la main et il sentit son félin s'abandonner en tressaillant.

— Oui, dit-elle. Le cours de notre histoire en a été tellement modifié que même Silence n'a pu le détourner. Nous avons tous conservé, y compris les plus solides d'entre nous, un lien avec notre corps physique. Le contact nous a sauvés.

— Alors sauve-moi, Shaya.

Il mettait son cœur à nu, il l'invitait à l'attaquer férocement.

Laissant retomber la main, elle se retourna dans son étreinte. Puis, se dressant sur la pointe des pieds, elle s'empara de son visage et l'attira vers le bas. Elle lui offrit un baiser innocent, vulnérable, une caresse si douce qu'en un souffle il devint son esclave.

— Dorian, dit-elle, et ce fut comme une nouvelle caresse.

Une main papillonna jusqu'à son épaule. De l'autre, Ashaya souligna sa pommette, puis sa mâchoire, avant de la poser à plat sur son pouls.

Elle ne s'en rendait peut-être pas compte, mais lui savait qu'elle le marquait ainsi de façon très féminine.

— Encore, demanda-t-il, avide, affamé, prêt à se nourrir.

Chapitre 36

Elle replia les doigts sur son torse au lieu de se conformer à ses désirs.

— Tu es un homme incroyablement beau, dit-elle. Une structure osseuse parfaite, des cheveux d'un blond éclatant, des yeux si bleus qu'ils paraissent irréels. Ton seul « défaut », c'est ce tatouage. (Elle suivit la trace des trois saillies sur son biceps droit.) C'est un rappel des marques sur le visage de ton chef de meute ?

En guise de réponse, il hocha brièvement la tête.

— Un symbole de loyauté absolue, ajouta-t-elle. (Elle desserra les lèvres.) Tu n'en es que plus dangereusement magnifique.

Il sentit le rouge lui monter aux joues. Pour lui, son apparence n'avait été qu'un autre obstacle à surmonter.

— Il a fallu longtemps avant qu'on me prenne au sérieux.

— Et pourtant, Dorian, répliqua Ashaya en lui caressant le torse, tu m'intimides.

— Tu n'avais pas l'air intimidée, sur le divan de l'appartement.

Il leva la main, lui empoigna les cheveux. Ils le fascinaient, ils étaient si sauvages, comme parés d'un millier de couleurs, allant du noir absolu au brun doré. Il voulait découvrir la sensation de leur effleurement sur tout son corps. Il se demanda aussi quelles étaient les nuances ailleurs, plus bas. Il courba les doigts d'anticipation.

— C'était une folie. Je sais que tu as fait ça pour me réconforter. (Elle lui appuya un baiser sur le torse et le dévisagea à travers ses cils.) Mais là, ce soir, je ne sais pas comment je pourrais me comparer à un si bel homme.

Dorian se demanda si les femmes naissaient avec le don de couper les jambes à leurs hommes.

— Shaya, quand je te regarde, je ne peux pas penser à autre chose que coucher avec toi.

Elle enfonça les ongles dans son torse, ce qui le fit bander instantanément.

— Ensuite, poursuivit-il, je songe à toutes les façons dont je voudrais véritablement faire l'amour avec toi. Chacune implique que je lèche chaque centimètre de ton corps.

Il pencha la tête et sortit la langue pour goûter son cou, juste au-dessus des pulsations saccadées de son cœur.

— Qu'est-ce que j'aime ta peau !

— Ma peau ? (Quand il arrêta de la mordiller, elle jeta un coup d'œil incrédule à son propre bras.) Elle est brune.

— Elle a la couleur du chocolat fondu et du café crème, exotique comme un putain de désert, et tellement érotique ; je rêve de toi, nue sur mes draps, ta peau lisse et brûlante sous les rayons du soleil.

Elle déglutit, haletante.

— À t'écouter, je suis comestible.

Il ronronna.

— Tu l'es.

Il voulait la déshabiller lentement, pas à pas ; le félin désespérait de savoir si sa peau était partout de la même teinte somptueuse.

— Sinon, chuchota-t-il en appuyant un baiser ravageur sur sa bouche, je me ferai un plaisir de masser le moindre centimètre carré de ton corps avec une douce huile onctueuse avant de te caresser jusqu'à ce que le soleil s'occupe de toi.

Elle parut avoir de la difficulté à respirer.

— Dorian, ça ne voulait rien dire.

— Ah bon ?

Il lui mordit la lèvre inférieure et vit ses pupilles se dilater tandis qu'elle lui saisissait la taille.

— J'ai un fantasme, reconnut-il.

— Oh.

Elle se redressa sur la pointe des pieds, suivant inconsciemment sa bouche.

Il récompensa son enthousiasme d'un autre baiser.

— Glisser ma main le long de la cambrure de ton dos, depuis ta nuque jusqu'aux courbes douces, si douces, en dessous.

Elle expira en frémissant quand il lui prit les fesses d'une main.

— J'ai dit lentement, souffla-t-elle.

— On ne fait que parler.

Elle lui adressa un regard accusateur.

— Tu sais parfaitement ce que tu fais.

Il sourit, sentant de nouveau le félin ronronner. Oh oui, il savait pertinemment ce qu'il faisait. Ashaya était un être mental. Elle était si diablement maligne que cela l'excitait d'une façon inimaginable. Il devinait que, pour l'atteindre vraiment, pour éveiller sa sensualité autant qu'il le voulait, il devrait séduire son esprit autant que son corps.

Le sourire toujours aux lèvres, il la relâcha et déplaça les mains vers sa propre ceinture. Avec un intérêt manifeste, Ashaya le regarda défaire la boucle et retirer lentement la ceinture. Lorsque la boucle de métal tomba par terre dans un bruit sourd, Ashaya sursauta légèrement, mais elle ne quitta pas des yeux l'érection sous son jean qu'il ne faisait aucun effort pour dissimuler.

— Je te désire tellement, dit-il. Au moindre contact, je vais jouir.

La poitrine d'Ashaya se soulevait par à-coups.

D'une chiquenaude, il déboutonna son pantalon, puis commença à ouvrir la braguette.

— Merde, dit-il en soutenant son regard. J'ai oublié les chaussures.

Il s'empara d'une des deux chaises de la pièce et s'assit, jambes écartées. En s'abaissant pour défaire les lacets de ses rangers, il jeta un regard derrière Ashaya. Même obnubilé par le désir, l'instinct protecteur en lui ne permettrait pas qu'elle soit vulnérable. Après s'être assuré que le panneau de sécurité lançait toujours des éclairs « OK », il retira la première chaussure et la balança.

Ashaya ne broncha pas quand il se débarrassa de la seconde. Ni lorsqu'il retira ses chaussettes et se redressa sur la chaise. Elle se frottait les mains sur le devant de son pantalon kaki, le bleu foncé de son tee-shirt moulait les courbes généreuses de sa poitrine. Moite, se dit-il, flairant son odeur, elle avait la peau moite. Ce qui lui fit penser à d'autres parties d'elle, plus moites encore.

Il grogna et se laissa aller sur la chaise.

— J'ai envie de toi à en avoir mal, trésor.

— Qu'est-ce que tu veux que je fasse ?

Une offre rauque, sous le couvert d'une question.

D'un doigt, il désigna son tee-shirt.

— Enlève-le. S'il te plaît.

Il sourit, en y mettant tout le charme qu'il possédait.

Elle ne sourit pas en retour, mais ses yeux se remplirent de chaleur… un regard d'une possessivité exquise. Elle se saisit du bord inférieur de son tee-shirt et le fit passer par-dessus la tête d'un seul mouvement efficace. Il faillit avaler sa langue lorsqu'elle fit de même avec le soutien-gorge de sport noir qu'elle avait en dessous.

— Merde.

Il baissa la foutue braguette de son jean, libérant toute la longueur de son membre.

Elle le dévisagea, se passa la langue sur les lèvres. Et il dut se contraindre violemment pour éviter de jouir tout de suite.

— Tu n'es pas farouche, fit-il remarquer.

Il avait la voix enrouée, tant elle l'excitait.

Elle s'approcha, la femme absolue, accueillante.

— Tu m'as dit que tu avais envie de coucher avec moi chaque fois que tu me regardais. J'ai supposé que cela voulait dire que tu aimes mon corps. Ce n'est pas le cas ?

Les mains sur les hanches, la tête inclinée d'une façon terriblement séduisante. Elle avait l'air si confiante qu'il faillit ne pas déceler la note d'incertitude dans ses yeux. Quand elle reprit la parole, il se souvint que sa compagne était très douée pour dissimuler ses peurs et ses blessures.

— Dorian ?

— Chut, j'observe.

Il souligna des yeux son opulente poitrine, avant d'obliquer vers la courbe de sa taille en direction de hanches qui semblaient sculptées pour les mains d'un homme. Plus bas. Seigneur, il voulait mordre sa chair, la marquer de la façon la plus primitive.

Le félin s'étira en lui, une langoureuse vague de désir. Maintenant, se dit-il, elle est prête. Telle une drogue, l'excitation d'Ashaya infiltrait tous ses pores, au risque de concrétiser sa boutade : il pourrait jouir rien qu'à la regarder. En désespoir de cause, il se contracta encore plus.

— Bébé, si j'aimais encore un peu plus ton corps, je deviendrais eunuque à force de me retenir.

Elle était encore plus sexy qu'il ne l'avait imaginé, une déesse pulpeuse sortie tout droit de ses rêves les plus torrides.

Elle baissa les yeux sur son érection, le regard fasciné.

— Pourquoi… (elle parcourut son sexe du regard, tout en se mordillant la lèvre inférieure) est-ce que je trouve si excitant de te voir te retenir ?

— Pour la même raison que j'aimerais te voir te donner du plaisir.

Oh, merde, il avait à peine prononcé ces mots qu'il avait l'image en tête !

— Putain, gémit-il.

Il ferma les yeux très fort et essaya de penser au base-ball, aux arbres, à n'importe quoi sauf à Ashaya, la main enfouie entre les jambes, la tête rejetée en arrière, totalement relâchée.

Peine perdue.

Il ouvrit brusquement les yeux quand Ashaya se pencha sur lui pour promener un doigt inquisiteur le long de sa queue douloureuse. Il jouit.

Ashaya n'avait jamais songé au plaisir avant de rencontrer Dorian. Et quand bien même, elle l'aurait envisagé comme une chose mécanique : quand il la touchait, elle ressentait du plaisir. C'était l'équation : contact égale plaisir. Elle n'avait jamais imaginé que le voir perdre le contrôle donnerait naissance à un plaisir si profond et si intense qu'il éclipserait tout ce qu'elle avait connu jusque-là.

Après de longues secondes, il rouvrit les yeux.

— Ce n'était pas exactement ce que j'avais prévu.

Elle fut étonnée de déceler une touche d'embarras au milieu du bleu vibrant de ses yeux.

— Dorian, dit-elle sans chercher à masquer l'étendue du désir qui la dévorait, c'était l'expérience la plus érotique de toute ma vie.

Débordant de charme sensuel, il retroussa les lèvres en un sourire malicieux et provocant.

— Donne-moi quelques minutes et je t'offrirai un point de comparaison. Tu es tellement craquante, Shaya.

— Quelques minutes ?

Se sentant tout à coup gênée, elle croisa les bras. Le sourire de Dorian s'élargit, affichant la sauvagerie féroce du félin. Difficile de réfléchir dans ces conditions.

— Je croyais que les hommes avaient besoin de plus de temps de récupération, fit-elle remarquer.

— Pas moi.

Il se mit debout et déclara :

— Apprête-toi à jouer.

Elle eut envie de le suivre quand il disparut le long du couloir qu'elle supposait mener à la salle de bains. Il en revint complètement nu. Un incroyable son languissant emplit l'atmosphère et elle fut choquée de constater qu'il avait émané d'elle. Dorian s'immobilisa littéralement. Puis, l'instant d'après, il se déplaça si rapidement qu'elle hoqueta de surprise en le retrouvant face à elle, occupé à lui écarter les bras.

— Laisse-moi voir, dit-il en insistant doucement.

Elle ne s'y opposa pas.

— Je suis affamée, chuchota-t-elle, effrayée par l'ampleur de ce besoin et par ce qu'il exigeait d'elle. C'est presque douloureux.

Il ne lui demanda pas de cesser d'analyser leur interaction, il ne l'accusa pas de ne pas se comporter comme une femme… deux craintes qu'elle avait nourries. Au contraire, il dit en souriant :

— Montre-moi où.

Quand il lui lâcha les bras, elle posa la paume de la main droite sur le nombril, à cheval sur la peau et son pantalon.

— Là ?

Il écarta sa main pour y substituer la sienne. Elle baissa les bras, fascinée par ce contraste érotique. La main de Dorian était on ne peut plus virile en comparaison de la sienne, les poils sur l'arrière de ses bras luisaient sous la lumière et il avait des marques d'anciennes cicatrices sur les doigts.

Aux yeux d'Ashaya, il était magnifique. Mais quand il la regarda, elle découvrit une vérité surprenante : elle aussi était magnifique à ses yeux.

— Oui, murmura-t-elle.

C'était une permission, pas une réponse.

Il la prit au mot, cet homme à l'âme blessée et au cœur de léopard, un homme si complexe, une énigme qu'elle pourrait explorer pour le reste de ses jours si seulement elle en avait l'occasion. Elle inspira une goulée d'air quand il déplaça la main vers le bas, amenant ses doigts sous la ceinture, dans sa culotte, d'un geste sûr.

Une multitude de sensations explosèrent derrière ses paupières. Elle sentit ses genoux se dérober, son corps se mettre à trembler sous l'effet d'un plaisir extrême, les ténèbres lui engloutir le regard. Elle aurait dû être terrifiée. Sauf que c'était trop bon pour vouloir s'y opposer. Alors elle s'y abandonna.

Aucune place pour l'inquiétude. Ou pour la peur. Uniquement pour le plaisir.

Quand les ténèbres refluèrent, elle était allongée sur le lit, toujours à moitié vêtue… et scrutée par des yeux humains remplis d'une satisfaction très féline.

— J'ai dit lentement, objecta-t-elle.

Il sourit.

— Oups.

Il joue de son charme.

Le léopard couché à côté d'elle en avait tout un arsenal à sa disposition. Selon ce qu'on lui avait enseigné pendant sa formation au protocole Silence, le charme avait à la fois des aspects négatifs et positifs. Certains s'en servaient comme d'une arme, d'autres comme d'un instrument. Mais, allongée ainsi, alanguie de plaisir, elle comprenait que la confiance changeait tout. Le charme se faisait alors caresse, étreinte, baiser.

— À notre première rencontre, je n'aurais jamais imaginé que tu puisses te comporter ainsi, dit-elle.

Il contourna son nombril d'un doigt.

— À notre première rencontre, j'étais un enfoiré.

— Je ne crois pas que cela ait changé.

Il interrompit le manège de son doigt.

— Ah bon ?

— J'ai juste gagné un droit de passage.

Soulagé, il lui répondit par un petit gloussement rauque, avant de changer de position pour se retrouver sur elle. Le baiser fut cette fois faussement nonchalant, une dégustation lente qui la fit soupirer. Quand il lui embrassa le cou avant de descendre vers ses seins, elle plongea les mains dans ses cheveux et s'y agrippa.

Le frottement de sa mâchoire mal rasée était dur contre la peau douce de sa poitrine. Elle inspira une goulée d'air. Il murmura une excuse, lapant ses sens douloureusement aiguisés jusqu'à ce qu'elle puisse à peine le supporter. Cette danse sensuelle dépassait de loin son imagination. Il y avait tellement plus chez l'homme qu'elle avait surnommé le sniper.

— Tu réfléchis encore ? chuchota-t-il, en appliquant les lèvres sur son nombril.

Elle baissa les yeux pour croiser son regard aux paupières lourdes.

— À toi. (Sous ses mains, il avait les cheveux doux, lisses et brillants.) Je sais que mon Silence était brisé, mais j'ai été élevée dans un environnement où le contrôle était primordial. Je pensais qu'il me serait plus difficile de m'abandonner à ce point.

Faire confiance, jusqu'à ce que le corps et l'esprit soient alignés… Elle ne pouvait plus imaginer vivre autrement.

— Alors viens, trésor. Abandonne-toi encore un peu plus à moi.

Il posa le front sur son ventre, lui balayant la peau de ses cils, et planta un autre baiser sur son nombril. Puis il s'agenouilla et déboutonna son pantalon avant de se saisir de la braguette.

— Ouvrir.

Il joignit le geste à la parole.

On aurait dit qu'il touchait chaque centimètre de chair ainsi révélée, tant son regard était intense. Elle constata qu'elle retenait son souffle, elle le relâcha en une longue expiration alors qu'il se débarrassait du pantalon et le jetait par-dessus le bord du lit, ne lui laissant qu'un seul vêtement. Sa culotte était simple, noire, rien à voir avec la délicate lingerie de dentelle qu'elle avait aperçue à l'étalage des boutiques des humains et des changelings.

Mais Dorian n'avait pas l'air de s'en soucier.

— Tu es moite, constata-t-il.

Il fit courir un doigt sur cette moiteur, et elle dut réprimer un cri. Puis il recommença. Et encore. Ce qui lui envoya des sensations à travers tout le corps. Mais… cela ne suffisait pas.

— Je me sens… seule.

Il lui manquait quelque chose, quelque chose d'important. Il lui semblait qu'elle était en mesure de l'apercevoir sur le plan psychique, mais cette chose éphémère continuait à échapper à son emprise.

— Dorian ? dit-elle à la limite des sanglots.

— Je suis là. (Un mouvement vif, et elle n'avait plus de culotte.) Seigneur, tu es magnifique.

Une rude exclamation masculine, puis il lui écarta les cuisses, lui chuchotant de l'entourer de ses jambes. Elle obéit, et sentit son érection contre son sexe, chaude, dure, purement mâle.

Elle hurla dans leur baiser alors qu'il la pénétrait, étirant des muscles qui n'avaient jamais été utilisés de la sorte. Il n'y avait aucune souffrance, juste la plus exquise des douleurs, comme si son corps était fait pour cet homme, pour ce moment. Le vide en elle se dissipa, submergé par le nombre de sensations pures que son esprit s'efforçait de gérer. Une infime part d'elle savait que quelque chose continuait à faire défaut, mais Dorian la mordilla à l'épaule et cette pensée se fragmenta.

— C'est permis de mordre ? glapit-elle, en s'habituant à la chaleur incendiaire de sa présence en elle.

Il sillonna de baisers son cou, sa joue et revint à ses lèvres.

— Tu parles, ouais.

Il glissa une main sous elle, s'empara de ses fesses, et la fit bouger pour pouvoir la pénétrer plus profondément.

Elle s'arqua et s'enhardit à refermer les dents sur les puissants tendons de son cou. Il siffla en expirant et lui pétrit les fesses.

— Encore.

Désormais incapable de penser rationnellement, elle enfonça les ongles dans son dos et le griffa vigoureusement. En réaction, il grogna et tira sa tête vers l'arrière pour l'assaillir d'une volée de baisers.

— Ouvre la bouche.

Elle mordit plutôt sa lèvre inférieure.

D'un ton hargneux, il la maintint immobile en entremêlant leurs langues. Elle enchevêtra son corps avec le sien, lui rendant la pareille.

Puis Dorian se mit à aller et venir en elle.

Lentement.

— Plus vite, l'implora-t-elle en détachant brusquement les lèvres de sa bouche attirante.

Une chaleur masculine dans ces yeux bleus lumineux.

— Non.

Il se retira, centimètre par centimètre, c'était atroce… puis il revint de la même façon. Comme la première fois, les muscles d'Ashaya s'étirèrent, son corps trembla sous l'effet d'un millier de secousses imperceptibles.

— Dorian !

Il lui mordit les lèvres, les relâcha.

— Tu voulais y aller lentement.

Elle parcourut des mains son corps lisse de sueur alors qu'elle tentait de lui faire accélérer la cadence. C'était impossible. Il n'était que purs muscles souples contre sa douce forme féminine.

— Maintenant, je veux que ce soit rapide.

— Non. (Un autre sourire, un autre lent va-et-vient.) Je veux jouer.

Chapitre 37

Jouer.

Oui, songea-t-elle à travers la brume érotique du désir, un félin voulait jouer.

— À quel jeu ?

— Essaie de me convaincre d'accélérer.

À ce stade, elle n'était même plus certaine de pouvoir aligner une phrase cohérente. En désespoir de cause, elle contracta ses muscles internes. Il en frissonna et laissa retomber la tête.

— Encore.

Une exigence qui révélait le prédateur qu'il était, la sentinelle dominatrice qui avait l'habitude de commander.

— Accélère d'abord.

Ashaya le griffa de nouveau, s'étant rendu compte que sa peau le supportait et qu'il aimait ça.

Un grognement sourd qui n'aurait pas dû sortir d'une gorge humaine. Il retira brusquement les mains d'Ashaya pour les placer de part et d'autre de sa tête.

— Tu te frottes à un léopard, trésor ? Pas très malin.

Elle serra de nouveau les muscles et vit le plaisir envahir son visage. Elle sentit son estomac se contracter, de même que d'autres choses, plus bas. Dorian était devenu l'objet de sa curiosité, qui constituait toujours son principal atout dans le labo. Elle voulait explorer son corps de toutes les façons possibles. Puis elle voulait recommencer dans un millier de positions différentes. Elle voulait faire ronronner ce félin.

— Je lis dans tes pensées, dit-il, les yeux brillants.

— C'est vrai ?

Elle gémit sous ses mouvements continus, si lents, tellement lents.

Il lui mordit de nouveau l'épaule, plus fort cette fois. Elle se rendit compte que la sueur de son corps se mêlait à la sienne tandis que des lumières se mettaient à étinceler derrière ses paupières.

— Laisse-toi aller, dit-il d'une voix marquée par une tendresse brute qui l'ébranla. Je te protégerai.

Oui, il le fera, pensa-t-elle. Alors elle surfa sur la vague du plaisir, elle l'autorisa à l'emmener dessus et, au sommet de la vague suivante, elle enfouit le visage contre son cou, léchant le sel de sa peau.

Un son très proche d'un ronronnement parcourut le torse de Dorian. Enfin, il se mit à bouger plus rapidement, son sexe chaud et dur allant et venant en elle. Elle s'accrocha : elle était protégée… et elle le protégeait en retour.

Dorian se sentait on ne peut plus léopard lorsqu'il cligna des yeux, une fois que son pouls eut enfin ralenti. Son premier instinct fut de vérifier le panneau de sécurité. Toujours « OK ». Bien. Parce qu'il n'avait aucune intention de bouger ; son corps était relâché, ses membres détendus, et son léopard pelotonné en boule, satisfait, rassasié, affichant une grimace béate et féline. Sans oublier qu'il avait à ses côtés une femme sacrément sexy à demi comateuse. Il sourit en entendant son gémissement plaintif quand il promena les doigts sur son ventre.

Chatouilleuse, se dit-il, ravi. *Elle est chatouilleuse.*

Il posa la paume à plat sur son ventre, et se laissa envahir par cette agréable sensation, s'y enroulant comme dans une cape. Il s'occuperait de la culpabilité plus tard, pensa-t-il en emprisonnant le sentiment quand il fit mine de surgir.

Mais ce n'était pas si facile. Les pensées le dévoraient. La mort de sa sœur. La souffrance de ses parents. Sa propre colère, violente. Et à présent, son plaisir.

Mais même si cette prise de conscience était affreusement douloureuse, il ne pouvait pas regretter. Pas ça. Pas sa compagne.

Ashaya tourna la tête, le dévisagea de ses yeux pénétrants.

— Les émotions sont un système complexe, pas vrai ? dit-elle.

Il souligna sa silhouette du bout du doigt.

— C'est une façon de le dire.

— A plus B n'est pas toujours égal à C.

Elle avait un ton pensif, sa peau somptueuse était chaude et un peu humide sous la paume de Dorian.

— Non. (Il bâilla, et jeta un coup d'œil au réveil près du lit.) Il est presque 1 heure du matin.

— Humm. (Elle répondit à son bâillement par un autre, délicat.) Ça s'appelle le réflexe de pandiculation, tu sais… l'envie de bâiller à la suite de quelqu'un d'autre.

— Ça, c'est une discussion sur l'oreiller.

Il bâilla de nouveau et eut la surprise d'apercevoir un minuscule sourire éclairer le visage d'Ashaya.

Le sommeil arriva comme un doux murmure. Il dormit blotti contre elle, les sens aux aguets contre tout signe d'intrusion. Mais quand il se réveilla à peine une heure et demie plus tard, ce fut parce qu'il avait pris conscience qu'Ashaya l'observait.

— On dirait que tu n'as jamais vu de félin dans ton lit.

Le rouge lui monta aux joues.

— Tu sais bien que c'est le cas.

Il s'apprêtait à la taquiner encore un peu quand il capta l'effluve d'une odeur étrangère. Alors qu'il saisissait son jean, le panneau de sécurité émit un tintement pour l'avertir d'une intrusion dans le périmètre extérieur.

— Habille-toi. (Le sourire envolé, il enfila son jean et se dirigea vers la porte.) Sois sur tes gardes, mais reste à l'intérieur.

Il sortit sans attendre de réponse. Une minute plus tard, un homme émergea de l'obscurité soyeuse des arbres. Andrew avait manifestement pris sa forme animale, car il était nu... sans le moindre trouble : les changelings y étaient habitués. Même si Andrew était loup et Dorian léopard, ils se comprenaient l'un l'autre. La sœur du SnowDancer avait aussi été enlevée par Santano Enrique. Au contraire de Kylie, Brenna avait survécu, mais après avoir enduré la pire des tortures.

Toutefois, la tolérance de Dorian à l'égard d'Andrew avait des limites. Et elle n'allait certainement pas jusqu'à l'autoriser à s'approcher d'Ashaya.

— Qu'est-ce que tu fabriques ici ?

Même si les SnowDancer et les membres de DarkRiver pouvaient librement accéder à leurs territoires respectifs, les loups préféraient rester dans leurs hauteurs.

Andrew regarda par-delà Dorian.

— Je la sens.

— N'y songe même pas.

Le jeune homme esquissa un sourire.

— Son odeur t'enveloppe. Est-ce qu'elle est aussi sexy qu'elle le laisse sentir ?

Dorian savait qu'Andrew le provoquait intentionnellement.

— Et si tu venais vérifier ?

— Est-ce que j'ai l'air idiot ?

— Tu as l'air d'un loup.

Andrew retroussa les babines.

— Je croyais que nous étions amis.

— Et je croyais qu'on t'avait posté à San Diego.

Le loup haussa les épaules.

— Je suis venu rendre visite à ma petite sœur, vérifier que tout allait bien avec son compagnon.

— Elle va bien, répondit Dorian, se détendant un peu face à l'absence manifeste d'agressivité chez Andrew. J'ai veillé sur elle.

— Ouais, je sais. Elle râle sans cesse qu'elle a désormais trois crétins de frères surprotecteurs au lieu de deux. (Andrew grogna.) Attends qu'elle ait une petite fille. Je ne vois pas Judd se montrer moins férocement protecteur.

Dorian acquiesça d'un sourire. Judd était son partenaire d'entraînement et un fils de pute sans cœur. Sauf en ce qui concernait Brenna.

— Trêve de bavardages, Drew. Tu n'es pas venu ici pour tailler une bavette.

— À vrai dire, je ne comptais parler à personne. (Andrew fit jouer ses épaules, comme s'il remettait ses os en place, avant de s'adosser à un mince sapin.) Je voulais me bouger, alors je suis parti courir. J'ai décidé de descendre jusqu'ici pour changer de cadre.

Dorian hocha la tête.

— Mais ?

— Mais j'ai vu quelque chose, j'ai pensé que ça pourrait être important. Puis j'ai senti ton odeur et voilà. (Un regard entendu par-delà Dorian.) J'ai senti une autre odeur, aussi. Une odeur beaucoup plus délectable.

— Tu sais, Drew, dit-il sur le ton de la conversation. Judd a raison : tu cherches vraiment les ennuis, bordel.

— Qu'est-ce que… !

Andrew riva le regard sur le manche oscillant d'une lame de couteau plantée dans le tronc de l'arbre contre lequel il était appuyé.

— Putain, d'où ça sort ce truc ?

Dorian s'apprêtait à répondre quand il entendit un bruit derrière lui. Il se tint sur ses gardes ; il espérait foutrement qu'Ashaya ne s'apprêtait pas à commettre une bêtise en sortant. Si elle le faisait, ce serait immédiatement l'escalade. Car peu importait qu'il appréciât Andrew, Dorian n'était pas prêt à autoriser un mâle sans compagne autour d'elle. Pas encore, pas tant que la danse nuptiale n'était pas achevée.

Mais le bruit suivant transforma sa colère froide en un petit sourire narquois.

— Elle a un fusil pointé sur toi.

Andrew tourna vivement le regard vers la cabane.

— J'aurais dû me douter que tu mettrais le grappin sur une nana aussi folle que toi. (Des paroles légères mais son regard était déjà redevenu sérieux.) J'ai aperçu des gardes Psis. Armés jusqu'aux dents, uniformes noirs, juste à la frontière de votre territoire.

— Merde.

Dorian plongea la main dans une poche et trouva le téléphone qu'il n'avait pas pris la peine de retirer quand il s'était déshabillé plus tôt cette nuit-là.

— Attends. (Andrew se passa une main dans les cheveux.) Ils n'avaient pas l'air de vouloir nous chercher des ennuis. À ce que j'ai vu, ils faisaient très attention à ne pas franchir les limites.

Dorian suspendit son geste.

— Nous n'avons connu aucun problème avec le Conseil depuis que nous avons saboté leurs systèmes informatiques.

Un sabotage en guise de représailles contre l'attaque d'un groupe changeling vulnérable qui était sous la protection de DarkRiver.

— Tu es certain qu'ils ne sont pas ici pour attaquer ?

— On aurait plutôt dit qu'ils cherchaient quelqu'un.

Dorian sentit des picotements dans le cou.

— Coordonnées ?

Le SnowDancer les débita à toute allure. Au même moment, le téléphone de Dorian se mit à sonner. C'était Lucas, qui déclara :

— Nous avons reçu des rapports faisant état d'une présence Psi à la frontière.

— Un instant.

Il remercia Andrew d'un signe de tête car celui-ci s'apprêtait à partir. Le SnowDancer se transforma en une pluie d'étincelles multicolores, puis un mince loup argenté s'élança vers le lointain.

— Luc, je pense qu'ils traquent Ashaya, sans doute par le biais de sa sœur.

Il avait déjà brièvement informé son mâle dominant du lien psychique existant entre les jumelles lorsque Lucas était venu avec Sascha chercher Keenan pour l'emmener à la tanière des SnowDancer.

Lucas jura sous cape.

— Qu'est-ce que tu as d'autre ?

Il relata la découverte inopinée faite par Andrew, tout en retirant son couteau de l'arbre pour le glisser dans sa poche.

— S'ils ont repéré Shaya, ils pourraient être en train d'essayer de lui couper ses voies de repli, de se positionner pour la capturer hors de notre territoire.

Mais ils pouvaient toujours rêver. Dorian poursuivrait impitoyablement celui qui oserait lui enlever sa compagne.

— On va les en empêcher. Je suis en route pour aller discuter avec eux.

Les instincts de Dorian, les instincts d'une sentinelle vouée à protéger son couple dominant, s'éveillèrent dans un élan vengeur.

— Qui est avec toi ?

— Mercy et Clay couvriront mes arrières. Sascha va rester hors de vue afin de détecter toute tentative d'interférence psychique.

—Sascha est cardinale mais elle n'est pas formée à…

—Est-ce que je t'ai dit que ma compagne avait traîné avec ce foutu assassin ? dit Lucas en grognant.

Dorian se calma.

—Judd lui a appris à scanner à la recherche d'interférences. Bien. (Il changea de sujet.) Quand es-tu rentré de la tanière des SnowDancer ?

—Il y a une demi-heure. Sascha a estimé que ce serait mieux pour Keenan si nous donnions à son transfert vers la tanière les apparences d'une visite normale. Hawke et Judd veillent tous les deux sur lui, mais le gamin s'est senti comme un poisson dans l'eau après avoir fait la connaissance de Walker, dit-il en parlant du frère aîné de Judd.

—Aucun de nous n'est là-haut ?

Dorian était certain que les SnowDancer veilleraient sur Keenan, mais il ne voulait pas que le gamin se sente complètement perdu au milieu d'étrangers.

—Hawke pense que je manque de confiance, mais j'ai envoyé Rina et Kit. Keenan connaît Kit, et puis c'est un bon entraînement pour les deux jeunes de passer un peu de temps avec nos principaux alliés. Bon, je suis presque arrivé. Je te rappelle plus tard.

Dorian rangea le téléphone dans sa poche et se retourna pour apercevoir Ashaya dans l'embrasure de la porte.

—Je pensais t'avoir dit de rester à l'intérieur.

—L'autre homme est parti. (Elle leva le fusil que Dorian cachait dans son placard.) Et je n'ai pas besoin d'être une fine gâchette pour parvenir à toucher un homme à cette distance.

—Ah ouais ?

Il l'observa essayer de mettre ses cheveux derrière les oreilles. La chevelure indisciplinée refusait de rester en place, dansant avec jubilation dans les légers courants d'air qui se frayaient un chemin à travers les arbres.

— J'ai un peu entendu votre conversation ; ils ont retrouvé ma trace jusqu'ici ?

Il ne pouvait pas lui mentir.

— Amara doit les avoir renseignés.

— Non. (Elle secoua la tête, obstinée.) Elle ne me trahirait jamais.

— Shaya…

— Non, Dorian. (Elle serra la main sur le fusil et se renfrogna.) Même s'ils envahissaient son esprit, elle trouverait un moyen de les induire en erreur. Cette fois-ci, ils sont trop proches ; il y a trop de risques qu'ils parviennent à me localiser. Rien à voir avec le chaos de Chinatown.

Elle réussit à le convaincre.

— Ce qui ne laisse qu'une seule autre possibilité.

Elle lui lança un regard interrogateur tandis qu'il ôtait de la végétation de sa façade pour dégager une fenêtre.

— Ce n'est pas toi qu'ils traquent, expliqua-t-il, mais Amara.

Le fusil trembla dans les mains d'Ashaya.

— Je suppose que je le savais.

— Elle est dans ta tête ?

Il remonta les marches, lui prit le fusil et la repoussa à l'intérieur.

— Non. (Elle plongea les mains à travers les cheveux.) La « porte » psychique à mon extrémité du lien est fermée. Je ne sais pas quand, ni comment, cela s'est produit, mais ça ne change rien. Nous sommes toujours conscientes l'une de l'autre ; elle suit cette conscience.

— Comme un missile à tête chercheuse.

— Oui.

Une fois la porte refermée, Dorian introduisit le code de sécurité et réamorça les alarmes du périmètre.

— Ça fonctionne dans l'autre sens ? Tu peux la retrouver ?

— Oui, mais je ne veux pas. (Elle avait les pommettes saillantes.) C'est dangereux. Si je me concentrais sur elle, je pourrais ouvrir mon extrémité du lien. Impossible de deviner ce qu'elle pourrait alors essayer de faire ou d'envoyer à travers celui-ci. Je ne peux pas courir ce risque alors que je ne sais même pas comment j'ai bloqué le lien.

— Bien. Andrew ne l'a pas aperçue, donc elle n'est pas encore si proche que ça. Nous avons le temps.

Il vérifia le fusil, puis passa ses autres armes en revue ; il s'arrêta seulement pour envoyer un court message à Luc, l'informant de la possibilité que les soldats du Conseil soient à la poursuite d'Amara.

— Si tu veux prendre une douche, fais-le maintenant, dit-il.

Elle hésita.

— Et si c'était une diversion et qu'elle était à la recherche de Keenan ?

D'instinct, il secoua la tête.

— C'est toi qu'Amara recherche.

Et le gamin ne pouvait pas être plus en sécurité, protégé par une meute qui prenait les menaces contre les enfants très au sérieux.

Ashaya hocha la tête.

— Je me dépêche.

Sa voix tremblait un peu, mais elle tint parole et fut de retour après sept minutes.

Dorian se risqua à se doucher lui aussi ; Amara n'était pas changeling, mais ce serait de la vraie paresse de ne pas se tracasser de laisser une piste odorante.

— Poste-toi à une fenêtre pour surveiller les alentours.

Il lui mit le fusil dans les mains, l'embrassa car le goût de sa bouche lui manquait, et disparut sous la douche.

Trois minutes plus tard, il en était sorti et se séchait.

— Shaya ?

— Rien. (Elle passa la tête par la porte et lui adressa un regard préoccupé.) Comment je peux encore te désirer alors que tout est sens dessus dessous ?

Il jeta la serviette sur une rampe et se mit à enfiler ses vêtements.

— J'ai entendu Faith dire que certaines choses sont gravées dans la pierre.

Une fois son pantalon enfilé, il l'attira à lui en glissant une main derrière ses cheveux mouillés, et s'empara de sa bouche dans une étreinte brûlante et protectrice.

— Nous en sommes une.

Elle demeura dans ses bras pendant quelques secondes avant de s'écarter.

— Tu veux dire que nous étions prédestinés ?

— Non. (Il secoua la tête, balayant des mèches de cheveux humides de son visage.) Nous avons fait des choix, toi et moi. Mais le temps des choix est révolu.

Chapitre 38

Comment osait-elle ?

Chez n'importe qui d'autre, cela aurait pu s'appeler de la colère, mais c'était une forme d'incompréhension stupéfaite qui s'était emparée d'Amara Aleine. Elle ne pouvait littéralement pas comprendre pourquoi Ashaya avait fait ce choix. Ashaya appartenait à Amara. C'était ainsi. Cela devait être ainsi.

Alors qu'elle progressait péniblement dans la forêt à travers l'obscurité épaisse de l'aube – elle avait été contrainte d'abandonner son véhicule volé lorsque la végétation était devenue trop dense –, elle essaya d'ordonner ses pensées, de trouver du sens au chaos. C'était difficile. Elle n'était pas habituée à être hors du labo, elle ne s'était jamais trouvée, de sa vie, dans un endroit aussi incroyablement calme. Et pourtant ce calme était rempli de choses qui détalaient et chuchotaient, d'yeux qui luisaient derrière la masse imposante des arbres sur son chemin.

Le sol tentait de la faire trébucher tous les deux pas, et elle avait les mains contusionnées après avoir failli chuter à plusieurs reprises. Si elle n'avait pas eu l'esprit d'Ashaya pour la guider, elle se serait perdue en moins de deux minutes dans cet endroit.

Mais même à présent, Ashaya refusait de répondre à ses appels, en bloquant son extrémité du lien. Depuis des années, il arrivait à sa jumelle d'agir de la sorte, mais aujourd'hui, Amara y décelait une intention accrue. Plus grave, elle sentait l'autre connexion, celle qui menaçait de diluer le lien entre Ashaya et elle jusqu'à l'effacer. Et c'était ce qu'Amara ne pouvait pas comprendre.

Elle savait qu'Ashaya avait toujours eu un faible pour les émotions. C'était comme ça, une composante de la psyché de sa sœur. Qui intéressait Amara, au même titre que tout ce qui concernait Ashaya. Mais à présent cette dernière posait des actes qui défiaient leur compréhension mutuelle. Le pire étant qu'elle avait introduit une autre personne dans leur jeu.

C'était contraire aux règles.

Amara trébucha, tomba lourdement sur un genou et resta assise jusqu'à ce que la douleur physique s'estompe. Lorsqu'elle se remit à marcher, l'articulation raide se détendit. Dès cet instant, elle reporta son attention sur le vrai problème.

Le troisième joueur dans le triangle. La menace.

Elle tapota la petite bosse formée par sa poche, vérifiant la présence de cette seringue très particulière, celle chargée avec le double de la dose qu'elle avait utilisée contre les gardes. Une injection suffirait pour le tuer. Alors tout redeviendrait comme avant. Elle ne serait plus seule, piégée dans les ténèbres infinies, sa voix réduite à Silence, son autre moitié séparée d'elle avec une précision clinique.

Être seule la terrorisait. Cela la rendait furieuse. À en hurler. Et quand elle hurlait, une déferlante de sang écarlate éclaboussait l'univers.

Si Amara avait été suffisamment rationnelle pour réfléchir, la nature sinistre de ses pensées l'aurait interpellée ; elle n'avait jamais ressenti d'émotions. La peur lui était aussi étrangère que la colère. Pourtant ces deux émotions l'habitaient à présent, et Amara n'était plus en état de faire la différence. Cela faisait longtemps qu'elle avait cessé d'être rationnelle… depuis le jour où le Gardien Noir lui avait murmuré à l'oreille pour la première fois.

Chapitre 39

« Mon cœur est triste. C'est si étrange. Je sais que cela vient de la colère réprimée par Dorian. Je suis peut-être Psi, mais je vois que cette colère le dévore de l'intérieur. J'ai peur qu'il la laisse détruire cette merveille entre nous, cette chose précieuse à laquelle je n'ai même jamais osé rêver. »

Extrait des fichiers personnels cryptés d'Ashaya Aleine.

Malgré l'équipement de vision nocturne des soldats Psis, Lucas bénéficiait d'un net avantage. C'était son territoire et il en connaissait la moindre parcelle.

— Pourquoi devrions-nous vous épargner ? demanda-t-il à l'homme vêtu de noir qui s'avança à sa rencontre.

— Nous n'avons rien contre vous. (Le regard de l'homme était morne, sa voix sans intonation.) Nous vous demandons l'autorisation d'accéder à votre territoire pour traquer une fugitive Psi.

— Autorisation refusée. (Lucas croisa les bras.) Je n'ai pas l'habitude de permettre à mes ennemis d'entrer sur mon territoire.

— Cette fugitive pourrait constituer une menace pour vous et votre peuple.

Lucas esquissa un sourire, qui n'avait rien d'amical.

— Si c'est le cas, elle mourra.

— Celle-ci, nous préférerions la capturer vivante.

— Votre mère ne vous l'a jamais dit ? On n'obtient pas toujours ce qu'on veut.

Il sentit Mercy se déplacer pour contourner les soldats sur un flanc, tandis que Clay se chargeait de l'autre. Desiree avait pu les rejoindre au dernier moment et occupait un poste d'observation surélevé, dans les arbres derrière Lucas. C'était une bonne gâchette, pas autant qu'un sniper comme Dorian, mais suffisamment pour éparpiller les cerveaux des Psis sur le sol de la forêt.

— Le Conseil verrait votre coopération d'un bon œil, dit le Psi.

Lucas sentit un frisson se diffuser à partir de son cœur. Il le laissa gagner ses yeux, sa voix.

— Dites à votre Conseil que nous n'oublions jamais nos morts. Et nous ne pardonnons jamais. Enrique n'est peut-être plus là, mais ceux qui restent ne valent pas mieux.

Un silence. Lucas savait que le Psi était en communication télépathique.

— Est-ce une menace ?

Lucas fut certain que quelqu'un d'autre le scrutait à présent derrière ces yeux sinistres.

— Non, juste une observation. Si vos hommes ne sont pas partis d'ici dix minutes, le sang coulera.

— Il y aura aussi des morts parmi les vôtres.

Lucas sourcilla.

— Il fera encore nuit noire pendant au moins une heure, la forêt est épaisse et nous sommes des léopards en terrain connu. Vous voulez nous affronter, allez-y.

— Cette fugitive est extrêmement dangereuse. Si nous partons, vous serez responsables des morts et des blessures qui résulteront de sa cavale.

— C'est noté. (Il marqua une pause.) Mais si vous la voulez vivante, donnez-nous une idée du temps écoulé depuis son évasion. Cela nous donnera plus de chances de la capturer ;

nous n'aurons ensuite aucun scrupule à vous refiler votre merdier.

Une pause… on soupesait la décision.

— Nous pensons qu'elle se trouve dans la forêt depuis une heure tout au plus. Elle est armée.

Sur ce, les soldats Psis partirent en formation militaire. Lucas flaira Clay et Mercy qui les escortaient vers la sortie.

— Dezi, dit-il, une fois que les échos de leur marche se furent atténués sous ses pieds.

De légers bruissements que seul un mâle dominant entendait, suivis de la vibration des pieds de Desiree touchant le sol. Elle s'approcha de lui, grande et mince, la peau de bronze balayée d'or et des cheveux jusqu'à la taille qu'on aurait dit rassemblés en un millier de fines tresses. Elle avait son fusil accroché sur le dos.

— Je n'ai rien vu de suspect. (Elle grimaça. Ses yeux verts étaient tellement foncés qu'ils paraissaient noirs sous cette lumière.) Ils puent, mais ce n'est pas un scoop.

Lucas acquiesça. Ces Psis avaient diffusé la froide odeur métallique qui retournait les estomacs changelings. Selon la théorie de Vaughn, c'était le signe de Psis tellement empêtrés dans Silence qu'ils ne pourraient jamais en sortir.

— Ils ne mentaient pas à propos de la fugitive. Tu penses être capable de trouver une piste ? demanda Lucas.

— Peut-être, mais cette bande de demeurés a brouillé les marqueurs d'odeur. Si je creuse sous leur couverture de merde… peut-être.

Lucas sortit son téléphone.

— Je vais appeler Jamie et rameuter plus de monde, dit-il faisant allusion au partenaire d'entraînement de Dezi. Tu commences à suivre la piste. (Son humeur sinistre laissa place à de l'amusement en la voyant se balancer de façon inconfortable d'un pied sur l'autre.) J'appellerai aussi ta maman, pour l'informer que tu prolonges ton poste.

— Fait chier. (Elle donna un coup de pied dans les aiguilles de pin qui tapissaient le sol de la forêt.) J'ai oublié mon téléphone et elle s'inquiète si je ne l'appelle pas après un poste de nuit. Je n'arrête pas de lui dire que c'est mauvais pour mon image de dure à cuire, mais…

— Meenakshi ne s'est pas encore faite à l'idée que son petit ange délicat soit devenu soldat.

Sous sa forme humaine, la mère de Dezi était une personne menue, très dynamique, avec des yeux verts surprenants issus comme elle d'une région du Cachemire et une peau semblable à celle de sa fille. C'était une vedette dans le monde de la danse classique de l'Inde, et elle aimait son compagnon et sa fille comme la prunelle de ses yeux, mais elle n'en revenait pas que son bébé se soit mué en une jeune femme si mortellement dangereuse. Même s'il arrivait aussi à Dezi de danser.

— Tu étais mignonne dans ton costume.

Desiree se renfrogna.

— Pourquoi tu n'oublies jamais ces conneries ? (Elle tourna les talons sans plus attendre.) J'aurais dû être un éléphant plutôt qu'un léopard.

Avec un grand sourire, Lucas la regarda disparaître au milieu des arbres en composant le numéro de Dorian, parfaitement conscient de l'apparition d'une autre femme dans son champ de vision. Sascha s'appuya contre un pin élancé pour patienter : elle était magnifique, de quoi tordre les boyaux, et il fut tenté de l'attirer vers lui pour un long baiser affamé. Mais il était chef de meute et Dorian une sentinelle qui avait versé son sang pour lui plus d'une fois ; cette loyauté était réciproque.

— Nous n'avons pas eu confirmation qu'il s'agissait d'Amara, dit-il à Dorian, mais pour l'instant, ils veulent tellement la récupérer vivante qu'ils nous ont communiqué l'heure à laquelle elle est entrée sur notre territoire.

— Combien de temps avant qu'elle atteigne ma cabane ?

— Elle n'a pas l'habitude de ce terrain, donc je dirais pas avant l'aube ; du moins si elle ne se casse pas la jambe en tombant, ou si elle ne rencontre pas une forme de vie sauvage moins amicale.

— Ça pourrait être une ruse.

— Ouais. Dezi suit la piste et je pars la rejoindre. Ce que j'aimerais savoir, c'est pourquoi ils ne l'ont pas attrapée sur le PsiNet.

Dorian laissa échapper un souffle.

— Il se pourrait qu'ils s'en servent pour retrouver Ashaya. Mais… Faith a vu le Gardien Noir autour d'Amara. Il la protège peut-être.

— Merde alors.

Lucas n'allait certainement pas sous-estimer le Gardien Noir. Il savait exactement à quel point cette entité pouvait être dangereuse. Il savait aussi qu'il y avait peu de chances qu'Amara Aleine en ressorte vivante ; ni lui ni Dorian n'allaient permettre que la forme insidieuse de mal engendré par le Gardien Noir ternisse la meute.

— Qu'est-ce qu'on fait si on la trouve ? demanda-t-il, puisque Dorian était celui qui disposait du plus d'informations à ce sujet.

Une pause et il entendit les murmures d'une conversation à voix basse, puis Dorian revint en ligne.

— Amène-la ici. Il faut qu'on en finisse.

— C'était aussi mon idée.

Il mit un terme à la conversation et appela Meena comme promis, puis composa le numéro de Jamie. Le soldat décrocha à la première sonnerie. Lucas lui communiqua la localisation de la cabane de Dorian.

— … a priori pour monter la garde, mais peut-être pour plus que ça.

Il aurait normalement dû appeler une autre de ses sentinelles mais, puisque Jamie et Dezi faisaient tous deux partie des futurs prétendants à ce poste, il devait les mettre à l'épreuve.

Jamie acquiesça.

— J'y serai sans doute juste après l'aube.

— Ça devrait aller.

Une fois que tout fut réglé, Lucas rangea son téléphone et s'approcha de sa compagne pour assouvir sa faim. Ils échangèrent un baiser lent, passionné, parfait.

— Je pars en chasse.

Sascha hocha la tête.

— Tu veux que j'attende ?

— Est-ce que je veux que ma compagne attende dans une forêt déserte pendant qu'une dangereuse fugitive Psi erre en liberté ? Un instant, laisse-moi réfléchir.

— Le sarcasme ne te va pas. (Elle l'embrassa de nouveau, les yeux rieurs.) Je n'ai intercepté aucune tentative manifeste d'interférence psychique.

— Bien. Retourne à la maison et repose-toi.

Aucun des deux n'avait beaucoup dormi, mais il savait qu'elle en pâtirait davantage ; elle était physiquement plus faible que lui. La simple réalité. Et un fait que ses instincts protecteurs l'empêcheraient de négliger.

— Si c'est Amara, j'ai le pressentiment qu'on aura besoin de ton don.

Le visage de Sascha prit une expression solennelle.

— Avoir une jumelle détraquée… Leur lien doit être puissant ; même sur le PsiNet, les jumeaux ne sont pas séparés. Je ne vois pas comment cela pourrait connaître une fin heureuse. (Elle lui prit la main.) Dorian est émotionnellement impliqué.

— Ouais.

— S'il devait perdre une autre femme qu'il considère sienne… (Elle secoua la tête.) Il s'abandonnera aux ténèbres. Personne ne sera en mesure de l'arrêter.

Lucas n'objecta pas. Il savait parfaitement que si Ashaya mourait, Dorian se saisirait d'un fusil et partirait en chasse. Et, cette fois, seule la mort mettrait un terme à sa quête de vengeance.

Ashaya croisa le regard de Dorian.

— Je veux monter la garde avec toi.

Il se renfrogna.

— Tu retournes devant les caméras demain… non, aujourd'hui. Va te reposer un peu.

Elle était assise sur le bord du lit, tressant ses cheveux.

— Oui, dit-elle. Je dois être certaine que les gens saisissent que le Conseil a assassiné Ekaterina et les autres.

Il entendit la colère, ce que le léopard comprenait. Certains crimes étaient impardonnables.

— Il y a autre chose dont tu dois t'occuper ; on nous a informés qu'un groupe humain cherchait à utiliser Omega pour frapper les Psis.

Elle laissa échapper un souffle.

— Je ne peux pas me rétracter. Cela démantèlerait tout ce que nous avons accompli. (Une pause.) J'insisterai sur le fait que le virus ne se limiterait pas à une seule espèce.

— Ça devrait suffire.

— Je n'avais jamais songé à ça, murmura-t-elle. J'ai mentionné Omega parce que c'était le plus grand secret du Conseil dont j'avais connaissance ; je voulais une info qui causerait tellement de remous qu'ils en oublieraient de chercher un petit garçon disparu.

— Pour le protéger, tu t'es servie de ce qui pouvait conduire à sa perte.

— Ironique, n'est-ce pas ?

— Rusé, objecta-t-il en la dévisageant.

Elle avait l'air si solennelle et soignée avec ses nattes serrées de chaque côté de la tête qu'il eut la mauvaise impulsion de la décoiffer de nouveau.

Elle croisa son regard.

— Le félin est dans tes yeux.

En vérité, le léopard était totalement étiré en lui, tendu d'inquiétude. Mais il était aussi… heureux. Parce qu'elle était ici. Et tant l'homme que le léopard feraient tout ce qu'il fallait pour la garder en sécurité.

— Quoi qu'il arrive, tu fais l'émission aujourd'hui. Nous devons te rendre tellement importante que ta mort causerait plus de problèmes qu'elle n'en résoudrait.

Pour commencer, ils auraient un sniper à leurs trousses. Une pensée d'un calme glacial.

— Autrefois, le Conseil ne se serait pas posé de questions, dit Ashaya. Ils m'auraient fait taire sans attendre, ainsi que toute critique. Je suppose que les choses changent, mais si lentement.

— Silence a eu plus d'un siècle pour prendre racine, lui rappela-t-il. On ne peut y mettre un terme du jour au lendemain.

— Je ne me soucie pas vraiment de Silence.

Il lui lança un regard incrédule.

— Quoi ?

— Je pense que la plupart des Psis s'affranchiraient de Silence s'ils avaient le choix, mais d'autres préféreraient s'y tenir. On devrait pouvoir choisir.

Il détourna son attention vers la fenêtre.

— Si tu le crois.

— Ce n'est pas noir ou blanc, insista-t-elle. (Il sentait son regard dans le dos.) Les nuances de gris dominent.

— Hum… hum.

Quelque chose lui heurta le dos.

— Oh, je te parle ! cria-t-elle.

Quand il se retourna, Ashaya lui adressa un regard guindé.

— Tu n'écoutais pas.

— Je ne comprends pas : pourquoi diable quiconque choisirait de rester un robot sans émotions ?

Il lui relança l'oreiller.

Elle l'attrapa et le serra contre son estomac.

— Parce que certains dons Psis sont si dangereux que même nous les craignons au niveau le plus profond, le plus primaire. Silence est parfois tout ce qui tient ces puissants Psis éloignés du bord de l'abîme.

Dorian croisa les bras et appuya l'épaule contre le mur à côté de la fenêtre, d'où il pouvait continuer à surveiller les alentours tout en faisant face à Ashaya.

— Non, Shaya, je ne peux pas l'accepter. Silence a engendré le putain de salaud qui a pris la vie de ma sœur. Je veux que ça disparaisse.

La colère se diffusa dans ses entrailles, parcourant ses veines avec une intensité sauvage.

— Et que fais-tu des innocents qui perdront la tête sous le feu aveuglant de leurs dons ? (Elle se leva et s'avança pour lui toucher le bras.) La violence de ces meurtres suivis d'un suicide t'a permis de constater sur quoi débouche ce type de dégénérescence.

Un voile rouge se levant derrière lui, une femme brisée dans les bras d'un assassin.

— Ça ne me regarde pas. (Il lui prit la joue.) Tu es à moi. Tu comptes. La meute compte. À chacun son problème.

Ashaya secoua la tête.

— Tu ne le penses pas.

— J'en pense le moindre mot. Je ferai tout mon possible pour anéantir Silence.

Parce que selon lui, la folie, le mal, tout cela découlait de l'imposition d'un protocole qui avait éliminé les émotions chez les Psis.

— Non, Dorian. (Elle lui tira le poignet, mais il rompit le contact et se retourna vers la fenêtre.) Le Conseil est l'ennemi. Une fois qu'ils auront disparu, une fois que nous aurons des dirigeants qui se préoccupent…

Il grogna.

— Les dirigeants Psis tendent à être assoiffés de pouvoir.

— Pas tous.

S'approchant tout près de lui, Ashaya lui agrippa le bras ; elle se sentait sur le point de saisir quelque chose de fondamental. Puis il lui lança un regard dur et elle comprit.

— Tu n'es pas cet homme aigri, plein de haine, qui refuse de voir la vérité. Tu vaux mieux que ça.

Le regard de Dorian se remplit de colère froide.

— Ma sœur a été massacrée, Shaya. Massacrée. Un des Silencieux l'a torturée, tailladée, brisée. Puis il l'a ramenée à la maison pour la tuer à l'endroit même qu'elle voyait comme son havre de paix. (Il serrait les poings à s'en briser les os.) Sa peau était encore chaude quand je suis arrivé. J'ai entendu l'écho de ses cris en grimpant les marches quatre à quatre et certaines nuits, ce cri me hante jusqu'à ce que je n'entende plus rien d'autre.

Elle ne pouvait imaginer toute l'horreur qu'il ressentait mais, en elle, cette connaissance indéfinissable, une connaissance qui ne s'harmonisait qu'avec ce léopard sous enveloppe humaine, comprenait que son chagrin pouvait aussi se transformer en une sorte de poison. C'était un miracle que ce ne soit pas encore arrivé.

Sa meute, songea-t-elle, se rappelant le regard de Lucas Hunter sur le balcon de CTX. Les compagnons de meute de Dorian n'avaient pas seulement veillé sur lui, ils l'avaient empêché de sombrer sous le poids écrasant de ses tourments et de ses angoisses.

— Tu allais mieux, dit-elle les épaules raidies par cette soudaine révélation. Avant que j'entre dans ta vie, tu commençais à surmonter la douleur.

— Tu es à moi.

Une déclaration neutre, pas une réponse.

— C'est ma faute, dit-elle en relâchant son bras. Je t'ai replongé dans le poison de la colère.

— Ashaya… non !

Un avertissement.

— Si, dit-elle en élevant la voix pour couvrir le rugissement silencieux de sa colère. Je suis Psi et tu as juré de détruire les Psis. Cette… connexion que nous avons, tu n'étais pas préparé à cela, tu n'es pas à l'aise avec ça…

— Putain, je suis plus qu'à l'aise avec toi. (Des mots pareils à des balles.) Tu ne dois pas chercher à t'enfuir en prétextant un fatras psychologique qui sert tes intérêts.

— Je ne veux pas m'enfuir ! (Elle l'avait dans la peau, ce félin. Et elle sentait battre sa douleur dans son propre cœur.) Je veux juste que tu affrontes la vérité.

Il lui gronda dessus, un son qui lui fit dresser tous les poils du corps.

— Qu'est-ce que tu veux que je te dise, bordel, Shaya ? Que je ne m'étais jamais attendu à tomber amoureux d'une Psi ? Que ça me tue qu'il soit désormais plus important pour moi de te protéger que de détruire le Conseil ? Que la culpabilité du plaisir que tu me donnes est un poids mort dans ma poitrine ? C'est ça que tu veux entendre ? Voilà, je l'ai dit. Mais tu sais quoi ? (Il la poussa contre la fenêtre, refermant la main sur son cou.) Ça n'a pas la moindre espèce d'importance. Le léopard te reconnaît, il sait que tu m'étais destinée.

— Et l'homme ? s'enquit-elle, refusant qu'il la réduise au silence par la seule force de sa colère. Qu'en pense l'homme ?

Chapitre 40

— L'homme souhaiterait que ce soit facile. (Il promena le doigt sur son pouls saccadé.) Il souhaiterait que tu sois changeling ou humaine afin de ne pas devoir remettre en question son besoin de haïr les Psis, afin de ne pas devoir affronter le visage accusateur de sa sœur chaque fois qu'il ferme les yeux, afin de ne pas devoir se sentir traître face à ses propres serments, bon sang.

De la souffrance, une souffrance déchirante, qui la transperça.

— Je suis désolée.

— Non, Shaya, ne sois pas désolée. C'est ce que l'homme souhaite, mais il sait qu'il ne t'échangerait pour rien au monde… même si cet échange permettait de ramener sa sœur de la tombe. (L'ombre de son incroyable culpabilité donnait une nuance nocturne au bleu de ses yeux.) Je vais monter la garde à l'extérieur.

Il la quitta sans un mot de plus.

Ashaya resta le regard rivé sur la porte fermée, le cœur rempli d'un tourbillon d'émotions qu'elle était beaucoup trop inexpérimentée pour comprendre entièrement. Elle savait seulement que Dorian avait mal, mal à en avoir le cœur brisé. Elle leva une main et se massa inconsciemment la poitrine. Elle était M-Psi ; elle n'avait pas le don de guérir les blessures émotionnelles. Elle ne savait même pas par où commencer.

La seule chose qu'elle pouvait pour Dorian, le seul cadeau qu'elle pouvait lui offrir, c'était de permettre à son corps de se transformer. Elle travaillerait là-dessus, se dit-elle, elle s'accrocherait à ce qui lui était familier, à ce qu'elle comprenait facilement. C'était une bonne solution, qui reposait sur ses aptitudes… et pourtant elle savait que ce n'était pas *la* solution. Elle ne pouvait pas rester assise là, à refuser de voir la vérité : *j'ai poussé Dorian au bord de l'abîme.*

La vraie question était de savoir si elle était prête à plonger avec lui.

Ashaya ne s'était jamais considérée comme une lâche ; elle avait survécu au Conseil l'esprit indemne, elle avait risqué sa vie pour aider d'autres à échapper à une mort certaine. Mais ce soir-là, ce choix était le plus difficile de sa vie. Elle savait que si elle suivait Dorian, si elle acceptait sa souffrance comme si c'était la sienne, il n'y aurait pas de retour en arrière possible.

Elle pensa à Keenan et son cœur de mère se serra ; il se sentait déjà chez lui avec ces félins. Ce choix ne changerait rien pour lui. Mais Amara… elle ne savait pas ce qui arriverait à Amara. Sa jumelle était présente depuis la naissance, depuis même avant la naissance, leurs esprits étaient reliés, leurs âmes connectées. Une larme solitaire dévala son visage : elle pleurait la perte d'une relation qui n'avait jamais eu la moindre chance de réussir, mais qui la retenait prisonnière.

Puis elle se leva, essuya la larme… et sortit.

Dorian se tenait le dos appuyé contre le mur de verre invisible, les yeux rivés sur la masse sombre des arbres face à sa maison. Il ne dit rien quand elle ouvrit la porte et sortit, il demeura aussi immobile et inhospitalier qu'une pierre. Mais quand elle fit un petit mouvement dans sa direction, il leva un bras et l'attira vers lui.

— Ne pleure pas, lui dit-il.

C'était un ordre martelé d'une voix encore tremblante de colère. Mais sous la colère, se trouvait une puissante émotion qui menaçait d'arracher Ashaya à tout ce qu'elle avait connu jusque-là et de la projeter dans le tourbillon des ténèbres.

Elle enfouit le visage contre son torse et l'entoura de ses bras.

—Alors n'aie pas mal, dit-elle.

Elle sentit quelque chose tirer sur son âme, provoquant une étrange difficulté respiratoire.

Dorian se fit très calme contre elle.

Elle résista à l'attraction, sachant que cela la séparerait d'Amara. Et si Amara était sa geôlière, Ashaya était la gardienne de sa sœur. Coupée d'Ashaya, Amara tuerait, assassinerait, deviendrait exactement le monstre qu'Ashaya l'avait empêchée de devenir toute sa vie.

—Je suis née la première, souffla-t-elle. Je suis responsable d'elle.

Dorian se raidit pendant un instant. Puis il déposa un baiser sur le dessus de son crâne.

—C'était pareil pour moi.

—Tu veux bien me parler d'elle ?

Il la serra plus fortement contre sa chaleur.

—Elle riait tout le temps, dit-il, la voix âprement douloureuse. Rien ne semblait la rendre triste. Lorsque Kylie était enfant, je ne l'ai vue pleurer qu'une seule fois : quand on s'est moqué de moi parce que je ne savais pas me transformer. (Sa voix se brisa.) Elle était tellement furieuse. Elle a dit que cela n'avait pas d'importance pour elle, que j'étais le frère qu'elle aurait choisi. Seigneur, c'était une battante.

Spontanément, une image se forma dans l'esprit d'Ashaya, l'image d'une fille possédant le charme de Dorian et un regard espiègle.

—Est-ce qu'elle te ressemblait ?

—Mêmes cheveux, mêmes yeux. Mais son sourire… renversant. Elle pouvait convaincre n'importe qui de faire n'importe quoi. (Un rire rauque.) Même quand elle me faisait chier, elle parvenait à m'arracher un sourire. Elle me racontait des blagues idiotes du genre « Toc toc, qui est là ? » jusqu'à ce que je craque. Puis elle me faisait un câlin et disait en souriant que j'étais son frère préféré parce qu'elle savait que je lui pardonnais.

Ashaya ferma les yeux et déglutit péniblement.

— Elle comptait énormément pour toi.

— Une part de mon cœur est morte avec elle. J'ignore si je la récupérerai un jour.

— C'est bien comme ça, parvint-elle à murmurer. Cette part lui appartenait.

— Elle me manque. (Il enfouit le visage contre son cou ; elle s'était dressée sur la pointe des pieds pour l'entourer des bras.) Ses appels pour que je vienne la chercher à la sortie d'une boîte à 1 heure du matin me manquent. Ses stupides blagues me manquent. Son rire me manque. Elle me manque à chaque instant, bon sang !

Il trembla de tout son corps et elle sentit un liquide chaud dans le cou.

Aveuglée par ses propres larmes, elle serra ce puissant léopard, cette sentinelle.

Elle le serra pendant qu'il pleurait… et qu'il s'emparait ainsi des derniers morceaux de son cœur.

Trois quarts d'heure plus tard, Dorian observait le soleil entamer sa progression furtive et rampante à travers le ciel et sentit une étrange forme de paix s'installer dans son cœur. Cela ne durerait peut-être qu'un moment, ou peut-être davantage. L'important était de savoir que cette paix lui venait de la femme qui vaquait si calmement à ses occupations à l'intérieur de sa maison, pendant qu'il montait la garde au-dehors.

Il avait tenté de la convaincre de retourner se coucher, mais elle avait refusé. À deux reprises, elle était venue lui dire qu'elle sentait Amara se rapprocher. Une autre fois, elle s'était inquiétée d'une voix brisée que sa jumelle se soit égarée dans le noir. Quand il l'entendit de nouveau approcher, il s'attendit à de nouvelles informations.

Mais elle sortit de la maison avec une tasse de café à la main.

— Tiens.

— Merci.

Il la dévisagea avec intensité, sachant qu'il devrait demeurer vigilant envers sa compagne ; la force de l'habitude pourrait l'amener à dissimuler ce qu'il avait besoin de voir. Comme il l'avait anticipé, son visage n'affichait aucune trace de sa nuit sans sommeil ou des paroles qu'ils avaient échangées… à l'exception de ses yeux, toutefois.

Ces yeux, bordel, tellement magnifiques. Semblables à un lac, là-haut dans la Sierra, avant la neige. Bleu argent et si clairs qu'on y voyait le détail de chaque feuille qui s'y reflétait.

— Nous ferons tout notre possible pour la prendre en vie, annonça-t-il.

Elle hocha froidement la tête, mais elle avait serré les poings.

— Lucas est sur ses traces, expliqua-t-il. (Son chef de meute avait appelé dix minutes auparavant pour confirmer qu'ils avaient aperçu Amara.) Je lui ai demandé de la laisser nous rejoindre.

Elle soupira faiblement.

— Merci.

— Luc et Dezi restent en arrière. Ils ne veulent pas risquer de se faire repérer par un scan télépathique.

— Bien vu, mais… (elle secoua la tête) je pense qu'elle est tellement focalisée sur moi en ce moment qu'elle est imperméable à tout le reste.

— Ouais, c'est ce que Luc a dit.

Il but une gorgée de café en laissant son regard errer sur elle. Elle était belle dans la lumière tamisée entre l'obscurité et l'aube, elle serait magnifique sous les rayons du soleil.

— Apparemment, elle n'essaie pas du tout de masquer ses traces. D'après les observations de Luc, il semble qu'elle se soit égarée à quelques reprises, mais chaque fois le compas interne entre vous deux semble l'avoir remise sur le droit chemin.

— Je suis contente qu'elle ne se soit pas perdue.

Elle s'avança vers lui d'un pas hésitant. Transporté de joie, il fit passer sa tasse dans la main gauche et leva le bras droit pour l'accueillir. Elle se colla à lui, un autre petit signe d'abandon.

Mais ce n'était pas assez. Même l'abandon dont elle avait fait preuve au lit ne suffisait pas. Sa bête grondait, elle en voulait plus, elle voulait tout.

« Je suis née la première. Je suis responsable d'elle. »

Le pire, c'était qu'il comprenait. Mais le léopard n'était pas aussi civilisé.

— Est-ce que tu sens cette chose entre nous ? lui demanda-t-il.

Un léger hochement de tête.

— Qu'est-ce que c'est ?

— Tu le sais.

— Je ne peux pas t'appartenir, murmura-t-elle. Je ne peux pas m'affranchir d'Amara. Sans moi… elle deviendra celle que Faith a aperçue en vision.

— Tu m'appartiens déjà.

Il n'était pas humain, il n'était pas Psi. Et il ne se souciait pas particulièrement des raffinements d'un comportement acceptable.

— À un moment, le léopard prendra le contrôle et je te pourchasserai.

Elle s'agrippa à son torse.

— Je suis un être psychique. Je peux te bloquer aussi longtemps qu'il le faudra.

Là se trouvait le problème. Le lien d'union n'était pas automatique. Pour qu'il soit pleinement effectif, les deux moitiés du couple devaient l'accepter. Cette acceptation pouvait prendre un millier de formes, mais il savait que dans le cas de Sascha et Lucas, cela avait exigé un choix conscient de la part de Sascha. Elle avait dû décider de rompre le lien vital au PsiNet pour se jeter dans les bras de Lucas.

Dorian savait au plus profond de lui qu'Ashaya devait faire ce même saut dans l'inconnu, accomplir un geste similaire de confiance absolue.

— Tu peux toujours essayer, Shaya. (Il haussa les épaules.) Mais le lien d'union est déjà présent, il t'attire. Plus nous nous touchons, plus nous partageons nos secrets, plus il devient solide. À un moment, il sera impossible de le bloquer.

Elle se tourna légèrement.

— Je le sens, ici, reconnut-elle en appuyant le poing sur le cœur, mais je ne l'aperçois pas sur le plan psychique. Je sens qu'il m'attire de plus en plus, et pourtant c'est impossible qu'il existe. Tu n'es pas sur le Net. Tu n'es même pas un être psychique.

Il se demanda lequel des deux elle s'efforçait de convaincre.

— Le lien d'union existe de la même façon que ton lien avec Keenan.

Sauf que c'était un lien bien plus rude, un lien muni de griffes et de crocs, engendré par la colère pure de la possessivité et la dévotion infinie du cœur changeling.

— Les léopards ne sont pas beaux joueurs quand il s'agit de leur compagne, continua-t-il. Si tu attends trop longtemps, tu deviendras ma proie.

Ashaya ressentit l'avertissement au creux de son être. Dorian était un sniper. Il ne la pousserait pas dans ses derniers retranchements. Non, il attendrait, il la harcèlerait, puis il la prendrait.

— Nous verrons, dit-elle.

Le léopard essayait de la mettre au pas. Mais même sur le PsiNet, elle n'avait jamais été très douée pour obéir.

Le gloussement de Dorian dévala le long de la colonne vertébrale d'Ashaya comme un millier de petites piqûres.

— Tu aimes vraiment vivre dangereusement, hein, beauté ?

Elle se rappela ce qu'il avait dit au lit, à propos de se frotter à un léopard. Son cœur fit un bond.

— Ça rend la vie passionnante.

Il déplaça la main sur sa nuque, pour incliner sa tête vers le haut.

— Et dire que je croyais que tu ne t'intéressais qu'à la science.

Le baiser fut lent, intime, rempli de la saveur du café et de celle de Dorian.

Elle était incapable de résister, d'ailleurs elle ne savait pas pourquoi elle l'aurait souhaité. Un tel plaisir dans ses os, dans son sang, dans le creux de son nombril. Contre elle, il n'était que muscles tendus et puissance lovée. Si elle avait écouté ses désirs, songea-t-elle soudain, elle aurait voulu que Dorian reste nu afin de pouvoir assouvir sa faim de simplement observer ce corps magnifique démontrer sa force et se mouvoir.

Il avait un drôle de regard quand il releva la tête.

— Je viens d'avoir une étrange vision.

— Ah bon ?

Elle s'aperçut qu'elle s'étirait vers lui, désirant en goûter davantage.

Il avait toujours sa tasse de café à la main, mais il plongea la tête pour la satisfaire et mordilla sa lèvre inférieure à la fin du baiser.

— Ouais. Je me voyais me balader les fesses à l'air. Bizarre. Je suis plus intéressé à t'avoir…

Ashaya sut qu'elle s'était dévoilée d'une façon ou d'une autre car il s'arrêta en pleine phrase et siffla doucement.

— Ce n'était pas le fruit de mon imagination, n'est-ce pas ?

Il esquissa un sourire et décocha un regard qu'on pouvait seulement qualifier de malicieux.

— Je ne sais pas à quoi tu fais allusion.

Son sourire s'élargit, de façon si lente, si masculine, qu'elle crut que ses genoux allaient flancher.

— Oh, mais moi si. (Des morsures à sa lèvre inférieure, une langue de félin sur sa lèvre supérieure.) Le lien d'union commence à lutter contre toi.

Elle caressait sans y penser la peau de son cou, ayant appris qu'il aimait être touché de la sorte.

— Pourquoi ça ?

— Je ne suis peut-être pas Psi, mademoiselle Aleine, mais même les animaux stupides que nous sommes savent que lorsque deux personnes se mettent à échanger des pensées, il se passe quelque chose.

Elle plissa les yeux face à son ton suffisant.

— C'était une coïncidence.

— Bébé, quand je songe à mon corps, je ne me focalise pas sur ma queue.

Seules des années de contrôle de ses réactions l'empêchèrent de trahir le nœud formé par le besoin dans son estomac.

— Tu penses que d'une certaine façon le lien fonctionne ?

Un autre sourire malicieux, très malicieux.

— Ouais. Et je pense aussi que tu mouilles pour moi. (Il inspira profondément.) Putain d'ambroisie.

Elle avait négligé les capacités sensorielles de Dorian. Elle sentit ses joues se réchauffer sous le coup d'une réaction physique inhabituelle. Mais cela la rendit aussi… heureuse.

Une pensée bizarre, une sensation étrange de chaleur dans son corps. Mais réelle. Elle était heureuse car il était heureux. Aucun d'eux n'avait reparlé de ce qui s'était passé avant l'aube. Ce n'était pas nécessaire. Ils comprenaient qu'il lui faisait confiance comme à personne auparavant… et qu'elle préférerait mourir plutôt que de trahir cette confiance.

Parce que, peu importaient les liens qui la retenaient sur le PsiNet, il lui appartenait. Et elle lui appartenait.

—*Non!*

La violence du coup télépathique faillit la projeter au sol.

Elle s'agrippa à Dorian, sentant qu'il s'était immédiatement mis en état d'alerte.

—Elle est suffisamment proche pour entrer en contact télépathique.

Suffisamment proche pour que, même incapable d'entrer dans l'esprit d'Ashaya, Amara sente l'affaiblissement du lien gémellaire, et le renforcement d'autre chose.

—Attends une seconde, demanda-t-elle.

Elle cligna des yeux pour fuir les lumières qui scintillaient devant elle et tenta de ralentir ses pulsations chargées d'adrénaline.

—Elle souhaite ta mort, l'informa-t-elle.

L'âme d'Ashaya hurlait, révoltée.

—Je suis capable de veiller sur moi. (Dorian la poussa vers la porte, en lui tendant sa tasse.) Enferme-toi à l'intérieur et…

—Non. Je dois l'affronter.

Elle déposa la tasse à l'entrée de la maison.

—Tu le pourras une fois que je l'aurai maîtrisée.

Dorian scannait la forêt en parlant, les narines dilatées car il utilisait tous ses sens.

—Si je dois assurer ta protection, cela me distraira.

Elle s'indigna.

—Je ne suis pas une bonne à rien, Dorian. Souviens-toi que je me suis échappée du labo sans ton aide.

Il lui lança un regard agacé.

— Tu vas jouer l'emmerdeuse maintenant ?

— Tu te prives de la seule personne qui est peut-être en mesure de contrôler Amara. (Elle ne broncha pas quand il lui fit face.) Tes instincts protecteurs t'aveuglent.

— Et alors ?

Son absence de protestation la déstabilisa. Mais rien qu'un instant.

— C'est idiot. Je pourrais essayer de la calmer avant qu'elle t'incite à réagir violemment.

Les yeux de Dorian brillèrent.

— Shaya, elle t'a torturée comme un putain d'animal de laboratoire. Je ne veux pas que tu te retrouves dans ses parages.

— *Éloigne-toi de lui !*

Chapitre 41

« Je sais que ce que je t'ai demandé est injuste, mais je sais aussi que tu as les épaules suffisamment solides pour t'acquitter de cette mission. Ashaya, mon enfant têtue, mon enfant courageuse. Mais elle est mienne aussi. Nôtre. Détraquée, mais elle reste ma fille, et ta sœur. Elle reste l'esprit le plus brillant qu'aucune de nous deux n'a jamais vu. »

Lettre manuscrite signée « Iliana »,
vers octobre 2069.

Désormais méfiante vis-à-vis de sa jumelle, Ashaya repoussa le coup télépathique. Mais Dorian plissa les yeux.

— Elle te frappe violemment.

Elle porta le regard vers les zones d'ombre que les rayons du soleil n'avaient pas encore atteintes.

— Elle te voit comme un concurrent.

Elle se servit de ses dons télépathiques pour essayer de calmer l'esprit erratique de sa jumelle.

— *Arrête ! Arrête ! Arrête !* répliqua cette dernière.

Le rythme mental était bizarre, ça sonnait faux. Amara n'écoutait plus. Ashaya regarda Dorian.

— Elle ne se laissera pas capturer si elle t'aperçoit à mes côtés en arrivant. Prends-la en embuscade, amène-la ici. Ne lui fais pas mal.

Elle partit dans la lumière obscure d'un matin de forêt.

Ayant lâché une bordée de jurons, Dorian la dépassa en courant – s'arrêtant seulement pour appuyer un baiser possessif sur ses lèvres – et disparut entre les arbres. Elle savait qu'il ne la quitterait pas des yeux mais, pendant un instant, elle se sentit terriblement seule.

Keenan était lié à elle. Tout comme Amara.

Mais il manquait quelque chose.

... je sens les feuilles m'effleurer les cheveux et m'égratigner les paumes. J'ai un millier d'odeurs dans le nez et...

En un clin d'œil, cela avait disparu.

— Dorian, murmura-t-elle.

Elle imagina leur lien naissant comme un appareil d'holovision avec une mauvaise réception. Ou peut-être un câble pirate constituait-il une meilleure analogie ? Mais qui était le hacker ? Penser au lien en termes techniques l'aida à concevoir cette chose miraculeuse et chatoyante, si étrangère à son expérience qu'elle osait à peine se dire qu'elle y avait droit.

Elle enjamba un tronc couché au sol et s'arrêta, tendant une oreille interne qui ne relevait pas de sa nature Psi, avant de tourner à gauche. Plus elle s'avançait, plus la terre devenait meuble et la forêt dense. Mais il y avait encore de grandes étendues dégagées, jonchées de débris de la forêt : des feuilles et des branches, des rochers et de la mousse. Elle n'avait aucune difficulté à contourner les obstacles ; la lumière s'était infiltrée. Il s'agissait d'une lumière tamisée et pesante. Une lumière d'attente.

Elle s'arrêta de nouveau et écouta, cette fois avec son oreille humaine. Rien. Dorian était doué, vraiment très doué.

... la terre et la vive morsure du pin, concentration. La vue d'une belle femme marchant sur le sol de la fo...

Elle jeta un regard derrière elle, à l'affût. Mais elle ne vit nulle part l'homme qui la trouvait belle. Pourtant elle le sentait en elle, alors qu'elle était sur le PsiNet et lui en dehors. Comment s'était-il intro...

— Évidemment, murmura-t-elle en s'immobilisant.

Dorian n'était pas entré par effraction. Non, elle l'avait invité.

Le lien d'union tirait sa substance de l'incroyable attraction qu'elle ressentait pour lui. Pleine de couleurs et de chaos, cette émotion l'attachait à lui beaucoup plus fortement que n'importe quel lien psychique.

Peu importe que j'aie refusé le lien. J'ai déjà accepté Dorian dans mon cœur.

À cet instant, Amara émergea d'un taillis de sapins, le visage sale, plein d'égratignures et dévorée par un dérangement mental qui avait déteint sur son apparence physique.

— Non, dit-elle la voix rauque et les lèvres desséchées. Il ne peut pas t'avoir.

Ashaya aperçut la seringue chargée dans la main de sa sœur et se sentit emportée par une vague protectrice sauvage.

— Je t'empêcherai de le toucher.

— Tu n'oserais pas me faire mal.

Sûre d'elle, effrontée.

Mais elle avait tort. Sans réfléchir, Ashaya s'avança et balança la jambe, atteignant de côté le genou de sa sœur. Amara hurla et s'écroula en gémissant sur le sol de la forêt. Ashaya sentit l'esprit de sa sœur gratter à la surface du sien tandis qu'elle se baissait pour ramasser la seringue et la dissimuler dans une poche.

— Tu m'as blessée.

Une affirmation incrédule.

Le cœur déchiré, en sang, Ashaya s'agenouilla à côté d'Amara et posa la main sur sa joue.

— Pour te sauver.

Elle ne leva pas les yeux quand Dorian se laissa tomber sans bruit derrière le corps étendu d'Amara. Sa sœur eut les mains liées dans le dos et les chevilles attachées avant d'avoir pu se débattre. La sensation de trahison fit virer ses yeux à l'indigo.

Ashaya sentit le coup douloureux porté par sa jumelle pour l'exclure complètement sur le plan psychique.

— Tu as besoin d'aide, Amara.

Rien n'émanait de l'esprit de la jeune femme ; Dorian la balança sur son épaule.

— Je vais la porter pour le retour vers la cabane.

Ashaya hocha la tête et marcha à côté de lui. Elle continuait d'essayer d'intercepter le regard d'Amara, mais sa sœur avait les yeux rivés sur le sol de la forêt.

— Est-ce que tu as mal au genou ? s'enquit-elle.

Rien.

Elle regarda Dorian, se sentant démunie et fautive, même si elle savait qu'elle avait agi comme il le fallait. Pour que sa sœur reste en vie. Si Amara avait attaqué Dorian, elle serait probablement mor…

Une attaque télépathique la projeta à genoux. Amara avait rassemblé le moindre gramme de ses maigres dons Tp et propulsé à bout portant un coup qui s'enfonça tel un pic à glace dans le cerveau de sa sœur. Ashaya se prit la tête dans les mains, aveuglée par la douleur atroce et sauvage.

En la voyant tomber, Dorian réagit immédiatement.

— Bordel de merde.

Il déposa doucement Amara par terre. Puis il l'assomma.

Elle s'éteignit comme une lumière.

Mais il ne la regardait plus. À genoux, il berçait Ashaya, il caressait ses cheveux, déposait des baisers sur sa tempe et essuyait ses larmes. Elle gémissait comme si elle avait encore mal. Un son si désespéré émanant d'une femme que rien ne pouvait abattre. La colère en lui était puissante et violente, mais elle n'avait pas de cible… car tuer Amara tuerait en même temps une part d'Ashaya.

Alors il se contenta de la tenir jusqu'à ce qu'elle relève la tête. Elle posa le regard sur la forme inconsciente de sa sœur.

— Tu l'as frappée ?

— Je n'ai rien trouvé de mieux pour l'arrêter.

Il s'imaginait qu'elle serait choquée, peut-être bien plus que choquée. Il s'en fichait. Il s'agissait avant tout de la protéger.

Mais elle ne le réprimanda pas. Au contraire, elle hocha la tête, une certaine résignation meurtrie dans les yeux.

— Je m'étais presque convaincue que tout s'arrangerait, qu'elle écouterait. (Elle secoua la tête.) Il n'y aura pas de solution facile, n'est-ce pas, Dorian ?

Il ne pouvait pas lui mentir.

— Non, Shaya.

Ils en souffriraient tous avant que ce soit fini.

Chapitre 42

En cette fin d'après-midi, Kaleb observait le flot des piétons sur la place située près de son bureau de Moscou tout en réfléchissant aux paroles d'Henry lors de la réunion du Conseil une heure auparavant. Ce groupe, les Purs Psis, représentait un problème potentiel. Les milices privées de toutes sortes avaient une fâcheuse tendance à se retourner contre les structures de pouvoir qu'elles supportaient initialement.

— Silver, appela-t-il à l'interphone.

Son assistante le rejoignit.

— Monsieur ?

— Je veux que tu trouves tout ce que tu pourras sur un groupe appelé les Purs Psis.

Silver prit note sur son agenda électronique avant de lever les yeux.

— Monsieur, ma famille a été invitée à rejoindre les Purs Psis.

Étant donné le penchant implacable de la famille Mercant à suivre le sens du pouvoir, la disposition de Silver à partager cette information en disait long sur l'aura de Kaleb.

— Qu'est-ce que tu peux me dire sur eux ?

— Pas grand-chose à ce stade. Le groupe refuse de discuter de la nature exacte de ses activités avec ceux qui ne sont pas membres. Ma famille veille à ne pas se retrouver impliquée ; nous ne voulons pas mettre en péril notre position auprès du Conseil.

Une offre déguisée pour lui fournir des informations. Kaleb savait que la famille de Silver lui trancherait la gorge sans hésiter s'il perdait son pouvoir mais, pour l'instant, il pouvait compter sur les ressources des Mercant. Il aurait pu s'inquiéter que Silver le trahisse avec la même désinvolture mais ç'aurait été contraire aux habitudes des Mercant. La famille avait toujours fait montre par le passé d'une loyauté indéfectible, sauf si – et jusqu'au moment où – l'objet de cette loyauté se révélait faible.

— Merci, Silver, dit-il. J'aimerais être tenu au courant des activités des Purs Psis.

— Bien, monsieur. Il n'y a rien d'autre ?

— Non.

Après le départ de son assistante, Kaleb sortit une petite amulette en platine de sa poche.

Une étoile. Une balise.

Le Gardien du Net et le Gardien Noir l'avaient tous deux défié dans sa recherche du propriétaire de l'amulette, mais il réussirait. Il était tout simplement hors de question qu'il échoue.

Chapitre 43

« Iliana Aleine a été internée au Centre sur ordre numéro 507179 du Conseil afin d'y subir une rééducation intensive. Elle ne s'est pas réveillée après la procédure finale. La mort est survenue à la suite de complications liées à son état mental perturbé et a été déclarée naturelle. »

Acte de décès reçu par Ashaya et Amara Aleine en décembre 2069.

— J'ai demandé à Lucas de venir avec Sascha, dit Dorian à Ashaya après avoir refermé son téléphone et replacé Amara sur son épaule. Son don pourrait nous être utile avec ta sœur.

Ashaya acquiesça. Elle tituba jusqu'à la cabane où Dorian déposa son fardeau sur une chaise.

— Nous devons songer à notre sécurité, dit-il en entravant Amara avec des cordes.

— Je sais.

Mais elle regardait sa jumelle avec un besoin dans les yeux qui ne serait jamais comblé, Dorian le savait. Amara était incapable d'amour au sens où la plupart des gens l'entendaient ; il l'avait compris au premier regard. Mais, songea-t-il en serrant le dernier nœud, il y avait quelque chose en Amara. Qui l'avait conduite aussi loin en territoire hostile.

— Est-ce qu'elle est vraiment inconsciente ? s'enquit Ashaya.

Dorian s'avança pour la prendre dans les bras.

— Pas aussi profondément que tout à l'heure. Elle va probablement se réveiller d'ici quelques minutes. Tu devrais te changer. L'émission.

Il était prévu qu'elle passe aux infos du matin.

— Je ne sais pas si j'y arriverai.

Elle posa l'oreille contre son cœur.

L'homme et le léopard étaient tous deux ravis qu'elle le considère comme un refuge.

— Si, tu le peux. Accroche-toi.

— Je ne peux pas la laisser seule.

Elle n'avait jamais eu l'air aussi désemparée.

— Nous nous en occuperons.

Il caressa sa lèvre inférieure du pouce, un geste apaisant de prédateur.

— Dezi se trouve déjà dehors et d'autres membres de la meute sont en route. Mais, ajouta-t-il, je ne vais pas t'y obliger. Je me suis demandé jusqu'où le Conseil était prêt à aller ; aujourd'hui, ils ont été à deux doigts de violer notre trêve implicite.

L'arrogance et la détermination dont cela témoignait lui avaient fait douter que sa compagne serait en sécurité sous le feu des projecteurs, contrairement à ce qu'il avait cru auparavant.

— Nous allons trouver un autre moyen de…

Ashaya secouait déjà la tête.

— Non. (Une voix rauque, de velours froissé et de volonté féminine.) Je dois le faire, pour Ekaterina. Et pour ma mère. Ils l'ont tuée parce qu'elle avait osé s'exprimer à voix haute, puis ils nous ont affirmé qu'elle était décédée de mort « naturelle ».

Elle prit une profonde inspiration et poursuivit :

— Je dois prouver à tout le monde que le Conseil ne m'a pas intimidée et que je ne compte pas me taire.

orian était partagé entre ses instincts protecteurs et un aigu de fierté.

— Rien qu'une fois alors, concéda-t-il d'une voix rauque. ..nsuite, nous reconsidérerons la situation.

— Une émission pourrait suffire. (Elle inspira profondément.) Je vais me changer.

Dorian acquiesça, mais resta sur le qui-vive à cause d'Amara.

— Est-ce qu'elle peut t'attaquer à distance ?

— Non, pas par télépathie, répondit Ashaya depuis la salle de bains. Elle n'est pas assez forte.

Le bruit du coton propre qui glisse sur une peau chaude. Il se contracta mais ne bougea pas, les yeux posés sur une femme qui aurait dû être identique à sa compagne mais qui ne l'était pas.

— Et à travers le PsiNet ? demanda-t-il.

Une pause.

— Possible. Elle est la seule qui puisse m'y retrouver. Si elle y parvient, cela anéantira ma couverture… même si je commence à paniquer en me demandant comment il est possible que cette couverture tienne encore. Je ressens trop de choses ; mes boucliers auraient déjà dû être compromis depuis plusieurs jours.

Dorian ne tint pas compte de ses derniers chuchotements.

— Est-ce qu'elle irait jusqu'à te mettre en danger ?

Ashaya revint en boutonnant les poignets de son chemisier bleu glace.

— J'ai enfreint les règles ; j'ai introduit quelqu'un d'autre dans notre jeu. J'ignore ce qu'elle fera en guise de représailles.

Il s'apprêtait à répondre quand il entendit Amara prendre une respiration plus profonde, plus consciente.

— Elle se réveille.

Ashaya lui lança un regard étonné.

— Comment le sais-tu ? Elle m'a fichue dehors, je ne la sens plus.

— Bien, lâcha Amara.

Elle souleva la tête de la poitrine pour fusiller Ashaya du regard, mais elle s'adressa à Dorian.

— Je me demande ce que pensera le Conseil des changelings qui interfèrent de nouveau dans leurs affaires.

— Je ne sais pas d'où tu sors, répliqua Dorian sur un ton badin, mais nous n'en avons rien à foutre de ton Conseil.

Amara conserva un regard impassible.

Il sourit.

— Tu essaies de forcer mes boucliers ? Tu n'es pas assez puissante.

Amara tourna vivement la tête vers Ashaya.

— Tu as livré des secrets. Ming n'appréciera pas. Est-ce que je devrais l'en informer ?

— Tu es sûre qu'il t'aidera ? (Dorian haussa un sourcil.) Il t'a abandonnée à notre merci.

Amara ne cilla pas.

— Je suppose que j'aurais dû m'en douter… j'ai mis six de ses gardes dans un coma narcotique.

— Est-ce qu'ils vont mourir ? s'enquit Ashaya.

— Normalement, non. (Un haussement d'épaules.) Mais lui, oui. (Un regard morne en direction de Dorian.) Je vais te tuer.

— Non, tu ne le feras pas, dit Ashaya. Tu n'es pas une meurtrière.

— Je sais bien. Je ne te tuerais jamais.

— Amara, tu es incapable de tuer qui que ce soit.

La sonnerie du téléphone de Dorian retentit dans le silence qui suivit. Il jeta un coup d'œil à l'écran.

— Nous ferions mieux d'y aller.

Ashaya regarda Amara.

— Tu aurais besoin de te doucher.

— Je m'assurerai qu'elle en ait la possibilité, lui dit Dorian. Sascha empêcherait Amara de jouer un tour psychique. Il aurait préféré que ce soit Judd qui vienne, mais il ne voulait pas l'éloigner de Keenan. En outre, Amara, comme Ashaya, se trouvait encore sur le Net. Or, pour ce réseau, Judd Lauren était mort.

Amara avait à présent le regard rivé sur sa jumelle.

— J'ai vu ton émission. Tu as menti.

— Qu'est-ce que tu croyais ? Que j'allais les laisser continuer à torturer mon fils ? (Ashaya haussa le ton pour la première fois.) Ou est-ce que j'aurais dû le confier à tes bons soins ?

Dorian trouva intéressant qu'Amara ne s'oppose pas aux prétentions d'Ashaya sur Keenan.

— Quel sera ton mensonge cette fois-ci ? demanda-t-elle plutôt.

— Je vais répéter mon message, bien faire comprendre que mes motivations ne sont pas politiques.

— Il est évident que tu ressens des choses. (Amara la dévisageait, sans ciller.) Tes yeux te trahissent.

Très perspicace, songea Dorian ; Amara Aleine était une sociopathe, mais c'était loin d'être une idiote. Il intervint :

— C'est le message qui compte.

— Dès que ma jumelle admettra l'existence d'une brèche dans son conditionnement, déclara Amara sans quitter Ashaya des yeux, elle perdra toute crédibilité. Le Conseil n'aura même pas à bouger le petit doigt pour réfuter ses accusations.

Dorian avait la désagréable impression que la remarque d'Amara était peut-être fondée. Il croisa le regard d'Ashaya.

— Elle a raison ?

Elle hocha la tête à contrecœur.

— Silence est débattu à plusieurs niveaux. Les gens savent qu'il est défaillant chez certains : il y a des rumeurs

Il leva la tête en sentant l'odeur de la meute. Il s'écarta du mur pour rejoindre Ashaya et refermer affectueusement sa main sur les siennes.

— Allons-y, ma belle.

Elle lança un regard à Amara.

— Dorian, je…

— Chut. (Il leva leurs mains jointes et effleura ses doigts des lèvres.) Tu ne dois pas t'inquiéter.

Il n'avait fichtrement pas la moindre idée de ce qu'ils allaient faire d'Amara, mais personne ne la toucherait en l'absence d'Ashaya.

Amara s'esclaffa, un rire creux lui aussi.

— Tu laisses un homme te contrôler, grande sœur ? Dis donc, quelle déchéance.

Des paroles froides et acides.

Mais le sarcasme eut un effet opposé à celui qu'Amara avait certainement escompté, se dit Dorian. Toute trace d'hésitation disparut du visage d'Ashaya et elle croisa le regard de sa sœur avec une détermination d'acier.

— Je devrais plutôt te laisser me manipuler ? (Une question douce, lestée d'une colère inédite.) Je devrais maintenant te laisser enterrer mon esprit ?

Elle ouvrit la porte et sortit.

Dorian fut le seul à apercevoir l'expression d'Amara : totalement confuse, perdue. Comme si elle ne parvenait pas à croire qu'Ashaya lui préférait quelqu'un ou quelque chose d'autre. Mais, en cet instant, Dorian ne se préoccupait pas d'Amara. Il suivit Ashaya à grandes enjambées et l'aperçut qui se tenait debout à quelques mètres de distance, entourée par les aiguilles de pin qui formaient un tapis naturel autour d'elle.

Tout en la gardant dans son champ de vision, il jeta un regard à Clay, un des deux membres de la meute dont il avait perçu l'odeur dans les environs. Clay avait rejoint la cabane après avoir escorté les gardes Psis hors du territoire

Une lueur primitive s'éveilla dans les profondeurs de ses yeux bleu-gris.

—Ashaya m'appartient. (Le ton revendicatif d'une enfant.) Elle m'a toujours appartenu.

—Non, dit-il en repliant le couteau avant de le remettre dans sa poche. Tu ne peux plus entrer dans son esprit.

Pour la première fois, Amara se débattit dans ses liens.

—Je la sens.

—Je sais. (Mais il savait aussi autre chose.) Un lien plus fort existe à présent et il est si puissant qu'il réduit ta connexion à un mince filet.

Amara siffla.

—Le gamin ? (Un reniflement méprisant.) Je l'ai autrefois considéré comme une menace, mais il vient de moi, donc il est moi. Le lien qu'elle a avec lui m'appartient.

Il vit Ashaya s'affaisser, soulagée. Il aurait bien fait pareil. Il avait entièrement confiance dans la capacité de DarkRiver à protéger Keenan, mais il semblait qu'ils ne devraient pas s'inquiéter du danger que constituait Amara, aussi longtemps qu'ils s'assureraient qu'elle ne puisse pas s'approcher physiquement de l'enfant. Cependant, Dorian ne faisait pas allusion à Keenan. Il n'avait jamais été question de l'enfant.

—Tu le sens, dit-il à Amara, en soutenant un regard qui aurait dû lui être familier mais qui ne l'était pas.

Elle avait les mêmes tresses qu'Ashaya, la même teinte de peau caractéristique. Mais il savait qu'il ne confondrait jamais l'une avec l'autre. Il y avait un vide en Amara, un creux étrange qui aspirait tout autour d'elle.

—Tu sais exactement à quoi je fais allusion, ajouta-t-il.

Une pause silencieuse, puis elle esquissa un lent sourire malicieux.

—Il n'est pas accompli. C'est moi qu'elle choisit.

—Tu en es sûre ?

— Oui, dit-elle en remontant les doigts sous le lin délicat qu'il portait. Je suis en train de froisser ta chemise.

— C'est vrai ? (Un baiser, un coup de langue taquin à la commissure de ses lèvres.) Continue pour que j'en sois certain.

Elle rit.

— Félin. (Mais il était son félin à elle. Elle puisa sa force dans la beauté incroyable du lien d'union qui les attachait l'un à l'autre.) Amara est étrangement vide.

» Tout le monde a un… un goût, une saveur émotionnelle, expliqua-t-elle. Même les nouveau-nés… tu te souviens, j'étais avec Anu lorsqu'elle a accouché ?

À ce souvenir, son cœur se gonfla, émerveillé. Elle avait été terrifiée qu'on lui demande d'assister à l'accouchement, mais elle avait ensuite ressenti une joie incandescente.

— Mais Amara, poursuivit-elle, c'est… une ardoise vide, et en même temps non. Comment l'expliquer ?

Lucas trouva les mots justes.

— Il n'y a pas de méchanceté en elle, pas de mal, mais il n'y a pas de bienveillance non plus, ni même le moindre espoir de bienveillance.

Parfois, songea-t-elle, sa panthère la comprenait mieux qu'elle ne se comprenait elle-même.

— Oui, c'est ça. Maintenant, je dois aller dans la cabane pour voir si nous pouvons la guider vers une voie plus acceptable.

Pour Dorian. Et pour Ashaya. Pas seulement parce que celle-ci était la compagne de Dorian, ou parce qu'elle avait aidé à sauver trois enfants innocents. Mais parce qu'elle avait renouvelé la foi de Sascha dans les mères sur le Net : Ashaya aimait son fils, ne le répudierait jamais comme Nikita avait répudié Sascha. Savoir cela cicatrisait un peu la blessure que Nikita avait infligée à son cœur.

-Si le Gardien Noir contrôle Amara, expliqua-t-elle à as, elle pourrait être incapable de changer. Et de toute çon, elle ne sera jamais… bonne.

— Au moins elle ne sera pas monstrueuse. (L'inquiétude creusa de profondes rides autour de la bouche de Lucas.) Si j'avais pu choisir une femme pour Dorian, ce n'aurait pas été quelqu'un avec ce genre de bagage. Il a déjà assez souffert comme ça.

Sascha avait la gorge nouée d'inquiétude, mais elle secoua la tête.

— Faith dit que certaines choses sont gravées dans la pierre.

Les yeux verts de Lucas s'assombrirent, puis il l'embrassa.

— Ouais, tout à fait.

Dorian n'avait pas ouvert la bouche de tout le trajet. C'était ça ou hurler sur Ashaya pour lui reprocher un comportement qu'il savait qu'elle devait adopter ; ce n'était pas sa faute si les autres Psis la rejetteraient si elle n'apparaissait pas comme un putain de robot glacial. Tout comme ce n'était pas la faute du léopard s'il prenait sa distance pour un rejet.

Il déposa Ashaya et gara la voiture dans le parking souterrain de la petite station isolée qu'ils avaient cette fois choisie et attendit qu'elle le rejoigne. Elle envoya directement balader ses bonnes intentions.

— Je la sens, tu sais, dit-elle. (Son ton froid et acerbe mettait en péril son contrôle déjà en lambeaux.) Ta colère.

— Et ça t'étonne ? proféra-t-il.

Il avait beau savoir qu'elle prenait une apparence froide uniquement en vue de l'émission, ça ne changeait rien. Plus elle bloquait leur union, plus il allait devenir irrationnel. Parce qu'il n'était pas humain. Il était changeling. Et le cœur de l'animal n'était pas toujours rationnel.

— Le lien d'union, dit-elle au lieu de répondre, il m'attire, il essaie de m'arracher au PsiNet. Je devrais avoir peur. Mais je veux le suivre.

L'esprit de Dorian se vida pendant un instant.

— Alors viens, dit-il enfin. Je vais t'attraper.

Les doigts d'Ashaya sur son visage, délicats, un contact incroyable, aussi fugitif qu'un frôlement d'ailes de papillon.

— Tu n'imagines pas à quel point je veux suivre cette force d'attraction. Je donnerais ma vie pour ça. Mais…

Il lui prit la joue, se pencha pour appuyer son front contre le sien.

— Mais quoi, Shaya ? Je comprends que tu aimes Amara, mais la laisser t'emprisonner ?

— Que je le veuille ou non, je suis née pour être sa gardienne, Dorian. Parfois… (Une partie de sa carapace se fissura, exposant le centre brut de son âme.) Parfois, l'étouffement suffocant de cette responsabilité me donne envie de m'enfuir en hurlant. Mais je sais que si j'abandonne, si je la laisse entièrement seule, je signe son arrêt de mort.

— Parce qu'elle essaiera de me tuer ? devina-t-il.

Il eut l'attention brièvement détournée par la présence d'un véhicule aux vitres teintées dans le fond du parking. Ce n'était pas une voiture de la meute.

Les paroles d'Ashaya lui firent ensuite complètement oublier le véhicule suspect.

— Nous savons tous les deux qui gagnerait.

Elle chuchotait contre ses lèvres, la glace fondait un peu plus à chaque instant.

— Oh, mince, Shaya. Ne viens pas me dire que tu résistes à l'union pour me protéger !

Un silence obstiné.

— Merde. (L'animal en lui n'était pas du tout content.) Je suis une sentinelle de DarkRiver, trésor. Nous sommes ıgereux, bordel, que même le Conseil nous prend au :ux. Je peux me mesurer à Amara.

Elle caressa sa barbe naissante et secoua la tête en une ıouce réprimande.

— Et qu'est-ce que cela te ferait de tuer la sœur de quelqu'un ?

Il eut le souffle coupé pendant un bref instant.

— Oh, Seigneur.

Il trembla : rien que l'idée lui donnait la nausée. Tant qu'il ne s'était pas autorisé à considérer les choses sous cet angle, il avait pu refuser de voir le fardeau monstrueux auquel il faisait face.

— Putain.

Sascha était assise en face d'Amara. Celle-ci avait eu l'occasion de prendre une douche et elle n'était plus ligotée. Lucas était dehors à la porte d'entrée, Jamie à l'arrière de la cabane, tandis que Clay et Dezi faisaient des rondes pour surveiller les alentours. Sascha elle-même était loin d'être démunie. Elle disposait de dons télépathiques et télékinétiques de faible niveau qu'elle avait appris à utiliser pour attaquer ; et, au cours de la dernière année, elle avait passé de nombreux après-midi à transpirer avec Lucas, à se faire crier dessus et à prendre des leçons de self-defence. Elle devait admettre qu'elle avait crié plus qu'à son tour. En conclusion, Amara ne serait pas plus avancée si elle passait à l'attaque.

Cependant, à cet instant précis, la jumelle d'Ashaya paraissait au comble de la satisfaction.

— Une des mystérieuses E-Psis, murmura-t-elle sur un ton parfaitement sincère. Tu ressembles à n'importe qui.

— Tu t'attendais à autre chose ?

— Je m'attendais à un cadavre. Personne ne survit en dehors du PsiNet.

Sascha esquissa un sourire crispé.

— Comment connais-tu ma classification ?

— Les rumeurs sur le PsiNet. Ce n'est pas comme si tu avais cherché à la dissimuler.

— Non.

Elle savait qu'Amara avait un vrai problème, mais sa normalité apparente donnait la chair de poule.

— Pourquoi as-tu traqué Ashaya ?

— Elle m'appartient.

Catégorique, implacable.

Sascha entrevit une ouverture.

— Tu ne lui ferais jamais de mal.

Un silence, comme si la question était trop stupide pour qu'on y réponde.

— Elle t'appartient, donc si tu lui fais mal, reprit Sascha, ça te fera mal.

Une lueur d'intérêt.

— Tu es plutôt maligne.

Et Amara était une parfaite narcissique.

— Dorian est le compagnon d'Ashaya, poursuivit Sascha. Si tu lui fais mal, elle en souffrira.

Un regard vide.

— Elle m'appartient.

Sascha s'était efforcée de percevoir ne fût-ce qu'une pointe d'émotion chez Amara, mais elle ne décelait rien, en dehors de vagues échos à la mention du nom d'Ashaya. Elle ne savait pas comment aborder cette femme. Son don reposait sur les émotions ; comment était-elle censée atteindre quelqu'un qui n'en avait pas ? Elle en avait brièvement discuté avec Judd avant de venir.

— Tu serais peut-être plus indiqué pour l'interroger, avait-elle suggéré au visage sur l'écran de communication. Tu connais mieux les aspects plus sinistres de nos dons.

— Sascha, je peux m'introduire de force dans son esprit et la tuer. (Judd avait haussé les épaules.) À toi de choisir.

— Tu n'arriverais pas à lui parler ? À la comprendre ?

Judd avait souri.

— Je suis un putain de fils de pute mais, malgré les apparences, j'ai des émotions. On ne pourrait donc pas avoir une petite discussion de sociopathes.

Sascha avait piqué un fard.

— Désolée. Je sais bien. Ton amour pour Brenna… c'est si beau, j'aimerais que tu puisses le voir comme je le vois.

— Je le vois. (Ses yeux s'étaient allumés de l'intérieur.) Mais je ne peux pas faire de miracles avec une personne qui se trouve en dehors de mon cercle. Tu veux un avis professionnel : Amara Aleine doit mourir. C'est une sacrée chance qu'elle soit née avec un don passif. Si elle avait été télépathe ou une puissante télékinésiste, elle serait devenue un nouvel Enrique. (Une pause.) Ça doit être l'enfer pour Dorian.

Et voilà pourquoi Sascha se retrouvait là, face à cette femme dont le néant la rebutait.

— Quel est ton plan ? demanda Sascha. Qu'est-ce que tu comptes faire si tu réussis à tuer Dorian ?

— Je retournerai à mes expériences et Ashaya reprendra les siennes.

Sascha entraperçut les lueurs d'intelligence et sut qu'Amara était consciente des failles de sa propre réponse. Bien.

— C'est impossible. Ashaya ne peut pas reprendre sa vie antérieure maintenant qu'elle a défié le Conseil aussi ouvertement.

— Sauf si elle retire ses déclarations.

— Et tu y crois ?

Tout en parlant, Sascha sentit une menace silencieuse ramper sur sa peau et elle se demanda pourquoi elle avait si peur. Cette femme n'avait encore tué personne et elle ne se montrait pas non plus violente. Peut-être, pensa-t-elle, était-ce juste son don qui réagissait à une personne si différente d'elle.

— Nous savons toutes les deux, dit-elle devant le mutisme d'Amara, qu'Ashaya s'est forgé une image trop publique. Le Conseil la mettrait en rééducation sans hésiter. Pour éviter qu'elle devienne un aimant pour les activités rebelles.

— Alors nous deviendrons renégates. (Un haussement d'épaules.) Nous pourrions continuer à travailler.

— Sans doute, consentit Sascha. Mais tu penses que cela satisfera Ashaya ? Qu'elle a envie d'une existence solitaire ?

Amara plongea le regard dans celui de Sascha, comme si elle y cherchait quelque chose.

— Tu es comme moi, finit-elle par déclarer.

— Je n'ai rien de commun avec toi.

Sascha ne put dissimuler sa stupéfaction.

— Tu voles les émotions des autres comme un vautour ou un vampire, puis tu les utilises. C'est pourquoi tu parviens à donner le change. À l'intérieur, tu es comme moi.

Sascha avait affronté un bourreau Psi qui avait tué sans le moindre remords, mais elle était incapable de continuer à parler avec Amara Aleine, elle ne supportait plus ses murmures sournois. Elle se leva et sortit. Lucas la rejoignit alors qu'elle se dirigeait à grands pas vers les bois.

— Je ne suis pas un vampire émotionnel !

Son compagnon ne se démonta pas.

— Bien sûr que non. Et c'est une sociopathe, tu ne devrais pas prêter attention à ce qu'elle raconte.

— Je ne fais pas semblant ! (Elle se retourna, s'appuya sur son torse.) Bon sang, je t'aime tellement. Pourquoi je ressentirais ça si je faisais semblant ?

— Encore une fois, dit Lucas en lui enserrant la taille, vois d'où ça vient.

Elle marmonna et expulsa sa colère en criant encore un peu avant de s'effondrer contre lui.

— Elle m'a mise hors de moi.

— Ça arrive aux meilleurs d'entre nous.

— Ouais ? Qui t'énerve ?

Il était si fort que ça l'inquiétait parfois. Tout le monde avait besoin de plier par moments, même une panthère responsable de toutes les vies dans sa meute.

— Ce maudit loup. Il t'a envoyé un cadeau la semaine passée.

Sascha sourit en pensant au flirt de Hawke. Le mâle dominant des SnowDancer agissait ainsi dans le seul but de faire enrager Lucas.

— Je n'ai vu aucun cadeau. Qu'est-ce que c'était ?

— Comment diable je le saurais ? Je l'ai piétiné avant de le balancer dans la crevasse la plus profonde que j'ai pu trouver. (Il sourit d'un air satisfait.) Puis je l'ai appelé pour prendre des nouvelles de Sienna.

Elle éclata de rire.

— Comme tu es mauvais.

Tout le monde savait que Sienna Lauren avait le don de mettre Hawke en rogne. L'adolescente Psi semblait s'être fixé l'objectif de lui taper sur les nerfs jusqu'au dernier.

— Qu'est-ce qu'il a répondu ?

— Qu'elle organise une fête pour son dix-huitième anniversaire.

Le rire contenu dans la voix de Lucas indiquait le ton qu'avait dû employer Hawke pour partager ce potin croustillant.

— Mais ce n'est pas dans six mois ?

Elle comprit son erreur avant que Lucas ait eu le temps de lui répondre.

— Non, bien sûr, se reprit-elle. Elle avait seize ans quand ils ont déserté, mais nous ne l'avons rencontrée que plusieurs mois plus tard. (Elle écarquilla les yeux.) Ça veut dire que nous sommes ensemble depuis presque un an et demi.

— Ouais. (Il lui caressa le dos, d'une façon lente et assurée, la caresse d'une panthère qui se montrait douce avec sa compagne.) Et j'ai failli tuer Hawke une centaine de fois depuis. Je te jure, s'il t'appelle « chérie » encore une fois, je vais lui botter son cul de loup.

Elle rit, mais il avait réussi sa démonstration. Tout le monde avait un point de rupture. Il se trouvait que pour Sascha, c'était Amara Aleine. Mais ce n'était pas Sascha qui comptait ici.

— Il faut que je fasse quelque chose ; c'est moche, vraiment moche, pour Dorian. Il commençait seulement à revenir vers nous. Quand j'ai vu comment il se comportait avec Tally, je me suis dit que les choses ne pourraient que s'améliorer. (La sentinelle paraissait adorer la compagne de Clay, il flirtait régulièrement avec elle.) Et maintenant ceci...

— Est-ce que je dois nous débarrasser d'Amara ? dit-il avec le ton tranchant d'un mâle dominant.

Sascha faisait partie de DarkRiver depuis suffisamment longtemps pour comprendre les attaches de la loyauté, de la meute. Mais cette sévérité l'étonnait encore parfois.

— Tu verserais le sang pour lui ?

— La question ne se pose même pas, chaton.

Non, songea-t-elle, la question ne se posait pas.

— Ce n'est pas aussi simple, Lucas. Même sur le PsiNet, les jumeaux ont tendance à rester ensemble. La plupart meurent à quelques jours d'intervalle.

— Ashaya est la compagne de Dorian. Je le sens.

Le visage de Lucas était un modèle d'ombre et de lumière, une combinaison de force pure et d'instinct protecteur.

— Elle survivra quoi qu'il arrive ; il ne la lâchera pas, conclut-il.

— Mais le traumatisme causé par une telle perte pourrait l'endommager de façon permanente. (Elle secoua la tête.) Nous devons trouver une autre solution.

Lucas ne répondit pas, mais elle savait ce qu'il pensait : il n'existait aucune solution qui laisserait tout le monde indemne.

Chapitre 45

« J'ai Dorian dans le sang, dans les veines. Pendant mes cours de biologie sexuelle et de comportement animal, je n'ai jamais entendu parler de cette joie incandescente. Quand je suis au lit avec lui, il y a du plaisir, un plaisir incroyable ; mon félin sait faire tourner la tête d'une femme. Mais il y a davantage, ce bonheur indéfinissable, presque douloureux. Je ne sais pas comment le nommer, comment le décrire. Je sais juste que je pourrais mourir pour lui. »

Extrait des fichiers personnels cryptés d'Ashaya Aleine.

Le Conseiller Psi Anthony Kyriakus appartenait à la rébellion depuis longtemps, bien avant que la plupart des gens ne soient au courant de son existence. Mais à présent, Ashaya Aleine l'avait rendue publique.

Il comprenait les agissements de la M-Psi : il ne voudrait pas non plus que son enfant vive dans la clandestinité. Il jeta instinctivement un regard à l'image holographique qu'il conservait sur son ordinateur dans un fichier hyper sécurisé : Faith, en train de rire. Il pouvait presque l'entendre. Sa fille était devenue une belle femme, talentueuse. Anthony avait aussi enfreint les règles pour son enfant. Il avait fait comprendre à Faith qu'il tenait à elle. Tout comme il avait tenu à sa sœur disparue. Tout comme il tenait à son frère.

Cependant, les règles du jeu avaient de nouveau changé. Il était Conseiller à présent, sous haute surveillance de toutes parts. Il ne devrait pas renoncer à toute interaction avec Faith, mais il devrait se montrer extrêmement prudent. Comme il devrait l'être avec ce nouveau contact. Il toucha l'écran, faisant apparaître l'e-mail intraçable qui lui était parvenu une semaine auparavant.

Il était signé du Fantôme, le rebelle le plus célèbre sur le Net.

Anthony aurait beaucoup aimé savoir où et comment le Fantôme avait obtenu ces renseignements. Rares étaient ceux qui connaissaient les vraies loyautés d'Anthony. Et personne dans son cercle restreint ne l'aurait trahi. Zie Zen ne l'avait même jamais dit à Ashaya.

Mais le Fantôme était doué pour déterrer les secrets ; de sorte que cet autre rebelle pourrait se révéler un atout inestimable. Anthony n'approuvait pas toutes ses actions, mais il partageait sa vision des choses. Toutefois, il n'était pas devenu Conseiller en se montrant idiot. Ce processus exigerait de la prudence et beaucoup de temps.

En refermant le message, il se remémora sa conversation de la veille avec Zie Zen ; ils avaient convenu qu'Ashaya devait repasser à l'antenne. Autrement, elle perdrait tout le support qu'elle avait récolté jusqu'à présent. Et, puisque le Conseil avait décidé de concentrer ses forces sur la limitation des dégâts au lieu de chercher à perturber la retransmission, son message serait cette fois diffusé beaucoup plus facilement.

Mais, songea-t-il en se redressant brusquement, le Conseil disposerait ainsi de ressources pour retracer l'origine de l'émission. Ajouté au fait que tous les Conseillers savaient qu'Ashaya se trouvait dans la zone du grand San Francisco…

Ils pouvaient y arriver.

Il appela immédiatement sa fille via la ligne sécurisée.

— Faith, tu dois prévenir Ashaya, dit-il dès qu'elle répondit. Ming se tiendra prêt à remonter la piste de tout nouveau signal d'émission. Il pourrait recapturer…

— C'est trop tard, murmura Faith, avec la voix résonnante qu'elle prenait parfois au milieu d'une vision. Il y a du sang, tellement de sang. Oh, mon Dieu, Dorian ! *Dorian !*

Dorian sut qu'il avait commis une erreur fatale dès qu'il vit Ashaya s'avancer devant la caméra et commencer à parler. Elle était baignée de lumière, entourée d'ombres. *La cible parfaite.*

Peut-être bougea-t-il le premier grâce à ses instincts affûtés de sentinelle léopard, ou peut-être avait-il inconsciemment entendu un message, le cri d'une C-Psi cardinale connectée à lui sur la Toile céleste. Peu importait… En tout cas, lorsque le Tk-Psi apparut soudainement devant Ashaya pour lui tirer dessus, ce fut Dorian qui intercepta la balle… qui lui trancha la carotide.

Ashaya hurla en heurtant le sol, emportée par l'élan de Dorian qui l'avait poussée sur le côté. Mais elle ne hurla pas sous le coup d'une douleur physique. Elle sentit la vie de Dorian s'échapper, le nouveau lien qui la connectait à lui se retirant à la vitesse de la lumière.

— Non, non, non !

Elle se contorsionna pour se dégager du corps de Dorian inconscient, elle s'assit, prit sa tête sur les genoux, le berça, déchira sa veste et l'appliqua sur la blessure pour tenter en vain d'étancher les saignements. Le sang traversa le tissu rembourré et vint lui tremper les doigts. Elle savait ce que cela signifiait : la blessure était mortelle.

— Non.

Un refus déterminé qui masquait son cœur brisé. Oubliant les boucliers et les protections, elle ouvrit son œil psychique à la recherche du lien qu'elle sentait filer vers le néant.

Il m'appartient. Il ne peut pas m'abandonner.

Mais elle ne put trouver le lien, elle ne put s'en servir pour retenir Dorian. Il restait invisible, il se nourrissait toujours de ses émotions pour cet homme qui était en train de mourir sur ses genoux. Elle sentit des mains sur ses épaules, et une voix féminine familière l'informa que les services de secours étaient en route.

Tais-toi, songea-t-elle, *tais-toi s'il te plaît.*

Au milieu du chaos, un instant de silence dans son esprit, un instant de clarté.

Elle ne voyait pas le lien parce qu'elle était enfermée sur le PsiNet.

Elle ne savait pas comment rompre cette connexion avec le réseau, mais elle continuait à sentir l'attraction du lien d'union. Alors elle se laissa faire. Un choix instantané. Un choix qu'elle avait fait dès le premier jour, dès qu'elle avait entendu sa voix.

Le lien la parcourut avec fulgurance comme une spirale sauvage, l'arrachant au PsiNet avec une rage telle qu'elle sentit de minces vaisseaux sanguins exploser derrière ses paupières. Tandis que son esprit hurlait, elle se rendit compte qu'Amara hurlait avec elle, luttant pour la suivre. Ashaya tendit une main psychique.

Je suis née la première. Je suis responsable d'Amara.

Amara se saisit de cette main et quitta le Net avec la même violence, sombrant dans l'inconscience un instant plus tard. Ashaya refusa de suivre sa sœur dans le néant. Elle repoussa sa propre douleur comme si elle était sans importance, et chercha, puis trouva, le nouveau lien qui s'était mis en place avec cette force brutale. Celui-ci mourait, s'effaçait devant elle.

Elle l'agrippa de ses mains psychiques, puisant dans ses dernières réserves pour s'y accrocher.

Tu ne peux pas m'abandonner !

Sous ses mains physiques, le sang de Dorian continuait de jaillir à chaque battement de cœur, dégoulinant jusque sur le sol. Elle s'obligea à surmonter l'horreur de la situation et chercha fébrilement un moyen d'y remédier. Mais elle était une M-Psi qui travaillait sur l'ADN. Ses dons ne pouvaient pas guérir l'artère, ni refermer la blessure.

Le lien trembla, commença à vaciller.

Elle allait le perdre.

— Non !

Instinctivement, elle tendit son âme et déversa son énergie vitale dans le lien pour obliger Dorian à rester en vie.

Cela fonctionna.

Pendant une seule seconde lumineuse, le lien se renforça. Puis le sang gicla plus violemment du cou de Dorian, et le lien vacilla de nouveau.

Ashaya était une scientifique. Elle comprenait les relations de cause à effet. Et à cet instant, elle comprit qu'elle pouvait retenir Dorian, le retenir suffisamment longtemps pour que les services de secours lui placent peut-être une transfusion qui permettrait de le maintenir en vie jusqu'à ce qu'un chirurgien puisse soigner la blessure. Elle pouvait le retenir aussi longtemps qu'elle était en vie. Et puis elle s'en irait avec lui.

Keenan, mon bébé.

Son cœur pleura et se brisa en deux. Ce choix était injuste, pensa-t-elle au plus profond de son âme. Comment pouvait-elle laisser mourir son compagnon ? Comment pouvait-elle abandonner son fils ? Peut-être que si elle avait eu plus de temps, ce choix l'aurait tourmentée jusqu'à la rendre folle, mais elle ne disposait que d'une infime fraction de seconde.

Et le sang de Dorian jaillissait sur ses doigts en une rivière infinie.

Ne m'abandonne pas, s'il te plaît, Dorian.

Keenan serait en sécurité, se dit-elle, aveuglée par les larmes. Il serait entouré d'amour. Elle avait eu un aperçu fugitif de la modeste toile qu'elle habitait désormais. Son petit homme était lié à Dorian, mais déjà d'autres esprits se tendaient vers lui, prêts à l'attraper si Dorian mourait. Parce que c'était un enfant et que ces léopards ne tuaient pas les enfants.

Sa sœur mourrait avec elle, elle en était certaine. Ce serait fini. Elle pouvait accepter sa propre mort, celle d'Amara, mais elle n'accepterait pas celle de Dorian.

Alors elle déversa son énergie vitale le long du lien, sachant qu'elle gagnait au mieux quelques minutes ; le rythme de la transfusion psychique s'alignait sur la cadence des saignements. Mais cela doublerait les chances de survie de Dorian jusqu'à l'arrivée des secours. Elle avait les mains si mouillées, sa veste était si lourde qu'elle ne parvenait plus à la maintenir en place.

De fins doigts se refermèrent alors sur les siens, l'aidant à appliquer la pression. Quelqu'un se tenait derrière elle, la maintenant droite car elle n'avait presque plus de forces. Et soudain, on propulsa de l'énergie psychique vers elle, dans un geste désespéré.

— *Tu ne peux pas mourir. S'il te plaît, Ashaya. Ne meurs pas.*

Ashaya n'eut pas la force de répondre à sa jumelle. Elle avait les yeux qui papillonnaient mais, sur le plan psychique, elle s'accrocha au lien d'union les dents serrées, elle retint Dorian à la vie. Alors que les contours des choses commençaient à devenir gris, elle songea que Dorian semblait lui renvoyer de l'énergie. Étrange.

Puis ce fut terminé.

Mercy pleurait et essayait de ne pas s'effondrer lorsque deux hommes firent leur apparition de l'autre côté de Dorian. En un clin d'œil, elle s'empara de son arme pour la pointer sur eux. Un revers télépathique la fit s'envoler de sa main.

Un des nouveaux arrivants s'agenouilla, ne prononçant qu'un seul mot :

— Clairvoyante.

Mercy le dévisagea, abattue de chagrin, mais elle tenait déjà une autre arme à la main. Cependant, ni l'homme, ni le Tk qui l'avait amené n'avaient sorti d'arme. Celui qui était à genoux repoussa la main ensanglantée de Mercy et la main flasque d'Ashaya. Le sang de Dorian ne s'écoulait plus que par un mince filet.

— Son cœur bat encore, annonça l'étranger.

Mercy aurait été incapable de dire pourquoi elle le laissa poser les mains sur le cou de son meilleur ami, pourquoi elle ne lui plaça pas le canon sur la tempe avant d'appuyer sur la détente.

— Trop lentement, dit-elle.

— Suffisamment. Il bat suffisamment.

L'homme plaça les doigts sur la blessure.

Elle ne vit rien, mais elle sentit de la chaleur rayonner depuis cet endroit jusqu'à ses doigts ensanglantés qu'elle avait posés sur son genou. Remplie d'espoir, elle leva les yeux vers Ashaya. La M-Psi était toujours affalée contre Eamon, le cameraman ; sa peau habituellement éclatante était terne et sans vie.

Eamon pleurait aussi. Ainsi que le réalisateur. Une femme élancée, Yelena, se tenait debout, tremblante, le téléphone à la main. Elle avait hurlé sur les services de secours, leur avait dit de se grouiller, tout le monde savait que ce serait trop tard. Le putain de Conseil Psi avait bien fait les choses, cette fois. Ils avaient minuté leur plan, ils avaient utilisé une arme à feu plutôt que de recourir à une attaque psychique qui aurait pu être déviée par de solides boucliers mentaux, ils avaient opéré avec une précision d'horloger.

Et à présent, deux personnes gisaient là, mourantes. Mercy tendit la main pour se saisir de celle d'Ashaya.

— Tu tiens bon.

Dire qu'elle s'était autrefois demandé si la Psi ressentait quoi que ce soit pour Dorian, tant elle avait toujours l'air insensible.

— Tiens bon !

Mercy referma son autre main sur celle de Dorian. Elle établissait le lien entre eux.

— Ne me faites pas le coup de mourir, ni l'un ni l'autre. Je compte bien devenir marraine de vos foutus mômes.

L'étranger gardait le contact avec Dorian. De la chaleur rayonnait toujours. Quand le téléphone de Mercy sonna, elle ne répondit pas. Puis celui d'Eamon sonna. Puis celui de Yelena. Celle-ci observa son appareil comme s'il s'agissait d'un serpent.

— Réponds, lui dit Mercy qui commençait à reprendre ses esprits.

L'homme qui s'occupait de Dorian lui rappelait un peu Judd. Pas dans sa physionomie. Non, les ancêtres de ce type étaient originaires du sous-continent chinois. Il avait des os pointus, la peau olive et des yeux bridés surplombés de cils ridiculement longs. Ses cheveux courts étaient hérissés, noirs comme une nappe de pétrole. Non, il ne ressemblait pas du tout à Judd. À l'exception de son air d'assassin.

C'était encore plus le cas de celui qui se tenait debout. En dehors de ses yeux gris et de ses cheveux noirs, il avait exactement la même allure. Et Faith les avait envoyés vers Dorian. Non, songea Mercy, pas Faith. Évidemment, pas Faith. Elle déglutit, baissa le regard.

— Il saigne encore, constata-t-elle.

— Patience. Je suis chirurgien, pas faiseur de miracles.

Des paroles calmes, sèches.

Bizarrement, elles apaisèrent Mercy. Les chirurgiens étaient toujours sûrs d'eux. Et si celui-ci parvenait à sauver la vie de Dorian, et par la même occasion celle d'Ashaya, alors il avait le droit d'être arrogant. L'homme porta la main à sa poche arrière et en sortit une boîte plate remplie d'un tas de petits tubes. Il rompit le contact avec Dorian, le temps de se pencher pour avoir une meilleure vue de la blessure, puis ouvrit un tube et commença à verser un infâme magma blanc sur la peau ensanglantée de Dorian.

— Ça devrait marcher, murmura-t-il. J'ai réparé l'artère provisoirement.

Du sang suintait encore du cou de Dorian.

— Pourquoi vous ne pouvez pas finir le travail ? (Elle leva son pistolet de réserve et l'appuya d'une poigne mortelle contre la tempe de l'homme.) Allez-y.

Il la regarda, dénué de toute peur.

— Je suis un chirurgien de terrain, un M-Psi ayant le don de refermer certaines blessures, d'en contenir d'autres jusqu'à ce que les microchirurgiens arrivent. Dans ce cas-ci, l'enduit sera plus efficace que moi.

Elle accentua la pression du canon.

— Vous êtes un incapable ?

— Je suis celui qui vient de sauver la vie de votre compagnon de meute. Regardez.

Elle baissa les yeux et le Tk en profita pour essayer de lui prendre le pistolet. Le bras de Mercy partit en arrière mais elle garda le contrôle de son arme. Elle s'en fichait. Car le M-Psi avait dit la vérité. Dorian ne saignait plus. Il n'était pas pour autant hors de danger. Le rythme cardiaque d'Ashaya était aussi lent que celui de Dorian. Mercy savait que si l'un mourait, l'autre le suivrait.

— Il a perdu trop de sang, dit le chirurgien en rangeant son kit dans sa poche. Il a rapidement besoin d'une transfusion. J'ignore de quoi souffre la femme. Je soigne les blessures physiques et elle n'a rien à ce niveau-là.

— Vous pouvez faire quelque chose pour le sang ? demanda Mercy.

— Peut-être. (Il regarda par-dessus son épaule.) Kit salin d'urgence. Unité de rangement 1B, du côté gauche. J'envoie l'image par télépathie.

Les fournitures surgirent dans la main du Tk presque avant que le M-Psi ait fini de parler. Il les lui donna.

— Il nous reste trente secondes avant qu'on remarque notre absence.

Le M-Psi travailla frénétiquement sans un mot.

— C'est vraiment de la chirurgie de terrain. Les services de secours devraient bientôt arriver.

Il planta une étrange aiguille dans une veine de Dorian, avec une dextérité qui révélait son degré d'expérience, puis il la retira en laissant une sorte de petit orifice. Il y attacha directement la perfusion, puis demanda à Mercy de tenir la poche en l'air, ouvrit une valve pour que le liquide se mette à couler et lança :

— On y va.

Les deux hommes disparurent en un éclair avec leur équipement. Mercy baissa les yeux et vit que la perfusion de fortune fonctionnait parfaitement.

— Vive les chirurgiens arrogants.

Elle savait qu'ils étaient encore dans un état critique, mais au moins ces deux-là avaient maintenant une chance de s'en sortir. Oui, pour l'amour du ciel, il fallait qu'ils aient une chance.

— Putain, ne t'avise pas de mourir, Blondinet.

— Mercy, intervint Yelena d'une voix tremblante. Le téléphone, c'était Faith. Pour dire qu'elle avait demandé de l'aide, et t'avertir de ne pas les tuer.

Mercy regarda le pistolet dans sa main, puis leva les yeux vers Yelena.

— Ce sera notre petit secret ?

Yelena lâcha un rire étranglé de larmes, puis s'avança pour se saisir de la perfusion.

—Je la tiens, dit Mercy.

—Non. (Une main se posa doucement sur son bras.) Tu dois monter la garde… au cas où ils reviendraient.

Mais finalement l'ennemi ne revint pas. Les services de secours arrivèrent les premiers, suivis d'un essaim d'hommes et femmes de DarkRiver dirigés par un jaguar au regard froid qui jeta un coup d'œil aux deux blessés graves, puis s'occupa de sécuriser une aile entière de l'hôpital.

Vaughn délivra ordre sur ordre jusqu'à ce que plus un étranger à la meute ne puisse entrer. Faith, étrangement groggy – c'était grâce à sa vision que Vaughn était arrivé si rapidement sur les lieux –, s'assit dans le couloir et leur annonça qu'elle allait rechercher d'éventuelles menaces psychiques. Clay arriva plus d'une heure après, en provenance de la cabane de Dorian. Il était accompagné d'Amara Aleine, comateuse.

—J'ai laissé le périmètre sous la surveillance de Jamie et Desiree, dit-il en déposant Amara sur un lit à roulettes avant de se passer une main dans les cheveux. Sascha et Luc arrivent. Sascha a une tête de déterrée. (Il fronça les sourcils, les yeux sur Faith.) Toi aussi.

Faith se massa les tempes, puis expliqua :

—Quand Sascha s'est rendu compte de ce qui se passait, elle a envoyé de l'énergie au travers du lien de sang entre Lucas et Dorian. Elle l'a puisée chez elle, chez Lucas et chez moi. Lucas a sans doute l'air en meilleure forme parce qu'il est un mâle dominant ; il est plus résistant.

—Pourquoi ne pas avoir aussi fait appel à nous autres ? dit Mercy d'un air renfrogné.

—Sascha devait puiser de l'énergie chez ceux qui abaisseraient leurs boucliers immédiatement. Chez les autres, même avec son don pour traverser les boucliers changelings, cela aurait pris trop de temps.

— Faith a raison. (La voix épuisée de Sascha qui arrivait, soutenue à la taille par Lucas.) Cela a fonctionné avec Dorian parce qu'il était désespéré de ne pouvoir sauver Ashaya. Quand j'ai enfoncé ses boucliers, il m'a laissée entrer sans hésiter.

Faith se leva.

— Tu leur as sauvé la vie.

Sascha secoua la tête tandis qu'ils entraient dans la pièce où tous les trois – Dorian, Ashaya et Amara – étaient allongés.

— Si Ashaya n'avait pas tenu le coup pendant les premiers instants critiques, mon aide aurait été insuffisante et trop tardive.

Elle s'éloigna de Lucas pour se rendre au chevet de Dorian. D'une main tremblante, elle lui écarta les mèches du front.

— Il s'en est fallu de peu qu'il meure.

Chapitre 46

« Elle est blessée, extrêmement vulnérable, mais on ne peut pas l'approcher. Je suggérerais d'attendre ; si le Conseil bat en retraite, les changelings baisseront la garde. Nous pourrons alors l'enlever. Si elle meurt, nous passons à autre chose. Nous avons toujours la drogue. »

E-mail envoyé depuis un café Internet
à San Francisco vers un serveur situé à Venise.

— Elle ne l'aurait pas abandonné, dit Lucas en posant la paume sur le visage d'Ashaya. (C'était un geste d'acceptation autant qu'une offre de protection de la part d'un chef de meute.) La compagne de Dorian est résistante.

Sascha acquiesça, par saccades. Parce qu'à la voir ainsi couchée, Ashaya avait l'air si petite, elle avait le teint pâle, son corps semblait sans vie.

— Et Tammy ?

La guérisseuse changeling pouvait être d'une plus grande aide que n'importe quel docteur en médecine, pour Dorian du moins. Et puisque Ashaya lui était connectée, elle bénéficierait de toute amélioration de l'état de Dorian.

— Elle devrait arriver bientôt, répondit Vaughn depuis l'entrée. (Il passait faire un câlin à Faith.) Lorsque j'ai appelé, Nate et elle étaient en route pour déposer les petits à la garderie.

Après que Vaughn fut parti reprendre sa garde, Faith s'assit sur une chaise au chevet d'Ashaya.

— Ma vision de la fusillade était étrange… une de ces nouvelles visions.

Sascha s'assit sur le lit de Dorian et lui prit la main. Faith avait saisi celle d'Ashaya. Pour qu'ils sachent qu'ils n'étaient pas seuls. C'était important ; la meute était importante.

— Une de ces visions qui ne sont pas claires ?

Faith hocha la tête, mais marqua une pause car Lucas se dirigeait vers la porte.

— Je vais jeter un coup d'œil au cadavre.

Il avait les lèvres serrées.

— Mercy a égorgé l'assassin, murmura Faith.

— Ça m'évite de devoir le faire.

Sur ce, Lucas sortit.

— Elle a suivi le mouvement de Dorian, expliqua Faith à Sascha. (Mercy l'avait informée à son arrivée à l'hôpital.) Elle s'est précipitée en même temps que lui. Elle était juste derrière le tireur, elle a réussi à l'achever avec ses griffes.

Sascha était une E-Psi, mais elle ne pouvait éprouver la moindre pitié pour le tireur. Parce que cet homme avait attaqué sa famille, sa meute.

— Bien. (Une pause pour maîtriser sa colère.) Parle-moi de la vision.

— J'ai vu la fusillade, déclara Faith avec la force tranquille d'une C-Psi qui voyait bien plus de choses que la plupart des gens n'auraient pu le concevoir. Puis une sorte de grisaille, de brouillard, s'est abattue, enveloppant tout. J'entendais des voix confuses, je saisissais des bribes et des mouvements, mais rien de concret.

— Des éléments fluctuants.

Le regard de Sascha passa de la sentinelle blessée à sa compagne. Puis elle le laissa errer au-delà. Relâchant la main de Dorian, elle alla jusqu'au lit d'Amara Aleine.

— Ashaya devait choisir, voilà pourquoi. Si elle n'avait pas accepté le lien, nous l'aurions perdue.

Elle se força à prendre la main d'Amara. Malgré tout, c'était aussi un être vivant. Et…

— Elle aussi a fait un choix, dit-elle en essayant d'ordonner les fragments de souvenir.

Le chaos avait régné sur la Toile céleste lorsque le lien d'union s'était mis en place, puis celui-ci avait entraîné Amara avec lui.

— Elle a tenté de sauver Ashaya, ajouta Sascha.

Amara avait été prête à sacrifier sa vie pour celle de sa jumelle.

Une forme détraquée d'amour, mais de l'amour quand même.

— Prévoir l'évolution des bourses était nettement moins déchirant. (Faith se frotta de nouveau les tempes.) J'ai failli oublier : dans ma dernière vision, juste avant que la grisaille s'abatte, j'ai aussi aperçu Amara. Les ténèbres autour d'elle, la souillure du Gardien Noir, tout cela avait disparu.

Sascha ferma les yeux.

— Je la vois sur le Net. Tu as raison : rien n'est attaché à elle.

Elles réfléchirent toutes deux. Faith expira.

— L'autre homme que j'avais vu. C'était un tueur depuis toujours, le Gardien Noir n'avait fait qu'empirer les choses.

— Amara n'a jamais tué, murmura Sascha.

— Alors à présent, elle est…

— Bonne ? (Sascha secoua la tête.) Non, il y a toujours un vide en elle, toujours la présence du germe que le Gardien Noir a planté dans sa psyché. Mais… il faut attendre.

Faith approuva.

— Pourquoi penses-tu que le Gardien Noir n'a pas pu la suivre sur notre toile ? demanda-t-elle ensuite. Le Gardien du Net y parvient. (Sascha vit que Faith trouvait la réponse en parlant.) Parce qu'il est emprisonné. Les Psis font tout pour contenir leurs émotions les plus sinistres, alors le Gardien Noir est pris au piège.

— Oui. (Sascha comprit autre chose.) Je me demandais comment Ashaya avait pu rester incognito sur le Net, surtout après avoir rencontré Dorian. La danse nuptiale n'autorise pas la distance émotionnelle.

— Alors pourquoi la force du lien ne l'a pas trahie en débordant sur le Net ? (Les yeux de Faith passèrent du firmament à l'obsidienne.) Bien entendu. Si certains couples de jumeaux peuvent être des réflexions directes des jumeaux du Net, et que le Gardien Noir est attaché à Amara…

— … alors le Gardien du Net est attaché à Ashaya. Il la protège probablement depuis longtemps. C'est pourquoi personne ne l'a jamais considérée comme une menace rebelle.

Sascha observa les deux femmes allongées sur des lits contigus. Identiques en apparence… en apparence seulement. Des expressions jumelles de la division sur le PsiNet. Elle se demanda s'il était possible de les réconcilier. Ou si le Net les avait séparées de façon irrévocable.

Dorian se réveilla conscient d'être entouré par la meute. Ils étaient partout dans l'atmosphère. Mais au travers de cette chaleur familière, une présence lumineuse lui berçait l'âme. Son léopard s'étendit et il tourna la tête.

— Shaya.

Elle était là, si belle.

Le teint éclatant, elle gisait recroquevillée sur le côté, la tête appuyée sur une main. Endormie. Hors de danger. Il se rappela la terreur ressentie en apercevant le tireur tout près de son visage, et il eut envie de retrousser les babines en grognant. Incapable de rester allongé, il s'efforça de s'asseoir. Il fut un peu surpris que personne ne bondisse pour l'arrêter.

Profitant de sa bonne fortune, il balança les jambes sur le côté du lit.

Après avoir un peu tremblé, ses jambes tinrent le coup. Il constata qu'il était torse nu, vêtu d'un pantalon de jogging noir. Il portait un pansement au cou, mais il savait que la blessure avait presque disparu. La magie de la médecine, supposa-t-il.

Quand il rejoignit Ashaya, il vit qu'elle portait un pyjama doux de flanelle bleue. Il n'avait qu'une envie : se glisser dans le lit pour la serrer. Puis ses sens l'avertirent de la présence d'une femme endormie sur le troisième lit de la chambre. Elle était vêtue de jaune pâle et couchée sur le dos. Une part de lui qu'il ne savait même pas être à cran se détendit.

Ashaya aurait été dévastée si elle avait perdu sa jumelle.

Ressentant un besoin douloureux de toucher sa compagne, il s'apprêtait à sauter dans le lit d'Ashaya quand sa chance tourna. Une grande rousse rongée d'inquiétude entra dans la chambre et, en l'apercevant, lui cria :

— Qu'est-ce que tu fiches ?

Puis elle s'élança, le prit dans ses bras et l'embrassa à pleine bouche.

— Putain de merde, souffla-t-elle en s'écartant. Tu viens de me faire vieillir de dix ans, bordel.

— Désolé, Mercy. (Il tira sur une de ses mèches volantes.) Tu l'as tué ?

— Évidemment. Je l'ai égorgé. (Elle se frotta les yeux avec le dos des mains.) Le fils de pute était mort avant de toucher le sol.

— Et Keenan ?

— Pas de problèmes. Sascha a dit qu'Ashaya l'avait protégé instinctivement ; il n'a rien senti. À présent qu'il voit sa mère sur la Toile, il est heureux comme un poisson dans l'eau, là-haut avec les loups. (Un reniflement, suivi d'un nouveau frottement des yeux.) Par contre, nous n'avons pas réussi à joindre ta famille.

Il fut soulagé.

— Bien. Ils le prendront mieux si je suis rétabli quand je le leur annonce.

— C'est ce que je me suis dit. (Elle frappa du doigt le matelas d'Ashaya.) Alors te voilà le compagnon d'une Psi.

Compagnon, songea-t-il, et elle était là, un lien directement attaché à son cœur.

— Ouais.

— Quelle surprise.

Quelque chose dans la voix de Mercy lui fit détourner les yeux du visage endormi d'Ashaya.

— Mercy ? (Son estomac se contracta.) Tu n'es pas… je veux dire…

Il était soudain sans voix. Mercy avait toujours été sa meilleure amie. Merde, elle avait fait les quatre cents coups avec lui.

— Ça t'embête que j'aie une compagne ?

Elle roula des yeux et lui donna un coup de poing sur l'épaule, puis le retint quand il se mit à vaciller.

— Non, espèce d'idiot. Si j'avais voulu de toi, j'aurais bougé depuis des années.

— Hé. Je suis blessé. (S'appuyant contre le lit d'Ashaya, il fit semblant de se frotter l'épaule.) Enfin, Dieu merci. Je détesterais me dire que tu en pinces pour moi. Désolé, Poil de Carotte, mais je ne te considère pas comme une femme.

— Ouais, c'est le problème. (Elle ronchonna.) Si tu promets de te tenir tranquille une fois au lit avec elle, je te laisse faire les yeux doux à ta compagne, proposa-t-elle sur un ton humoristique rempli d'affection.

Il ne désirait rien de plus, mais Ashaya dormait encore et il connaissait Mercy depuis l'âge des couches-culottes.

— Tu ferais mieux de me dire ce qui t'embête ou je ne te demanderai pas d'être la marraine de nos enfants.

— Tu as entendu ça ? (Elle écarquilla les yeux et déglutit.) Merde, Dorian, ne me fais plus jamais ça. Tu as saigné partout sur mon plus beau pantalon.

Il ne se souvenait pas d'avoir entendu ces paroles, du moins pas consciemment.

— Arrête d'essayer de gagner du temps.

— Oh bon, ça va. (Elle leva les yeux au ciel, les joues légèrement rosées.) Ça me fait bizarre car maintenant que tu as une compagne, le dernier mâle de la meute avec un ascendant comparable ou supérieur au mien est casé. Je ne voulais pas de toi. Mais c'était agréable de savoir qu'au moins un mâle puissant n'était pas encore uni.

Honnêtement, Mercy n'avait jamais craqué pour Dorian. Il était indiscutablement mignon, mais c'était son ami et son collègue. Point barre.

Les yeux bleus de surfeur clignaient à présent.

— Hum. Ouais, j'imagine que je n'avais jamais pensé à ça. Je suppose que tu n'aimes pas les pratiques sadomaso ?

— Quoi ?

— Tu sais, tu pourrais faire claquer le fouet…

Il n'essaya même pas d'éviter un second direct sur l'épaule, tant il riait. Quand il reprit finalement son souffle, il lui prit la main et l'attira contre lui.

— Il existe d'autres meutes, tu sais. Tu pourrais demander à Luc d'arranger un transfert pour une courte période.

Mercy y avait songé. Même si les meutes de prédateurs étaient extrêmement territoriales, ce genre de transfert se produisait.

— Je ne peux pas. Pas pour l'instant. La situation avec les Psis est trop instable.

Dorian approuva en grognant.

— Je vais t'offrir une poupée gonflable. Je suis sûr que ça ne dérangera pas ma compagne si je lui explique que tu es fauchée.

Elle ne se donna pas la peine de le frapper cette fois et se contenta de le dévisager avec la promesse de représailles futures dans le regard.

— Très drôle. Tu ne rirais pas si tu savais à quel point je me sens sexuellement frustrée pour le moment.

Les changelings avaient un besoin fondamental de contact. Le problème était que Mercy n'appréciait pas particulièrement de faire l'amour avec des hommes moins forts qu'elle.

— La dernière fois, c'était quand cette sentinelle SilverBlade était en ville pour une réunion de communication.

Toute trace d'amusement déserta le visage de Dorian.

— Tu es sérieuse ? C'était il y a des mois. Mercy, ça pourrait devenir dangereux.

— Tu crois que je ne le sais pas ? (Elle se passa les mains dans les cheveux.) Bon sang, Dorian ! J'en arrive à me demander si certains loups pourraient être bons au lit.

C'était un mensonge : ses nombreux récents fantasmes, incroyablement érotiques, n'avaient pas eu pour sujet les mâles SnowDancer en général, mais un loup en particulier. Mais elle ne l'avouerait pas. À personne.

— Félin et loup, ce n'est pas… hum… une combinaison habituelle, fit remarquer Dorian.

— Alors que Psi et félin, oui ? (Elle grimaça.) Ouais, ouais, je sais. Félin et loup, c'est bizarre.

Mais les dominants SnowDancer étaient de sacrés fils de pute, ils faisaient partie des rares hommes capables de l'affronter et de survivre. Et celui auquel elle pensait… Non. Hors de question. Jamais. Jamais !

— Et un des Rats ?

Les yeux de Dorian luisaient.

Elle plissa les siens.

— Félin et rat. Gnark gnark gnark… très drôle.

— Cela donnerait un tout nouveau sens à l'expression « veuve noire ».

Tremblant de rire, il la serra contre lui avant qu'elle puisse le frapper.

Elle lui rendit son étreinte, tellement contente qu'il soit en vie pour la taquiner.

— Puisque tu es infirme pour l'instant, je me vengerai plus tard.

Elle s'écarta après un moment et le poussa doucement vers Ashaya avant de sortir en refermant la porte derrière elle.

Elle manqua de peu Ashaya qui ouvrait les yeux.

Ashaya s'était réveillée au son du rire de Dorian et d'une voix de femme. Elle remarqua qu'elle se crispait, sans savoir pourquoi. Les mots se précisèrent peu à peu mais, lorsque Dorian parla de rats, elle était pleinement consciente que tous ses proches étaient saufs. Compagnon. Enfant. Jumelle.

Le rire de Dorian l'enveloppa tandis que, dans son esprit, elle cherchait à apercevoir Keenan. L'étoile de son fils luisait admirablement sur cette étrange et merveilleuse toile qui était désormais aussi sa maison. Quand elle entra en contact avec lui par ce biais, il déclara :

— *Sascha a dit que tu dormais.* (Un murmure.) *Tu as beaucoup dormi. Des jours et des jours. Mais je te voyais sur la Toile, alors je n'avais pas peur.*

— *Je suis réveillée maintenant, bébé.* (Elle mit toutes les couleurs de son amour dans sa voix.) *Je viendrai bientôt te voir.*

— *J'ai plein plein plein de choses à te raconter.* (Il semblait excité.) *J'ai des amis. Il y a Ben, qui est un loup, et puis Tally a amené Noor pour jouer. Un jour, je vais me marier avec Noor. Et Ben s'unira à Marlee même si elle est plus grande que lui.*

Le cœur d'Ashaya sourit en entendant son fils se comporter comme un enfant. Derrière elle, Amara dormait, indemne. Et Dorian… Dorian était vivant.

Elle ouvrit les yeux.

Elle croisa son regard. Le sourire de Dorian s'évanouit, pour laisser place à une émotion si intense qu'elle eut l'impression qu'on la touchait. Impossible… sauf que c'était dans son cœur à présent, le lien entre eux comme un phare brillant, doré.

L'étendue de cette fureur effraya quelque peu Ashaya.

— Ça aurait été plus simple, chuchota-t-elle.

— Quoi donc ?

Il restait à côté du lit, comme s'il se satisfaisait de la regarder.

Elle se sentit enlacée par ses yeux, caressée par son âme.

— Si tu étais tombé amoureux de Mercy.

Un lent sourire.

— Elle est trop méchante.

Cela la fit sourire aussi.

— Je vais le lui dire.

— Oh non, s'il te plaît. (Son sourire s'adoucit, ses yeux se remplirent du chaos présent dans le cœur d'Ashaya.) Tu as failli mourir pour moi.

Elle coupa court au froncement qui naissait sur le visage de Dorian.

— Non, Dorian. Tu ne dois pas te fâcher contre moi.

— Et pourquoi pas, bordel ?

Elle posa la main à plat sur le drap.

— Ton sang a jailli sur ma main, comme une rivière. (Elle secoua la tête tandis que son cœur bégayait à ce souvenir.) Pourquoi as-tu pris la balle ? Je n'aurais pas survécu si tu étais mort.

— Bouge. (Il la rejoignit dans son lit et la berça contre lui.) Tu te trompes. Tu te serais ressaisie pour Keenan, pour Amara. Tu es comme ça.

Il ne comprenait pas, se dit-elle.

— Mais je n'aurais pas survécu. (Elle posa la main sur son torse, elle voulait sentir le battement de sa vie.) Les morceaux de mon cœur, Dorian. Tu es présent dans tellement de morceaux de mon cœur.

Il inspira une goulée d'air en entendant ces mots et resserra son étreinte.

— Chut, à présent, trésor. Je suis un enfoiré de dur à cuire… même si tu devras m'expliquer comment j'ai survécu à un tir dans la carotide.

Cette question pratique ancra Ashaya, comme il l'avait sans doute prévu.

— Je n'en ai pas la moindre idée. J'étais inconsciente.

Dorian voulut parler, mais la porte s'ouvrit et Tamsyn entra en compagnie de plusieurs autres personnes. Ashaya et Dorian furent soumis à une batterie de tests médicaux. La Psi eut beau dire qu'elle allait bien, personne ne l'écouta. Tammy lui adressa même un regard de léopard quand elle osa protester. Ashaya se tut.

— Laisse-les s'agiter, murmura Dorian alors qu'on les emmenait encore pour un autre scanner. Eux aussi ont été choqués, ils ont besoin de se convaincre que nous n'avons rien.

Elle comprenait.

— Et Amara ?

— On la surveille. J'ai parlé à Sascha pendant qu'on faisait tes analyses de sang. Elle pense que nous nous sommes réveillés plus rapidement parce que nos énergies se sont soutenues mutuellement.

Ashaya n'en connaissait pas assez sur cette nouvelle toile pour émettre un avis. Elle garda plutôt un œil psychique sur sa jumelle pendant qu'ils terminaient le scanner. Pour le retour, elle posa le pied à terre et on l'autorisa à marcher, ce que Dorian avait fait depuis le début. Elle était un peu fébrile, mais pas infirme au point qu'on la pousse dans un fauteuil roulant.

Mercy les attendait à l'extérieur de leur chambre.

— Hé, contente de voir que tu vas mieux. (Son sourire était sincère.) Si Blondinet te cause du souci, fais-moi signe. Je connais plein de choses sur lui dont tu peux te servir pour le faire chanter, pour qu'il se tienne bien.

Ashaya eut une pensée des plus étonnantes : elle aimait bien Mercy. La sentinelle pourrait devenir une amie.

— Je peux t'emprunter ton arme une minute ?

Chapitre 47

Mercy lui lança un regard méfiant.

— Hum, qu'est-ce qu'il a fait ?

Dorian posa la main dans le dos d'Ashaya.

— Qu'est-ce qui se passe ?

Indifférente à l'instinct protecteur aigu qui enveloppait la voix de son compagnon, Ashaya tendit la main vers Mercy.

— S'il te plaît, fais-moi confiance.

— Tu es la compagne de Dorian, dit Mercy, en guise de réponse. Tiens. (Ayant été au contact du corps de la sentinelle, le métal était chaud contre la paume d'Ashaya.) Tu sais t'en servir ?

— Je connais les rudiments.

Elle tint le revolver contre sa cuisse et se dirigea vers la chambre.

Dorian tenta de la bloquer, mais elle plongea sous son bras et ouvrit la porte ; elle le connaissait désormais assez pour avoir anticipé sa réaction. Elle pivota et aperçut Amara debout, adossée contre le mur près de la porte, un éclat de verre à la main. Sa jumelle se figea en découvrant Ashaya au lieu de Dorian.

— Je ne te laisserai pas lui faire de mal, lança Ashaya.

Consciente que Mercy et Dorian se tenaient dans l'embrasure de la porte, prêts à attaquer, Ashaya leva le revolver.

Les babines retroussées, Amara projeta son arme de fortune contre le mur opposé.

— C'est toi qui gagnes aujourd'hui, mais à l'avenir ? Comment comptes-tu le protéger ?

— Dorian peut se protéger tout seul. (Sa main se mit à trembler.) Laisse tomber, Amara. Laisse tomber.

— Non. Je suis un monstre, répliqua Amara avec une froide indifférence. Je resterai un monstre. Tue-moi ou tu passeras ta vie à surveiller tes arrières.

La main d'Ashaya flancha.

— Non, je ne peux pas. (Parce que, en dépit de tout, Amara était sa sœur.) Mon Dieu, que dois-je faire ? Je n'y arrive pas.

Pas comme ça, pas de sang-froid.

— Alors nous sommes dans une impasse. (Amara posa le regard sur Dorian, avant de le ramener sur Ashaya.) Tu ne parviens pas à me tuer et je ne te tuerai pas. Et je ne suis pas suffisamment altruiste pour me suicider. Pourtant nous savons toutes les deux qu'on ne peut pas me laisser vivre.

Ashaya enviait le calme émotionnel de sa sœur.

— Tu n'accordes aucune importance à ta vie ?

— Ma vie… (Une pause, enfin.) Est-ce que tu as vu le nouveau réseau auquel nous sommes reliées ?

Ashaya hocha la tête en tremblant. Dorian l'avait appelé la Toile céleste. Un réseau minuscule comparé au PsiNet, mais au lieu d'étoiles blanches isolées sur un fond noir, ce réseau, cette toile, était tapissé de connexions. De fils d'or qui reliaient chaque étoile à une autre, parfois à plusieurs autres. Et entre elles ruisselaient des rubans de couleur, des serpentins de joie et de lumière, d'espoir et de pardon.

— Ces morceaux de couleur, ils entrent sans cesse en moi et j'ai maintenant ces pensées. (Amara se prit la tête, les mains dans les cheveux.) Je vois avec une netteté inédite. Je vois que certaines vies ne devraient jamais voir le jour. Le rapport coût-bénéfice est trop déséquilibré.

— Tu es brillante. (Ashaya abaissa son arme.) Pourquoi tu ne mets pas ce pouvoir au service de notre peuple ?

— Parce que mes voies neurales ont été compromises de façon permanente. Je suis peut-être née comme ça. (Amara baissa les mains.) Ou je suis peut-être devenue ainsi à cause de Silence. Je ne sais pas. J'ai de fortes tendances sociopathes. On ne peut rien y changer.

— Et Keenan ? Est-ce que tu ne seras pas un danger pour lui ?

Des ombres bleues.

— Avec ces nouvelles pensées… j'hésite maintenant à tuer un enfant qui est sorti de mon corps. (Elle secoua la tête.) Mais ne me fais pas confiance. Je pourrais un jour changer d'avis.

— J'ai le même ADN, insista Ashaya, se rendant compte qu'Amara s'était résignée à être tuée. Nous avons reçu la même éducation.

— Je ne peux pas devenir bonne, grande sœur… impossible. Il ne faut pas en attendre plus de moi.

Amara n'en dit pas davantage. Ce n'était pas nécessaire. Les faits étaient ce qu'ils étaient. Si Amara restait en vie, elle ferait le mal. Mais la tuer ? Ashaya se retourna vers Dorian, perdue.

— Qu'est-ce que je fais ?

Dorian avait cru autrefois que rien ne pourrait traverser la carapace scientifique d'Ashaya. Il avait depuis eu la preuve du contraire à de multiples reprises, mais ce lien avec Amara pouvait la détruire.

— Est-ce que tu peux la contrôler ?

Ashaya secoua la tête.

— Non.

— C'est faux, Ashaya. (Amara leva un sourcil.) Si je t'autorise à implanter un lien de contrôle en moi, tu le pourras.

— Elle a raison, Shaya ?

Ashaya rejoignit Dorian, lui effleurant les doigts au passage.

— Oui. Pas un contrôle de l'esprit mais…

— … une laisse, compléta Amara. Assez longue pour me donner l'impression que je suis libre, mais assez courte pour m'empêcher de me laisser aller à des actes que ma jumelle estimerait répréhensibles.

— Est-ce que ça te fera mal ? demanda-t-il à Ashaya, sans prêter attention à Amara.

— Non. (Elle referma la main sur celle de Dorian.) Notre lien gémellaire existe, que nous le voulions ou pas. Si Amara me laissait entrer aussi loin, alors je deviendrais celle qui contrôle. Elle perdrait la capacité d'entrer dans mon esprit, mais je serais en mesure de la surveiller à volonté.

— Tu serais sa gardienne à vie.

Ashaya le dévisagea.

— Je ne suis plus seule désormais. Tu es là.

Le léopard en lui grogna dans un élan de plaisir possessif.

— Je suis heureux d'entendre que tu commences enfin à t'en rendre compte.

— Amara est sur notre toile, dit Lucas à Sascha alors qu'ils étaient à l'extérieur de l'hôpital. Qu'est-ce que ça signifie ?

Sascha s'adossa au mur, face à l'impeccable pelouse.

— Cela signifie que les ténèbres sont désormais sur la Toile.

— Comment lutter contre ça ?

— Nous ne luttons pas. (Elle repensa au moment où Faith les avait rejoints, à la révélation de l'existence du Gardien Noir.) Amara est fondamentalement déficiente, mais elle existe. Elle fait partie du monde. Nous la surveillons, nous la gérons, mais nous ne l'emprisonnons pas psychiquement. Si nous le faisions, nous planterions immédiatement les graines d'un schisme sur notre propre toile.

— Je n'aime pas ça. (Le ton de Lucas avait la dureté du mâle dominant.) À travers son lien avec Ashaya, elle pourrait nous atteindre, t'influencer, ainsi que Faith… bon sang, n'importe lequel d'entre nous.

— Non, dit Sascha qui avait passé des heures à considérer la situation sous tous les angles. (Faith et elle s'accordaient sur ce point.) Son lien ne l'y autorise pas.

— Si elle est sur la Toile, pourquoi pas ?

— Vois ça comme un problème de maths.

Elle s'empara de son agenda électronique dans la poche de sa veste d'été et prit le stylo laser qui y était attaché.

— Pour commencer, nous avons le grand ensemble : notre toile.

Elle dessina un cercle et y plaça les membres de la Toile : Lucas au milieu, elle-même connectée à lui, les flèches menant aux sentinelles, et puis les connexions vers leurs compagnes ou compagnons.

— Le lien d'union relie Ashaya à la Toile. (Elle connecta la M-Psi à Dorian.) Mais notre toile est différente du PsiNet. De ce que l'on sait, on ne peut la rejoindre que de deux façons : par l'union ou par un lien de sang.

— Keenan, intervint Lucas en fronçant les sourcils. Selon Dorian, le gamin avait la peau des poignets écorchée alors que lui-même avait une blessure ouverte à la main. Le besoin du gosse a probablement court-circuité le processus par lequel je relie normalement quelqu'un à la Toile à travers un lien de sang. Le problème, c'est que ça me retire le contrôle.

— Non, dit-elle. Si on te l'avait demandé, est-ce que tu aurais refusé l'asile à un enfant mourant d'inanition psychique ?

Il lui répondit par un regard entendu.

— Qu'est-ce que tu veux dire ?

— Je pense que la Toile savait que tu aurais approuvé. (Son expression la fit sourire.) Même changeling, cela reste une construction psychique… capable d'apprendre. (Elle l'embrassa sur la joue quand il expira, avant de revenir à son schéma.) En raison de son mode d'entrée sur la Toile, Keenan est directement relié à Dorian, même s'il a aussi un attachement très fort et visible à sa mère.

» La Toile semble avoir décidé de le considérer comme leur petit, lui donnant un accès total. (Elle dessina un triangle autour de cette nouvelle famille.) Amara, pour sa part, est connectée via le lien gémellaire.

Elle dessina un petit cercle qui croisait à peine la Toile céleste.

—Au début, j'imaginais qu'Amara serait connectée à Ashaya, mais isolée des autres. Or la Toile l'a autorisée à former une partie périphérique d'elle-même. Je pense que c'est parce qu'elle comprend qu'Amara est un être psychique, qui a besoin de savoir que la Toile est là. Cependant, elle ne peut surfer activement sur la Toile, ni l'influencer. En d'autres circonstances, je m'inquiéterais de cette limitation puisque Amara se retrouve dans une certaine mesure emprisonnée, mais je pense qu'Ashaya est la seule personne dont elle se soucie vraiment. Tant qu'elle peut parler à sa jumelle sur la Toile, cela ne la dérange pas.

Lucas gardait le regard rivé sur le schéma.

—Si Ashaya meurt, Amara aussi. Mais l'inverse n'est pas vrai.

—Oui.

Sascha rangea le stylo et l'agenda.

—Je ne pense pas que cela pourrait fonctionner autrement, reprit-elle. Ashaya est un être sensible à part entière, mais Amara… (Elle appuya la tête contre le torse de Lucas, trouvant du réconfort dans ses bras qui l'entourèrent.) Elle n'est entière que si Ashaya existe.

Une pause et elle sut qu'il réfléchissait à tout cela.

— Je suppose que nous pourrons lui trouver un poste à Sierra Tech, dit-il enfin, faisant allusion à la société de recherche et développement dans laquelle DarkRiver détenait une participation importante. Nous lui offrirons l'occasion de faire ses preuves.

— Qui sait, commenta Sascha en se rappelant l'intelligence aiguë d'Amara, elle pourrait devenir un atout.

Lucas ne semblait pas convaincu mais il hocha la tête.

— Est-ce que nous devons parler de tout ça à Dorian ?

— Je resterai vigilante, et je l'informerai en cas de problème.

— Je suppose que je vais devoir te faire confiance.

Une déclaration taquine mais qui contenait une interrogation.

Il avait évidemment perçu son trouble, songea-t-elle. Il la connaissait jusqu'aux tréfonds de son âme.

— Je dois te dire quelque chose.

Il lui frotta le dos.

— Bien. Ma patience commençait à s'épuiser ; tu as le sommeil perturbé depuis que tu as rencontré Amara.

Sa voix avait pris un aspect mortel.

— Il ne s'agit pas de ce qu'elle a fait, précisa Sascha, mais de ce qu'elle a dit.

— Sascha, nous avons déjà parlé de ça. Cette femme est…

Elle lui plaça une main sur la bouche.

— Écoute-moi au lieu de faire ton mâle dominant.

Il lui lécha la paume. Elle la retira et prit une mine renfrognée.

— Tiens-toi convenablement.

— Parle.

— Les paroles d'Amara ont actionné une sorte d'interrupteur dans mon esprit, elles m'ont permis de clarifier certains indices que j'ai reçus au cours des derniers mois.

(Elle inspira profondément, puis expira.) Mes pouvoirs… ils changent.

— Comment ? (Il devint sérieux.) Est-ce que c'est douloureux ?

— Non, pas du tout. J'ai juste cette… sorte de sensation qu'ils s'étendent, se développent. Seulement j'ignore dans quelle direction.

Cela l'effrayait. Sa mère était la meilleure contaminatrice sur le Net. Elle pouvait tuer d'une seule pensée.

— Et si je devenais comme Nikita ?

— Aucun risque. (Il fit courir les jointures de la main sur son visage.) Vois ça comme une aventure. Nous le découvrirons ensemble.

Un battement d'amour parcourut le lien d'union, un battement de dévotion.

Elle sentit que son cœur lui appartenait comme au premier jour.

— Je suis tellement heureuse de t'avoir pour compagnon, Lucas.

Quoi qu'elle soit en train de devenir, ce n'était plus aussi effrayant, pas avec une panthère à ses côtés.

À l'autre bout du parking, un homme aux cheveux foncés abaissa une paire de jumelles et composa un numéro sur son téléphone.

— Peine perdue, dit-il à son correspondant. L'hôpital grouille de léopards de DarkRiver.

— Quelles sont les options ?

— Nous patientons jusqu'à ce qu'elle sorte. Un enlèvement rapide et sans bavures. Ils ne s'attendront pas à nous.

Une courte pause.

— C'est toujours le cas, non ? Après tout, nous ne sommes pas dangereux.

— Ils vont changer d'avis.

— Mais à ce moment-là, nous serons prêts, lui ordonna-t-on. Continue à les surveiller. Ils baisseront la garde tôt ou tard.

— Nous aurions dû l'enlever dans le parking souterrain, fit remarquer le guetteur, faisant allusion au lieu de la dernière émission d'Ashaya. J'étais à quelques mètres d'elle et du félin.

— Il y avait trop de risques de se faire repérer par les caméras de surveillance. La surprise est notre meilleure arme.

Parce que même un léopard ne pouvait pas prendre un fantôme en chasse.

Chapitre 48

« Dorian dort mal pour l'instant. Je sens de nouveau s'accumuler la rage et la frustration du léopard. Cette fougue en lui, la même fougue qui dicte sa volonté de réussir et alimente sa loyauté indéfectible, peut aussi facilement virer à l'obsession. Je ne vais pas le laisser emprunter ce chemin de ténèbres. Plus jamais. »

Extrait des fichiers personnels cryptés d'Ashaya Aleine.

Quelques jours plus tard, Dorian, totalement rétabli, se réunit avec Lucas et les autres sentinelles.

— Ils ont tenté de tuer ma compagne. Ils ont enfreint les règles.

Une déclaration tranquille, sur un ton mortel de sniper.

Sa compagne était Psi. Le garçon qu'il considérait déjà comme le sien était Psi. Il lui était désormais impossible de haïr cette espèce comme autrefois. Mais il ne pardonnerait pas à certains Psis, jamais, au grand jamais. Le Conseil lui avait enlevé sa sœur. Ils avaient à présent essayé de lui enlever sa compagne. Bordel, ces monstres pouvaient déjà creuser leur tombe.

— Je sais que tu veux verser le sang, Dorian, dit Lucas. Mais il y a un problème.

Dorian avait un immense respect pour Lucas mais le léopard n'allait pas rester sans réaction. Ni l'homme.

— Lequel ?

—Nous ne savons pas qui a ordonné l'attentat. (Lucas leva la main pour devancer toute intervention.) Vaughn, à toi la parole.

—J'ai parlé à Anthony, dit le jaguar. Il prétend que les rangs du Conseil sont divisés. Ashaya devait être tuée seulement si toutes les tentatives pour la récupérer s'étaient révélées infructueuses.

Dorian jura.

—Il devait s'agir d'un Conseiller. Personne d'autre n'aurait eu accès à un Tk capable de téléportation.

—C'est aussi l'avis d'Anthony, mais il ne parvient pas à identifier qui exactement. (Le visage de Vaughn affichait la même rage froide que celui de Dorian.) Certains Conseillers pensent qu'on a eu affaire à une milice privée pro-Silence. Ils se dénomment les Purs Psis.

—Commode.

—Ouais. (Vaughn croisa les bras.) Ce qui ne nous laisse aucune cible concrète.

S'efforçant de dominer la colère froide et sinistre du sniper, Dorian réfléchit.

—Qu'est-ce qui les empêche de réessayer ? (Il était dévoré nuit et jour par un besoin maladif de protéger sa compagne.) Ashaya est tellement en vue, c'est une cible facile.

—Eamon possède l'enregistrement de l'attentat, lâcha Clay dans le silence. Il a arrêté la caméra quand tu t'es mis à pisser le sang.

—Aïe, merci de me le rappeler, dit Dorian en jetant un air renfrogné à l'autre homme.

Mercy lui jeta un coussin.

—Tu es bête, Blondinet. Clay veut dire que cette fois le Conseil s'est peut-être tiré une balle dans le pied.

—Non, c'est sur moi qu'ils ont tiré, répliqua Dorian. (Mais il réfléchissait.) Qu'est-ce qu'on voit exactement sur l'enregistrement d'Eamon ?

— Plan large sur le dos du tireur, toi qui prends la balle à la place d'Ashaya. C'était retransmis en direct ; ça circule déjà. (Clay haussa les épaules.) Tu peux les harceler, et risquer de te faire tuer au passage, ou tu patientes en les laissant imploser.

— Putain, tu me demandes d'être rationnel, murmura Dorian. Cela fait longtemps que je ne le suis plus.

Un froid bleu et glacial sur son âme, son cœur et sa passion, des mains tendres et des lèvres douces.

Shaya.

Sa compagne. Saine et sauve. Et suffisamment rationnelle pour ancrer son tempérament plus instable.

— Bien, diffusez l'enregistrement en continu, accepta-t-il. Voyons quelle explication donneront ces salauds. (Les Psis n'avaient pas d'émotions mais ils n'étaient pas stupides.) Balancez plein de copies et quelqu'un le téléchargera sur le PsiNet.

— C'est sans doute déjà fait, dit Nate assis par terre. Nous devrons attendre pour voir quelle tactique le Conseil adopte. Ça se pourrait qu'Ashaya devienne trop célèbre pour qu'on l'agresse, ou…

— Ou ça se pourrait qu'ils tentent de s'attaquer à la racine du problème.

— Alors, dit Lucas calmement, nous partirons tous en chasse avec toi.

Dorian regarda son chef de meute et sentit son léopard se calmer un peu. Il savait que ce n'était pas une promesse en l'air.

— Autre chose ? demanda-t-il, leur indiquant par là que sa soif de sang s'était apaisée.

Mais ce calme n'était peut-être que temporaire. Il n'avait jamais été très doué pour renoncer.

— Les humains, dit Clay. Les mêmes que ceux qui tournaient autour d'Ashaya. Les Rats pensaient qu'ils disposaient d'une base dans le quartier de Tenderloin, mais depuis plusieurs jours il n'y a eu aucun mouvement.

— Ils ont sans doute été refroidis par la fusillade, intervint Nate. Les humains n'aiment pas se trouver au milieu des guerres de territoire entre Psis et changelings.

Dorian acquiesça.

— Nous devrons rester sur nos gardes, mais le risque est minime que l'un d'entre eux réussisse à s'approcher suffisamment d'Ashaya pour lui faire du mal. Les humains ne possèdent pas les sens nécessaires pour nous vaincre sur notre propre territoire.

Inconscients des courants d'air et des odeurs, ils se trahissaient de la même façon que les Psis.

— Je vais rapporter à Tally ce que tu viens de dire, dit Clay avec un petit sourire narquois. Ton cul est grillé.

— Nan, répliqua Dorian avec un large sourire. Shaya me protégera.

Tout le monde éclata de rire et la discussion dévia sur d'autres sujets.

— Aaron, dit Lucas à Dorian. Je vais suivre ton conseil et le retirer de Chinatown. Il faudra le remplacer.

— Mia, suggéra Vaughn. Elle peut convenir n'importe où, et elle a l'air aussi inoffensive qu'un moucheron.

— Parfait, approuva Lucas. Mercy, comment ça va avec Cory ?

— Bien. Je pense que Kit et lui devraient sortir officiellement du statut de jeune.

— Nico aussi, ajouta Clay. Les autres gosses doivent encore un peu progresser.

Plusieurs minutes de discussion suivirent pour envisager le pour et le contre. Chez les changelings, le passage à l'âge adulte n'était pas un droit. On se voyait accorder ce privilège sur la base de son travail et de sa maturité. Avec Kit, qui portait l'odeur d'un futur chef de meute, ils devaient se montrer encore plus prudents ; les jeunes mâles dominants pouvaient facilement déraper.

Mais cette fois, ils furent tous d'accord. Kit, Cory et Nico avaient beaucoup grandi au cours de la dernière année. Tous les trois porteraient désormais le grade de soldat novice. Être soldat ne signifiait pas partir en guerre. Cela voulait dire protéger la meute. Et soutenir les siens.

Dans le sang… et dans la joie.

Chapitre 49

Shoshanna dévisagea son mari Henry par-delà son bureau.

— Pourquoi as-tu fait cela ? Nous avions décidé de suivre la majorité.

— Aleine représentait une menace.

— Comment ça ? (Elle jeta un coup d'œil à la vidéo qui défilait sur son écran d'ordinateur.) Certes, ses agissements mettront sans doute un terme au protocole I, mais sa mort n'aurait fait qu'empirer les choses.

Si Shoshanna n'aimait pas être contrariée, elle était aussi un être de pur intellect.

— Tu as failli la transformer en martyre, reprit-elle. Il valait mieux qu'elle reste en vie, à creuser sa propre tombe. Sur cet enregistrement, il est évident qu'Aleine s'est affranchie de Silence. Le risque qu'elle devienne un leader rebelle est dorénavant vraiment négligeable.

Henry demeura imperturbable.

— Je n'en étais pas conscient alors, dit-il.

— Et quand bien même, poursuivit-elle, la tentative d'assassinat a créé un immense bourbier politique. (Elle tourna l'écran d'ordinateur vers lui.) De la violence, du sang. De la main d'un Psi appartenant manifestement à nos agents d'élite.

L'autorité du Conseil reposait sur Silence. Et Silence était censé avoir éliminé toute violence au sein de leur espèce.

— Tu as sapé…

— C'était la bonne décision à ce moment-là, l'interrompit Henry. Nous ne pouvons continuer à tolérer que les changelings attirent les meilleurs d'entre nous.

En temps normal, Shoshanna aurait été d'accord.

— Tu ne comprends pas ce que tu as fait ? Nous ne pouvons plus la tuer désormais. S'il arrive quelque chose à Aleine, cela viendra confirmer chacune de ses allégations, tout en offrant aux rebelles les munitions dont ils ont besoin.

— Une conséquence fâcheuse. (Il se leva et se dirigea vers la fenêtre.) Toutefois, elle n'est plus sur la liste de mes priorités.

Shoshanna ne comprenait pas son comportement. Henry était un puissant Psi de rang 9,5 mais il avait toujours été le suiveur dans leur couple. C'était elle qui avait pris toutes les décisions importantes... comme celle de les faire implanter tous les deux avec des copies dérobées du prototype qu'Aleine avait développé au cours de ses travaux sur le protocole I. Jusqu'à ce qu'il ait fallu retirer les implants, Henry et elle avaient constitué un seul esprit et, même alors, elle avait dominé.

— Explique-moi ton raisonnement, insista-t-elle.

Il se tourna pour croiser son regard.

— Pourquoi ?

— Nous faisons équipe, Henry.

— Quand cela te convient, ma chère épouse.

Une parodie de marque d'affection, totalement dénuée d'émotion.

Shoshanna le dévisagea, se rendant compte tardivement qu'il s'était comporté de manière étrange ces derniers temps.

— Ton comportement n'est pas conforme à ton profil psychologique établi.

— J'exprime peut-être un aspect autrefois dormant de ma personnalité.

Elle écoutait le rythme de sa voix, tout en évaluant la répartition physique de son poids.

— Tu favorises ton côté gauche.

C'était une déficience si légère qu'il fallait connaître Henry depuis aussi longtemps que Shoshanna pour la détecter.

— Est-ce que tu sous-entends que je suis atteint de lésions cérébrales ?

Elle eut un déclic.

— Nos implants ont été retirés avant qu'ils ne deviennent défectueux, mais peut-être que le tien a commencé à se dégrader alors qu'il était connecté à tes tissus neuronaux.

Elle prit mentalement note de repasser un scanner de son propre cerveau afin de vérifier l'absence de toute trace de déclin.

— Que ne ferais-tu pas pour t'accrocher au pouvoir. (Une affirmation, pas une question.) L'expérience de l'implant m'a simplement ouvert les yeux. Je préfère être le marionnettiste plutôt que la marionnette.

— Henry, ton cerveau est clairement défect…

— Et même s'il l'est, dit-il lentement, que feras-tu ?

— Je peux te faire interner au Centre.

— Pour quel motif ? Tu leur diras que nous avons eu nos cerveaux implantés avec de l'équipement volé, que nous projetions d'arracher le contrôle au Conseil pour que les autres deviennent nos esclaves ?

Shoshanna ne put rien rétorquer. Il avait raison : elle n'abandonnerait pas tout ce qu'elle avait accompli uniquement pour le livrer.

— Tu as besoin d'une aide médicale.

— Non, Shoshanna, je ne pense pas. Et ne songe pas à un assassinat ; je connais toutes tes combines. J'étais connecté à ton esprit, tu te souviens ?

Sur ce, il sortit de la pièce.

« J'étais connecté à ton esprit, tu te souviens ? »

Oui, il l'avait été, mais elle était certaine d'avoir eu le contrôle. Elle se rendait compte à présent qu'elle avait commis une grossière erreur de calcul. Henry était un pur télépathe ; elle n'avait aucun moyen de savoir ce qu'il lui avait extrait du cerveau, ou implanté dedans. Comme elle n'avait aucun moyen de connaître l'ampleur des dégâts causés aux tissus neuronaux d'Henry… ou de deviner ce qu'il ferait, à présent qu'il agissait hors de toute contrainte habituelle.

Chapitre 50

« Quand vous enlèverez Aleine, assurez-vous d'abandonner derrière vous des preuves de l'implication du Conseil. Les léopards ont déjà le sang échauffé par la tentative d'assassinat, ils ne se poseront pas de questions. Jouez avec eux. »

E-mail sécurisé envoyé de Venise par un inconnu vers un nombre indéterminé de destinataires à San Francisco.

Dorian avait décidé de rester rationnel – bon sang, il n'allait pas jeter aux orties le miracle d'avoir une compagne et un enfant – mais son félin ne voulait pas se calmer, même si Ashaya semblait à présent hors d'atteinte, du moins du Conseil. En fait, d'après Anthony, le Conseil la protégeait même désormais activement et avait été jusqu'à contenir les Purs Psis sur cette question.

L'ironie de la chose aurait pu être savoureuse si le félin de Dorian n'avait pas été aussi agacé d'avoir été privé d'une cible sur laquelle décharger sa colère. Dorian avait toujours su que sous forme humaine il était un peu plus léopard que d'autres changelings – son félin cherchait à sortir à tout prix – mais il s'était attendu à ce que la nature sauvage de son besoin s'atténue après l'union.

Or cela n'avait fait qu'empirer. Comme si le félin savait qu'il ne serait jamais caressé par sa compagne, jamais admiré comme c'était son droit, jamais ne fût-ce que vu par la femme qui était tout pour lui. Le léopard mourait à petit feu et toute cette colère en détresse était à présent canalisée dans un besoin violent de faire porter le chapeau à quelqu'un.

Son entrevue avec Anthony Kyriakus n'avait rien arrangé. Le Conseiller rebelle s'était montré catégorique.

—Ashaya doit se tenir à l'écart des projecteurs. Tout ce qu'elle pourrait faire désormais ne ferait que la mettre en danger, et n'apporterait rien à la cause.

—Parce qu'elle a des émotions?

Il avait du mal à conserver un ton civilisé.

—Oui. (Un regard brun et froid croisa le sien.) Silence commence à s'effondrer aux marges, mais ceux qui ont brisé les chaînes mettent en lumière notre emprisonnement; les gens ne sont pas prêts à voir la vérité, à s'aventurer dans les ténèbres inconnues.

Dorian dévisagea Anthony et s'interrogea sur la force requise pour continuer ce jeu à double tranchant que l'homme menait depuis si longtemps.

—Donc, tout le monde est hors de danger?

—Oui. Ils ont fait une croix sur Amara. Elle était déjà instable et s'ils ont l'occasion de l'attaquer, ils le feront; mais elle ne constitue pas une cible active.

—Et Keenan?

—Il servait juste de moyen de pression sur Ashaya. Ce n'est pas un Psi particulièrement puissant et son sort ne semble pas vraiment intéresser quiconque.

Dorian fut rassuré.

—Merci pour les infos.

Anthony hocha légèrement la tête.

—Si je découvre qui a ordonné l'attentat, je te préviens.

—Bien. J'ai hâte de lui arracher le cœur.

Même si cela prenait des années, Dorian finirait le boulot. La patience n'était finalement qu'une autre facette de l'entêtement, et Dorian en avait à revendre.

Mais à présent, alors qu'il se trouvait à l'extérieur de la cabane dans laquelle Ashaya et Keenan dormaient – Ashaya dans le lit de Dorian, Keenan à l'étage dans une annexe de sa maison érigée à la hâte –, son félin était tout sauf patient. Il voulait que quelqu'un paie. Pour son enfermement, pour son incapacité à protéger sa compagne, pour son putain d'état latent. Les griffes appuyaient sur ses ongles, tailladant et déchirant. Mais elles ne sortaient jamais. Ça lui faisait atrocement mal, au point que la douleur et la colère le rendaient muet.

Et soudain, le parfum alléchant du miel de fleurs sauvages et de la chaleur féminine l'enveloppa. Un instant plus tard, il sentit la joue d'Ashaya se presser contre son dos nu et ses bras l'entourer, puis elle posa les paumes à plat sur son torse. L'homme s'abandonna à son étreinte et même le félin se calma un peu sous l'effet des caresses. La douleur s'atténua.

— Ce lien, dit-elle, il est si profond, je t'entends dans mon cœur.

Il sourit et posa ses mains sur les siennes.

— Bien.

Des lèvres sur sa peau, douces, tendres, possessives.

— Assez de sang, Dorian. (Un murmure. Un ordre.) Ce besoin de vengeance en toi est destructeur.

Il fit volte-face et lui releva le menton.

— Je suis comme ça. Le félin exige un châtiment.

— Non, dit-elle, la passion dans les yeux, tu es un léopard magnifique, charmant, dangereux. Mais tu n'es pas beau dans ta colère. Je te permettrai de nous protéger, je ne vais pas t'en empêcher ; par contre, si cette obsession va jusqu'à te consumer la psyché (elle lui enfonça un doigt dans le torse), je vais t'enchaîner et t'apprendre exactement ce qu'une M-Psi en colère est capable de faire à l'homme qu'elle aime.

Il cligna des yeux, totalement pris de court. Le léopard aussi était suffisamment assagi pour ne pas tenter de se frayer un chemin à travers la peau de Dorian.

— Shaya…

— Non.

Elle l'embrassa. Et continua jusqu'à ce qu'il grogne et plonge la main dans ses incroyables cheveux bouclés.

— Ça suffit, dit-elle. Les menaces ont toutes été neutralisées.

Quelque chose le tracassait, quelque chose qu'il avait aperçu. Une image fugace, une voiture noire avec des vitres teintées.

— Je ne suis pas certain que ce soit…

Elle lui mordilla la lèvre inférieure, interrompant ses réflexions.

— Oublie la vengeance. Il est temps qu'on apprenne à se connaître.

Il se vengea avec un baiser qui lui coupa le souffle.

— Je te connais déjà. (Dans son cœur, dans son centre, dans les profondeurs de son âme changeling.) Maintenant, je veux juste jouer avec toi.

C'était une autre forme d'engagement, un engagement qui parlait au félin tout en séduisant l'homme. Peut-être cela suffirait-il à guérir le cœur brisé du léopard.

— Pourquoi es-tu triste, Dorian ?

Il ne pouvait pas lui mentir.

— Le léopard voudrait que tu puisses le voir.

— Je le vois chaque fois que tu me regardes, petit chat.

Un baiser appuyé dans le creux de sa gorge. Il frissonna sous la caresse.

— Mais je travaille sur l'ADN, poursuivit-elle. Donne-moi encore un peu de temps. Ce soir, jouons.

Un murmure rauque, promesse de sexe et de choses plus torrides et plus riches.

Il glissa les mains sous les pans du chemisier qu'elle avait enfilé et pétrit ses fesses douces et chaudes.

— Et si… ?

— Keenan dort comme une marmotte, et je le saurai immédiatement s'il se réveille. (Elle lui mordilla les lèvres.) Tu ne veux pas de moi ?

Il savait qu'elle le manipulait, mais il aimait quand cela venait de sa splendide compagne.

— Tu apprends décidément très vite, mademoiselle Aleine.

Le sourire aux lèvres, il l'entraîna à l'écart de la cabane en direction de la couverture sombre des arbres.

— Alors, où en étais-je ? dit-il.

Elle tressaillit quand il s'empara de nouveau de ses fesses avant de faire glisser ses doigts pour aller caresser son entrejambe.

— C'est… agréable.

— Agréable ? (Il massa légèrement, ravi de l'entendre gémir.) Je pense que tu dois encore apprendre à me parler au lit.

— Ah ?

Elle se tenait à présent sur la pointe des pieds, essayant d'échapper à ses doigts mais se frottant contre lui en même temps.

— Hummm. (Il lui mordilla la ligne du cou, prenant son temps pour l'exciter.) Première leçon : utilise des mots comme « magnifique », « incroyable », « époustouflant ».

Elle feignit de lui mordre la mâchoire. Ronronnant presque, il introduisit un doigt en elle.

— Sois gentille.

— Oblige-moi à l'être, glapit-elle alors qu'il remontait l'autre main sous son chemisier pour s'emparer de ses seins.

Ashaya avait la silhouette d'une femme parfaite, songea-t-il, elle n'était que courbes douces. À ses yeux, elle constituait un vrai banquet des sens. Et en cet instant, elle l'enveloppait de chaleur. Il déplaça son doigt avec lenteur et précision, l'incitant à le chevaucher.

Elle contracta les muscles au moment où il enfonça un deuxième doigt en elle. Il lui grignota l'oreille.

— Maintenant, ce serait le bon moment pour utiliser « époustouflant ».

Elle fondait autour de lui, mais ne céda pas.

— Tu as une haute opinion de toi-même.

Il effleura son téton du pouce.

— Il n'y a que la vérité qui compte, ma jolie. Laisse-moi t'apprendre tout ce qu'il faut à ce sujet.

Ashaya avait pu apercevoir le charme de Dorian au cours de leur parade nuptiale peu commune mais, ce soir, dans l'obscurité voilée de la forêt, elle découvrait exactement à quel point il pouvait se montrer bienveillant avec une femme qu'il considérait comme sienne. Un rire rauque tandis qu'il l'allumait, des montagnes de plaisir – du plus incroyable des plaisirs –, et de la tendresse, une tendresse tellement exquise.

Quand il retira les doigts, elle gémit. Alors il l'embrassa. Puis il déboutonna son chemisier et le fit glisser sur le sol de la forêt.

— Hummm.

Un murmure comblé, tandis qu'elle baignait dans le clair de lune.

Il lui lécha la clavicule, la faisant frissonner.

— Est-ce que je t'ai dit que je voudrais te voir nue sous le soleil ? (Il lui massa les fesses.) Toute douce, jolie, et mienne. (De ses mains puissantes, il lui caressait le dos.) Totalement mienne.

Une autre morsure dans son cou, accompagnée cette fois d'un mouvement de langue taquin.

Elle haletait déjà, mais elle parvint à articuler :

— Tu sembles faire une étrange fixation à me voir nue sous la lumière du jour.

— C'est mon fantasme.

Il haussa les épaules, dénué de tout scrupule. Puis il plongea la tête et lui mordit le téton.

Elle se crispa, les mains agrippées à ses cheveux.

— Arrête.

— Pourquoi ? Tu aimes ça.

Il fit la même chose à l'autre sein.

Elle eut l'impression que son cœur allait bondir hors de sa poitrine.

— Dorian, je n'ai pas ta maîtrise.

— Bébé, si je me souviens bien, j'ai joui au premier contact, dit-il entre les morsures et les baisers. À ton tour maintenant.

Il poussa un bruit terriblement proche d'un ronronnement et courba la tête pour lui suçoter le cou là où son pouls battait, tout en enfonçant profondément deux doigts en elle. Une fois. Deux fois.

Il n'en fallut pas plus.

Elle vola en éclats.

Le plaisir fut incroyable, uniquement dépassé par la sensation que Dorian l'accompagnait tout du long. Et quand elle ouvrit les yeux, ce fut pour apercevoir un sourire d'évidente satisfaction sur ses lèvres, tandis qu'il la serrait fort dans ses bras.

— Magnifique, murmura-t-elle, le taquinant car elle avait appris qu'il aimait ça.

Tout comme elle.

— Mais je préférerais t'avoir en moi.

Un délice félin dans ces profondeurs bleues, les bords obscurs du chagrin et de la colère repoussés par le plaisir. Ashaya n'était pas experte en passion, mais si c'était ce qu'il fallait pour tenir Dorian éloigné du gouffre, elle jouerait avec lui nuit et jour. Parce que c'était à elle de veiller sur lui, tout comme il veillait sur elle.

— S'il te plaît, Dorian. (Elle sourit.) Prends-moi.

Il gloussa.

— J'aime la façon dont tu me dis « s'il te plaît ». Je pense que je veux encore l'entendre.

— S'il te plaît, monsieur Christensen. (Elle lui étreignit le cou et accrocha une jambe autour de sa taille.) Allez… s'il te plaît.

Il prit un air renfrogné.

— Tu ne me supplies pas vraiment si tu souris.

Elle se pencha jusqu'à lui effleurer les lèvres.

— Tu me donnes envie de ramper sur tout ton corps.

— Ça fera l'affaire.

Il la pénétra l'instant d'après, une intrusion brûlante, dure, la plus parfaite des connexions.

— En l'air.

Il lui mit la main aux fesses pour lui intimer d'enrouler son autre jambe autour de lui. Dès qu'elle le fit, il lui appuya le dos contre un tronc lisse couvert de mousse.

Puis il entreprit de lui montrer à quel point il pouvait être « magnifique ». Il n'y eut aucun coup violent, rapide, qui aurait pu lui égratigner le dos. Non, ce soir-là, il était résolu à la rendre folle au moyen de lents va-et-vient qui viendraient titiller chacune de ses zones sensibles, encore et encore… et encore. L'orgasme la frappa violemment et l'entraîna dans de longues vagues luxuriantes, qui la laissèrent pantelante.

Elle eut besoin d'un moment pour reprendre ses esprits avant de déclarer :

— Époustouflant.

Ashaya s'embarqua en direction du monde des rêves, accompagnée d'un sourire masculin extrêmement satisfait, au comble du plaisir.

Et ce fut peut-être ce sourire qui fit naître l'intuition qui surgit alors dans son esprit.

Elle se réveilla à l'aube pour apercevoir son félin qui la regardait. Il était sur le ventre, le drap couvrant à peine ses fesses, avec ses cheveux d'or et ses yeux bleus lumineux.

— Quoi ? demanda-t-il alors qu'elle le dévisageait.

Elle s'apprêtait à lui répondre, mais s'arrêta juste à temps. Elle devait garder cela pour elle tant qu'elle n'était pas certaine.

— Blondinet ? demanda-t-elle plutôt.

Il esquissa un large sourire.

— C'était sa revanche pour l'avoir surnommée Poil de Carotte. Comment est-ce que tu vas m'appeler ?

Elle réfléchit un moment.

— Mien.

Il lui adressa un regard surpris.

— Possessive.

— Et alors ?

Elle lui avait emprunté la réplique qu'il lui avait si souvent servie.

— Rien. (Un regard docile mais on entendait le rire dans sa voix.) Je ne vais pas discuter avec une femme sexy qui veut m'épuiser en faisant de moi son malheureux esclave d'amour.

Elle ne put s'empêcher de rire, même si une part de son esprit restait invariablement fixée sur les implications de ce qu'elle avait découvert dans la structure génétique de Dorian.

Dans le courant de l'après-midi, elle réfléchissait encore à cette question alors qu'ils étaient en route vers la maison de Talin. On aurait dit que…

— Maman, regarde !

Elle se retourna vers le siège arrière où Keenan faisait la plus étrange des grimaces.

— C'est très intéressant, chéri.

Satisfait, il hocha la tête.

— Je suis un léopard.

— Évidemment. (Elle vit que Dorian retenait un sourire.) Tu es content de revoir Noor ? demanda-t-elle à Keenan.

— Ouais ! On va jouer à chat perché.

Ashaya aussi était contente : Jon serait là. Elle se retourna vers l'avant tandis que Keenan s'absorbait dans un jeu vidéo et toucha le bras de Dorian.

— Tu es certain que ce ne sera pas trop dur psychologiquement pour Jon de me voir ?

Elle avait travaillé dans le labo où l'adolescent avait été torturé.

— Le gamin n'est pas prêt à devenir ton meilleur ami, répondit Dorian sans détour. Mais il sait que tu les as fait évader, Noor et lui, et il souhaite te remercier.

— Je suis…

Ashaya n'eut pas l'occasion de terminer sa phrase car des coups de fusil, venus de nulle part, éclatèrent ; une rafale d'explosions frappa le carter du moteur et les pneus. Crachant de la fumée, la voiture partit en tête-à-queue. Ashaya se retourna pour attraper Keenan, mais il était trop loin.

— Baisse-toi ! lui intima-t-elle, en essayant de ne pas paniquer. Bébé, écoute-moi. Baisse-toi.

Elle renforça son ordre vocal par une injonction télépathique.

Keenan se recroquevilla sur son siège, les yeux écarquillés.

— C'est bien, mon enfant, dit-elle d'un ton apaisant.

Dorian parvint à redresser la voiture en ajoutant :

— Tiens bon, petit.

Il enclencha la conduite sur coussins d'air.

Le véhicule fit des embardées comme si un ivrogne était au volant mais ne s'arrêta pas.

— Allez, allez.

Dorian quitta la route à toute vitesse et s'engagea dans une zone fortement boisée juste avant que le moteur computronique de la voiture se mette à hoqueter.

— Dehors, ordonna-t-il.

Il arrêta le véhicule et tendit les bras vers l'arrière pour libérer Keenan, silencieux, de son siège-auto. Le gamin l'entoura de ses bras et de ses jambes et Dorian bondit hors de la voiture pour rejoindre Ashaya.

— Par où ? demanda-t-elle, la peur faisant fonctionner son cerveau avec une froide efficacité.

— Entre en contact télépathique avec Sascha, ordonna-t-il en lui tendant Keenan.

Il ouvrit le coffre pour s'emparer de son fusil et fourra des munitions supplémentaires dans ses poches.

— Dis-lui que nous sommes tombés dans une embuscade.

Ashaya ne l'informa pas que ses dons de télépathe n'étaient pas assez puissants. Alors, lorsque Dorian lui reprit Keenan et lui intima de courir à sa suite à travers les arbres, elle ouvrit son esprit à la Toile céleste et lança un appel général de détresse. Elle n'aurait jamais fait la même chose sur le PsiNet, mais cette toile était beaucoup plus petite, et c'était… la famille.

L'esprit d'Amara lui répondit en premier, même si elle vivait et travaillait au siège social de Sierra Tech dans la montagne.

— J'appelle des renforts.

Un message envoyé à travers la Toile.

Incapable de rester connectée en courant, Ashaya se retira et tenta de s'aligner sur le rythme soutenu de Dorian. Mais elle savait qu'il levait le pied pour qu'elle puisse le suivre.

Il s'arrêta alors qu'elle commençait à craindre de ne plus pouvoir continuer. Ils se trouvaient au milieu d'une sorte de bosquet, mais à voir la faible densité des arbres, elle avait l'impression qu'ils n'étaient pas loin de la civilisation.

— Ici, ordonna Dorian en contournant un arbre pour indiquer le creux formé par ses racines massives.

Elle s'assit à l'intérieur, puis tendit les bras vers Keenan. Dorian croisa son regard lorsqu'il se pencha pour lui passer l'enfant.

— Je serai de l'autre côté de l'arbre, dans les branches. Vous êtes plus en sécurité ici ; qui que ce soit, ils vont s'attendre à ce que je vous planque en hauteur.

Il hocha la tête en direction de Keenan.

Elle comprit le message ; l'enfant entendrait tout ce qui se passerait. Elle devrait donc s'assurer qu'il soit imperméable aux bruits environnants. Elle utilisa le lien maternel pour l'envelopper dans un cocon protecteur rassurant. Il se détendit immédiatement.

— Le Conseil ? se risqua-t-elle à murmurer.

Il secoua la tête avec une moue sinistre.

— Des humains.

Il se pencha pour lui effleurer les lèvres d'un baiser furtif, la main posée dans un geste protecteur sur les cheveux de Keenan.

— Ne bougez pas.

Il se saisit d'un petit revolver qu'elle ne l'avait pas vu emporter et le lui déposa dans la main à l'insu de Keenan.

Elle glissa les doigts autour de la poignée.

— Sois prudent.

Elle s'adossa contre la minuscule cavité formée par les racines et se pelotonna autour de son fils, consciente que Dorian s'éloignait. Elle entendit un ou deux pas, puis plus rien.

Son léopard était parti en chasse.

Dorian était furieux contre lui-même. Il s'était tellement focalisé sur le Conseil qu'il avait oublié l'autre menace. Non, il l'avait carrément dédaignée, car cette menace venait de simples humains. S'il en ressortait vivant, il devrait se flinguer pour son arrogance. Tally ne lui avait donc rien appris ? Une petite humaine qui était parvenue à introduire la peur dans le cœur d'un tueur Psi. Les humains n'avaient peut-être pas la force des changelings ou les dons mentaux des Psis, mais ils n'en étaient pas moins coriaces… et ils pouvaient se montrer aussi mauvais.

Allongé dans les branches d'un arbre situé non loin de celui où il avait caché les deux parties les plus importantes de son cœur, il ralentit son rythme cardiaque et se concentra uniquement sur la présence des intrus. Il se rendit d'abord compte qu'ils avaient tout planifié très soigneusement. *Merde.* Il poussa ce juron intérieurement en descendant de l'arbre.

Ashaya leva les yeux, surprise de le revoir. Il se saisit de Keenan, un doigt sur les lèvres.

—Accroche-toi à moi, Super K.

Le gamin obéit et Dorian escalada rapidement l'arbre avant de le déposer dans le coude formé par une branche.

—Je reviens avec ta maman.

Un hochement de tête, pas aussi apeuré que Dorian l'aurait cru. La confiance, pensa-t-il, le cœur serré, le gosse lui faisait confiance. Il redescendit et croisa Ashaya déjà à mi-chemin. Il l'aida pour la fin de l'ascension. Une fois auprès de Keenan, elle enserra le corps fluet de leur fils et lança un regard interrogateur à Dorian.

Il dessina un cercle avec le doigt. Encerclés. Au contraire des Psis, ces humains n'étaient pas assez imbus d'eux-mêmes pour s'introduire en territoire léopard dans l'attente d'une proie facile. Ils étaient venus avec une petite armée.

Il observa Ashaya conforter la position de Keenan dans son espace exigu avant de lui tourner le dos pour faire barrage de son corps. Tenant bizarrement le pistolet d'une main, elle leva l'autre pour montrer à Dorian trois doigts, puis cinq.

Quinze minutes jusqu'à l'arrivée des secours.

Dorian compta mentalement ses munitions, le nombre de chasseurs en bas et il sut qu'il ne pourrait pas tous les éliminer, pas à l'aide de son seul fusil. Cela pourrait se terminer en combat rapproché. Il retroussa les babines; personne n'allait monter jusque-là. Il fit un signe de tête à Ashaya et s'éloigna rapidement pour s'installer en contrebas sur l'arbre.

Il trouva un endroit approprié, s'allongea sur la branche, mit son fusil en position. Et attendit.

Le premier homme apparut au bout d'une minute. Sa cervelle s'éparpilla sur le sol de la forêt un instant plus tard. Un tir silencieux, une exécution précise.

Le temps s'arrêta et il les entendit rompre leur silence radio pendant quelques secondes. Ensuite, plus rien… comme si cette armée était suffisamment organisée pour se gérer. Ils se montrèrent plus prudents, mais il était félin et c'était son territoire. Malgré leur attirail de camouflage, il en cueillit trois autres avant de se lever et de se déplacer.

Il croisa le regard inquiet d'Ashaya en venant s'installer sur sa branche. Il abattit encore quatre hommes avant qu'ils se rendent compte qu'il avait changé de position. Ils se tinrent ensuite sur leurs gardes, ce qui lui compliqua la tâche. Il se déplaça de nouveau et ne parvint à en éliminer qu'un seul.

Il savait qu'ils seraient très bientôt en mesure d'identifier l'arbre dans lequel il se trouvait.

Il posa les lèvres contre l'oreille d'Ashaya.

— Ils se rassemblent. Quelques minutes de répit.

Elle acquiesça.

— Dix minutes.

Il le lut sur ses lèvres plutôt qu'il ne l'entendit.

Il serra les dents, sachant qu'il ne se battait pas contre des amateurs. Ces types voulaient Ashaya et ils la voulaient manifestement en vie. S'ils prenaient l'arbre d'assaut, il réussirait certainement à tuer la plupart d'entre eux. Mais pas tous.

Pas tous.

Chapitre 51

« Ne te tracasse plus, ma belle. Ouais, bon Dieu que j'aimerais me transformer, mais il y a longtemps que j'ai cessé de souhaiter l'impossible. Je trouve qu'être latent me donne un avantage ; je suis le plus expérimenté des deux meutes dans le maniement des armes. Même cet assassin qui te sert de compagnon ne me surpasse pas dans ce domaine. »

Extrait d'une discussion électronique
entre Dorian Christensen et Brenna Kincaid,
trois mois auparavant.

Prenant rapidement une autre décision, Dorian balança le fusil sur son dos et indiqua le haut de l'arbre. Les yeux d'Ashaya s'écarquillèrent, mais elle n'hésita pas à lui donner Keenan pour se mettre à grimper avec l'agilité qui lui avait sauvé la vie face aux lynx plusieurs semaines auparavant.

— Dorian ?

Un murmure enfantin contre son oreille.

— Ouais ?

Il suivit Ashaya, Keenan s'agrippant à lui tel un singe, sans la moindre larme apparente. Dorian était vachement fier du courage du petit garçon.

— Je veux un fusil.

Il tressaillit, se demandant quelle serait la réaction d'Ashaya. Elle avait été « plutôt surprise » l'autre jour en trouvant à son réveil Keenan occupé à imiter Dorian en plein entraînement d'arts martiaux ; le souvenir de ses petites jambes lançant des coups de pied décidés suffisait presque à redonner le sourire à Dorian, même en cet instant.

— Nous en reparlerons plus tard.

Apparemment satisfait de cette réponse, Keenan garda le silence pendant qu'ils continuaient à monter. Quand Ashaya s'assit sur une branche quelques mètres au-dessus de leur position précédente, Dorian hocha la tête. Il lui tendit Keenan et bondit à côté d'elle, puis s'installa de sorte que son dos serve de rempart.

— Il leur sera plus difficile de nous prendre d'assaut.

De cet endroit, il pouvait les abattre un à un. Même le meilleur grimpeur humain n'avait pas la vitesse d'un léopard.

Il entendait les battements sourds du pouls d'Ashaya derrière lui, l'odeur fraîche et nette de sa sueur. Elle se pencha vers lui et, à sa surprise, lui appuya un baiser sur la nuque, tout en lui remettant le pistolet de réserve dans la ceinture de son jean.

— Une fois que ce sera fini, chuchota-t-elle, je m'allongerai sous le soleil pour toi.

Sa confiance en lui fit battre furieusement le cœur de Dorian.

Il sourit malgré le danger et bondit prestement sur la branche sous eux pour se remettre en chasse. Cette fois, il allait se déplacer après chaque tir, pour mettre en déroute les défenses de leurs attaquants.

L'odeur du sang et de la chair montait. Puis la fusillade débuta. Chaque fois qu'il atteignait sa cible, sa position était criblée de balles peu de temps après. Ils réagissaient plus vite et, à sa cinquième victime, il fut touché au bras. Il poussa un bref juron et s'ordonna de bouger plus rapidement. Il faudrait encore au moins sept minutes avant que les renforts arrivent.

Il vérifia ses munitions et constata qu'il devrait cesser de tirer s'il voulait garder des réserves. Les lèvres retroussées, il rampa sur les branches jusqu'à trouver un emplacement idéal d'où protéger Ashaya et Keenan. Les chasseurs se déplacèrent plus rapidement quand ils se rendirent compte qu'il ne leur tirait plus dessus. Ils crurent probablement l'avoir abattu.

Les premiers qui entreprirent d'escalader l'arbre eurent le visage arraché. Les autres se replièrent et il entendit leurs conversations à voix basse. Mais pas assez basse. Ils commettaient enfin une erreur.

— Il ne doit plus avoir beaucoup de munitions.

— Qui se porte volontaire pour vérifier ?

— Tire dans l'arbre.

— Pour abattre la cible ? Bravo.

— Pourquoi diable personne ne savait que nous aurions affaire à un sniper ? Il est supposé se battre avec ses griffes et ses crocs.

— Fermez-la, tous. (Une voix furieuse.) Gardez le silence. C'est un félin.

Les hommes obéirent. Réprimant un juron, Dorian rassembla tous ses sens en alerte et attendit leur prochain mouvement. Plusieurs tirs touchèrent le tronc.

— Nous voulons Ashaya Aleine vivante, dit une voix d'homme. Rien d'autre. Nous ne voulons pas lui faire de mal.

Alors vous n'auriez pas dû lui tirer dessus, ni sur notre enfant. Dorian s'orienta à la voix de celui qui avait parlé pour fixer sa position à l'aveugle.

— Livrez-la-nous et nous vous laisserons…

L'homme se tut quand Dorian atteignit sa cible à travers le feuillage. Le bruit de la balle entrant dans la chair était proche. Ils avaient encerclé l'arbre.

— Putain de merde, dit quelqu'un. Tirez !

Et soudain l'arbre se transforma en champ de bataille. Dorian grimpa avec agilité. Ils ne visaient pas encore assez haut mais, tôt ou tard, ils s'en rendraient compte. Il plaça son corps devant celui d'Ashaya pour lui dire qu'ils allaient devoir bouger. Il espérait pouvoir les transférer dans un autre arbre en sautant. Mais avant qu'il puisse agir, la brise lui apporta une odeur familière… Son léopard gronda férocement, mais l'homme sourit.

— Maudits loups.

Ashaya prit un air interrogatif.

— Des loups ?

— Des loups.

Sachant que les renforts étaient en route, il retourna d'un bond sur une branche inférieure et recommença à éliminer leurs assaillants. Ils étaient sur le point de le repérer quand le premier hurlement retentit. Il espéra qu'Ashaya avait bouché les oreilles de Keenan, parce que les loups étaient bruyants. Puis les félins arrivèrent.

Une fois le combat terminé, Dorian ne baissa heureusement pas la garde : un des chasseurs humains avait échappé à tout le monde. Dorian capta l'odeur de l'homme sur sa gauche et devina qu'il était arrivé là depuis un arbre voisin. Ne voulant pas courir le risque que son fusil s'enraye, il pista l'homme avec la concentration tranquille du léopard. La dernière chose que le fuyard entendit fut un souffle d'air au moment où Dorian lui brisait le cou. Son corps s'effondra à travers les branches jusqu'au sol.

Après quelques minutes, on entendit un sifflement.

— Tout est dégagé, p'tit génie.

— Je vais la balancer dans l'eau glacée, murmura-t-il. Keenan est ici, en haut.

— Donne-nous quelques minutes.

Quand il remonta auprès d'Ashaya, elle lui demanda :

— Est-ce que « p'tit génie » est un autre surnom ?

— Non. C'est une façon de me mettre en rogne.

Elle esquissa un faible sourire, mais elle serrait encore Keenan à s'en rompre les mains. Le gamin adressa un regard suppliant à Dorian. Celui-ci embrassa Shaya et tendit les bras vers l'enfant.

— Nous sommes sauvés. Donne-moi Super K.

Keenan le rejoignit sans hésiter.

— Je veux un grand, très grand fusil comme le tien.

Retenant un sourire, Dorian déposa un baiser distrait sur les cheveux de Keenan.

— Est-ce qu'il a… ?

— Non. Je l'ai protégé. (Elle baissa les yeux, le regard inquiet.) Est-ce qu'il y aura quelque chose en bas… à voir ?

— Ils font le ménage.

Lorsqu'il arriverait au sol avec Keenan, les corps auraient été dissimulés, les marques de sang recouvertes. Puisque le gamin n'avait pas de sens changelings, il ne sentirait pas l'odeur du carnage.

Ashaya lui effleura la joue.

— Tu nous as protégés.

Il se demanda comment elle avait trouvé les mots justes.

— C'était ma propre stupide…

— Chut. (Un doigt féminin sur ses lèvres.) Si c'était ta faute, c'était aussi la mienne. Pas de si, pas de mais. Tu as bien agi.

Étrangement, cette simple phrase fit plus pour l'apaiser qu'un millier de mots fleuris.

— Viens, ma belle. Rentrons à la maison.

Mais il leur fallut encore patienter. Après avoir planqué Ashaya et Keenan dans le Tank – l'imposant véhicule avec lequel Clay était arrivé – et les avoir laissés sous la protection de Rina et Barker, Dorian revint sur le lieu de la tuerie.

Dès qu'il vit les loups, il comprit la raison de tout ce raffut ; les garçons n'étaient émancipés que depuis un an ou deux.

— Tai, qu'est-ce que vous fabriquiez ?

Le jeune loup blêmit légèrement en haussant les épaules.

— Kit, Cory et les autres nous ont fait une blague sur notre territoire, alors on leur a pour ainsi dire rendu la monnaie de leur pièce.

Dorian se demanda ce que les garçons de DarkRiver avaient fait.

— Est-ce que je dois leur parler ?

— Nan. (Il secoua la tête et déglutit lorsqu'un courant d'air changeant apporta une vague d'odeurs.) On jouait juste à des jeux stupides. Des jeux de gamins.

— Tu ne t'es pas comporté comme un gamin aujourd'hui. Merci.

Dorian lui tendit la main.

Tai la serra avec un sourire hésitant.

— Nous n'avions jamais tué auparavant. Pas des gens.

Dorian jeta un coup d'œil à Clay.

— Tu as appelé Hawke ?

— Il arrive.

Sachant que le chef de meute des loups se chargerait des garçons, il dit à Tai et à ses amis de s'asseoir sur le sol de la forêt à bonne distance du carnage. Ils obéirent sans discuter, et Dorian se dirigea vers les cadavres.

— Des pièces d'identité ? demanda-t-il en s'accroupissant à côté de Clay.

— Non. Mais nous avons trouvé ceci.

L'autre sentinelle remonta la jambe de pantalon d'un homme, révélant le mollet du tireur. Le tatouage était basique. La lettre A entourée de deux traits verticaux. Sauf que Dorian savait ce que cela signifiait. C'était un A superposé à un H.

— L'Alliance humaine. (C'est ce qu'il avait soupçonné, mais il valait mieux avoir une preuve.) Et les autres ?

— Pareil, du moins ceux qui ont la jambe intacte.

Clay poursuivit sur le ton calme du prédateur :

— Deux d'entre eux n'avaient pas de balles dans leur fusil, mais une sorte de fléchette.

— Un tranquillisant ?

— Sans doute. Je vais l'envoyer à Sierra Tech pour examen, pour que l'un des nôtres le teste.

À la surprise de Dorian, Clay se pencha pour écarter les cheveux du cou de l'homme mort.

Dorian comprit immédiatement pourquoi.

— Qu'est-ce que c'est que ça ?

L'homme avait une sorte de minuscule dispositif en métal implanté au sommet de sa moelle épinière.

Clay retira la main.

— Peut-être qu'Ashaya le saura ; ils en ont tous un. (Il se tapota le genou du doigt.) Le principal, c'est que je ne pense pas que nous devons nous soucier d'une autre attaque.

— Je ne vais plus me laisser surprendre.

Il sentit un sens aigu de désapprobation voyager le long du lien d'union. Ashaya refusait qu'il se sente coupable. Cela le fit presque sourire.

— Pourquoi penses-tu que ce soit terminé ? demanda-t-il à Clay.

— Ils étaient une cinquantaine. Ils sont tous morts. (Clay haussa les épaules.) Celui qui a ordonné cette opération, qui que ce soit, devrait être idiot pour encore envoyer d'autres hommes, maintenant que nous sommes sur nos gardes. Et à en juger leurs préparatifs, je ne pense pas qu'il soit aussi stupide.

— Non, il ne l'est pas. Si je n'avais pas eu de renforts, ils auraient obtenu ce qu'ils voulaient. Malgré tout, nous allons nous assurer que tout le monde sache qu'Ashaya ne possède pas d'informations justifiant un tel massacre.

Dorian ne tuait pas pour le plaisir et il haïssait ce putain de gâchis de vies. Mais ces hommes étaient venus dans l'intention d'attaquer la compagne et l'enfant d'un changeling prédateur. Ils l'avaient cherché.

— Je vais mettre les Rats sur le coup, dit Clay, les yeux plissés en se mettant à fouiller l'équipement de l'homme. Il est temps que nous prêtions sérieusement attention à l'Alliance humaine.

Ashaya eut besoin de la plus grande partie du lendemain pour ordonner suffisamment ses pensées avant de pouvoir parler à Dorian de son état latent. Elle dut ensuite attendre que Keenan soit au lit et que Dorian soit revenu d'une réunion avec Lucas, Hawke et plusieurs autres.

— Est-ce que je peux te parler ? demanda-t-elle quand il se fut écroulé au sortir de la douche face contre le lit.

Nu. Ce félin n'avait aucune pudeur. Tant mieux pour elle, songea-t-elle en souriant.

— À propos des puces que nous avons trouvées sur les humains ?

Il ne put que ronronner quand elle lui enfourcha le dos et se mit à malaxer ses muscles.

— Non. J'y travaille encore. C'est une technologie complexe ; une sorte d'inhibiteur neural.

— Humm.

Elle déposa un baiser sur sa nuque.

— Ne t'endors pas. C'est important.

— Je suis éveillé. (Il bâilla.) En grande partie.

— Je pense que j'y suis arrivée, Dorian.

Quelque chose dans la voix d'Ashaya déchira le voile de sa somnolence et le fit se retourner sur le dos pour la dévisager.

— Quoi, trésor ?

— J'ai trouvé comment corriger la mutation qui te rend latent.

Il se figea.

— Shaya ?

— J'ai fait et refait tourner des simulations. Je pense… je pense que si ça marche, tu seras capable de te transformer.

La thérapie génique n'est plus aussi rare qu'autrefois ; il s'agit ici d'une mutation génétique complexe et très délicate, mais je suis sûre à quatre-vingt-dix-neuf pour cent de réussir.

Depuis que, à l'âge de deux ans, son père lui avait expliqué qu'il était différent, Dorian ne s'était même jamais permis d'envisager cette éventualité.

— Seigneur, bébé. Comment ?

— Je ne pense pas que j'y serais parvenue sans être ta compagne, même pas avec mes dons. (Ses yeux se remplirent de la dévotion d'une femme solide pour son homme.) La connexion avec toi est si profonde que cela rend le travail intuitif. C'est comme si mon don te reconnaissait à un niveau primitif. Une fois que j'ai cessé de réfléchir et que je me suis laissé guider par l'instinct, c'est presque devenu facile.

Il expira, tentant d'ordonner le chaos qui régnait dans son esprit.

— Tu ne dois pas prendre de décision maintenant. (Elle posa une main sur son torse.) Et tu as le droit de ne pas vouloir essayer. Je voulais juste te dire que la possibilité existait.

— Est-ce que cela changerait quelque chose pour toi ?

— Bien sûr que non, Dorian. (Un sourire lumineux, magnifique, qui fit battre son cœur plus fort.) Je t'aimerais même si tu étais un maudit loup.

— On dirait que tu apprends.

Mais, en dépit de son ton taquin, il avait l'esprit en ébullition.

Chapitre 52

Dans une grande pièce au sein de la ville inondée de Venise, plusieurs personnes se tenaient assises en silence autour d'une longue table et examinaient l'échec abyssal de leur dernière opération.

— Nous retirons Aleine de la liste des cibles et nous disparaissons, dit l'homme en bout de table. Et nous restons discrets jusqu'à ce que le scandale se tasse.

Un lent murmure d'approbation. Certains d'entre eux portaient le deuil d'amis et de collègues. Mais aucun, pas un seul, ne suggéra qu'ils avaient peut-être emprunté la mauvaise voie, que la solution ne se trouvait pas forcément dans le sang et la mort.

En vérité, l'idée ne leur avait probablement pas traversé l'esprit. Ils étaient trop aveuglés depuis qu'ils avaient pris conscience que la domination totalitaire du Conseil Psi commençait à vaciller, que les changelings gagnaient doucement du terrain. Les choses bougeaient, comme jamais depuis des siècles. Pour une espèce qui avait vécu une éternité dans l'ombre, c'était une époque grisante, une époque où on pouvait renverser des empires… et s'emparer du pouvoir.

Chapitre 53

« Je n'aurais peut-être pas dû le lui dire. Mais comment pourrais-je lui mentir, à mon compagnon ? Sa douleur est une ecchymose interne, sa bête est piégée à jamais. À mes yeux, il est parfait, mais je sais que, dans son âme, il se sent déchiré. »

Extrait des fichiers personnels cryptés d'Ashaya Aleine.

Dorian était assis à l'extérieur de la cabane, au milieu de la nuit. Il buvait une bière en essayant de prendre la mesure du cadeau qu'Ashaya lui avait offert lorsqu'une panthère noire émergea de la forêt. Dorian avait saisi l'odeur de Lucas bien avant que son chef de meute fasse son apparition et il attendait à présent que celui-ci reprenne forme humaine.

Les changelings ne se formalisaient pas particulièrement de la nudité, mais puisque le félin de Dorian devenait hargneux à l'idée qu'Ashaya sorte et aperçoive Luc dans cette tenue, la sentinelle rentra à pas feutrés dans la cabane pour aller chercher un pantalon de jogging. Lucas l'enfila avec un hochement de tête pour le remercier et prit la bière que Dorian lui lança. Il resta debout tandis que Dorian se rasseyait.

— Laisse-moi deviner, dit Dorian. Sascha t'a envoyé me voir.

Il adorait la compagne de Lucas, mais l'empathie de Sascha avait tendance à empêcher la moindre rumination.

— En fait, sur ce coup-là, j'ai deviné tout seul. (Lucas but une gorgée de bière.) Je pense que j'en ai eu l'intuition quand Clay t'a appelé p'tit génie cet après-midi et que tu n'as pas menacé de balancer Tally dans un lac.

Dorian grogna, le regard perdu sur la forêt.

— Où est Sascha ?

— Dans mon repaire.

— Tu l'as laissée seule ?

— Comme dirait ma compagne : « Je suis une cardinale, tout à fait capable de me protéger moi-même. »

— Donc tu as laissé au moins deux hommes en faction.

— Bien entendu. (Lucas avala une autre gorgée de bière.) Alors, pourquoi suis-je venu ici en pleine nuit ?

— Je ne t'ai pas appelé.

Lucas patienta.

Dorian était sniper. Il aurait pu attendre plus longtemps que son chef de meute, mais à vrai dire, il avait besoin de parler.

— Shaya a trouvé comment réparer le foutoir dans mon corps afin que je puisse me transformer.

Le visage de Lucas devint très calme.

— Merde alors.

— Ouais.

Dorian laissa retomber la main qui tenait la bouteille de bière entre ses genoux relevés.

— Et tu ne veux pas ?

— Je ne sais pas ce que je veux, bordel. (Il plongea sa main libre dans les cheveux.) Depuis tout ce temps, j'ai fait le maximum pour devenir meilleur, plus mortel, plus rapide.

Talin le surnommait p'tit génie parce qu'elle trouvait qu'il était un bourreau de travail compulsif. Elle avait raison.

— Ça ne suffisait pas que je sois doué en informatique, il fallait que je devienne un pirate de haut vol. Ça ne suffisait pas que j'étudie l'architecture, je devais cartonner à chaque examen. Merde, je suis même devenu pilote parce que c'était un don qu'aucune des autres sentinelles ne possédait. Tout cet acharnement parce que je n'étais pas capable de me transformer.

— Tout gamin, tu étais déjà un sacré fils de pute, approuva Lucas. Maintenant tu te demandes si tu perdras cette détermination si tu deviens capable de te transformer ?

— Ouais, je suppose.

— Dorian, c'est de la connerie pure. Nous savons tous les deux que tu es bien trop têtu pour te contenter d'être moins que le meilleur. (Lucas lui lança sa bouteille vide et il croisa les bras.) Tu as la trouille, mec.

Le léopard de Dorian gronda.

— Et tu ne sais pas ce que c'est, Luc.

Il se leva, retourna dans la maison et ferma la porte derrière lui. Il sentit Lucas redevenir panthère et disparaître immédiatement.

Il se glissa dans le lit, se collant aux courbes d'Ashaya, calmant sa bête au contact de sa chaleur voluptueuse. Cependant les paroles de deux hommes très différents l'un de l'autre continuèrent à tournoyer dans sa tête.

« Tu as la trouille… »

« … les gens ne sont pas prêts… à s'aventurer dans les ténèbres inconnues. »

Il se retourna et se redressa sur un coude pour observer le visage endormi d'Ashaya.

Elle ouvrit les yeux une seconde plus tard.

— Tu réfléchis trop.

Un reproche suivi d'un bâillement.

— Désolé.

Leur lien n'était pas télépathique au sens propre, mais il était devenu évident que chacun saisissait des pensées de l'autre par intermittence.

— Tu te tracasses encore au sujet de la transformation, c'est ça ? (Son regard se fit grave.) J'aurais dû me taire. Tu étais heur…

Il lui appuya un doigt sur les lèvres.

— Lorsque tu désires tellement une chose que ça en devient douloureux, dit-il calmement, tu l'enfouis, si profondément que tu te persuades que ça n'a plus d'importance… et puis soudain quelqu'un t'annonce que tu peux l'avoir, c'est terrifiant. Tu peux tenter le coup, mais si tu te trompes ? Tu peux te laisser aller à ressentir la perte, mais si ensuite tu ne parviens plus à remettre cette atroce souffrance dans sa boîte ?

Ashaya lui embrassa le doigt et lui prit la main pour la poser sur son propre cœur.

— Je ne suis pas experte en émotions, dit-elle avec sa franchise habituelle. La plupart du temps, je n'ai pas la moindre idée de la façon dont je dois gérer la tempête en moi.

— Tu te débrouilles bien.

— Mais tu vois, Dorian, je sais une chose. (Elle appuya une main sur son torse.) Il y a deux énormes blessures en toi. Tu t'es autorisé à pleurer pour Kylie mais tu n'as jamais affronté l'autre perte.

La manière dont elle avait simplement accepté le souvenir de Kylie comme faisant partie de leurs vies augmentait encore son amour pour elle.

« *Tu as accepté ma sœur*, lui avait-elle répondu l'autre soir, *comment pourrais-je ne pas en faire autant pour la tienne ?* »

La culpabilité de Dorian avait aussi disparu. Elle s'était envolée au cours de cette même conversation… lorsqu'il avait parlé à Ashaya de l'esprit fougueux de Kylie.

« *Elle haïssait les tyrans*, avait-il raconté. *À l'âge de dix ans, elle a vu certains enfants s'en prendre à un autre gamin à l'école.*

Elle s'est jetée sur eux pour les écorcher vifs, puis elle a eu des ennuis car elle s'était battue. Mais elle s'en foutait. Elle est devenue amie avec ce gamin et elle a traîné avec lui jusqu'à ce que sa famille déménage dans une autre ville.

— *Son cœur semblait si grand*, avait murmuré Ashaya. *Si beau.* »

Il avait alors entendu dans son esprit le rire de Kylie, il avait aperçu les reproches sur son visage.

« Évidemment que je l'aurais acceptée, grand frère. Ne sois pas bête et laisse-la te rendre heureux. Sinon je vais te hanter. »

Il avait finalement compris que sa sœur, avec son énorme cœur, n'aurait jamais voulu qu'il se sente coupable de cette chose magnifique qu'était le lien d'union. Cette simple prise de conscience lui avait procuré un immense sentiment de paix.

Mais Ashaya avait raison : par rapport à son état latent, il n'avait même jamais essayé d'être en paix.

— Si j'en fais mon deuil, lui dit-il, alors j'admets que cela a disparu à jamais. (Il relâchait le contrôle féroce qui lui avait permis de survivre en tant qu'enfant sans la moitié de son âme.) Mais je ne le veux pas, Shaya. Je ne veux pas dire à mon léopard qu'il restera piégé en moi jusqu'à la mort. Je ne veux pas penser à lui comme à un être distinct. Je veux être entier.

Ashaya hocha la tête, le regard brillant.

— J'ai presque terminé. Je me suis dit que je devrais être prête au cas où tu…

— Faisons-le. Dès que tu seras prête. (Il avait pris sa décision.) Ainsi, nous saurons plus rapidement si ça ne marche pas.

Un accès de panique dans les yeux d'Ashaya.

— Dorian, je suis absolument sûre de moi, mais si…

— Alors je continuerai comme avant, dit-il. Au moins, nous saurons que nous avons essayé. Pas de regrets.

Un hochement de tête tremblant.

— Pas de regrets.

Et il savait que ces paroles étaient justes. Peu importait ce qui arriverait à l'animal piégé dans son corps, le félin et l'homme ne faisaient qu'un en cet instant, dans cette vérité. Ashaya Aleine était à lui. Et il était à elle. Léopard et homme. Homme et léopard. Lui tout entier.

Épilogue

« Cela fait maintenant trois mois. Dorian m'a pardonné, et je m'efforce de croire que c'est sans importance ; il est parvenu à me le faire dire hier soir. Je rougis en écrivant ceci. Les idées qui lui passent par la tête… il n'en faut pas davantage pour choquer une scientifique.
Je pense que je l'entends. Je ferais mieux d'éteindre ceci ; il essaie toujours de me le dérober pour lire mes secrets. Stupide félin. C'est lui mon plus grand secret. »

Extrait des fichiers personnels cryptés d'Ashaya Aleine.

Dorian était de mauvaise humeur. Le félin toujours piégé dans son corps le griffait, son esprit était submergé de grognements et d'autres conneries de léopard qu'il refusait de gérer, et son fusil préféré venait de se casser.

— Shaya !

Sa compagne sortit la tête de la tente où elle était assise. Ç'avait été son idée à lui de les emmener camper, Keenan et elle. Noor avait suivi le mouvement. Bizarrement, des deux adultes, c'était Ashaya qui s'amusait le plus. Elle ne se servait de son agenda électronique que pour écrire sur ses expériences… dans un journal qu'elle refusait qu'il lise.

— Chut, dit-elle, notre fils fait une sieste avec sa petite amie. (Elle aperçut ses vêtements tachés de boue.) Oh, mon Dieu.

Il marmonna quelques grossièretés.

— Serviette.

Il s'était plongé tout habillé dans un cours d'eau proche et était parvenu à enlever la majeure partie de la boue, mais il était trempé.

Elle réagit au ton de sa voix par une expression qui en disait long et sortit une serviette d'un des sacs avant d'aller le rejoindre.

— Arrête de montrer ton côté méchant.

Elle se mit à lui sécher les cheveux pendant qu'il utilisait l'autre bout de la serviette pour s'essuyer le visage.

Il la jeta dès qu'il eut terminé et passa un bras dans son dos pour la plaquer contre son torse.

— Alors mets-moi de meilleure humeur.

Elle leva les yeux au ciel.

— Bien. Je vais me déshabiller et m'étendre sous le soleil dès que nous serons à la maison et que notre fils sera parti chez ses amis. Satisfait ?

Il sourit, sa mauvaise humeur s'évanouissant à la vitesse de l'éclair.

— Tu parles, ouais.

Elle esquissa un rictus. Ashaya apprenait encore à rire, mais il savait quand sa compagne était heureuse. Il se pencha pour lui voler un baiser.

— Et si je me déshabillais pour m'étendre avec toi ?

Elle entrouvrit la bouche.

— Oh, alors je serais certainement prête à t'accorder toutes sortes de faveurs.

Seigneur, il adorait sa manière de réagir. Il lui déroba un autre baiser, puis elle s'écarta en baissant les yeux.

— Tu m'as mouillée.

Ses tétons pointaient fermement contre le tissu de son tee-shirt.

Il eut envie de ronronner tant il était heureux d'avoir cette femme séduisante pour compagne.

— Tu pourrais peut-être le faire sécher.

— Obsédé.

— Merci beaucoup.

Avec un sourire élargi, elle s'extirpa de ses bras.

— Les enfants, tu te rappelles ?

— Ils dorment à poings fermés.

Il repensa à la nuit précédente, lorsqu'ils s'étaient éclipsés en douce. Cet intermède avait été une vraie parenthèse de plaisir.

Ils en avaient aussi profité pour discuter. La culpabilité d'Ashaya l'avait dévasté. Il lui avait finalement fait l'amour jusqu'à l'épuisement et lui avait dit d'arrêter de se tourmenter.

Nous avons essayé, Shaya. Ça n'a pas marché. Je suis déçu mais je n'ai rien perdu.

— *Si, tes espoirs…*, avait-elle commencé.

— *Je t'ai. J'ai Keenan. Je suis heureux.*

C'était la vérité. Bon sang, comme elle le rendait heureux !

— *Tu souffres*, avait-elle insisté.

— *C'est fini*, avait-il admis parce qu'il était incapable de lui mentir. *J'ai eu mal à en crever quand je me suis rendu compte que la thérapie ne fonctionnait pas, puis je m'y suis fait. Je ne suis pas du genre à broyer du noir.*

Le visage d'Ashaya s'était détendu.

— *Non, c'est vrai. Tu vas de l'avant en essayant de trouver un moyen de gérer.*

En l'observant à présent, il comprenait qu'elle n'était pas encore tout à fait à l'aise avec la façon dont les choses avaient tourné, mais le temps arrangerait cela.

— Est-ce qu'il y a du café ? s'enquit-il alors qu'elle était partie lui chercher des vêtements dans la tente.

— Je vais t'en préparer pendant que tu te changes.

Elle lui lança un sweat et un jean propre.

Au moment où il tendit la main pour se saisir des vêtements, il fut saisi d'un spasme. Si inattendu et violent qu'il se courba en deux. Sa vision se troubla, le monde se mit à tournoyer devant lui. Il fut vaguement conscient des hurlements d'Ashaya qui courut s'agenouiller à ses côtés. La sensation des mains affolées de sa compagne sur lui était étrange, pas comme d'habitude. Il avait les sens tellement aiguisés, tout était trop vif, trop lumineux.

Il pensa tout d'abord que la thérapie génique avait terriblement foiré. Puis il eut envie de dire à Ashaya qu'il ne lui en voulait pas. Ce n'était pas sa faute. Juste ce putain de sort. Mais il ne parvint pas à prononcer les mots, ses cordes vocales ne fonctionnaient pas. Il ne pouvait même pas tendre la main vers elle. Ses mains refusaient de coopérer.

— Laisse-toi aller ! entendit-il crier Ashaya. Arrête de lutter ! Dorian, s'il te plaît !

Me laisser aller ? Qu'est-ce qu'elle voulait dire ? Il devait se battre, c'était sa façon de survivre.

— Bébé, s'il te plaît. S'il te plaît. S'il te plaît.

Ashaya n'employait jamais de termes affectueux, songea une part de lui. Elle apprenait encore. Il aimait la taquiner en disant… Le lien d'union fut parcouru d'une pulsation chargée d'amour et de besoin. Elle avait le goût salé et humide d'une supplique.

Il ne pouvait pas le lui refuser. Il ne pourrait jamais rien lui refuser.

Il se laissa aller.

Agonie et extase, joie pure et frissons de douleur. C'était infini et comparable au tremblotement d'un cœur d'oiseau. Puis ce fut terminé. Il cligna des yeux mais sa vision resta mauvaise, ses yeux étaient trop proches du sol. Il ouvrit la bouche pour demander à Ashaya pourquoi elle pleurait… mais ce qui en sortit n'était pas humain.

Ashaya éclata de rire devant la mimique de Dorian.

— Tu es si beau.

Un léopard avec des yeux verts perplexes et l'expression la plus mignonne qu'elle ait jamais vue.

— Oh, je pourrais juste…

Elle tendit la main pour caresser la fourrure de son dos.

Il émit un grognement qui vibra sous ses doigts.

— Maman !

Keenan s'arrêta à côté d'elle en dérapant, Noor resta bouche bée derrière lui.

Dorian leva les yeux et perdit immédiatement l'équilibre. Ashaya s'empressa de placer un bras autour de lui pour le maintenir droit.

— Doucement, doucement. Tu dois t'habituer.

Keenan se pencha, mit les mains sur les genoux et regarda de biais l'homme qu'il suivait habituellement comme une ombre.

— Dorian ? C'est toi ? Tu es un léopard ! Noor, regarde, Dorian s'est transformé en félin !

Ashaya sentit au travers du lien d'union le choc qui l'ébranla lorsque l'exclamation innocente de Keenan déchira finalement le voile de la confusion qui aveuglait Dorian.

— Tu es magnifique, chuchota-t-elle, consciente de l'acuité de son ouïe. Incroyablement beau.

— Dorian en félin ! Dorian en félin !

Keenan, son enfant auparavant silencieux, se mit à courir en décrivant des cercles autour d'eux, tenant par la main Noor qui gloussait.

Riant de leurs cabrioles, Ashaya appuya un baiser sur le front de Dorian.

— Essaie d'avancer.

Il chancela dangereusement.

Merde ! Dorian réfléchit. Il était comme un petit, avec le manque de coordination et les pattes hors d'usage.

OK, songea-t-il, il restait un homme à l'intérieur. Il pouvait y arriver.

Des caresses sur son dos, à travers la fourrure. La sensation était si différente, si somptueuse. Et puis ce murmure à l'oreille.

— Le léopard sait. Tu ne dois plus l'enfermer désormais.

Il n'avait pas besoin d'en entendre davantage. L'homme se retira, le léopard prit le relais. Ensuite les deux se combinèrent pour la première fois de sa vie. Il sentit Ashaya s'écarter tandis que son corps s'affermissait. Tournant la tête, il se pencha vers l'avant et referma ses crocs très doucement sur son poignet.

C'était un baiser.

Le visage d'Ashaya s'éclaira lorsqu'elle comprit.

— Je t'aime aussi. Maintenant vas-y, cours. Joue.

Il la relâcha, s'arrêta pour claquer des crocs en direction des enfants, simplement pour les entendre rire et les voir détaler. Puis il courut. La forêt se para d'un millier de nouvelles couleurs habillées d'odeurs et, quand il pourchassa une proie, ce fut par pur plaisir. Les heures passèrent. La nuit tomba et les étoiles illuminèrent le ciel.

Mais le meilleur fut de retourner chez lui… car elle l'attendait devant un petit feu. Il sortit de la forêt sur ses quatre pattes, songea qu'il avait envie de la serrer avec les bras d'un homme, et en un rien de temps, il était à genoux, nu, sur le sol de la forêt.

— Salut. Les enfants dorment ?

Elle hocha la tête et courut vers lui.

— Oh, Dorian !

La joie d'Ashaya enflamma le lien et fit naître des battements d'or dans le cœur de Dorian.

— Je t'aime, murmura-t-il.

Les mots venaient de son cœur, un cœur rempli de la fureur sauvage d'un changeling ; il n'y avait ni homme, ni léopard. Seulement Dorian.

EN AVANT-PREMIÈRE

Découvrez un extrait
du tome 6 de **Psi-changeling**
(version non corrigée)

Traduit de l'anglais (Nouvelle-Zélande)
par Clémentine Curie

Changement

Le changement peut tuer.
Dévaster.

Détruire.

Mais il peut aussi être salvateur. Nulle autre espèce sur cette planète ne le sait mieux que les Psis. Grâce à l'instauration forcée de Silence, le protocole qui a évincé leurs émotions alors même qu'il sauvait leurs esprits, cette race de télépathes, de clairvoyants et de guérisseurs, à la fois surdouée et maudite, parvint à s'éloigner du bord de l'abîme.

Après être restés à regarder d'en haut l'horreur à laquelle ils avaient échappé, ils s'en détournèrent en frissonnant.

Les années passèrent. Et lorsque le Conseil Psi déclara que leur taux de folie autrefois catastrophique était retombé à un niveau négligeable, qu'il ne subsistait plus trace de violence sur le PsiNet, ils surent qu'ils avaient pris la bonne décision. La seule décision possible.

Amour. Bonheur. Joie. Que leur importaient toutes ces choses puisqu'elles avaient pour revers la folie meurtrière, l'anarchie sanglante ? Les Psis préférèrent laisser cela aux espèces « animales » ; et tandis qu'humains et changelings s'enlisaient dans la turpitude des émotions, les Psis évoluèrent et devinrent les êtres les plus puissants de la planète.

Froids. Impitoyables. Silencieux.

Mais en l'an 2080, plus de cent ans après le « miracle » de Silence, les espèces animales entamèrent leur ascension. Et ce changement rejeta les Psis dans l'abîme. Dans les émotions, le chaos… et le cauchemar.

Chapitre premier

Mercy éjecta d'un coup de pied une branche sèche qui gênait le passage et lui jeta un regard furieux.

— Stupide brindille.

Évidemment, ce n'était pas après ce bout de bois sans défense qu'elle en avait ; il avait juste eu la malchance de se trouver sur son chemin alors que, le dos voûté, elle fuyait le Cercle de la meute et les interminables festivités de la cérémonie d'union de Dorian.

Voir à quel point son meilleur ami était amoureux de sa compagne lui donnait la nausée. À vrai dire, toutes les sentinelles commençaient à la rendre malade.

— Clay qui fait les yeux doux à Tally, et je ne parle même pas de Luc et Sascha…

Venaient ensuite ceux qui l'énervaient le plus : Nate et Tamsyn. Comment ces deux-là osaient-ils encore être fous l'un de l'autre après toutes ces années !

— Ça devrait être illégal, gronda-t-elle.

Quant à Vaughn et Faith… mieux valait ne pas y penser.

Elle prit le parti d'aller courir.

Une heure plus tard, lorsqu'elle se fut enfoncée assez profondément dans la forêt territoriale de la meute pour ne plus entendre que les murmures prudents des créatures nocturnes qui s'affairaient dans le noir, elle s'assit sur le tronc lisse d'un arbre abattu et relâcha son souffle. Pour être honnête, elle n'en voulait ni aux sentinelles, ni à leurs compagnes. Mince, elle se réjouissait tellement pour eux que c'en était douloureux. Mais elle éprouvait aussi de la jalousie. Tous avaient trouvé chaussure à leur pied. Sauf elle.

— Bon, d'accord, marmonna-t-elle. Je l'avoue, je suis un gros bébé jaloux.

Il n'y avait rien de mal à être une femelle dominante au sein de la société des changelings. Ce n'était pas plus inhabituel de voir une femme tenir le rôle de chef qu'un homme. En revanche, être une femelle dominante dans une meute de léopards quand aucun des mâles dominants ne vous attirait, c'était moins bien. Et alors, être une femelle dominante dans un État contrôlé par des léopards et des loups… et n'être attirée que par celui qu'il ne fallait pas, c'était la cerise sur le gâteau.

Certes, rien ne l'obligeait à se limiter à leur territoire ; Dorian la poussait à sortir de l'État pour voir si elle trouverait quelqu'un à son goût dans l'une des autres meutes, mais elle n'arrivait pas à se résoudre à quitter DarkRiver tant que la situation serait aussi délicate. Bien sûr, la vie avait repris un cours plus tranquille depuis la tentative d'enlèvement avortée d'Ashaya, la compagne de Dorian, mais cette quiétude était teintée d'anxiété. Tous attendaient le prochain pavé dans la mare… restait à savoir s'il serait lancé par le Conseil Psi, dont le calme avait de quoi éveiller les soupçons, ou par l'Alliance Humaine qui s'était prouvée capable de violence.

Une chose était sûre, ça allait se produire.

En tant que sentinelle de DarkRiver, elle était censée réfléchir à leur stratégie de défense en envisageant tous les scénarios possibles. Au lieu de ça, son désir l'obsédait tellement qu'elle ne pensait plus qu'à cette fièvre qui la possédait, cette faim qui lui nouait la gorge, cette envie dévorante qui investissait la moindre de ses cellules, le moindre de ses souffles. Les contacts intimes étaient aussi indispensables à son âme de prédatrice que la forêt qu'elle considérait comme sa maison, même si les choses n'auraient peut-être pas été si critiques si elle n'avait pas eu en plus à gérer le choc que lui avait occasionné une conversation qu'elle avait eue quelques jours plus tôt avec Tamsyn, la guérisseuse de la meute.

C'était Mercy elle-même qui en était venue au fait.

— *Il y a de fortes chances que je ne m'unisse jamais.*

— *Tu n'en sais rien*, avait commencé Tamsyn en fronçant les sourcils. *Tu pourrais rencon…*

— *Ce n'est pas ça. Il se peut que je sois incapable d'être avec quelqu'un. Tu sais que ça arrive.*

De mauvaise grâce, Tamsyn avait hoché la tête.

— *Le risque est plus élevé chez les femelles dominantes que chez les mâles. C'est ce qui se passe lorsqu'on refuse de… s'abandonner. Même à son compagnon.*

Et c'est ça qui fout le bordel, songea Mercy. Elle avait beau vouloir un compagnon de toutes les fibres de son être, si le partenaire fort et indémontable dont elle savait avoir besoin débarquait, elle pourrait refuser de le reconnaître au niveau nécessaire pour sceller une véritable union. Oh, ses pulsions la pousseraient sans doute à le prendre pour amant, peut-être plus… mais si son léopard n'acceptait pas réellement qu'il ait des droits sur elle, elle était capable de partir errer pendant des mois pour ne revenir auprès de lui que lorsqu'elle ne parviendrait plus à lutter contre son désir.

C'était une forme de torture particulière, réservée à ces femelles léopard que la simple idée de laisser un mâle les contrôler de quelque manière que ce soit hérissait. On pouvait retourner le problème dans tous les sens, à moins que son compagnon se révèle faible et soumis – et vu qu'elle ne serait jamais attirée par un individu de ce genre, la question ne se posait pas –, il allait forcément essayer de la dominer.

— Je n'ai pas besoin d'un compagnon, marmonna-t-elle en contemplant le disque lumineux de la lune automnale. Mais est-ce qu'on ne pourrait pas m'envoyer un beau mâle séduisant et fort avec lequel je puisse danser ? Pitié ? (Elle n'avait pas eu d'amant depuis près de huit mois, et elle commençait à en souffrir sur tous les plans.) Il n'a même pas besoin d'être intelligent, un bon coup au lit me suffirait.

Juste de quoi relâcher la tension de son corps pour qu'elle puisse se remettre à fonctionner.

Parce que pour un félin, le sexe ne se cantonnait pas au plaisir ; il incluait aussi l'affection et la confiance, entre autres choses agréables.

— Même si là, tout de suite, je me satisferais de sexe pur.

Riley sortit de l'ombre à cet instant.

— Quelque chose te démange, chaton ?

Elle se leva d'un bond et étrécit les yeux, consciente qu'il avait dû rester dans le sens du vent exprès afin de la surprendre.

— Tu m'espionnes ?

— Alors que tu parles assez fort pour réveiller les morts ?

Elle aurait pu jurer que de la fumée s'était mise à lui sortir des oreilles. Tout le monde croyait Riley calme, pragmatique, terre à terre. Elle seule savait qu'il avait un fond de méchanceté et qu'il se délectait de la faire enrager.

— Qu'est-ce que tu veux ?

Son grondement venait du cœur, tant celui du léopard que de la femme.

— On m'a invité à la cérémonie d'union de Dorian. (Il esquissa un sourire lent qui lui donna envie de riposter.) Difficile de te louper quand tu fous le feu comme ça. Et ce ne sont pas de tes cheveux dont je parle.

Il s'attarda sur les longues mèches rousses qui tombaient sur sa poitrine.

Il en fallait beaucoup pour plonger Mercy dans l'embarras, mais elle avait les joues brûlantes. Parce que si Riley savait qu'elle était en chaleur – comme une putain de bête sauvage ! – ça n'avait pas dû échapper à ceux de sa propre meute.

— Et alors, tu m'as suivie dans l'espoir que je m'abaisse à coucher avec un loup ?

Elle avait volontairement rendu le mot « loup » aussi appétissant que s'il s'était agi de « reptile ».

Riley crispa les mâchoires, ses joues couvertes d'une barbe naissante un ton plus foncé que ses cheveux châtains.

— Tu veux te faire les griffes sur moi, minette ? Viens donc.

Elle serra les poings. En réalité, elle n'était pas garce à ce point-là. Mais ce fichu Riley avait l'art de la mettre en rogne.

— Désolée, je ne tabasse pas les chiots sans défense.

Il eut le culot d'éclater de rire. Elle feula.

— Qu'est-ce qu'il y a de si drôle ?

— On sait tous les deux qui domine ici… et ce n'est pas toi.

C'était le bouquet. Elle était sentinelle ! Il était lieutenant depuis plus longtemps, et alors ? Ça ne changeait rien au fait qu'elle occupait au sein de DarkRiver un poste équivalent au sien chez les SnowDancer. Le loup venait de dépasser une limite très stricte… et vu qu'elle ne pouvait pas avoir de sexe, elle se contenterait de violence.

D'humeur sauvage, elle bondit.

Riley l'attendait. Il encaissa son coup de pied à la cuisse sans broncher, et intercepta son crochet du droit d'une seule main. Elle s'était déjà remise en mouvement et adopta une nouvelle posture, prête à profiter de la moindre faiblesse. Il contra chacune de ses attaques, sans passer à l'offensive.

— Bats-toi ! hurla-t-elle.

Elle avait besoin de transpirer un peu ; ça atténuerait l'ardeur du désir qui lui tordait les entrailles. Sa botte toucha les côtes de Riley.

Au grognement qui lui échappa, elle se fendit d'un rictus.

— Pas si rapide que ça hein, louveteau ?

— J'essayais de ne pas te faire de mal, dit-il en bloquant des bras ses frappes suivantes.

— Je ne suis pas une putain de princesse, marmonna-t-elle en visant la partie la plus vulnérable de l'anatomie masculine. (Ouais, ce n'était pas du jeu. Mais Riley l'avait cherché. Oh oui, il l'avait bien cherché.) De la part de la minette, Kincaid.

— Merde, Mercy !

Il lui empoigna le pied avant qu'elle ait atteint son entrejambe et la retourna. Sans effort. Elle hoqueta, prenant la pleine mesure de la puissance qu'il avait contenue jusque-là. Elle pirouetta dans les airs et se reçut avec aisance sur ses pieds.

— Je t'accorde une chose, dit-il, ramassé en face d'elle tandis qu'ils se tournaient autour. Tu sais bouger ton corps… chaton.

Une montée d'adrénaline la traversa comme du feu liquide.

— Mieux qu'un chien de berger prétentieux, en tout cas. (Malgré son ton égal, elle transpirait sous son tee-shirt noir moulant, et son cœur battait la chamade.) On sort les griffes, dit-elle sans autre avertissement avant de fondre sur lui.

Elle ne le vit même pas venir. Alors qu'elle s'apprêtait à le défigurer – bon d'accord, elle se serait contentée de l'égratigner, ce n'était pas non plus un combat à mort –, elle se retrouva la seconde suivante à plat dos, les poignets plaqués au sol et emprisonnés dans une main puissante.

— Aïe !

Riley l'écrasa sous le poids de son corps, lui coupant le souffle. Cet enfoiré était un vrai paquet de muscles.

— Rends-toi.

Son nez touchait presque le sien.

— Tu aimerais bien. (Elle esquissa un rictus, sans lâcher du regard ses yeux couleur chocolat noir.) Viens plus près.

— Pour que tu puisses me mordre ? (Ses dents étincelèrent.) Rends-toi d'abord. Ensuite je me rapprocherai.

— Moi vivante, jamais.

Se rendre reviendrait à admettre que le loup la dominait, pour cette nuit-là du moins.

— En ce cas, j'imagine que je vais devoir t'y contraindre.

— Vas-y, essaie donc.

En souriant, elle lui sauta à la gorge et allait l'avoir… lorsque recourant à une passe qui avait tout d'illégal, il la retourna de nouveau. Elle se retrouva à plat ventre sur le sol jonché de feuilles, les poignets ramenés au-dessus de sa tête et toujours prisonniers de l'étreinte de Riley.

— Tricheur.

— Dit la femme qui a essayé de me faire remonter les couilles dans la gorge, lui fit-il remarquer tout en léchant la peau salée de son cou avec une nonchalance incroyablement provocante.

— Je vais te tuer, siffla-t-elle.

Il la mordit.

À l'endroit doux et sensible entre son cou et ses épaules.

Elle sentit un frisson parcourir son corps entier à cette démonstration flagrante de domination.

— Arrête, lâcha-t-elle d'une voix rauque qui n'évoquait en rien le rejet qu'elle avait eu l'intention d'exprimer.

Il détacha la bouche de sa peau.

— Je t'ai clouée au sol.

— Ça, c'est des conneries de loup. Je suis un félin.

— Il n'empêche que tu es coincée sous moi. (Il se blottit dans son cou.) Et je te sens chaude, humide et prête.

Sa voix devenait plus grave au fur et à mesure qu'il laissait sortir le loup.

Et la chaleur entre les cuisses de Mercy se mit à pulser comme un roulement de tambour. Une vague de désir impétueux lui nouait l'estomac. Qu'est-ce qu'elle avait faim de sexe, bon sang ! Et Riley la maîtrisait de sa poigne de fer. À ce moment-là, son léopard se moquait qu'il ne soit pas un félin. Seul lui importait qu'il soit fort, séduisant, et excité.

Elle s'aperçut que, sans s'en rendre compte, elle avait rapproché son corps du sien et qu'elle frottait ses fesses contre lui en une invitation silencieuse.

— Si tu racontes ça à quelqu'un, je t'arrache le cœur.

— Ce n'est pas parler qui m'intéresse, là tout de suite.

Il relâcha ses mains et la laissa se retourner sur le dos… pour lui écarter les cuisses et caler son érection tout contre elle. Elle parvint à peine à réprimer un gémissement.

Prenant appui sur ses bras, il braqua sur elle les yeux de son loup : le cercle d'ambre autour de ses pupilles noires s'était fondu dans le marron intense de ses iris et son regard étincelait.

— Brutal ?

Telle une force primaire, son aura sexuelle entrait en collision avec la peau de Mercy.

— Très.

Elle voulait qu'il la marque et se serve d'elle jusqu'à ce qu'elle soit exténuée et abrutie de plaisir. Et elle voulait lui rendre la pareille. Refermant le poing sur ses cheveux épais et soyeux qu'elle mourrait d'envie de sentir sur ses seins, elle attira sa tête vers elle et l'embrassa alors qu'un grondement montait dans sa gorge. Il saisit son cou d'une main et le serra légèrement.

— Tiens-toi tranquille.

Cette fois, elle le mordit.

Un rugissement se déversa dans sa bouche tandis que Riley Kincaid s'abandonnait à son loup et montrait ce qui lui valait d'être le vétéran des lieutenants SnowDancer.

Le tee-shirt de Mercy fut réduit en lambeaux en un clin d'œil, et l'instant suivant son soutien-gorge disparut. Il referma la main sur l'arrondi de sa chair dénudée, et lorsqu'il arracha ses lèvres des siennes pour descendre plus bas, elle sut qu'elle allait sentir sa morsure.

Elle ignorait en revanche qu'avant de plonger ses dents puissantes dans sa peau délicate, Riley sucerait son téton comme s'il s'agissait de sa friandise préférée. S'arc-boutant, elle se détacha du sol et agrippa ses épaules chaudes et moites. Qu'avait-il fait de son propre tee-shirt ? Elle s'en moquait. Tout ce qui comptait, c'était ce superbe corps d'homme qu'elle caressait et qui lui procurait un plaisir inouï.

Sourde à son grondement, elle l'obligea à délaisser son sein et lui mordit de nouveau la lèvre. Riley avait une bouche magnifique, pour un loup. Cela faisait des mois qu'elle avait envie de la mordiller. Elle ne s'en priva pas. Puis elle fit courir ses lèvres le long de sa mâchoire et de son cou. Goût de sel, d'homme et de loup.

Loup. Ennemi.

Achevé d'imprimer en octobre 2012
Par CPI Brodard & Taupin - La Flèche (France)
N° d'impression : 70381
Dépôt légal : novembre 2012
Imprimé en France
81120869-1